CALIBRO 9

GIALLI E NOIR METROPOLITANI

25

CALIBRO 9
GIALLI E NOIR METROPOLITANI

collana diretta da:
Paolo Roversi

direzione editoriale:
Calogero Garlisi

redazione:
Eugenio Nastri, Cristiana Mossotti

commerciale e amministrazione:
Marco Bianchi, Donatella Baccolini

realizzazione editoriale:
Veronica Bonalumi

comunicazione:
Antonino Pintacuda

progetto grafico: Veronica Bonalumi

foto in copertina: Giancarlo Micaroni

Pubblicato in accordo con Agenzia Letteraria Natoli Stefan & Oliva S.a.s

ISBN 978-88-99316-73-0

Novecento Editore è un marchio Novecento media srl

via Carlo Tenca, 7 - 20124, Milano
www.novecentoeditore.it - info@novecentoeditore.it

Angela Capobianchi

LA DISCENDENZA

A Cesira,
con simpatia
[illegible]

Novecento Editore

A mia madre

Prologo

La sala di rianimazione era deserta: niente infermieri in circolazione, niente dottori, niente preti. Del resto suo padre aveva lasciato scritto che – quando fosse arrivata la sua ora – avrebbe voluto andarsene così com'era, da peccatore, senza conforti religiosi; per cui il sacerdote che si era presentato nella mattinata era stato gentilmente congedato, poiché questa era la volontà del moribondo.

Saverio De Marchis respirò a fondo nella mascherina verde e ripensò al suo tremendo imbarazzo dinanzi allo sguardo severo del prete. Miriam, seduta in un angolo del corridoio a guardarsi le unghie, aveva immediatamente fiutato aria di impopolarità; così era scattata in piedi per frapporsi in quel penoso faccia a faccia, spiegando contrita al religioso che nessuno nella loro famiglia era ateo o miscredente, né ispiratore o responsabile di una simile scelta. Tuttavia, aveva aggiunto, le decisioni del suocero andavano rispettate perché, in definitiva, si trattava della vita ultraterrena di un uomo a cui – fra l'altro – nessuno era mai riuscito a imporre nulla neppure in quella terrena. Amici e parenti, addossati alle pareti, assistevano alla tirata annuendo con mesti cenni del capo. Tutti sapevano di che pasta era fatto Rocco De Marchis, e come agiva: sempre di testa sua, senza accettare consigli né ingerenze da parte di chicchessia. Il potere assoluto nella gestione del suo impero economico non era mai stato in discussione, anche perché Saverio – il suo unico figlio – non aveva mai manifestato alcun interesse per gli affari. Il che, per inciso, a Rocco non dispiaceva affatto: che il suo erede fosse 'uomo di lettere' – come amava definirlo – lo inorgogliva e sollevava al tempo stesso. E se da un lato si pavoneggiava con l'erudizione del figlio – lui che aveva solo la terza media! – dall'altro segretamente ringraziava il cielo per avergli risparmiato la scelta fra un discendente inetto e un patrimonio a cui teneva più della sua vita.

Molte ore erano passate, il sole era tramontato da un pezzo e il vecchio De Marchis non si decideva a morire. Ormai, alle otto di sera, nel corridoio non era rimasto più nessuno, salvo l'anziana domestica che, seduta poco lontano, fissava il muro snocciolando un rosario. Parenti e amici si erano defilati uno alla volta, tutti in giro per l'ospedale: chi al bar, chi a fumare nel cortile, chi a telefonare in qualche angolo appartato. Tutti – indifferentemente – in attesa della notizia che li avrebbe finalmente fatti tornare a casa.

Saverio fissò quel che restava di suo padre. Pelle, ossa e poco più: un lieve movimento della mano sul lenzuolo, un involontario roteare di pupille, un biascichio confuso di tanto in tanto. Poco prima Rocco aveva chiesto di lui, ma quando Saverio era accorso, lo aveva fissato con occhi vacui, senza dire una sola parola. Poi si era assopito, tornando alle sue visioni. Saverio provò a immaginare quali, e di che natura, fossero: forse un'intera esistenza si stava velocemente sbobinando sotto quelle palpebre chiuse, e forse proprio in quel momento un Rocco bambino era lì che andava a scuola in calzoni corti, sgambettando per la campagna fino alla fermata dell'autobus; o, appena ventenne, baciava impacciato una giovanissima moglie davanti all'altare; o, magari, accarezzava la testina glabra del figlio, nato di lì a poco perché concepito prima del matrimonio. O, forse, qualcosa di più etereo e spaventoso aveva preso a volteggiargli nella mente obnubilata dai farmaci: fredde correnti grigie, fantasmi ventosi, buie sagome di creature accorse dall'aldilà al richiamo della morte imminente.

Doveva essere molto tardi, pensò Saverio, che su quella sedia aveva perso la cognizione del tempo. E, all'improvviso, si rese conto di avere la vescica piena. Il tempo di formulare quel pensiero, e capì di non essere più in grado di trattenersi. Scattò in piedi, si sfilò in fretta camice, cuffia e mascherina, e uscì di corsa, chiudendosi la porta alle spalle.

Liberarsi in quel bagno estraneo e promiscuo gli procurò un sollievo indicibile, una sorta di languore che gli rallentava i movimenti e annebbiava i pensieri. Uscì malfermo sulle gambe e tornò sui suoi passi. In fondo al corridoio, si era radunata di nuovo la piccola folla degli intimi. Saverio accelerò e si fece largo fino al vetro. Riconobbe nella stanza il primario Eligia Marani, vecchia amica di suo padre: in camice, cuffia e mascherina, la dottoressa era ferma davanti a un monitor su cui l'andamento regolare del tracciato luminoso attestava che il cuore squassato del paziente, in un modo o nell'altro, batteva ancora. La donna si era appena avvicinata al letto per controllare l'ago della flebo nella mano del malato, quando all'improvviso quella mano si mosse, le artigliò un lembo del camice e lo tirò a sé. C'era una forza inaspettata, in quel gesto. La Marani si chinò sull'uomo che era il suo migliore amico da quasi trent'anni.

"Guardate! Parla! Sta parlando!", disse qualcuno dei parenti.

"Vecchia pellaccia!", commentò qualcun altro, ridacchiando. "L'avevo detto, io, che ce l'avrebbe fatta anche questa volta!"

Saverio assisteva alla scena come ipnotizzato. Il morente muoveva le labbra e la dottoressa assentiva con il capo avvolto nella cuffia sterile. Più tardi, per quanto si sforzasse, Saverio non avrebbe saputo riferire quanto fosse durata. Ricordava solo che a un certo punto la testa, che suo padre aveva sollevato in un ultimo sforzo da naufrago, si abbatté di schianto sul cuscino. La mano ricadde sul lenzuolo. Il monitor lampeggiò come un semaforo rotto.

La donna restò immobile, fissando il vuoto. Poi, dopo un tempo che a tutti parve interminabile, uscì dalla stanza e si tolse la mascherina. Era pallidissima.

"È morto", annunciò con voce incolore, senza guardare nessuno. "E io… io non ho potuto farci niente".

Quindi girò le spalle a tutti e si allontanò lungo il corridoio.

1

Prima di entrare nell'Aula magna, Furio Longhi si fermò a qualche metro dalla soglia per sfilarsi di dosso l'impermeabile gocciolante. Il brusio degli studenti indicava che la cerimonia non era ancora iniziata, così il professore, ansante per la corsa sulle scale, tirò il fiato e si sistemò la cravatta. Fuori, la pioggia continuava a scrosciare contro i vetri delle finestre e il grande atrio al primo piano del liceo era immerso in una penombra grigia. D'istinto, Longhi cercò subito un aggettivo più appropriato. '*Crepuscolare*' fu il solo che gli riuscì di trovare in quel momento ma, confuso e concitato com'era, decise di non dare troppa importanza alla cosa.

Un gruppetto di ritardatari della II C lo superò di volata, poi qualcuno lo avvistò e s'inchiodò davanti alla porta. "Buongiorno, professore".

Longhi increspò le labbra in un sorrisetto. “Mantovano! Sempre all’ultimo momento, eh?”

I tre ragazzi si avvicinarono ciondolando. “Il nuovo preside si fa desiderare. Dicono che ha avuto un problema con la macchina e che sta arrivando in taxi. È lui in ritardo, mica noi”.

Longhi fissò i vetri di una finestra, oscurati dall’acqua battente. “Eh, con questa pioggia…”, mormorò, soprappensiero.

Poi sollevò lo sguardo sui suoi allievi. Erano altissimi, tutti e tre. *Giraffoni, perticoni, spilungoni*, elencò mentalmente Longhi, a disagio. Quando gli stavano di fronte come ora, era costretto ad alzare la testa per riuscire a fissarli negli occhi: fortuna che di solito il confronto avveniva in classe, con i ragazzi raggomitolati alla meno peggio nei vecchi banchi di legno e lui in piedi, a scrutarli dall’alto in basso, com’era giusto che fosse.

Fabio Mantovano gli si accostò. “È vero quello che si dice in giro, professore? Che lei e il nuovo preside siete stati compagni di classe?”

Longhi spostò l’impermeabile grondante sull’altro braccio e sospirò. “Una vita fa…”

“In che sezione?”, chiese Stefano Benci, il secondo in ordine d’altezza. Uno e ottantanove appena.

“La E”.

“Wow! La mitica E!”, esclamò il ragazzo, con un sorriso di incerta interpretazione. “Quella di Rastofani, no?”

Longhi annuì. “Esatto, Benci. Il *professor* Rastofani

era il nostro insegnante di latino e greco del triennio. E prima ancora, al ginnasio, anche di italiano, storia e geografia".

Benci emise un fischio sottile, che nelle sue intenzioni avrebbe dovuto esprimere sconfinata ammirazione. "Tosto, eh?"

Longhi lo fissò severo. "Trova immediatamente un'altra parola, Benci, altrimenti non ti rispondo".

"Uhm..." Il ragazzo si morse il labbro inferiore, concentratissimo. "Pesante? Difficile?"

"Impossibile?", provò Mantovano, ridacchiando.

"Esiziale?", si inserì Enrico Frizzi, il più acculturato dei tre. "Ordalico?"

A Longhi, suo malgrado, scappò una breve risatina. "Complimenti, Frizzi. Vedo che fai progressi. Rastofani, però, non era né esiziale né ordalico. Era im-pe-gna-tivo!", sillabò. "Per cui, Frizzi, hai sbagliato. Avete sbagliato tutti. Del resto, non c'è da meravigliarsi: voi tre siete in fondo alla classifica generale!"

Il gioco delle '*Parole al vento*', come lo aveva battezzato personalmente, era una sua invenzione: consisteva nel trovare il maggior numero di sinonimi di un vocabolo nel minor tempo possibile. Didatticamente, lo scopo dichiarato era quello di abituare i ragazzi all'uso più ricco e completo della lingua italiana; ma, segretamente, era un sistema per tenerli sulla graticola durante la lezione, visto che la domanda poteva essere posta a chiunque in qualsiasi momento. Il tempo della risposta era rimesso a una piccola clessidra sulla cattedra; il giudizio, invece, alla esclusiva discrezione di Longhi. La classifica, aggiornata mese per mese, dava diritto a bonus di vario tipo: arrotondamenti di voti, giustificazioni occasionali per compiti non svolti, preavvisi di interrogazioni…

"Non è vero!", protestò il ragazzo. "Io sono in terza posizione, questa settimana!"

"Guarda, Frizzi, che se continui ad andare in giro con questi due, ti retrocedo. Se loro non migliorano a contatto con te, evidentemente sei tu che peggiori a contatto con loro".

Il professore guardò l'orologio. "Fuori dai piedi, ora. Andate dentro e non fatevi più vedere per tutta la mattina".

Mentre i ragazzi facevano dietro-front ed entravano nell'Aula magna, Longhi lanciò un'occhiata indecisa alle sue spalle. Se la faccenda del ritardo del preside aveva un minimo di fondamento, forse riusciva a fare un salto in sala professori per lasciare l'impermeabile e magari…

Fu in quel preciso momento che si sentì chiamare dal fondo delle scale. La voce, profonda e impostata, era la stessa di un tempo: e, a meno che la distanza non lo ingannasse, anche lo sguardo. La mente di Longhi si mise compulsivamente al lavoro, alla ricerca di una parola adatta a definirlo. Mentre veniva stretto in un abbraccio virile, dovette però ammettere con se stesso di non essere assolutamente in grado di trovarla. Proprio come un tempo.

2

Fra saluti, complimenti e strette di mano, Saverio De Marchis guadagnò finalmente il posto che gli spettava, al centro del lungo tavolo delle conferenze. Accanto a lui, ciascuno su un lato, sedevano un anoressico segretario dal naso adunco e la psicologa della scuola, che gestiva uno sportello per l'ascolto del tutto inascoltato da genitori e alunni.

Per alcuni minuti De Marchis si trattenne a osservare la platea, perlustrando con molta attenzione ogni fila di sedie e ogni singolo volto. Severo o compiaciuto che fosse, quel lungo sguardo indagatore ottenne in breve un silenzio pressoché assoluto.

I ragazzi fissavano l'uomo con perplessa curiosità: il nuovo preside – alto e abbronzato, con folti capelli appena brizzolati e un fisico da indossatore – sembrava infatti essersi materializzato in quell'aula dalla cover di un periodico per vip, e tutto era fuorché intonato alle sbiadite fisionomie dei colleghi seduti nelle prime file. Per non parlare del suo predecessore, l'ex preside Giuseppe Rigoso, detto Tutankhamon per i suoi proverbiali anatemi e perché tanto vecchio e segaligno da sembrare mummificato.

De Marchis, al contrario, era fascinoso, sorridente e, soprattutto, giovane. O almeno *lo sembrava*, il che per i ragazzi costituiva una novità assoluta. Non era solo una questione anagrafica: se esistono individui ai quali la natura nega fin dalla nascita le sembianze, i colori e lo splendore della giovinezza, pareva che questi si fossero tutti raccolti in quel liceo, come zanzare attirate da un'unica fonte di luce. Fra le poche eccezioni c'era la vicepreside Barbara Baldi: fisico asciutto, capelli sciolti sulle spalle, jeans e scarpe basse, la donna dimostrava poco più di una trentina dei suoi cinquant'anni. Il suo aspetto giovanile, però, non la rendeva più vicina ai ragazzi, dai quali era invece temutissima per l'intransigenza nelle valutazioni. Anche lei era stata compagna di classe di Furio Longhi e Saverio De Marchis per tutta la durata del liceo.

A scuola già si vociferava che l'incarico di vicepreside le sarebbe stato presto riconfermato dal nuovo dirigente; in quel momento, però, la donna non sedeva al tavolo della presidenza ma in platea, e fissava il preside con un'espressione impenetrabile.

Finalmente De Marchis si decise a cominciare il suo discorso. "Era dal lontano 1984 che non mettevo piede in questa scuola. Voi, ragazzi, non eravate neppure nelle intenzioni di quelli che poi sarebbero diventati i vostri genitori".

Risolini sommessi.

"Il 1984 è stato l'anno della mia maturità classica. Mia e di qualcun altro qui presente. Vero, Furio?"

Longhi, seduto in prima fila, arrossì. Aveva sempre odiato trovarsi al centro dell'attenzione e, mentre si sentiva gli occhi di tutti puntati sulla schiena, non poté fare a meno di chiedersi perché mai Saverio De Marchis non avesse tirato in ballo anche Barbara Baldi.

"La maturità, dunque", continuò De Marchis, "io l'ho conseguita con il massimo dei voti". Quell'*io*, sottolineato col tono della voce, pareva lasciar intendere che il collega non avesse ottenuto lo stesso risultato. Longhi strinse i pugni, nascondendoli sotto l'impermeabile posato sulle ginocchia.

Brusio, mormorii, sedie smosse. Qualche fischio sommesso dalle retrovie.

De Marchis alzò una mano e impostò il tono. "Mettiamo bene in chiaro una cosa: io *non ero* un secchione. Mi piaceva solo riuscire in quello che facevo, e non vi dico quello che mi ci è voluto per arrivare a quel massimo... È da allora che credo ai miracoli".

La battuta, accompagnata da un sorriso d'intesa, prevedeva una risata generale che puntualmente arrivò.

"E voi? Ci credete, voi?"

Fiacco coro di sì, qualche mugugno soffocato nel mucchio.

"Be', se ci credete, allora ciò a cui state assistendo oggi lo è".

Silenzio.

"Io sono il nuovo preside di questa scuola e questo è un miracolo".

Silenzio.

"Vedete, fino a un certo punto della mia vita non ci avevo mai pensato. A mettermi alla guida di una scuola, intendo. Non credevo di essere in grado di guidare un bel nulla, neppure la mia macchina. Per non parlare di mia moglie..."

Risate.

De Marchis abbassò il tono, come chi sta per fare una confidenza a qualcuno di cui si fida. "Il mio primo giorno di scuola come professore è stato un disastro. Avevo paura degli studenti e soprattutto temevo di scoprire che non avrei mai potuto essere all'altezza di un compito così delicato. Ma, alla fine, le cose sono andate per il meglio. La mia carriera è stata dignitosa, e quelli che fra i miei alunni non sono riusciti ad amarmi, almeno non mi hanno odiato. E ora sono qui, a capo di uno dei primi licei classici in Italia. Fra parentesi, ai miei tempi era il primo in assoluto".

Pausa. Silenzio assorto.

"Sono diventato preside perché a un certo punto ho sentito la nostalgia di questa scuola. Mi sono proposto un traguardo, l'ho tagliato ed eccomi qui, finalmente. Questo è il primo miracolo di oggi. Ma ce n'è un altro, molto più importante..."

Silenzio sospeso.

Saverio De Marchis afferrò il microfono e si alzò in piedi. Aggirò il tavolo e discese i due scalini che lo separavano dalla platea.

I ragazzi si agitarono sulle sedie, seguendolo con gli occhi mentre avanzava nel corridoio centrale, fissando i volti intorno a sé. Longhi, seduto accanto a una collega che sembrava affascinata, pensò che nessuno di sua conoscenza avrebbe saputo calamitare tanto l'attenzione.

"Il secondo miracolo è che questo liceo, da oggi in poi, sarà diverso", proclamò De Marchis, con voce stentorea.

"Da questo momento, non dovrà essere solo luogo di studio e apprendimento, ma anche casa, rifugio, famiglia, appartenenza. Da oggi voglio che ognuno di voi parli con me, se ci sono problemi e anche se problemi non ci sono. Basterà un semplice messaggio di posta elettronica a un indirizzo che io stesso vi darò. Dovrà esserci fra noi un filo, sempre teso, di solidarietà e comprensione. Voi farete le domande, io darò le risposte. Voi porrete le questioni, io cercherò di risolverle. È mio desiderio che in questo istituto entrino leggerezza e serenità, se non la felicità cui pure tutti aspiriamo. So che esiste un corso di teatro classico. Io lo potenzierò. Reciterete – reciteremo – tutti. Sofocle, Eschilo, Euripide… Tutta la tragedia greca sarà rappresentata, e saremo noi a farlo. Parteciperemo a concorsi nazionali e li vinceremo. Dimostreremo a tutti che la cultura che si insegna in questa scuola è l'unico vero strumento per interpretare i tempi in cui viviamo. Che studiare i classici non è inutile, ozioso e improduttivo, come i nostri detrattori tentano di far credere. Daremo a tutti la prova che chi ha imparato a tradurre un testo di greco o di latino e a penetrarne l'intimo significato, è in grado di decifrare l'essenza dell'universo, comprese le leggi fisiche e matematiche che lo governano. Che Omero è molto più moderno e seducente dei vostri eroi delle radio, delle fiction, dei reality. Chiariremo una volta per tutte qual è la nostra idea dell'eccellenza. L'eccellenza siete voi! Ognuno di voi, nessuno escluso. Basta scoprirla e noi la scopriremo insieme! Alziamo l'asticella della nostra vita! Facciamolo insieme! Siamo i migliori e lo dimostreremo a tutti!"

Brusio eccitato.

"Allora, siete con me? Ci state? Sì o no?"

Una salva di applausi riempì la sala. Qualcuno lanciò urla di guerra, altri intonarono cori che avevano un che di selvaggio.

"È un esaltato!", si indignò qualcuno, alle spalle di Longhi. "Li sta sovreccitando! Questa scuola non è uno stadio!"

"Che americanata!", commentò qualcun altro, acido.

"Ma che dite? È un innovatore!", esclamò una professoressa dai capelli grigi, schizzando in piedi.

"Non ho mai sentito niente di simile, in un discorso di insediamento. Vado a stringergli la mano".

Istintivamente Longhi lanciò un'occhiata alla sua sinistra: il posto di Barbara Baldi era vuoto.

3

Caro signor Preside, i miei complimenti. Da quando frequento questa scuola, e sono quattro anni, non mi sono mai sentito così motivato come durante il suo discorso della settimana scorsa. Grazie.

Fausto Buccari, III C.

Egregio signor Preside, lei ci ha detto di farlo e io lo faccio. Il mio problema è questo: il bidello Mangiacorta Ennio ce l'ha con me. Io non gli ho fatto niente, giuro, ma lui continua a darmi il tormento, dicendo che ho lasciato i rubinetti aperti nel bagno, che ho fatto pipì fuori dalla tazza e che mi diverto a scrivere porcherie sui muri. NON È VERO!!! *Io so chi è stato ma non lo dirò mai, neanche sotto tortura.* IO ODIO LE SPIE!!! *La prego, lo faccia smettere. Con osservanza.*

Mirko Strobovic, I D.

Caro Preside, mio padre dice che lei è un pericoloso carrierista, un arrampicatore sociale che vuole usare la nostra scuola per fini personali. Quando li avrà raggiunti, ci abbandonerà. E a quel punto, potremo usare il nostro diploma per… Non glielo posso ripetere, ma lei può immaginarselo da sé, basta che pensi al gabinetto e alla carta igienica. Io non sono d'accordo. Lei mi piace. Mi convinca che io ho ragione e mio padre ha torto.

Ilio Franceschini, II E.

Egregio signor Preside, per prima cosa voglio congratularmi con lei, che è veramente forte. Scusi se mi permetto, ma fra le mie amiche è diventato un mito che neanche George Clooney. Le andrebbe bene se la prossima settimana fissassimo un incontro per parlare del cartellone teatrale? Io ho fatto Lisistrata, lo scorso anno. Può chiedere di me alla professoressa Micone, le dirà che me la sono cavata piuttosto bene. Mi piacerebbe discutere con lei di alcune idee che ho per il programma. In attesa di risposta, la saluto cordialmente e scusi se le ho mancato di rispetto. Ho un po' scherzato perché credo che lei sappia stare agli scherzi.

Isabella Foglieri, I F.

Gentilissimo Preside De Marchis, grazie. Lei ha sdoganato il 'secchione'. Io, che lo sono convintamente, spero – da grande – di diventare come lei. Sfido chiunque, d'ora in poi, a continuare a prendermi in giro solo perché studio e voglio riuscire in quello che faccio.

Roberto Finzi, III F.

Scusi, signor Preside, mi spiega a cosa serve studiare? Io ancora non l'ho capito, visto che mio padre ha studiato tanto ma non c'ha mai un soldo.

Giulio Bittarelli, IV B.

De Marchis bloccò il cursore. Aveva già letto quelle e-mail parecchie volte, se n'era compiaciuto e in gran segreto lusingato. Ma per nulla al mondo le avrebbe esibite, per non attirarsi invidie, critiche e malevolenze. Erano altre, quelle che aveva scelto di leggere ad alta voce.

"Gentile signor Preside, visto che è stato suo compagno di classe e quindi c'ha una certa confidenza, potrebbe dire al professor Longhi che questa farsa della classifica dei sinonimi (vedrà che lui gliela saprà spiegare meglio di me, che c'ho il rigetto!) è patetica? Non siamo pappagalli, e l'italiano si impara in un altro modo. Perché, invece di perdere tempo con il vocabolario – usato né più né meno come l'elenco del telefono – non si preoccupa dei concetti? Perché, per esempio, non ci fa leggere in classe i top ten delle librerie? Non sarebbe meglio? Flavia De Gentile, II C" .

"Come la vede lei, signor Preside, la faccenda delle parolacce in classe? Non pensa che non abbiano niente di volgare o offensivo, ma siano solo un modo per rendere più incisivi i concetti? Lo spiega, per favore, al professor Gioberti? Lui mi mette note in continuazione, e alla fine sono sicuro che mi boccerà. Non lo trovo giusto, cazzo. Provocatoriamente, ma con rispetto, la saluto. Giuliano Macci, II A" .

De Marchis sollevò lo sguardo dallo schermo del computer e lo fissò sui professori seduti davanti a lui. La presidenza era silenziosa, come sempre a quell'ora del pomeriggio. Una lama di luce colpiva il tappeto persiano che, insieme a una kentia maestosa e a una dozzina di acquerelli, Saverio si era portato da casa per dare tono all'ambiente.

Tino Gioberti, un ometto calvo e barbuto dall'aria nervosa, sbottò: "Quel Macci è una fogna! Quattro cazzi – scusi, con tutto il rispetto! – e due parole in fila, peraltro senza senso compiuto! Io non posso tollerarlo!"

"Calma, professore, calma! È chiaro che il ragazzo sta chiedendo aiuto. Non le ho fatto sentire quello che ha scritto per aizzarla o darle spunti di ritorsione".

Gioberti si fece paonazzo per l'indignazione. "Lei non mi conosce, preside. Io non sono tipo da ritorsioni. Ma vorrei vedere lei, in quella classe, a sopportare un turpiloquio che farebbe impallidire uno scaricatore di porto. Il suo predecessore mi ha fregato, sa? Mi ha mollato una patata bollente – una sezione disastrata che non la voleva nessuno! – e io sono qui a ustionarmi, per il bene di questa onorata scuola! Non ce la faccio più, deve credermi!"

De Marchis prese un'aria compunta e intrecciò le mani sul piano della scrivania. "Ci parlo io, con questo Macci. Stia tranquillo".

"I genitori! Deve parlare prima con loro!", strepitò l'uomo, con voce tremante di rabbia. "Sono loro, il problema! Assenti, incapaci, falliti! Egoisti irresponsabili!!! Ci mollano i loro campioni, non vengono mai ai colloqui, se ne fregano oppure li difendono, e chi s'è visto s'è visto!"

"Io parlo prima con il ragazzo", replicò De Marchis,

con calma. “Mi ha scritto, no? Voglio la sua opinione, prima di sentire quella dei suoi. Del resto, non mi pare così sprovveduto: ha motivato la sua posizione in un modo per niente banale. *Le parolacce servono a rendere incisivi i concetti.* È un punto di vista piuttosto critico, non trova?”

Gioberti non rispose. Fissava torvo il pavimento, con le labbra strette e il respiro accelerato, come se stesse facendo uno sforzo per cercare di calmarsi. Alla fine alzò lo sguardo.

“Senta, signor preside, io voglio parlarle con molta franchezza”, disse, con tono basso e controllato. “Ho sempre svolto questo lavoro onestamente, magari in modo non eccelso – per carità! – ma con entusiasmo e dedizione. Ora, però, sa cosa le dico? Alzo bandiera bianca. Questi ragazzi sono… non saprei come dire... non sono come noi. Noi contestavamo i nostri genitori, certo, ma in qualche misura gli assomigliavamo. Questi non somigliano a nessuno. Sono di un’altra razza. Una razza con i pixel nel cervello e gli occhi a schermo piatto. Io… io penso che mantenere in piedi una scuola così, con individui di questo tipo, sia un’assurdità. Penso che tutti noi dobbiamo piuttosto rinunciare e lasciare la Terra in balia di questi marziani. E poi succeda quel che deve succedere! Dopotutto noi siamo vecchi, ormai, e per quel che ce ne può fregare…”

“Ma cosa dice, professore?”, tuonò De Marchis. “Lei scarica sui ragazzi una responsabilità che è esclusivamente nostra. Non è corretto! Non è giusto! Né per loro, né per noi. Io ho a cuore questi giovani. E, scusi, se lei è vecchio o si sente tale, è un problema suo".

"Perché ci hai convocato, Saverio?", si decise a intervenire Longhi. "Non ti pare di aver già tradito la loro fiducia, facendoci leggere quello che scrivono?"

"Neanche per idea. Me lo hanno chiesto loro. *Lo spiega, per favore, al professor Gioberti? Potrebbe dire al professor Longhi?* Mi spiace, Furio, non sei stato attento. O dovrei dire vigile? presente? accorto? Scusa, ma a questo punto mi sento anch'io un po' a corto di sinonimi".

"Fai poco lo spiritoso, Saverio".

"Spiritoso un tubo. Noi non possiamo ignorare il malessere, la contestazione, il dissenso. È una questione di democrazia. Noi – proprio noi! – che in questo istituto ci facciamo vanto di insegnare i valori e il pensiero di grandi civiltà nate e prosperate centinaia di anni prima della nascita di Cristo, non possiamo contraddirci. Questa non è una scuola come un'altra. Nessuno, uscendo da qui, saprà fare un bel nulla: riparare un avvolgibile, saldare due pezzi di ferro, gestire un'impresa commerciale, tenere una contabilità, cucire, cucinare o disegnare su un foglio in scala. Ma dovrà essere in grado di impararlo prima e meglio degli altri, se solo se lo mette in mente. Chi esce da qui, dovrà essere capace di tutto".

"Anche di delinquere?", chiese Longhi, con uno strano tono.

Le labbra di De Marchis si piegarono in un sorrisetto ironico. "Perché no? Dimentichi, caro Furio, che molti grandi assassini della storia antica sono stati educati nello studio del pensiero e della retorica. Non c'è dubbio che, se qualcuno uscisse da questa scuola con un'innata predisposizione a delinquere, probabilmente metterebbe in atto il suo proposito in modo diverso da chi non ha avuto questo tipo di preparazione. Non sei d'accordo?"

"Ma cosa sta dicendo, preside?", insorse Gioberti, scandalizzato. "Che noi alleviamo futuri delinquenti? Che diamo loro strumenti per delinquere in modo più intelligente?"

"Andiamo, professore!", replicò De Marchis, allargando le braccia con aria esasperata. "Non capisce che la mia era solo una provocazione? Mi meraviglio che un uomo con la sua esperienza non sappia cogliere la differenza fra una perorazione e un paradosso".

Gioberti si intimidì e, in preda alla frustrazione, tacque. In cuor suo, però, scalpitava. Non gli piaceva quell'andazzo, c'era qualcosa che gli sfuggiva e, al tempo stesso, lo inquietava nel profondo. Era confuso, infuriato, interdetto. Non vedeva l'ora di tornare a casa sua, infilarsi le pantofole, cenare al calduccio della cucina e poi sedersi in poltrona in compagnia dei suoi amati libri, fino a quando la moglie non fosse arrivata a portar via la bottiglia di scotch e a intimargli di andare a letto.

Il Preside ora taceva, incupito. Gli altri due lo fissavano, in attesa. Il sole settembrino, fuori dalle finestre, continuava a svolgere il suo compito stagionale, quello di dare l'ultima illusione dell'estate.

"Poco fa mi hai chiesto il perché di questa convocazione, Furio", riprese infine De Marchis, "il motivo è semplice. Desidero che prendiate atto di quello che gli studenti pensano e dicono di voi. Non siete i primi e non sarete certo gli ultimi a essere invitati qui per la stessa ragione".

"È molto grave che i ragazzi abbiano pensato di aver bisogno della tua mediazione per interloquire con noi. È un tipo di complicità che ci delegittima", osservò Longhi, contrariato.

"Dovresti piuttosto chiederti perché abbiano sentito la necessità di ricorrere a me", ribatté il preside. "Evidentemente, c'è un problema di comunicazione che non va sottovalutato. Io non sono loro complice, e mi guardo bene dall'assegnare torti o ragioni. Il mio compito, ora, è solo quello di avviare un processo virtuoso di critica e autocritica, per migliorare e progredire tutti insieme, insegnanti e alunni, in concordia e serenità. Ma, se questo processo non portasse a nulla, siate certi che alla fine io prenderò delle decisioni. E queste, inevitabilmente, scontenteranno qualcuno. Mi aspetto da voi un'attenta riflessione su quanto è stato detto qui. È tutto. Vi ringrazio della vostra cortesia".

I tre uomini si alzarono in piedi e, in silenzio, si avviarono verso la porta della presidenza. Quando Gioberti fu sparito in fondo all'atrio, giù per la prima rampa di scale, Longhi si girò verso il suo vecchio amico. "Fai discorsi molto diversi da quelli di un tempo", disse piano, quasi temesse di poter essere sentito. "Non mi convinci, caro mio".

De Marchis rispose con un sorriso enigmatico. Poi gli assestò un'amichevole pacca sulla spalla.

"Ricordati, Furio. Stasera, alle otto e mezza, a casa mia. Io e Miriam vi aspettiamo".

4

Alle sei di quella sera, il telefono di Barbara Baldi squillò. La donna, seduta sul divano con un gatto sulle ginocchia e un testo di Lisia tra le mani, rispose controvoglia.

"Pronto".

"Ciao, Barbara. Sono Furio".

"Ah, Furio..."

Dall'altro capo del filo, una leggera esitazione. "Ti disturbo?"

"Ma no, figurati. Stavo scegliendo una versione per il prossimo compito in classe di greco. Dimmi pure".

"So che stasera ci sarai anche tu. Da Saverio, intendo".

"Sì, mi ha invitato".

"Io... io volevo sapere che ne pensi".

"Di cosa?"

"Di questo invito. E di... di tutto il resto".

La mano di lei, che continuava ad accarezzare il gatto, si bloccò. "Non penso nulla, Furio. O meglio, nulla di cui mi vada di parlare con te a telefono".

"Perché, sei intercettata?"

Barbara rise nervosamente. "Non dire stupidaggini. Come ti viene in mente?"

"E allora perché..."

Lei lanciò un'occhiata all'orologio da polso. Delicatamente sospinse via il gatto dalle sue gambe e si alzò dal divano. "Vedo che si è fatto tardi. Scusa, ma devo andare a prepararmi".

"Vuoi che ti passi a prendere? Sono qui nei paraggi e..."

"No", declinò lei, dopo una breve esitazione. "Preferisco venire con la mia macchina. Domattina ho la prima ora e stasera penso di andarmene piuttosto presto. E fra poco ho anche da sbrigare una commissione. Grazie lo stesso".

"Lo sai chi ci sarà, vero?"

"No".

"Rastofani".

Barbara si prese una pausa, facendo correre lo sguardo intorno alla stanza. "E come mai? Che c'entra lui?"

"Non ne ho idea. Speravo che potessi dirmelo tu".

"Senti, Furio...", riprese lei, con lentezza, dopo qualche secondo di silenzio. "Io non vedo De Marchis da un bel pezzo. Cosa vuoi che ne sappia dei suoi inviti e dei suoi ricevimenti? Magari con Rastofani si frequentano abitualmente e noi non ne siamo al corrente. Vorrà farsi bello con lui per la nomina a preside, non credi? O magari pensa solo a una rimpatriata..."

"Una rimpatriata!", ironizzò il professore.

"Non so che dirti", tagliò corto Barbara. "Penso che la cosa migliore sia andare e vedere..."

"*Veni, vidi, vici*?"

"Perché, c'è qualcosa in palio?", lo rimbeccò lei, secca. "Furio, scusa, ma ora devo proprio cominciare a farmi bella. Mi ci vuole un po', ormai. Ti saluto".

"Ciao", mormorò Longhi, senza curarsi di mascherare la delusione.

Barbara Baldi chiuse la comunicazione e per un lungo attimo restò in piedi, soprappensiero. A quell'ora la stanza – esposta a ovest – era ancora piena di sole. Socchiuse gli occhi, turbata, mentre la sua mente vagava lontano, fra i ricordi. Era un'operazione inquietante, alla quale non si dedicava quasi mai. E in quel momento, nel silenzio della sua casa, a quel sole tardivo che la colpiva in piena faccia, si sentiva tremendamente esposta. Bruscamente si strappò dai capelli il fermaglio che li teneva raccolti e scosse la testa con forza, come se volesse scacciare un insetto. Poi, quasi correndo, si rifugiò in camera da letto. Spalancò le ante dell'armadio e contemplò gli abiti che penzolavano dalle grucce con un curioso senso di estraneità, come se non le appartenessero. Aprì i cassetti e vi rovistò dentro, senza sapere bene cosa stesse cercando. Alla fine, imbracciando alcuni indumenti scelti a caso, entrò in bagno e si chiuse la porta alle spalle.

5

Miriam De Marchis si aggirava per casa come una belva in gabbia. Quelli del catering non erano ancora arrivati e lei non sapeva più come regolarsi. La tentazione era quella di fare l'ennesima telefonata – l'ultima – per mandarli al diavolo una volta per tutte. Poi avrebbe avuto inizio la causa e, di lì a qualche anno, Miriam si sarebbe ritrovata con una bella sommetta a titolo di risarcimento del danno. Suo padre, vecchia volpe di avvocato, ci sarebbe andato a nozze. E anche lei, abituata da sempre a quelle prove di forza: il padre aveva citato in giudizio tutti i genitori dei bambini che per caso o per dispetto le avevano tirato i capelli, fatto uno sgambetto o anche una semplice linguaccia. Poi era stato il turno dei suoi ex fidanzati, dei vicini che protestavano per la musica a tutto volume nel suo appartamento da single, e del portiere del condominio che non era abbastanza ossequioso. Questo, prima che sposasse Saverio. Da quel momento in poi, l'avvocato si era dedicato in via esclusiva ai problemi delle tante imprese del consuocero, lasciandola sola a sbrigare le sue diatribe quotidiane con tappezzieri, sarte, giardinieri, estetiste e colf.

Ovviamente, se c'era da menare colpi di carta bollata, il padre non si tirava mai indietro. Miriam valutò rapidamente i pro e i contro di quella situazione. Erano già le sei del pomeriggio e l'invito era per le otto e mezza. Per gli aperitivi era stato previsto un buffet in veranda, fra piante grasse, candele profumate e complementi high-tech; la cena, invece, avrebbe avuto luogo in sala da pranzo, intorno al lungo tavolo di radica apparecchiato in pompa magna, con la tovaglia in antico sfilato siciliano, le ceramiche di Castelli e i candelabri dell'Ottocento. Miriam li aveva comprati a caro prezzo solo di recente, all'unico scopo di spacciarli per vecchi tesori di famiglia. Quella volta, però, cominciava a dubitare di non averne l'occasione.

A piccoli passi veloci, ancheggiando nella gonna stretta sul vialetto di pietre piatte, arrivò fino al cancello e controllò la strada: nessun movimento, nessun furgone, niente di niente. Si torse le mani dalle unghie ricostruite e gemette piano. Saverio se la sarebbe presa con lei e avrebbero litigato di nuovo. Ultimamente succedeva spesso, pensò. *Un po' troppo* spesso. Pareva che per suo marito ogni scusa fosse buona per limitare al minimo indispensabile la sua presenza in casa; e, nei rari momenti in cui si trovavano a tu per tu, non perdeva occasione per punzecchiarla, contraddirla e perfino offenderla. Sempre in quel suo modo sottile e indiretto, ovviamente, mai con volgarità e mai alzando la voce. Era lei, semmai, a reagire urlando e spaccando tutto quello che le capitava a portata di mano, con la conseguenza di passare per una pazza isterica agli occhi di chiunque avesse la sventura di assistere a quegli infelici siparietti. Insomma, le cose non andavano per niente bene. A letto, poi…

Con il naso fra le sbarre del cancello, Miriam stava giusto tentando di rammentare l'ultima volta che suo marito si era spinto oltre la sua metà del letto, quando un furgoncino bianco montò sul passo carraio e si fermò a pochi passi da lei.

“Finalmente!”, sbottò a voce alta la padrona di casa, affrettandosi verso il pulsante di apertura automatica del cancello. Poi controllò l’orologio da polso, un Cartier che il padre le aveva messo al polso il giorno del suo matrimonio: erano le sei e venti, quindi non tutto era perduto. Si sarebbe solo stressata un po’ di più e forse avrebbe dovuto rinunciare alla doccia. Niente di così grave, dopotutto.

Prese a correre sul vialetto, dietro al furgone che si dirigeva sul retro della villa, quando d’improvviso un tacco si ruppe e lei perse l’equilibrio. La caduta fu improvvisa e violenta: stesa a terra, mentre stringeva le labbra per il dolore al fondoschiena e constatava con orrore la sbucciatura al ginocchio sinistro, sentì che era in arrivo una delle sue proverbiali crisi di nervi. Aprì la bocca e cominciò a urlare, maledicendo il liceo, la presidenza, i professori, gli alunni e tutti i loro parenti, nessuno escluso.

Poi, senza immaginare quanto il cielo possa essere sensibile a certe sollecitazioni, si rimise in piedi e zoppicando raggiunse la casa.

6

Seduto su una poltrona di rattan in un angolo riparato del giardino, Guglielmo Rastofani si era addormentato con gli occhiali a sghimbescio sulla punta del naso. Il libro che stava leggendo fino a poco prima – le *Vite dei Cesari* di Svetonio – gli sfuggì dalle dita e silenzioso scivolò sull'erba. Un raggio spiovente del sole al tramonto arrivò a lambirgli la mano sinistra, posata sulle ginocchia, mentre la destra penzolava dal bracciolo. Lontano, oltre il muro di cinta, il passaggio delle poche auto sulla strada era solo un'eco sommessa, monotona come sciabordio di risacca.

Il professore sognava. Un uomo giovane e bello lo stava invitando su un poggio fiorito di rose e viole: circonfuso di luce come un angelo, gli sorrideva da lontano, chiamandolo con larghi cenni delle braccia. Lui, invece, era solo un bambino. Un bambino fiacco e lento come un vecchio. Su per quella salita, le gambe gli dolevano e il fiato si spezzava in brevi ansiti sofferenti.

Quando un'ombra improvvisa si allungò sul manto erboso, alzò la testa e si accorse che il cielo era oscurato da grosse nuvole nere. L'uomo sul poggio aveva lo sguardo disperato di chi assiste impotente a una terribile calamità. *Forza,* dicevano i suoi occhi, *corri! Corri, Guglielmo, prima che sia troppo tardi!*

Fu allora che Rastofani scoppiò in lacrime. Un vento forte aveva cominciato a percuotere le corolle dei fiori, strappandole con violenza dagli steli. Presto sarebbe arrivata la tempesta e lo avrebbe trascinato via come un fuscello, piccolo e sofferente com'era. E invece il primo ad arrivare fu il fulmine. Con uno schiocco spaventoso si abbatté sul prato e lo incendiò.

Il fuoco ora divampava dappertutto, divorava l'erba e inghiottiva l'uomo sul poggio. E quell'uomo – che ora ardeva all'orizzonte come una macabra fiaccola levata verso il cielo – non era altri che lui.

Aiuto! Aiuto!! Aiutooo!!!

"Professore... Professore!"

Rastofani spalancò gli occhi. Su di lui incombeva una sagoma femminile, che lì per lì non riconobbe. "Tu *ha* sognato, professore! Cosa molto brutta, eh?"

Si passò una mano sul viso e capì di aver pianto. "Uhm...", borbottò, asciugandosi le lacrime con un gesto furtivo.

"Tutto passato, adesso? Eh? Tu bene, ora?"

Rastofani alzò la testa per fissare la polacca. Era alta e bionda, con un seno generoso e un sorriso materno. Non c'era stato verso di farla passare dal *tu* al *lei*, ma dopotutto non gliene importava un fico secco. L'italiano della donna sembrava destinato a restare del tutto rudimentale: lei si ostinava a ignorare i suoi suggerimenti, e la proposta di insegnarle la lingua per un paio d'ore al giorno era caduta in un vuoto imbarazzante per entrambi. Il che per un uomo come Rastofani, votato a un amore per le lettere che nella vita aveva di gran lunga superato quello per l'altro sesso, sapeva di beffa. Malgrado ciò, il professore doveva ammettere che il loro modo di comunicare era, tutto sommato, soddisfacente. Le poche parole che formavano il bagaglio linguistico della donna – *cosa* e *bene* le più ricorrenti – bastavano e avanzavano per quel poco che avevano da dirsi. Del resto, che lei non fosse una chiacchierona era stato fondamentale per la sua assunzione. Rastofani, che pure aveva dovuto accettare l'idea di aver bisogno di una governante – guai a chiamarla badante! – non per questo era disposto a sopportare il vaniloquio quotidiano di una perfetta sconosciuta, per di più illetterata.

"Sì, bene. Io bene, ora", sintetizzò. Perché usare formule verbali superflue come *sto* o *mi sento*? Non era più comodo così?

"Tu bene? Tu sicuro?"

"Io sicuro, io sicuro...", la rassicurò Rastofani, paziente. Un brivido gli segnalò che l'umidità del giardino, in quel tardo pomeriggio, si era fatta penetrante.

"Che ore sono?", chiese, ricordando improvvisamente di avere un impegno di quelli che non si possono rimandare.

"Quasi le sette, professore. E tu non *ha* neanche toccato tuo tè", disse lei, indicando con disapprovazione il vassoio ancora intatto sul tavolino.

Lui si alzò dalla poltrona e restò fermo per un attimo, come a saggiare l'equilibrio. Era alto, asciutto e, grazie alla palestra quotidiana e alle lunghe passeggiate sulla riva del mare, ancora forte. Eppure in quel momento si sentiva stanco e dolorante. Proprio come in quel brutto sogno.

"Vado a vestirmi", annunciò, con tono più brusco di quanto avrebbe voluto. "Tu intanto prepara l'auto e portala fuori, sulla strada. Fra poco devo uscire".

"Sì. Io ricordo di festa. Io *accompagna te* con macchina?"

Rastofani scosse la testa. "No, tu puoi restare a casa e startene un po' per conto tuo. Non capisci che fortuna hai, stasera?"

Lei non raccolse o davvero non capì. "Quando tu *rientra*? Tardi?"

"Quando sarà ora", rispose, secco. "E ora, ti prego, preparami la biancheria pulita e portamela in bagno". *E togliti di torno, una buona volta!,* avrebbe voluto aggiungere, ma se ne astenne.

Controllare la sua naturale alterigia gli aveva richiesto negli anni un duro sforzo e molto allenamento, ma alla sua età poteva dire di avere almeno imparato a mascherarla.

Perciò fu un candido sorriso ipocrita quello che rivolse alla donna, prima di voltarle le spalle e avviarsi da solo verso la casa.

7

Valeria Benci rientrò a casa prima del solito, quel pomeriggio. Verso le tre, in corsia, aveva cominciato a sentire le orecchie ronzare e il mondo girarle intorno come una giostra. Si era rifugiata nella sua stanza in fondo al corridoio e si era stesa sul lettino, respirando a fondo. Quando una delle inservienti era entrata e l'aveva vista in quello stato, aveva subito chiamato aiuto. E poiché era notorio che l'infermiera Benci non stava mai male – da anni non si assentava dal lavoro neanche per un solo giorno – nel breve volgere di qualche minuto la piccola stanza si era affollata di medici e colleghe che le avevano tolto la poca aria di cui in quel momento poteva aver bisogno.

Poi le avevano fatto un prelievo e un'iniezione per la pressione, con l'ordine tassativo di non muoversi da lì prima che le sue analisi fossero state pronte.

E quando, alla fine, i valori erano risultati normali, era stato chiaro che la causa del suo malore poteva essere una e una soltanto: lo stress.

Valeria si accasciò su una sedia della cucina e fissò il muro di fronte. Per qualche minuto, lì in ospedale, aveva temuto di morire. Del resto, che c'era di strano? Aveva quarantanove anni, ed erano cose che succedevano anche a gente molto più giovane e molto meno sfruttata di lei. Si ritrovò a pensare che dopotutto non sarebbe stata una gran perdita: lottava come una leonessa da quando era venuta al mondo, ma ormai si sentiva mortalmente stanca. Per quanto ancora avrebbe potuto resistere?

Dal giorno in cui suo marito l'aveva lasciata, pochi mesi prima, la sua vita aveva preso una piega se possibile ancor più dura del solito. Il suo stipendio bastava appena per sopravvivere e, quanto al futuro, non c'era spazio per sogni o illusioni. Come avrebbe fatto con la sua vecchiaia? E come avrebbe fatto con Stefano? Bastò quel nome a farla alzare dalla sedia e arrivare in fondo al corridoio. Oltre la porta chiusa della camera di suo figlio, si sentivano risate e schiamazzi. Lei abbassò la maniglia ed entrò.

Stefano era al computer e le dava la schiena. Gli altri due, gli onnipresenti Frizzi e Mantovano, erano seduti accanto a lui su due sgabelli di plastica presi in prestito dalla cucina. Tutti e tre in bermuda e ciabatte di gomma. Segno che erano stati al mare, in quell'estate che non voleva finire.

Concentrati com'erano sullo schermo, non la sentirono entrare. Poi, chissà come, qualcuno avvertì una presenza alle sue spalle e si girò.

"Buonasera, signora", la salutò Enrico Frizzi, scattando in piedi. Fabio Mantovano, invece, si limitò a guardarla da sotto in su con un sorrisetto idiota. Suo figlio si tolse le cuffie, con la bocca spalancata dalla sorpresa. "Mamma…?!"

"Mi sono sentita poco bene al lavoro", disse lei, in risposta a quell'implicita domanda.

Stefano corrugò la fronte. "Poco bene? Cioè?"

"Niente di che. Un calo di pressione".

"Okay", disse lui, archiviando la cosa e rimettendosi le cuffie.

Lei si guardò intorno, stralunata. Il letto sfatto, la sabbia che crepitava sotto le suole, la puzza di chiuso. E poi le imposte accostate, gli sguardi febbrili, quello schermo nel buio, acceso d'immagini e suoni incomprensibili: un mondo a parte, estraneo, che la respingeva con ostilità.

"Okay?", si ribellò, alzando la voce. "È tutto quello

che hai da dire? Eh? Tua madre si è sentita male, è stata sul punto di crepare, e tu dici okay?"

"Ma sei pazza? Hai appena detto che non era niente!"

Lei guardò il piano vuoto della scrivania e gli zaini per terra, in mezzo alla stanza. "È così che studiate, voi tre? È questo che fate, quando nessuno vi controlla?"

"Smettila, mamma! Basta! Non rompere!", urlò lui, col vocione che tirava fuori quando era arrabbiatissimo.

Valeria Benci si sentiva scossa da un tremito malato che la faceva vacillare sulle gambe e le mozzava il fiato. Se fosse stata libera di farlo – e non lo era – avrebbe pianto. "Come ti permetti?", strillò invece, dando fondo a quel che le sembrava l'ultimo alito di vita. "Aveva ragione tuo padre: sei un fannullone!"

Suo figlio schizzò in piedi e la sovrastò. Era così alto che affrontarlo sul piano fisico era impensabile. E pensare che nessuno in famiglia era così: il nonno paterno sembrava un lillipuziano, quello materno non arrivava a uno e settanta. Le donne, poi, tutte decisamente sotto la media. Se non fosse stata sicura di sé, dei suoi ricordi e delle sue passioni, avrebbe potuto sospettare che suo figlio fosse il frutto di un adulterio.

"Vattene!", le urlò lui, di rimando.

"Eddai, Stefano...", cercò di calmarlo Frizzi, posandogli una mano sul braccio.

"Vergognati!", sibilò lei, con la bava alla bocca.

Il ragazzo serrò i pugni, ma poi si lasciò cadere di nuovo sulla sedia, scuotendo la testa.

Frizzi si rivolse a Mantovano. "Andiamo".

"No!", urlò Stefano, paonazzo.

"È meglio, su. Ci sentiamo più tardi. Buonasera, signora".

Si dileguarono in pochi secondi. Lei rimase lì, in piedi, a fissare le lunghe gambe pelose del figlio seduto, e i piedi nudi infilati nelle infradito. Erano magri e ben fatti, come i suoi. Il ragazzo sollevò sulla madre uno sguardo rabbioso.

"Sei contenta, adesso?"

"Stamattina, prima di andare al lavoro, ho parlato con la professoressa Baldi", disse lei, con voce sepolcrale.

Lui abbassò la testa di scatto e cominciò a digitare a casaccio sulla tastiera.

"Mi ha riferito che le hai messo la macchina praticamente fuori uso: hai dipinto i pneumatici di rosa e piazzato un perizoma a pois sull'antenna, a sventolare come una bandierina. È vero?"

"Non so di cosa cazzo parli", mormorò il ragazzo, continuando a battere sui tasti.

"E il culo disegnato sul portellone posteriore? Quello con su scritto: *Tamponami*?"

"Ho detto che non ne so niente".

"E lei, invece, ha detto che ti denuncerà".

"È una stronza, mamma".

"Non chiamarmi mamma! Io non ti riconosco più. Tu non sei mio figlio. Un figlio mio non farebbe quello che fai tu".

Sbattendo la porta dietro di sé, gli sembrò di sentirlo tossire forte.

8

Barbara Baldi tentò di distrarsi sotto la doccia canticchiando canzonette, ma non le riuscì. La sua mente continuava a tornare all'ultima volta che aveva incontrato Saverio De Marchis. Un convegno, tanti anni prima. Era il 2000? Il 2001? In quel momento le sfuggiva. Ricordava solo che si erano incrociati nell'atrio di un hotel di Cesenatico, e che lui l'aveva abbracciata col calore che si riserva ad amici di vecchia data.

All'epoca, lei portava i capelli cortissimi e Saverio si era soffermato a esaminare incuriosito il suo nuovo look. Poi aveva approvato con uno sguardo da intenditore, aggiungendo galante che sembrava una ragazzina all'ultimo anno di liceo, piuttosto che un'insegnante iscritta fra i relatori del pomeriggio. Lui, invece, non era cambiato affatto: belloccio come sempre, con lo stesso inalterato sorriso che aveva il potere di far sentire speciale il destinatario di turno. Sempre che il destinatario non lo conoscesse bene.

La conversazione era durata pochi minuti, poi si erano salutati amabilmente con la promessa di incontrarsi presto. In realtà mentivano entrambi: mentre si avviavano in direzioni opposte, in segreto si auguravano di non rivedersi più per il resto della loro vita. Negli anni a seguire, in effetti, Barbara aveva evitato con scrupolo ogni occasione di incappare in Saverio De Marchis, certa che lui avrebbe fatto lo stesso.

Uscendo dalla cabina, si domandò se ora sarebbe

riuscita a sopportare la vista quotidiana di quell'uomo seduto al tavolo della presidenza o in giro per le aule del liceo. Si rispose che ormai, alla sua età, avrebbe dovuto aver imparato a tenere a bada le emozioni e a convivere col lutto, la paura e il senso di colpa; ma l'angoscia che provava in quel momento, mentre si spazzolava i capelli a testa in giù, era la dimostrazione di quanto poco e male avesse lavorato su se stessa, scegliendo la comoda strada della rimozione. Ora, però, era arrivato il momento di affrontare la realtà.

Si sfilò l'accappatoio e cominciò a vestirsi lentamente, soprappensiero. Forse Saverio le avrebbe reso le cose più semplici di quanto lei pensasse. Forse la cena di quella sera comprendeva l'implicito invito ad accettare di buon grado la forzata convivenza tra le mura della scuola; e Barbara doveva ammettere che quella prova – che in quel momento sembrava solo un perfido dispetto del destino – forse era l'unica in grado di guarirla, se solo fosse riuscita a superarla.

Si truccò con cura, poi diede un'occhiata all'orologio: erano le sette e tre quarti. Calcolò che avrebbe fatto in tempo a passare in farmacia e poi da sua madre, per rifornirla di medicine per il diabete, l'artrosi, la tosse e tutti gli altri malanni di cui si lamentava quotidianamente. Prima di uscire, controllò il suo aspetto nello specchio dell'ingresso: il tailleur di seta color tabacco era perfetto per l'occasione, così come la parure di perle antiche e la pashmina sulle spalle. Non trovò nulla, nella sua immagine riflessa, che non fosse adeguato a quello snob di De

Marchis e alla sua insopportabile moglie. E, soprattutto, nulla che potesse tradirla. A parte l'ansia annidata nel fondo dello sguardo, che però non sarebbe stato un problema nascondere sotto un sorriso di circostanza, un attimo prima di varcare il cancello della villa del preside: in fondo era sempre stata maestra nell'arte di dissimulare.

Barbara chiuse la porta di casa ed entrò in ascensore: il tempo della discesa dall'attico al garage sotterraneo fu meno lento del solito, perché lei lo occupò rovistando frenetica nella borsa, in cerca delle chiavi della macchina. Fuori dall'ascensore, si avviò verso la Volkswagen parcheggiata lontano, vicino all'uscita, con l'andatura cauta a cui la costringevano i tacchi alti delle scarpe da sera.

Il garage era deserto e silenzioso, come sempre a quell'ora: molti condomini erano già a casa, e gli altri – tutti medici e avvocati – sarebbero rientrati dopo le otto. Aveva appena raggiunto l'auto e infilato la chiave nella serratura dello sportello, quando percepì un rumore. Lieve, qualcosa a metà fra un respiro e un fruscio. Si girò di scatto, inquieta, esplorando le ombre fra le macchine parcheggiate e le colonne di cemento armato. Non intuì nessun movimento, nessuna presenza. Tornò alla serratura e aprì lo sportello.

Fu in quel momento che sentì qualcosa di appuntito premerle fra le scapole. E poi la voce. Vicina, vicinissima. A un soffio dal suo orecchio.

"Ave, Agrippina".

9

Furio Longhi si fermò con l'auto davanti alle sbarre del cancello, smontò e suonò al campanello. Dopo pochi minuti le ante di ferro battuto cominciarono a spalancarsi lentamente. Longhi risalì in macchina e la condusse piano sul vialetto delimitato da siepi di bosso perfettamente sferiche.

Furono quei bossi a incattivire lo stato d'animo – già esacerbato – del professore. Fu la loro tronfia perfezione a insultarlo. Furio Longhi non ricordava un solo giorno della sua vita in cui non fosse stato costretto a contare i soldi nel tentativo – quasi sovrumano – di farli bastare fino alla fine del mese. Così era stato per la sua simbolica paghetta di adolescente, così per il modesto assegno mensile che suo padre gli staccava per coprire le spese universitarie e così per quello che, in seguito, lo Stato avrebbe preteso essere sufficiente a ripagarlo di ogni sacrificio e a vivere decorosamente con la sua famiglia di quattro persone.

E se ogni bolletta della luce o del gas non mancava di provocargli puntualmente scariche di adrenalina, le spese impreviste – mal di denti, gite scolastiche dei figli, elettrodomestici in panne, scarpe che si sfondavano – erano vere stilettate al cuore.

Ora quelle perfette sfere verdi, che evocavano stuoli di giardinieri strapagati, gli sembravano essere state schierate lì apposta per irriderlo, offenderlo, umiliarlo. Il loro sfrontato elogio della superfluità era perfino più oltraggioso della magnificenza della villa che si stagliava sul fondo, illuminata a giorno da ogni finestra. Dinanzi al noncurante spreco che tutte quelle luminarie suggerivano, il professore non poté non ripensare all'attenzione maniacale, imposta anche alla moglie e ai figli, nel chiudersi sempre la luce alle spalle uscendo da una stanza.

Improvvisamente le sue virtuose attitudini al risparmio – che quotidianamente tentava di nobilitare con l'esaltazione della sobrietà – gli sembravano solo patetici tentativi di negare importanza a ciò che mai avrebbe potuto avere.

Nondum matura est, nolo acerbam sumere. "La volpe e l'uva" del vecchio Fedro sembrava essere stata scritta apposta lui, considerò malinconicamente Longhi, mentre superava le auto in sosta sul vialetto e si imboscava in un punto appartato del giardino, nel deliberato proposito di nascondere la vecchia Saab, che tradiva i suoi anni almeno quanto lui. Quindi spense il motore, senza decidersi a scendere dall'auto.

Pensava a sua moglie, e a quale dimostrazione di saggezza gli avesse dato nel rifiutarsi di accompagnarlo. Non aveva nulla di adatto per la serata, aveva detto, né alcuna intenzione di procurarselo. Quella non era gente che loro potessero frequentare, quindi non valeva assolutamente la pena di comprare un abito costoso per quell'unica occasione. E se il marito non poteva esimersi, almeno lei era esentata dall'esibire mani screpolate dai detersivi e messa in piega fatta in casa.

Longhi – che della trascuratezza della moglie era testimone e complice – non aveva saputo darle torto. Ora però si trovava costretto ad affrontare quella situazione da solo.

Il professore si fece animo e scese dalla macchina. Fu allora che lo vide, a pochi passi da lui. Lì per lì, in controluce com'era, non lo riconobbe. Poi, però, avvicinandosi, mise a fuoco.

"Professor Rastofani!"

L'altro sorrise e spalancò le braccia. "Vieni qui, Longhi. Fatti abbracciare".

In giacca e cravatta, alto e dritto come un fuso, i folti capelli bianchi che rimandavano bagliori argentei, Rastofani non era affatto invecchiato. Al contrario di lui, pensò amaramente Longhi, che aveva messo su pancia e perso buona parte dei capelli.

"Come stai? E la famiglia?", stava chiedendo il professore, che lo aveva preso a braccetto mentre si dirigevano insieme verso l'ingresso della villa.

"Bene, bene. Il mio primo figlio è appena partito per l'università e così…"

"Come vanno le vendite del tuo dizionario dei sinonimi? L'ho letto tutto, sai, dalla prima all'ultima parola. Hai tralasciato qualcosina, però è un'opera interessante. Soprattutto per i neologismi di ultimissima generazione".

"Qualcosina… cosa?", balbettò Longhi, improvvisamente in ansia. Quel dizionario era stato pubblicato da almeno due mesi, e ancora la notte si svegliava col terrore di aver commesso qualche terribile errore.

Il professore non mostrò di averlo sentito. “E la scuola? Stai facendo il tuo dovere? La disfatta è totale o c’è qualche speranza?”

“Be’, veramente io penso che forse…”

In quel momento Saverio De Marchis uscì dal portone per andare loro incontro con un largo sorriso stampato sulla faccia abbronzata. “Professore, non può immaginare quale onore sia per me averla qui, a casa mia, stasera. Ciao, Furio, grazie di essere venuto”.

“Ciao, Saverio. Mia moglie si scusa, ma aveva un forte mal di testa e…”

Ma De Marchis gli aveva già dato le spalle per scortare cerimoniosamente Rastofani all’interno, dove una Myriam in pigiama palazzo – l’unico in grado di mascherare con classe il ginocchio gonfio e le escoriazioni sulle gambe – li attendeva con una regale espressione di benvenuto.

“Manca solo Barbara Baldi”, sussurrò al marito, quando gli ospiti furono tutti nel salone. “Sono quasi le nove. Cosa facciamo per gli aperitivi? Aspettiamo?”

“No. Quella è sempre in ritardo, anche a scuola. Peggio per lei. I maleducati non meritano di essere aspettati”.

10

L’ispettore Silvino Rocci doveva ammetterlo: gli odori

della campagna – erba, fieno, fiori – lo facevano star bene. Gli procuravano una leggera euforia, un miglioramento dell'umore, un risveglio delle endorfine. E anche quel silenzio gli piaceva. Silenzio per modo di dire, fatto com'era di ronzii di insetti, abbaiare di cani lontani, mormorii di minuscole creature nascoste sugli alberi o fra i cespugli – grilli, cicale, lucertole, uccellini – e del lieve frusciare delle foglie; comunque, l'opposto della cacofonia che normalmente faceva da colonna sonora alla sua vita dissociata di scapolo depresso e poliziotto adrenalinico. Rocci si chiese se a godere di quel momento di pace fossero il primo o il secondo. Probabilmente entrambi: camminava da dieci minuti, tutt'intorno alla vecchia casa colonica dove aveva trascorso l'infanzia e l'adolescenza, e già sentiva i suoi vecchi polmoni intasati dal fumo aprirsi e purificarsi all'aria limpida e ferma del tramonto, che colorava di rosso i campi tutt'intorno.

Suo cognato Corrado aveva fatto proprio un buon lavoro, pensò l'ispettore. Corrado era un ometto scialbo, né bello né brutto, con una faccia da tram, di quelle che si dimenticano un attimo dopo essere scesi alla propria fermata. Titolo di studio mediocre, famiglia mediocre, niente beni al sole, niente di niente. Nessun segno particolare, come si sarebbe detto di uno dei tanti identikit che Rocci aveva visionato dall'inizio della sua carriera. Eppure quel grande campo, i filari di viti a ovest e di ulivi a sud, i capanni per gli attrezzi, i covoni, le mucche nelle stalle, l'orto con i pomodori, le zucchine, i peperoni – tutto quel bendidio insomma – erano merito suo.

Quando sua sorella l'aveva portato a casa la prima volta, i Rocci l'avevano accolto con benigna cordialità. Poi, però, avevano fatto i loro commenti. All'insaputa di Miranda, ovviamente. Per la famiglia, lei avrebbe meritato di più. Intanto era bella e la volevano in molti. Poi, era colta e studiosa – sarebbe diventata di certo una professoressa! – e portava in dote due appartamenti in città e un corredo nuziale di grande valore. Invece quel Corrado – onesto e perbene, per carità! – era molto modesto. Bruttino, tozzo, senza nessun pregio particolare, a parte un paio di straordinari occhi blu, con ciglia ricurve come quelle delle donne. Gli stessi dei suoi nipoti, pensò Rocci, congratulandosi mentalmente con la sorella che si era impegnata a fornire loro tutto il resto, e cioè gambe lunghe e affusolate, lineamenti regolari, belle spalle e una voce armoniosa. Tuttavia, a essere onesti, erano proprio quegli occhi azzurri a costituire la principale attrattiva di quei ragazzi. E, con altrettanta onestà, si doveva riconoscere che negli anni il cognato si era rivelato un uomo affidabile e maturo, che aveva messo la sua volontà di ferro al servizio esclusivo della famiglia e del lavoro. Col tempo era riuscito a creare una solida azienda agricola, e produceva olii e vini che stavano acquistando una meritata fama. Era rispettato dai figli e, con tutta evidenza, rendeva felice sua moglie. Rocci osservò in lontananza la sorella, su un balcone del primo piano, parlare animatamente con Riccardo Conti, indicando verso sud con il braccio.

Di certo l'argomento di quella conversazione era lo

stesso che Miranda non mancava di sollevare ogni volta ci fosse qualcuno disposto ad ascoltarla: il temutissimo progetto di una nuova discarica a pochi chilometri dalla proprietà. Il commissario sembrava partecipare alla conversazione con molto interesse, a giudicare dai cenni del capo e dall'espressione attenta. Rocci pensò che quella di portarlo con sé era stata una buona idea. L'aveva incrociato nel pomeriggio fuori dalla questura, dove Conti ormai passava la maggior parte del suo tempo. In quel momento, però, ne stava uscendo.

"Torno a casa, ispettore. Qui è tutto tranquillo e ho delle cose da sbrigare. Più tardi pensavo di andare in trattoria. Mi accompagna?"

"Grazie, ma stasera ceno in campagna, da mia sorella. È il suo compleanno. Perché non mi accompagna lei?"

Contro ogni previsione, Conti aveva accettato. Ripensando agli ultimi mesi, a quanto forastico e depresso apparisse il commissario anche a chi non lo conosceva bene, Rocci ancora si meravigliava. Evidentemente si era arreso all'idea di aver bisogno di compagnia, quale che fosse. Da quando Clara, la sua ex moglie, si era trasferita a Udine, portandosi dietro Matteo, il loro unico figlio di undici anni, Conti non sembrava più lo stesso. Si era fatto malinconico e taciturno, come un cane bastonato di santa ragione e poi abbandonato sul ciglio di una strada.

Gli uomini della squadra erano disorientati e confusi: quell'inedita versione del capo era sgradita ai più, e non c'era fra loro chi non rimpiangesse le sue proverbiali sfuriate e i ritmi forsennati che imponeva a tutti, di gran lunga preferibili a quella contagiosa catatonia.

Nel viaggio di andata Conti aveva parlato poco, ma si capiva che era bendisposto. Nonostante le proteste di Rocci, aveva preteso di fermarsi in un negozio di fiori, dove aveva scelto personalmente delle rose per la festeggiata e, mentre si inoltravano nella campagna ancora assolata, si era perfino speso in qualche sporadica osservazione sul panorama. L'accoglienza di Miranda e Corrado aveva fatto il resto: dopo il giro della proprietà con lui e quello della casa con lei, ora Conti sembrava rasserenato, quasi di buon umore.

Rocci entrò in sala da pranzo. I ragazzi erano appena arrivati, sbucati da chissà dove, e le presentazioni erano in corso. Come lo videro, gli corsero incontro. Rocci li abbracciò e li squadrò attento: il nipote diciottenne si era fatto crescere la barba e la ragazzina – di quattro anni più piccola – caracollava su un paio di tacchi altissimi.

"Ma, dico, Corrado!", esclamò l'ispettore, rivolto al cognato. "Questi due hanno troppa fretta di crescere, secondo me. Cosa sono tutti quei pelacci sulla faccia? E quei trampoli? Eh?"

"Sei proprio un *dino*, zio, lo sai?", lo canzonò la nipote.

"Dino? Che roba è?"

"Sta per dinosauro", chiarì il cognato, con un sospiro rassegnato. "Secondo lei, questa casa è Jurassic Park e io e sua madre siamo due pitecantropi eretti".

"No, almeno per oggi, seduti...", rise Miranda, entrando in quel momento con una grande pirofila fra le mani.

La cena si svolse con lentezza, in un clima di rilassata intimità che a Conti avrebbe acuito la malinconia, se non fosse stato impegnato a gustare tutte le specialità che la padrona di casa non la smetteva più di servire. Fra un piatto e l'altro, però, osservava quella famiglia e pensava a come si sarebbe sentito al posto di quel padre seduto a capotavola. Non lo sapeva. Se le cose non erano andate così, se tutte le persone che amava si erano allontanate da lui, se non era riuscito a costruire nulla che anche lontanamente somigliasse a quell'esempio di solidità affettiva, un motivo doveva pur esserci. Era colpa sua? Del suo caratteraccio, delle sue inquietudini, della sua instabilità? O del destino, che aveva scritto per lui un altro copione? Non aveva risposte da darsi. E, in ogni caso, a che serviva lacerarsi nel dubbio, nei rimorsi, nella confusione?

Alzò la testa e incontrò lo sguardo inespressivo di Rocci. L'ispettore stonava in quel quadretto tanto quanto lui. Scapolo, sovrappeso, fumatore, con uno stile di vita che definire malsano sarebbe stato un eufemismo. Quella non sembrava neanche la sua famiglia. Ognuno ha la propria segnatura, concluse il commissario. Rocci avrebbe fatto il poliziotto anche se fosse vissuto in Tibet e fosse stato educato alla meditazione fin dalla tenera età; così come per Conti, in definitiva, quella serenità restava solo qualcosa di cui godere come di un dipinto in un museo nel breve spazio di una visita.

Arrivò la torta. Vennero spente le luci e accese le candeline. In quel momento il cellulare di Conti gli vibrò nella tasca. Il commissario rispose fra applausi e auguri, ascoltò attentamente, quindi chiuse la comunicazione.

"Rocci, la serata è finita", annunciò, senza mezzi termini.

"Cos'è successo?"

"Hanno trovato il cadavere di una donna".

"Dove?"

"Vicino al liceo classico Giustiniano. È stata..."

Conti lanciò una rapida occhiata alle facce stupefatte intorno a lui e si morse la lingua. "I particolari glieli dico poi. In macchina".

11

"L'hanno sbudellata. Letteralmente, pare".

Rocci si girò di scatto verso Conti, che gli sedeva accanto. Poi richiamò la macchina, che per un attimo aveva sbandato al centro del tornante, e si accese una sigaretta.

"Come hanno fatto?", domandò.

"Questo dovrebbe chiederlo a Manzi. È lui il medico legale, di sbudellamenti ne sa certo più di me".

"A farlo lì, intendevo. Davanti a un liceo del centro di Pescara, alle nove della sera o magari anche prima, con tutta la gente ancora in giro..."

"Ne so quanto lei, Rocci. La donna era al posto di

guida della sua auto. Una tizia che passava ha visto il sangue colare giù dallo sportello socchiuso. Comunque la macchina non era proprio davanti al liceo, sulla via Verona, ma nel parcheggio laterale di via Orfento. Lì c'è poca illuminazione, di sera".

"Sì, lo so. Conosco il posto. Molto bene, anche".

"E come mai? Ha fatto il classico, lei?" Conti era incuriosito: Rocci, francamente, non gli sembrava il tipo da aver scelto una scuola del genere.

"Io? No di certo!", si schermì infatti l'ispettore, con una smorfia. "Io studiavo solo perché ci ero costretto, dottore".

"E allora? Come mai lo conosce così bene?"

Prima di rispondere, Rocci fece passare un lungo minuto. "Lo frequentava Luigi. Mio fratello".

Senza volerlo, Conti aveva toccato un argomento sensibile. Mentre lo accompagnava a visitare la casa, Miranda Rocci gli aveva mostrato le foto del ragazzo, morto suicida da più di trent'anni. Le aveva tirate fuori da un cassetto, dove le nascondeva ogni volta che il fratello maggiore veniva a trovarla. Silvino non doveva assolutamente vederle, gli aveva spiegato con tono furtivo: l'ultima volta che era successo, anni prima, era piombato in uno stato di prostrazione tale da far temere per la sua salute. E tutti loro, in famiglia, avevano già sofferto troppo per la morte del ragazzo per poter sopportare altri dolori. Da quanto Conti aveva potuto intuire da quelle istantanee, Luigi Rocci era una specie di clone della sorella, con gli stessi lineamenti armoniosi e il sorriso aperto. Ma gli occhi no, quelli erano diversi. C'era un fondo di buio che intorbidiva l'immagine, offuscando la solarità di quel viso rivolto all'obiettivo.

Conti era ammutolito, non trovando nulla da dire. Del resto, con quali parole si sarebbe potuto commentare il suicidio di un diciannovenne? Il commissario ripensò all'unica volta che Rocci gliene aveva parlato: avevano appena ucciso un giovane pianista e l'ispettore si era convinto che fosse colpa sua. Il rimorso per aver interrotto la sorveglianza di quel povero ragazzo – lasciandolo indifeso ed esposto alla morte – doveva essere così bruciante e doloroso, che Rocci aveva perso il controllo e pianto come un vitello. Su quell'episodio era poi sceso un velo di rimozione. Quasi che – per un tacito accordo fra i due uomini – non fosse mai accaduto.

Ma a Conti era stato chiaro che, sotto la sua granitica corazza, l'ispettore covava un sordo male di vivere e un disagio emotivo che avevano trovato nella morte del giovane pianista l'occasione per esplodere. Rocci, in pratica, viveva nella convinzione di essere responsabile del suicidio del fratello per non averlo sorvegliato a dovere. Ora Conti si rammaricava per averlo involontariamente costretto a parlare di lui. Ed era anche preoccupato che quel luogo – il liceo classico – potesse far tornare a sanguinare quella vecchia ferita, appannando nel suo ispettore la lucidità necessaria all'indagine.

"Neanch'io l'ho frequentato. Non ero quel tipo di studente", divagò con tono indifferente, eludendo l'argomento. “Mia moglie Clara, invece, sì. È sempre stata una secchiona, lei”.

Per i quindici chilometri che seguirono, nessuno dei due aprì più bocca. Entrarono in città che erano quasi le dieci, e imboccarono la via Verona. Ovviamente – da un certo punto in poi – era transennata. Dalla folla che si accalcava al limite della zona chiusa al traffico, sembrava che tutto il quartiere fosse sceso in strada, fatta eccezione per i condomini del palazzo proprio di fronte al parcheggio, che assistevano comodamente alle operazioni dalle finestre di casa.

L’agente che presidiava le transenne non pareva averli riconosciuti e sbarrava loro la strada. Conti si innervosì. “Vada, Rocci, vada!”

“Non posso mica metterlo sotto…”

“E togliti di mezzo!”, sbraitò il commissario, sporgendo la testa fuori dal finestrino. L’agente impallidì. Era nuovo, e conosceva Conti solo di vista. Ma – come tutti in questura – sapeva chi era. Si precipitò a spostare la transenna. “Scusi, dottore…”

L’auto di Rocci entrò nel parcheggio. I fari illuminarono un piccolo assembramento accanto a una Golf nera: il dottor Manzi, il sostituto procuratore, l’assistente Forgione e altri in ordine sparso. Per terra, sotto lo sportello aperto, si era formata una grande pozza di sangue.

Conti si catapultò fuori dall’auto prima ancora che si fermasse del tutto; e Rocci, che lo guardava correre verso la Golf, pensò che forse era arrivato il momento di smettere di preoccuparsi per lui.

12

"Chi era? Si sa?"

L'assistente Luca Forgione, che era venuto fuori dal gruppo per andare incontro al capo, assentì.

"Una professoressa di greco. Insegnava qui".

"Nome?"

"Barbara Baldi. Aveva con sé la patente, nella tasca interna di una borsa di seta, una di quelle piccolissime che le donne portano quando escono la sera. Era tutta acchittata e truccata. Stava andando in qualche posto elegante, di sicuro".

"E come sapete che insegnava qui?"

Forgione ammiccò in direzione di un uomo che fumava appoggiato a una berlina poco lontano. "Il custode della scuola. L'ha riconosciuta lui".

Conti si fece largo nel capannello di uomini. Il medico legale Ettore Manzi, accucciato vicino allo sportello aperto, lo vide e si rimise in piedi. Guardò corrucciato le macchie di sangue sulla manica della giacca di lino e attaccò con le lamentele. "Ora la posso buttare, questa... E vorrei sapere a chi devo rivolgermi per farmela rimborsare. L'ho pagata una cifra, sai?"

Conti fissava la donna riversa sul sedile. Era completamente imbrattata di sangue: a malapena erano intuibili una giacca e una gonna di un tessuto lucido che in origine doveva essere di un marrone molto chiaro. Era bella, notò Conti, con lunghi capelli scuri, caviglie sottili e gambe ben fatte. Le scarpe – alte décolleté dello stesso colore degli abiti – erano ancora ai piedi.

"Ferocia, Conti, ferocia!", stava dicendo il medico. "L'hanno pugnalata molte volte all'addome, con accanimento. E non è mica morta subito, te lo dico io..."

Conti non reagì. Continuava a fissare quel corpo devastato e taceva.

"Per come la vedo io, che si tratti di un delitto passionale è piuttosto probabile", continuò Manzi. "È certo, invece, che è morta da poco. Dalle sette alle nove di stasera, direi".

Finalmente Conti staccò gli occhi dal cadavere e si guardò intorno. Rocci e il procuratore, in un angolo del parcheggio, stavano parlando con il custode. La gente per strada e quella sui balconi assisteva in silenzio allo spettacolo. "Abbiamo testimoni?"

La domanda era per Forgione, che scosse la testa. "Al momento no, dottore. Ho mandato Artusi e Marchetti a farsi un giro nei palazzi qui intorno: ci sono una quantità di appartamenti e non sarà una cosa breve". L'assistente lanciò un'occhiata all'orologio da polso. "Del resto, ci hanno chiamato da poco".

"Chi? Chi vi ha chiamato?"

"Una donna che era venuta qui a riprendersi la macchina per tornare a casa. Ci ha telefonato dopo aver visto il sangue colare giù dalla Golf. Ci è anche scivolata sopra".

"Avete verificato chi è? Non è che il fatto che fosse sporca di sangue può significare che..."

"È stata la prima cosa che abbiamo fatto, dottore. Lei non c'entra. È una dipendente delle Poste, sposata, con tre bambini. Aveva parcheggiato qui per caso, solo perché aveva accompagnato la figlia di otto anni dal dentista che sta nel palazzo di fronte. Abbiamo verificato".

"Ma non è riservato alla scuola, questo parcheggio?", obiettò Conti, con un'occhiata alla transenna sul fondo.

"Sì, ma la sera è incustodito. Basta salire sul marciapiede, e..."

Sul lato posteriore, in effetti, il parcheggio non era totalmente recintato e altre auto vi stazionavano nonostante il divieto d'accesso. "Okay. Vai avanti".

"Tornando alla donna, a un certo punto abbiamo preferito rispedirla a casa sua: era praticamente isterica, tutta sporca di sangue com'era. E la bambina non faceva che piangere".

"Avete verbalizzato le sue dichiarazioni?"

"Certo. Ci mancherebbe, dottore".

Conti si guardò intorno. "Telecamere?"

Forgione scosse la testa. "Qui, su via Orfento, niente. Davanti al liceo, neppure. Ma sulla via Verona ci sono due gioiellerie. Un po' distanti da qui, ma verificheremo".

Conti raggiunse Rocci, che confabulava col procuratore. Il custode, poco lontano, camminava avanti e indietro per conto suo. Conti lo squadrò: era un uomo tozzo e stempiato, con la camicia fuori dai pantaloni e fra le labbra una sigaretta che, a giudicare dall'avidità con cui veniva fumata, sembrava l'ultima della sua vita.

"Ah, dottor Conti, finalmente! Mi stavo giusto chiedendo quando si sarebbe deciso ad arrivare", esclamò il procuratore, vedendolo sopraggiungere.

Conti decise di ignorare il velato rimprovero nelle parole del magistrato. Era da un pezzo che non sentiva più dentro di sé quella rabbia che – in altri tempi – lo avrebbe indotto a ben diverse reazioni. "Mi spiace, ero fuori città", si limitò a rispondere, con tono piatto.

Il procuratore – che era stato trasferito da poco – restò spiazzato. Di quel commissario aveva sentito parlare come di un personaggio difficile e intrattabile, mentre l'uomo che gli stava di fronte gli sembrava calmo, controllato e composto. "Be', l'importante è che ora sia qui", concluse, più conciliante. "Ho già sentito il custode. Dorme nella scuola, in un piccolo alloggio in comodato d'uso. Ci ha appena detto che la professoressa stasera era stata invitata a cena a casa del nuovo preside, che abita in collina. Resta da capire cosa ci facesse qui, visto che doveva andare da tutt'altra parte".

"Forse aveva un appuntamento. Magari proprio con qualcuno degli altri invitati a questa cena", osservò Conti. "Come si chiama?"

"Chi?"

"Il preside".

"De Marchis. Saverio De Marchis".

"Ed è stato avvisato?"

"No, non ancora".

"Qualcuno ha l'indirizzo?"

"Ce l'ho io", disse Rocci, estraendo un taccuino dalla tasca. "Via Monte Sella, 27".

"Andiamoci subito, ispettore. Forgione, come al solito, avviserà i parenti e andrà con gli altri a casa della donna. E lei..." Conti aveva alzato il tono per richiamare l'attenzione del custode, ma questo non sembrava aver sentito. "Ehi! Dico a lei!"

L'uomo si girò, spense la cicca sotto la punta della scarpa e si avvicinò. Il commissario lo squadrò da capo a piedi.

"Sono il commissario Conti. Lei è il signor...?"

"Vito Scalza".

"Bene, signor Scalza. Più tardi dovrò parlarle. Si faccia un caffè e rimanga a disposizione. La notte sarà lunga".

13

L'ingresso alla villa in collina si trovava subito dopo una curva a gomito, e Rocci lo vide all'ultimo momento, troppo tardi per frenare. Quando si rese conto che su quei tornanti era praticamente impossibile fare inversione e che doveva proseguire in salita per chissà quanto, cominciò a imprecare. Dopo un po' trovò finalmente un piccolo spiazzo sulla destra e vi si infilò per fare retromarcia. Un grosso cane arrivò di corsa da chissà dove e si piazzò davanti al muso dell'auto, abbaiando furiosamente.

L'ispettore, innervosito, ingranò la prima e per un pelo non lo investì. L'animale, però, non si diede per vinto: continuò a correre dietro alla macchina giù per la discesa, fino a che non fu costretto a mollare l'inseguimento.

A quel punto Rocci era più imbestialito del cane. "Domani ci torno. Voglio sapere chi è il pazzo che lascia in libertà una belva del genere. Portava il collare, ha visto?"

"Domani lei avrà altro da fare, Rocci. Non penso proprio che cercare il padrone di quel cane sarà una sua priorità".

Davanti al cancello della villa, l'ispettore tirò il freno a mano, smontò dall'auto e suonò al campanello.

"Se arriva un altro cane, stavolta lo faccio secco".

Il videocitofono lampeggiò brevemente, mentre una voce maschile chiedeva: "Chi è?"

"Polizia. Commissario Conti e ispettore Rocci della Mobile. Cerchiamo il preside De Marchis".

Nessuna risposta, ma dopo qualche secondo il cancello cominciò ad aprirsi lentamente. Rocci risalì in macchina e la condusse lungo il vialetto, fino all'ingresso principale della villa. Un uomo alto, in abito scuro, era in attesa davanti al portone aperto. "Sono Saverio De Marchis", si presentò, porgendo loro la mano. "Vi stavo aspettando".

"Scommetto che è stato il custode ad avvisarla, preside", osservò Conti, con un sorrisetto.

"Infatti. Scalza mi ha chiamato poco fa e mi ha raccontato tutto". De Marchis aveva un'aria scossa e preoccupata. "Quello che è successo è incredibile. Ma prego, accomodatevi".

Fece loro strada all'interno della casa. In fondo all'atrio, pavimentato di marmo bianco, si intravedevano un grande salone illuminato e diverse persone sedute sui divani. Tutte con lo sguardo puntato sui nuovi arrivati.

"Per di qua", disse De Marchis, avviandosi verso una stanza sulla destra che doveva essere lo studio, a giudicare dalle alte librerie stipate di volumi al di là della porta aperta.

"Non ci presenta ai suoi ospiti?"

Il commissario, fermo al centro dell'atrio, non sembrava intenzionato a seguirlo. De Marchis si bloccò. "Non vedo perché..."

"La signora uccisa stava venendo qui. Questo almeno è quel che ci risulta. I suoi ospiti potrebbero darci qualche informazione utile".

De Marchis inarcò le sopracciglia, perplesso, ma li precedette nel salone.

"Il commissario Conti e l'ispettore...", cominciò col dire entrando, quando una voce lo interruppe.

"Rocci! Silvino Rocci! Che piacere rivederla!", Guglielmo Rastofani si era alzato dal divano per stringere la mano all'ispettore. "Quanto tempo! Come sta?"

Rocci sembrava stranamente intimidito. "Uhm... Bene. E lei?"

Rastofani si portò una mano al cuore, con un sospiro. "Come un povero vecchio stanco, caro Silvino".

"A me sembra sempre uguale", bofonchiò l'ispettore, che pure non era tipo da cerimonie.

De Marchis, che aveva seguito con curiosità quell'imprevisto scambio di convenevoli, si intromise. "Scommetto che il professore ha insegnato anche a lei, ispettore. A me non sembra di ricordarla, però. Forse per una questione anagrafica. Credo che lei sia un po' più grande di me, non è vero? E, quando si è molto giovani, pochi anni possono fare la differenza fra i visibili e gli invisibili".

Rocci non rispose. Anche Rastofani taceva, e quel silenzio stava diventando imbarazzante. Conti – che aveva afferrato la situazione – si decise a intervenire. "Signor preside, che ne dice di venire al punto?"

De Marchis lasciò correre lo sguardo sulle persone sedute in salotto. "I miei ospiti non sono ancora stati informati di quanto è accaduto. Non ho voluto turbarli prima di avere notizie certe. Mia moglie Miriam è l'unica che sa".

La signora in pigiama palazzo, seduta in un angolo del divano con una sigaretta tra le labbra rosso fuoco, annuì con aria compunta.

"*Che sa* cosa, Saverio?"

L'uomo che aveva parlato – piccolo e stempiato – aveva un tono allarmato. Il che, considerato l'arrivo improvviso della polizia, non era poi fuori luogo. Seguì una breve pausa carica di attesa.

"Barbara Baldi", mormorò alla fine la padrona di casa, senza guardare nessuno.

“Barbara Baldi… cosa?”

Miriam alzò gli occhi e puntò sul marito uno sguardo eloquente. La patata bollente toccava a lui.

De Marchis esitò, poi fece un respiro profondo. “È stata uccisa”, annunciò, alla fine, con tono lugubre.

“Cooosaaa?” L’uomo sembrava sconvolto. “Ma che dici, Saverio?”

“È così, Furio, purtroppo. E la polizia è qui proprio per saperne qualcosa di più”.

“Da noi?” Il tono dell’altro, che era balzato in piedi, aveva un sfumatura isterica. “Vuole saperlo *da noi*? E perché?”

“Barbara doveva cenare qui, stasera. Questi signori vogliono solo chiedere se per caso qualcuno di voi l’ha vista o sentita prima di arrivare”.

L’uomo aprì la bocca come per dire qualcosa, poi la richiuse.

“Chi è lei?”, chiese Conti, fissandolo.

“Il professor Furio Longhi, commissario”, rispose De Marchis al posto suo. “È un amico e un collega. Insegna anche lui nel nostro liceo”.

“Ma insomma, si può sapere come è stata uccisa? E da chi?” L’ospite che era appena intervenuto, sulla cinquantina, aveva una voce potente e molto autoritaria. Sedeva su una poltrona d’angolo e fumava una sigaretta.

“Il professor Franco Romano”, lo presentò De Marchis. “Un collega, anche lui”.

Ignorando le domande dell’uomo, Conti appuntò lo sguardo su una coppia che stazionava in piedi, dietro la spalliera del divano. La donna era alta e austera, con i capelli ramati striati di grigio e un paio d'occhiali che le penzolavano sul petto da una catenella d'oro; l'uomo, invece, era segaligno, con un gran naso a becco che ne esasperava a tal punto la bruttezza da renderla quasi interessante.

Sentendosi osservata, la signora prese la parola. "Sono Eligia Marani".

A uno sguardo interrogativo di Conti, De Marchis si affrettò a precisare: "La dottoressa Marani è il primario del reparto di Medicina del nostro Ospedale Civile. È una carissima amica di famiglia. Tanto cara che le ultime parole di mio padre, prima di morire, sono state per lei. Se non ci volesse così bene, d'altra parte, non si lascerebbe sempre disturbare da tutte le nostre fisime". La frecciata era per Miriam, che lo fissò torva dal fondo del divano. "Per esempio, mia moglie oggi pomeriggio è caduta in giardino e si è fatta male al ginocchio", proseguì il preside. "Nonostante i suoi mille impegni, Eligia è venuta a visitarla e ci ha fatto l'onore di restare a cena con noi".

"In effetti, fra tutti questi professori, stasera mi sento un po' fuori posto", osservò la Marani, con un sorrisetto in cui a Conti parve di cogliere una sfumatura ironica. "E non conoscevo neppure la signora di cui si parla, mi spiace".

Conti spostò lo sguardo sull'uomo che le stava a fianco. "E lei?"

"Io sono Giuseppe Sarti, il segretario della scuola", rispose quello. "Conosco la professoressa Baldi da quando è arrivata da noi. Nel 2004, mi pare. Attualmente era vicepreside e ricopriva il suo ruolo con molta competenza. Questo posso dire".

"Aveva qualche inimicizia con i colleghi? Un marito? Un compagno? Un ex che le dava noia?", chiese il commissario.

Nessuna risposta, solo sguardi sfuggenti e un silenzio evasivo.

Conti si girò verso De Marchis. "Posso sapere il perché di questo ricevimento in casa sua, preside? Si festeggia qualcosa?"

"Non è mica un ricevimento: è una normalissima cena!", sbottò Miriam De Marchis, con un tono insofferente che Conti percepì come derisorio. Evidentemente la padrona di casa riteneva che non capire la differenza fra un evento e l'altro tradisse un'imbarazzante ignoranza in materia di convenzioni sociali.

"Questa precisazione, signora, per noi è del tutto irrilevante", replicò il commissario, freddamente. "Allora, preside De Marchis? C'è un motivo particolare se queste persone sono qui stasera?"

"Be', l'idea era quella di brindare con pochi amici alla mia nuova nomina a preside. Ma mi pare che a questo punto..."

"Quindi Barbara Baldi era una sua amica, giusto?"

"Ma certo! Siamo andati a scuola insieme, anche se lei era un po' più giovane di me. Poi, negli anni, mi è capitato di incontrarla qualche volta, anche se non ci siamo mai frequentati. A ogni modo, era una delle poche facce familiari che ho trovato tornando come preside nel nostro vecchio liceo. Mi è sembrato naturale invitarla qui, stasera".

"C'è qualcuno che ha parlato con lei, oggi?" La domanda di Conti era rivolta a tutti i presenti.

"Io l'ho vista stamattina a scuola, ed era normalissima", rispose il segretario.

"Io l'ho incrociata in sala professori, ma non abbiamo avuto il tempo di chiacchierare", disse Longhi.

"E lei, professor Rastofani?"

L'anziano professore scosse la testa e sospirò. "Io, mio caro commissario, conduco una vita molto ritirata. Non vedo quasi mai nessuno, perché ormai la maggior parte della gente mi annoia mortalmente. Barbara Baldi non era fra quei pochi che di tanto in tanto mi capita di incontrare. Da quando è stata mia alunna, tantissimi anni fa, l'ho persa di vista".

"Professor Romano?"

"Io oggi avevo la giornata libera", rispose l'uomo sulla poltrona. Poi spense la sigaretta nel portacenere e si alzò. "E sto ancora aspettando di sapere come è morta Barbara. Non sarebbe meglio se lei ce lo dicesse, invece di costringerci a comprare il giornale domattina? Sa bene, commissario, che i nostri poveri stipendi ci obbligano a molte avvilenti economie".

Era una provocazione, ma Conti non la raccolse. Lanciò un'occhiata a Rocci, che approvò con un breve cenno del capo. Era inutile mantenere il riserbo su fatti che già l'indomani sarebbero stati di dominio pubblico.

"È stata pugnalata nella sua stessa auto".

"Oddio!", esclamò il segretario, sbarrando gli occhi. Furio Longhi si lasciò cadere sul divano accanto a Rastofani. Romano, invece, si accese un'altra sigaretta.

"L'auto era proprio nel parcheggio del vostro liceo", precisò Conti. "Fossi in voi, signori, rifletterei attentamente su quello che forse avreste potuto dirci e non ci avete detto. In ogni caso, non mancherà occasione di approfondire il discorso. Ora, vorrei sapere da ognuno di voi a che ora è arrivato qui stasera".

"Commissario!", si scandalizzò De Marchis. "Non penserà mica che..."

Conti gli rimandò uno sguardo serafico. "Io non penso proprio niente, preside. Faccio solo il mio lavoro, e questa è la procedura. A proposito, anche lei e sua moglie siete pregati di dirci dov'eravate dalle sette di questa sera fino al momento dell'arrivo del primo ospite. Prima facciamo, prima ce ne andiamo".

14

"Rocci".

"Dica, dottore".

"Posso chiederle come mai conosce quel Rastofani?"

Rocci rallentò l'andatura giù per i tornanti. "È stato l'insegnante di mio fratello. Prima al ginnasio e poi al liceo".

"L'avevo intuito". Conti si accese una sigaretta. "Mi è sembrato molto affettuoso con lei".

"Già", convenne l'ispettore, con un sospiro. "Dopo la morte di Luigi, ci è stato molto vicino. A tutta la famiglia, intendo. Era da più di trent'anni che non lo vedevo: mi chiedo come abbia fatto a riconoscermi, con tutti questi chili che ho messo su".

"Che tipo è?"

L'ispettore sembrava soprappensiero e non pareva averlo sentito.

"Rocci..."

"Scusi, dottore. È che stavo cercando le parole giuste. Non è facile".

"Lo capisco. Se questa persona è collegata a un episodio tanto doloroso, è normale che lei..."

"Non mi aspettavo di vederlo, ecco tutto. Mi ha fatto tornare alla mente cose... cose brutte. Ma non è colpa sua, lui non c'entra".

Conti si impose di non girarsi a guardare Rocci, per non dargli l'impressione di essere osservato.

"Mio fratello idolatrava quel professore", proseguì l'ispettore. "Non è certo a causa sua se Luigi ha fatto quello che ha fatto. Per la verità, nessuno ha mai capito che diavolo gli abbia preso. A un certo punto, ha cominciato a stare male, a non voler più uscire di casa, a non mangiare, non dormire..."

"Depressione?"

"Ora la chiamano così e tutti sanno che cos'è, ma ai miei tempi si parlava di esaurimento nervoso. E così in famiglia dicevamo che era esaurito, per via del troppo studio per gli esami. Mia madre tentava di rimpinzarlo con roba fatta in casa, spremute d'arancia, poltiglie ricostituenti. Passava tutto il suo tempo in cucina, perché era convinta che così avrebbe risolto ogni cosa, con il cibo, le vitamine e gli sciroppi. Lo pensavamo tutti, per la verità. Abbiamo sottovalutato il problema. Abbiamo sbagliato".

"Non erano andati bene gli esami?"

"Scherza? Luigi è stato promosso con il massimo dei voti. Sessanta sessantesimi. Era una specie di genio".

"Quindi anche Rastofani doveva tenere molto a lui. Un alunno così bravo..."

"Be', certo. Avere quei voti con Rastofani non era mica semplice, sa? Era famoso, a quei tempi. Bravissimo, ma anche molto esigente. Troppo, alle volte. Uno di quei professori che o si amano o si odiano".

"Evidentemente il nostro preside fa parte della categoria di quelli che lo amano".

"Pare di sì. E non credo che Rastofani si sarebbe disturbato ad andare a casa di un suo ex studente, se non lo ricambiasse. Da quel che ricordo, non si concedeva facilmente".

"Uno snob?"

"Se vuole metterla così..."

"E gli altri? Che ne pensa degli altri?"

"Quello che ne pensa lei, dottore. E cioè che non hanno un alibi per la fascia oraria che va dalle sette alle nove".

“A parte il professor Romano, che dice di aver fatto lezione a un tizio per l’intero pomeriggio, e la padrona di casa, che pare sia stata dietro a quelli del catering dalle sei e mezza del pomeriggio in poi. Ma bisognerà verificare se è vero”.

“E a parte Rastofani, che è uscito di casa alle otto ed è arrivato alla villa verso le otto e tre quarti”, puntualizzò Rocci.

“Lei sa dove abita?”

“Se sta ancora dove ricordo io, in una piccola strada alberata alle spalle della stazione”.

“Quanto ci vuole, in macchina, da casa di Rastofani a quella di De Marchis?”

“Se fossi io a guidare, dieci minuti. Quindici al massimo”, ammise l’ispettore, non senza riluttanza.

“Quindi, come vede, abbiamo una trentina di minuti scoperti”.

“È anziano!”, protestò Rocci. “Come avrebbe fatto a uccidere la donna in mezz’ora? E senza sporcarsi, poi?”

“È anziano, ma molto in forma. E quanto al resto… Dice di avere una specie di governante, bisognerà chiedere a lei che cosa indossava per andare alla cena e se per caso è tornato a cambiarsi. E, soprattutto, se è vero che è uscito di casa proprio alle otto”.

“Scusi, dottore, ma che motivi avrebbe avuto per uccidere la Baldi? Non la vedeva da tanto di quel tempo…”

“Questo è quello che sostiene lui”, rispose Conti. Poi si girò a guardare l’ispettore, con aria perplessa. “Mi meraviglia molto che proprio lei, Rocci, sospettoso com’è, mi faccia queste obiezioni. Sa bene che non possiamo tralasciare nulla".

"Sì, ma..."

Nell'abitacolo risuonò la colonna sonora di un musical americano. Conti si frugò nelle tasche e tirò fuori il cellulare. "È Manzi", disse, riconoscendo sul display il numero del medico legale. Inserì il vivavoce. "Dimmi, Ettore".

"Non ci crederai, Conti, ma io sono già in obitorio".

"Domani propongo la tua candidatura al Nobel per la medicina".

"No, guarda, io domani vado in ferie. Solo per qualche giorno, ma non ho nessuna intenzione di rinunciarci per colpa tua. Ho passato tutta l'estate fra cadaveri e sessioni d'esame..."

"E partite di poker, che col culo che hai ormai sono la tua principale fonte di reddito".

Erano anni che i due giocavano insieme, sempre con gli stessi amici, sempre il venerdì. Ultimamente Manzi vinceva due volte su tre.

"Ma fammi il piacere! Io lavoro come un cane, sai?"

"Sei un martire".

"Riccardo, qui la cosa è seria. Abbiamo un pazzo".

Conti si raddrizzò sullo schienale. "E cioè?"

"Ho trovato un biglietto. Nelle viscere della donna. Ultimo tratto del colon trasverso, per la precisione".

Conti deglutì. "Che biglietto è?"

"Prima l'ha squartata e poi gliel'ha infilato nella pancia. È roba da non credersi...", borbottò il medico, funereo, senza aggiungere altro.

Conti si innervosì. “Ma insomma, di cosa stiamo parlando? Me lo dici subito o devo farti domanda su carta da bollo?”

“È un biglietto scritto a mano. Con un pennarello rosso, di quelli a punta grossa”.

Altra pausa.

“Manzi, sto perdendo la pazienza. Che c’è scritto?”

“Colpisci al ventre”.

“Colpisci al ventre?”

“Esatto”.

“E che significa?”

Manzi ridacchiò. “Te l’ho detto in italiano e tu mi chiedi che significa. Figuriamoci se te lo avessi letto nella lingua in cui è stato scritto”.

“Che sarebbe?”

“Latino, Conti, latino. Evidentemente il nostro pazzo ama le lingue morte”.

15

La prima cosa che notarono, entrando nel garage sotterraneo del palazzo di Barbara Baldi, fu che non c’erano telecamere di sorveglianza.

“Eppure ci avevo sperato”, commentò Conti, di malumore.

“Io no”, replicò Rocci, scendendo dalla macchina. “Per chiunque avesse avuto l’intenzione di farla fuori, sarebbe stata la prima cosa da verificare. Io non credo che la gente sia così stupida, men che meno gli assassini".

"Manzi, però, ha parlato di delitto d'impeto. Se ha ragione, l'omicidio non è stato pianificato".

Rocci, meditabondo, non fece commenti. Il garage era grande ma non smisurato, e le auto parcheggiate erano una quindicina. Conti prese a esaminarle dall'esterno, girandovi intorno e guardando per terra.

"Sarà meglio che la Scientifica venga a fare un sopralluogo prima che queste macchine siano spostate. Non credo che qui possa essere successo qualcosa di importante, ma non si può mai dire. In fondo, se la donna è stata uccisa dalle sette alle nove, qualcuno dei condomini potrebbe averla notata mentre usciva con la macchina. E magari non da sola".

"Sarebbe un bel colpo, dottore. Ma io ci credo poco: se l'assassino era con lei e qualcuno lo avesse visto, non si sarebbe poi esposto così. A meno che non abbia intenzione di ammazzare anche il testimone..."

Conti sollevò la testa e lo fissò. Era un'eventualità che non andava trascurata. "Dirò ad Artusi di farsi un giro nel palazzo", decise, indicando un punto indistinto sopra le loro teste. "Se qualcuno ricorda almeno dov'era parcheggiata la Golf, possiamo circoscrivere le ricerche".

"Artusi è di sopra", disse l'ispettore. "A interrogare quelli che abitano vicino al parcheggio del liceo, ci stanno pensando Marchetti e altri tre".

Conti si era chinato a raccogliere un accendino di metallo: servendosi di un fazzoletto di carta, lo imbustò in un sacchetto di plastica e se lo mise in tasca. Erano operazioni meccaniche e probabilmente inutili: in quel garage era passata una quantità di gente, quell'accendino poteva essere caduto a chiunque. "Immagini la scena, ispettore", disse, guardandosi intorno. "La donna ha appuntamento con qualcuno qui, a casa sua. Lo conosce, perciò lo fa salire nell'appartamento. Poi i due escono insieme e scendono nel garage, montano sull'auto di lei e partono. Per qualche motivo, si fermano nel parcheggio del liceo. Lì la situazione degenera. L'assassino colpisce e poi si dilegua indisturbato. Il tutto dalle sette alle nove della sera, in una strada poco frequentata ma pur sempre nel centro di Pescara, con tanti palazzi e gente che entra e che esce. La convince?"

Rocci alzò le spalle, senza rispondere. Poi si chinò a osservare qualcosa sotto la ruota di un'auto.

"A me no", proseguì il commissario. "A me sembra invece plausibile che la donna sia uscita da sola, per andare a un appuntamento con qualcuno. E, dal momento che era stata invitata a una cena, forse questo qualcuno era diretto nello stesso posto. Se era un collega – come Furio Longhi, Franco Romano o il preside stesso – scegliere il parcheggio del liceo, un luogo familiare per entrambi, sarebbe stata la soluzione più semplice. In questo caso, le possibilità sono due: o l'assassino abita in centro, nelle vicinanze della scuola, oppure c'è arrivato in macchina".

Rocci annuì. "Sarà meglio controllare gli indirizzi degli ospiti di De Marchis. Ci penso io, dottore".

Conti approvò con un cenno del capo. Si stavano lentamente avviando verso la porta che immetteva nel vano scale del palazzo. "C'è un'altra cosa che non mi quadra, Rocci. Qualcosa che stride con la ricostruzione di Manzi a proposito del delitto d'impeto".

"E sarebbe?"

"Il coltello".

"Capisco quello che intende, dottore. Se l'omicidio non fosse stato premeditato, perché l'assassino avrebbe dovuto averlo con sé? Però..."

"Però?"

"Però il coltello avrebbe anche potuto essere della Baldi. Le donne girano spesso armate, soprattutto di notte, quando escono da sole. In quelle borsette si trova di tutto: cacciaviti, spray al peperoncino, lamette per le unghie e anche coltelli da cucina. Quelli per le bistecche, ad esempio, sono micidiali".

"Uhm..."

"I due si danno appuntamento in quel parcheggio e l'assassino sale sulla macchina della donna", ricapitolò Rocci. "Nasce una brutta discussione, il misterioso passeggero alza la voce e tenta un'aggressione. Allora lei, per difendersi, prende il coltello dalla borsa. Lui glielo strappa di mano, ed ecco che la frittata è fatta".

"Escluso. Un coltello non sarebbe mai entrato in una borsetta da sera come quella della Baldi. Non ha visto com'era piccola? A meno che non fosse a serramanico..."

L'ispettore, frustrato, grugnì. "E se invece l'assassino fosse una donna? Una che aveva con sé una borsa più grande? L'arma poteva essere stata messa lì a scopo difensivo e poi, in un momento di rabbia, usata per uccidere. Chi può escluderlo?"

"Nessuno", tagliò corto Conti, sbrigativo. "Non sappiamo ancora niente, e questi sono solo pensieri in libertà, che lasciano il tempo che trovano".

Sbucarono nel vano scala e presero l'ascensore. L'attico della donna era al quinto piano, e per tutta la salita nessuno dei due parlò.

Sul pianerottolo c'erano solo due porte. Una era socchiusa, e dall'interno dell'appartamento provenivano voci e rumori. Conti e Rocci entrarono in un salone arredato con gusto: due divani, un tappeto dai colori vivaci, tende bianche alle finestre e pareti quasi interamente ricoperte di libri. Artusi era lì, seduto a una piccola scrivania d'angolo, a spulciare una pila di carte. Come li vide si alzò in piedi. "Ci sono anche quelli di Mancini, di là", li avvisò, indicando il corridoio.

Conti si avvicinò e lanciò un'occhiata alla scrivania. Un fascio di fogli protocollo era tenuto insieme da un elastico. "Compiti in classe? A settembre?", si stupì il commissario.

"Sì, dottore. Era una specie di verifica sul programma dell'anno scorso".

"Li aveva corretti?"

"Be', ci sono i voti..." L'agente scosse la testa e sospirò. "Poveri ragazzi!"

Conti sciolse l'elastico e esaminò velocemente gli elaborati: un sei e mezzo era la valutazione più generosa.

Abbondavano i cinque, ma c'erano molti quattro, un tre e un paio di due. "Una strage...", commentò. Poi alzò la testa su Artusi. "Allora? Che altro avete trovato?"

"Nulla di importante, per il momento. Le bollette sono tutte pagate, stavo giusto controllando. Ma in giro ci sono tante altre carte e c'è bisogno di tempo".

"Dov'è Forgione?"

"A casa della madre della Baldi. C'è qualche problema".

"Che problema?"

"Ha dovuto chiamare il 118, perché la signora si è sentita male".

"Ha avvisato i parenti?"

"Sì, una zia che abita a una decina di chilometri. Sta arrivando, con uno dei nipoti".

"Okay". Conti si guardò intorno. "Ma la Baldi non aveva un computer?"

"E chi non ce l'ha, oggi? Era un notebook, l'hanno portato via quelli della Postale e ci stanno già lavorando".

"Agende? Rubriche telefoniche?"

"Sono di là, su una mensola in corridoio. Ho dato una sbirciata rapida, ma mi serve più tempo".

"Ok. Ora però lascia perdere tutto. Hai qualcosa di più urgente da fare. Rocci, lo accompagna lei in giro per il palazzo?"

L'ispettore annuì e sparì con l'agente oltre la porta d'ingresso.

Conti si affacciò in bagno. Un agente della Scientifica

stava passando in rassegna i medicinali nell'armadietto. "Allora?"

"Ah, dottore, è arrivato..."

"Che abbiamo, qui?"

"Niente di importante. Quasi solo farmaci da banco. Antipiretici, antidolorifici, roba così... E poi, creme e cosmetici vari. Le solite cose delle donne".

"Quindi, non soffriva di malattie particolari".

"Pare di no".

Il commissario uscì di nuovo in corridoio. In camera da letto c'era una certa confusione: gli armadi erano spalancati e i cassetti aperti. Due agenti stavano frugandovi dentro con le mani guantate: Mancini, il capo della Scientifica, dirigeva le operazioni. Come lo vide, lo salutò a mezza bocca.

"Non ti fare ingannare da tutto questo casino, Conti. Lei era precisissima. Nei cassetti, le maglie e la biancheria erano perfino divise per colori".

"Tutta roba sua?"

Mancini, chino su un cassetto, alzò appena la testa. "Niente che possa appartenere a un uomo, se è questo che mi stai chiedendo. Nel bagno c'è un solo spazzolino da denti, e gli unici rasoi sono quelli rosa, per la depilazione delle gambe delle donne. Nessuna cravatta, nessun pigiama maschile... Se aveva degli incontri, lui poi se ne tornava a casa sua".

Conti arretrò dal vano della porta e tornò in corridoio. Una delle porte dava su uno studiolo, che era deserto e perfettamente in ordine. Con tutta evidenza, lì non era ancora entrato nessuno. Tornò in camera da letto e da una valigetta aperta prese un paio di guanti sterili. Mancini lo seguì con lo sguardo, sospettoso. "Non mi fare casini, mi raccomando".

"Guarda, neanche ti rispondo", ribatté il commissario, brusco, uscendo dalla stanza.

Nello studio, molti libri sugli scaffali e una scrivania con quattro cassetti. Conti cominciò da quelli. Il primo conteneva solo articoli di cancelleria: pinzatrici, scotch, graffette, penne, matite e gomme. C'erano anche due libretti di risparmio emessi da banche diverse. Gli importi erano contenuti e gli ultimi movimenti non superavano le poche centinaia di euro. Conti li archiviò e passò oltre. Nel secondo e nel terzo cassetto trovò solo risme di carta e blocchi per appunti ancora intonsi; nel quarto, invece, un album di vecchie foto di famiglia e una serie di istantanee tenute insieme da un nastro rosso. Si sedette, sciolse il nastro e cominciò a esaminarle. Le prime ritraevano una Barbara Baldi giovanissima, con la chitarra in mano e i lunghi capelli scuri a coprirle parte del viso; o nell'acqua del mare, a cavalcioni su un materassino; o ancora in spiaggia, in una posa da pin-up, con un bikini succinto e le belle gambe affusolate bene in mostra. Le foto di viaggio erano tutte molto simili, con lei invariabilmente sorridente e con la testa piegata su un lato. Cambiava solo lo sfondo: l'Ermitage di San Pietroburgo, la piramide del Louvre, la Tour Eiffel o la Sagrada Familia di Barcellona. Gli scatti con gli studenti, invece, erano stati fatti in classe o in occasione di gite scolastiche. In tutte quelle immagini non c'era nulla di interessante o significativo, salvo il fatto che non vi si notava neppure una faccia ricorrente: sembrava che la donna non avesse amici che nel corso degli anni avessero condiviso con lei più di un'esperienza.

"Ora, però, qui bisogna fare spazio...", disse improvvisamente una voce secca. Era quella di Mancini, fermo sulla soglia. Alle sue spalle, alcuni uomini in tuta bianca erano in attesa di un ordine. "Forza, ragazzi, entriamo. Il commissario se ne sta andando".

Conti ripose le foto, si sfilò i guanti con calma e, senza una parola, uscì dalla stanza.

16

Alle sette della mattina seguente, Saverio De Marchis sgattaiolò dall'auto, uscì dal parcheggio e a passo svelto si avviò verso il liceo. La strada era praticamente deserta, ma lui camminava lo stesso a testa bassa, riservando al marciapiede tutta l'attenzione che di solito dedicava ai passanti, nella speranza di essere riconosciuto, salutato, omaggiato.

Quel giorno, invece, mormorava scongiuri per non incontrare nessuno. Sollevò la testa per un attimo, e l'unica animazione che notò fu nei pressi dell'edicola poco distante. Solo un paio di persone, in verità, ma abbastanza da mandarlo nel panico.

Il cadavere era stato scoperto la sera prima, quando le rotative dei giornali erano ancora calde. Quei due uomini, fermi con il quotidiano aperto fra le mani, stavano di sicuro commentando la notizia del giorno: una professoressa uccisa proprio vicino al liceo classico dove insegnava.

Il *suo* liceo, corresse mentalmente De Marchis.

Di corsa, salì le scale esterne e suonò al citofono. Dopo un attimo il portone si aprì e subito si richiuse alle sue spalle.

Il custode aveva un'aria stravolta. La porta del suo alloggio, che comunicava col vestibolo, era semiaperta e lasciava passare un tanfo sgradevole. "Signor Preside, è tutta la notte che…"

"Non qui, Vito, non qui", tagliò corto De Marchis, superandolo senza fermarsi. "In presidenza".

"Vuole una tazza di caffè? L'ho appena fatto".

"Me la porti su, grazie. Ma alla svelta, per favore. Non abbiamo molto tempo".

Mentre Vito Scalza spariva all'interno dell'alloggio, De Marchis spalancò la porta a vetri e si diresse verso le scale. Si sentiva tremendamente stanco. Miriam lo aveva tormentato tutta la notte, prima con un fuoco di fila di stupidissime domande (*Ma tu la conoscevi bene, quella? Con tutti i professori che avevi a disposizione, proprio lei dovevi invitare? Era carina? Sì? E se la gente pensasse che eravate amanti? Che figura ci faremmo? E cosa dirà mio padre, adesso?*), poi con un continuo rigirarsi nel letto che gli aveva fatto venire la nausea.

Poco prima delle sei, spossato dai pensieri e dall'insonnia, aveva detto basta. Si era messo a sedere sul letto e aveva stabilito le priorità: recuperare gli abiti dalla cabina armadio, rintracciare chiavi, portafoglio e cellulare, e svignarsela in corridoio. Il tutto nella semioscurità e senza fare il minimo rumore. Se Miriam si fosse svegliata e avesse ricominciato ad assillarlo, sarebbe stato capace di mandarla a raggiungere Barbara Baldi senza ripensamenti.

La moglie, distesa su un fianco, russava con la bocca aperta: non era un bel vedere, pensò Saverio, ma almeno finalmente taceva. Mentre lui si aggirava in punta di piedi per la stanza, la donna non si mosse. E tale era stato il sollievo, una volta sbarcato in corridoio, che neppure la cravatta sbagliata e le scarpe vecchie di tre anni – con le quali mai e poi mai si sarebbe presentato a scuola fino al giorno prima – lo avevano convinto a tornare dentro.

Ora De Marchis saliva le scale con fatica. Gambe pesanti, testa ovattata, piccole fitte alla bocca dello stomaco. Si domandò con apprensione se per caso non fosse arrivato il suo momento, se anche lui non sarebbe morto lì, in quel liceo deserto. Sarebbe stata una giusta fine, dopotutto. Meritoria, perfino. E a quel punto niente avrebbe più potuto rovinare la sua reputazione, anzi. Tutti lo avrebbero ricordato come un uomo giusto e retto – *de mortuis nihil nisi bonum!*[1] – stroncato dalla preoccupazio-

[1] *Chilone*, traduzione latina di Ambrogio Traversari, 1432.

ne di salvare la sua scuola dallo scandalo e dal disonore. Ma quando giunse all'ultimo scalino e lanciò un'occhiata all'atrio e alla porta chiusa della presidenza, si rese conto che nulla avrebbe potuto allontanare da lui quell'amaro calice.

Entrò nella sua stanza e si sedette nella penombra, meditando sugli ultimi eventi e sulle loro conseguenze. Tanto per cominciare, non sarebbe stata una mattinata facile: gli studenti erano così eccitabili, e già immaginava l'estenuante processione di colleghi a cui avrebbe dovuto ricapitolare, riferire, omettere. E poi tutto il resto: giornalisti, poliziotti, avvocati, telefonate di amici e conoscenti…

Il custode entrò nella stanza senza bussare. De Marchis, indispettito, continuò a fissarlo fino a che l'uomo non ebbe posato il vassoio sulla scrivania. Si domandò se fosse il caso di fargli notare quella mancanza di riguardo, poi decise di soprassedere.

"Si sieda, Vito".

L'uomo indicò un bricco sul vassoio. "Ho perso tempo a riscaldare il latte. Non sapevo se lo voleva macchiato, perciò…"

"Si metta a sedere".

Il custode eseguì, un po' a disagio. Non si era fatto la barba, e sul gilet di lana De Marchis notò una grande patacca di unto. L'uomo seguì lo sguardo del preside e arrossì.

"Scusi, ma è stata davvero una nottataccia. Non ho fatto neppure in tempo a cambiarmi…"

"Potrà mettersi in ordine più tardi, Vito. Mi dica piuttosto della polizia".

Scalza sospirò. "Sono venuti verso mezzanotte. Io li aspettavo in piedi, perché mi avevano detto di tenermi a disposizione".

"Sono venuti? Chi?"

"Il commissario Conti e un altro poliziotto. Quello grosso, con la faccia da pugile…"

"L'ispettore Rocci".

"Sì, mi pare".

"E allora?"

"Mi hanno tenuto lì, a parlare con loro, per più di un'ora. E alla fine, quando sono andati via, non sono più riuscito a chiudere occhio per l'agitazione".

"Cosa le hanno chiesto?"

"Di tutto, preside, di tutto. Volevano sapere da quanto tempo prestavo servizio in questa scuola, perché ci abitavo, chi mi aveva assegnato l'alloggio e in che periodo. Quando gli ho detto che sono più di vent'anni che faccio il custode qui, e poi gli ho fatto vedere la delibera di assegnazione e il contratto, sono passati ad altro".

"All'omicidio".

"Sì. Prima, però, hanno fatto un mucchio di domande sulla scuola".

Il preside si agitò sulla sedia. "Sulla scuola? E cioè?"

"Mi hanno chiesto com'era l'ambiente, i ragazzi, i professori, i genitori…"

De Marchis prese una penna e cominciò a disegnare

meccanicamente su un foglio bianco davanti a sé. "Mi auguro che lei abbia risposto come si deve..."

Il custode sembrava disorientato. "E che gli dovevo rispondere?"

De Marchis alzò lo sguardo dal foglio con un sorrisetto glaciale. "Questo deve dirmelo lei, Vito. Io non posso saperlo".

"Ho risposto che è la migliore scuola di Pescara e che non ci sono mai stati problemi".

Il preside si rilassò sullo schienale. "Bravo".

"Poi hanno attaccato con la professoressa Baldi".

"Immagino. E lei avrà sicuramente detto che era una stimata insegnante".

De mortuis nihil nisi bonum...

"Be'..." L'uomo esitava, guardandosi le unghie.

De Marchis si protese sulla scrivania con gli occhi a fessura. "Cosa vuol dire quel *be'*, Vito?"

Scalza lo fissò. "Signor preside, avrei voluto vedere lei, con quei due dentro casa, di notte, a fare domande, a minacciare..."

"Minacciare? Guardi che se hanno fatto una cosa simile, lei può sempre..."

"Non erano minacce vere e proprie. Era il loro tono a mettere paura. Mi hanno fatto intendere che se non collaboravo, se non dicevo tutto quello che sapevo, avrei potuto andarci di mezzo pure io".

"Ma è assurdo! Questo è un abuso!"

"In ogni caso, io ho detto la verità".

De Marchis si alzò in piedi e aggirò la scrivania. "E

quale sarebbe, questa verità?", chiese, incombendo sul custode con le mani sui braccioli della sedia.

Vito Scalza sollevò lo sguardo sul preside, ma subito lo riabbassò. "Ho detto che la professoressa Baldi litigava con tutti. Che era malvista dai suoi studenti perché li trattava male, e anche dai colleghi…"

"Chiacchiere! Solo chiacchiere!", tuonò De Marchis, mollando i braccioli e andando stizzito alla finestra. Fuori, la strada cominciava ad animarsi. Mancavano solo quindici minuti alle otto.

"E poi hanno voluto sapere se la professoressa aveva un amante qui a scuola", proseguì il custode, alle sue spalle. "E io…"

De Marchis ruotò lentamente su se stesso e lo fissò. "E lei?"

L'altro alzò le spalle. "Io ho detto quello che sapevo. Del resto, è di dominio pubblico".

"Che cosa?"

"Che la Baldi aveva una relazione con il professor Romano, ma che da qualche mese forse era finita".

"Oddio!", si disperò De Marchis. "Ma come le è venuto in mente di riferire alla polizia questi pettegolezzi, Vito? Lo sa che il professor Romano è sposato?"

"Guardi, signor preside, che io con la polizia non c'ho mai avuto niente a che fare. Mi sono spaventato, ecco. Mi hanno chiesto di dire tutto quello che sapevo, e io ho ubbidito. Che potevo fare?"

"Stare zitto, ecco cosa! Lei ha sparlato di una povera donna morta senza avere nessun elemento, nessuna prova che…"

"Eh no!", si ribellò il custode. "Questo proprio no! Io quei due li ho visti litigare di brutto, quando si sono lasciati. Con questi occhi, li ho visti!"

De Marchis si lasciò cadere di nuovo sulla sua poltrona, senza parole.

"È successo qui a scuola, quest'estate, un pomeriggio dopo i consigli di fine anno", continuò Scalza. "Sono volate parole grosse e anche un libro è volato. Gliel'ha tirato addosso lei, mentre lo ricopriva di insulti. E guardi che io non ero l'unico a essere presente. C'era altra gente, in sala professori".

"Altra gente…", ripeté De Marchis, come imbambolato.

Il custode si sporse sulla scrivania. "Signor preside, questa cosa la sanno tutti. Tutti! Ecco perché ho parlato. Se non l'avessi detta io, lo avrebbe fatto qualcun altro di sicuro. E allora sa che cosa avrebbero pensato di me, i poliziotti? Che avevo qualcosa da nascondere, qualcuno da proteggere…"

De Marchis taceva, accigliato.

"Con tutto il rispetto, per quel poco che guadagno devo anche finire nei guai per aver mentito alla polizia? E per chi, poi? La Baldi ormai è morta e quel Romano è un antipatico che crede di essere chissà chi e…"

De Marchis sollevò una mano a intimare il silenzio. La conversazione stava prendendo una piega che non gli piaceva. Il tono dell'uomo si era fatto troppo confidenziale. "Basta così. Può andare, ora".

Il custode tacque di botto, sorpreso da quella brusca interruzione. Per un attimo pensò di replicare, poi decise che era meglio lasciar perdere. Si alzò, ritirò il vassoio e fece per uscire.

"Vito!", lo richiamò De Marchis.

L'uomo si girò. "Dica, signor preside".

"Prima di aprire il portone agli studenti, si tolga quel gilet", ordinò, gelido. "È indecente".

17

Era dai tempi dell'indagine sui giovani pianisti uccisi che Conti non li vedeva tutti insieme nella sua stanza: Rocci, Forgione, Artusi, Marchetti.

Fingendo di controllare un rapporto sulla scrivania, li osservò di sottecchi mentre spostavano le sedie senza far rumore e bisbigliavano fra loro, come al capezzale di un infermo. Per la prima volta in tanti mesi, si rese conto che era proprio così che gli uomini della sua squadra dovevano vederlo: come un malato apatico e inerme, bisognoso di cure, pazienza e comprensione.

E pensare che fino a quel momento si era illuso di essere riuscito a dissimulare tristezza e disagio: non si era mai assentato dal lavoro, non si era fatto vedere in giro con la barba lunga o gli abiti in disordine, non aveva cominciato a bere. E quanto alle pillole per l'umore, erano un segreto fra lui e il suo medico. Eppure qualcosa doveva averlo tradito: occhiate furtive e mormorii erano lì a dimostrarlo. Comunque, quella mattina si sentiva quasi bene: aveva dormito poco, ma senza bisogno delle medicine. La sua testa era più limpida, l'umore meno cupo. Sollevò lo sguardo su Artusi.

"Allora? Trovato niente?"

L'agente aprì il taccuino degli appunti. Conti notò che era identico a quello di Luca Forgione: a spirale, quadretti grandi e copertina lucida, con una montagna innevata contro un cielo di un blu abbagliante. Niente che fosse in dotazione del Ministero dell'Interno.

"Pare che un tizio che abita in via Verona, quasi di fronte alla scuola, sia l'unico ad aver visto arrivare l'auto", riferì l'agente. "Dice che è salita sul marciapiede di via Orfento a tutta velocità, infilandosi nel parcheggio riservato al liceo. Eppure, secondo quanto riferisce il testimone, lì intorno c'erano parecchi posti liberi, dove poter parcheggiare regolarmente. Il soggetto è il classico rompiballe che si è autonominato sceriffo del quartiere, per cui la cosa ha urtato il suo senso civico. Stava giusto attraversando la strada per affrontare il conducente e dirgliene quattro, quando la moglie – che lo aspettava davanti al portone - gli ha intimato di rientrare. Erano circa le otto, e a casa aspettavano una telefonata importante".

"E questo cittadino così zelante non ha notato nient'altro? Tipo di macchina, numero di targa, passeggeri…"

"No. Era buio e lui era dall'altra parte della strada,

a una cinquantina di metri almeno. Una testimonianza inutile, secondo me. Potrebbe essere stata l'auto di chiunque".

"Altri?", chiese Conti. "Possibile che non ci sia nessuno che..."

L'agente scosse la testa. "Erano tutti a cena o davanti alla televisione. E quelli che sono rientrati intorno a quell'ora sostengono di non aver notato nulla. C'è da dire che, dal momento in cui lo sceriffo ha visto arrivare l'auto a quello in cui la signora è scivolata sul sangue della Baldi, sarà passata meno di un'ora".

"Insisti, Artusi. Può essere che spunti fuori qualcuno che non hai ancora interrogato o che nel frattempo si è fatto tornare la memoria. E tu, Forgione?"

"Io sono stato dalla madre della Baldi. Pianti, urla, svenimenti: il solito strazio, insomma". L'assistente sospirò di rassegnazione, passandosi una mano sulla testa glabra. Aveva rinunciato a protestare per il compito ingrato di avvisare i parenti delle vittime: sapeva che non c'era modo di sottrarsi almeno fino a quando Conti non avesse trovato qualcuno con più tatto di lui. Subdolamente, intanto, stava cercando di istruire Marchetti, portandoselo dietro ogni volta che c'era da dare una brutta notizia. In quelle circostanze, però, l'agente si limitava a restare in un angolo, impalato e inespressivo, senza offrire il minimo sostegno. Forgione cominciava a sospettare che lo facesse apposta. "Barbara Baldi era figlia unica", proseguì. "Ieri sera doveva portare delle medicine alla madre, e invece non si è fatta viva. La signora ha provato a chiamarla sul cellulare, ma era irraggiungibile. A quel punto, ha pensato che se ne fosse dimenticata. Pare che non fosse la prima volta".

"A proposito di cellulari, Marchetti, chiedi a che punto sono con quello della Baldi. Le chiamate in entrata, in uscita, la posizione, voglio sapere tutto. E anche del telefono fisso di casa".

L'agente scelto, che torreggiava nel suo metro e novanta alle spalle di Forgione, annuì. Conti gli doveva la vita: se non fosse stato per lui, l'anno prima sarebbe annegato in mare. Da allora, per qualche misterioso motivo, Marchetti era diventato una specie di ombra che vigilava in silenzio sulla sua sicurezza. Come se quel salvataggio lo avesse iniziato a quella che sembrava essere diventata la sua unica missione nella vita: proteggere Conti a qualsiasi costo.

Il problema era che per l'agente scelto Marchetti il concetto di pericolo era suscettibile delle interpretazioni più fantasiose: ultimamente il commissario lo aveva visto materializzarsi su una carreggiata per fermare il traffico mentre attraversava la strada, o frapporsi minaccioso fra lui e un tizio che aveva alzato di mezzo decibel la voce in portineria, o spintonare un giornalista insistente che si era avvicinato un po' troppo col microfono.

Conti era combattuto fra la riconoscenza e l'imbarazzo. Nell'incertezza, cercava di assegnare a Marchetti una serie di compiti che lo tenessero il più possibile lontano dal suo raggio d'azione.

"Ci stanno lavorando, dottore. Più tardi, vado a informarmi di persona".

"Ecco, bravo. Rocci, novità dalla Scientifica?"

"Hanno controllato la macchina della Baldi, dentro e fuori. A casa della donna, poi, ci sono rimasti tutta la notte. Impronte dappertutto, com'è logico, ma il quadro è ancora confuso. Le bollette pagate, i conti in ordine, un saldo attivo in banca, niente debiti. Nessun perizoma nei cassetti, o biancheria sexy, o attrezzi tipo fruste, manette… insomma, ci siamo capiti. La professoressa era un tipo morigerato, a quanto pare. Ma questo vale solo fino a quando la Postale non ci dirà cos'ha trovato nel suo computer. In casa aveva parecchie scartoffie: riviste, pubblicazioni, appunti… Bisognerà lavorarci con un po' di calma".

"Va bene, ispettore, più tardi senta Mancini per un aggiornamento. Se fa il solito teatro, me lo faccia sapere, che a lui ci penso io. Sono stufo di questa gente che si lamenta sempre perché deve lavorare in fretta".

Conti fece una breve pausa, come raccogliendo le idee. Nella stanza era sceso di nuovo quel silenzio impacciato che lo faceva sentire a disagio. Alzò la testa. "E ora veniamo alla cosa più importante: il biglietto".

Gli uomini lo fissavano, in attesa.

"Stamattina presto mi ha chiamato a casa il procuratore. Evidentemente tutti e due avevamo passato parte della notte a fare la stessa cosa: cercare su internet quella frase in latino che l'assassino della donna le ha lasciato nella pancia. Fino a che non ci avremo capito qualcosa, siamo d'accordo che la stampa non debba metterci becco".

Altro silenzio, altri sguardi sospesi.

"La frase, come sapete, è composta da sole due parole, 'Ventrem feri'. In italiano sono tre, ma solo perché noi usiamo gli articoli e i latini no: 'Colpisci il ventre'. E proprio sul ventre l'assassino si è accanito, al punto da mettere a nudo gli intestini. Ma attenzione: questa frase non l'ha inventata il nostro pazzo. È di qualcun altro".

"Di Agrippina Minore", disse prontamente Forgione.

Conti sollevò le sopracciglia, con un sorrisetto. "E bravo Luca! Vedo che anche tu hai fatto i compiti a casa".

"Stanotte non ho chiuso occhio, dottore. Così sono andato su Google e..."

"Allora siamo in tre. Se hai studiato, continua tu".

Forgione si raddrizzò sullo schienale. "Dunque, Agrippina Minore era la madre dell'imperatore Nerone. A un certo punto cominciò a tramare per fare fuori il figlio e mettersi sul trono al posto suo. Nerone lo venne a sapere e mandò dei soldati a ucciderla. Prima di morire, Agrippina pronunciò la famosa frase".

"Li voleva provocare?", azzardò Artusi.

Forgione alzò le spalle. "E che ne so! Avrei voluto approfondire, ma a un certo punto sono crollato e..."

"Detto questo, ne sappiamo come prima. E cioè, un bel niente", concluse Conti.

"Ma questa Barbara Baldi aveva un figlio?", si informò Marchetti.

"La madre giura di no", rispose Forgione. "Ci sono stato stamattina, prima di venire qui. Sai, pure a me era venuto il dubbio..."

Conti alzò la testa di scatto. "Cos'hai fatto? Sei andato a raccontare alla madre del biglietto?"

"Ma no, dottore, non sono mica scemo! Ci sono passato per sentire come stava e se aveva qualche novità per noi. Poi, mentre cercavo di consolarla, l'ho fatta parlare della figlia. E così sono venuto a sapere che la Baldi non ha mai avuto bambini".

Conti lo fissò a lungo, prima di parlare. Era uno sguardo che quegli uomini conoscevano fin troppo bene, infatti trattennero il fiato.

"Forgione, stammi bene a sentire", cominciò il commissario, con tono basso e misurato. "Io ho molta stima di te e di tutti voi qui dentro. Questo lo sapete, altrimenti ora non sareste in questa stanza. Ma che sia chiara una cosa: certe iniziative vanno decise e programmate in anticipo. E, alla fine, approvate da me. Capito? D'ora in poi, nessuno si permetta più di fare di testa propria".

Forgione abbassò la testa, mortificatissimo. "Scusi, dottore. Ha ragione".

"Va bene, Luca. Non è successo niente. Ora io e Rocci andremo al liceo per sentire quel professor Romano, il presunto amante della Baldi di cui ci ha parlato il custode. Rocci, ha informato i suoi colleghi del nostro colloquio di stanotte con quell'uomo?"

L'ispettore annuì.

"Bene. Allora è tutto. Ripeto: ogni informazione va condivisa fra noi e fra noi deve restare. E ora, ognuno faccia quel che deve fare".

18

Prima di entrare si fermarono in un bar per un caffè. Visibile oltre le vetrine, la bianca sagoma del liceo Giustiniano spezzava la grigia monotonia della strada. La costruzione risaliva ai tempi del fascismo. Con i due lunghi bracci perpendicolari al corpo centrale, paralleli a due strade limitrofe, formava una M perfetta. Un riferimento a Mussolini, probabilmente. L'uniformità della facciata era spezzata da un portico centrale con una rampa semicircolare di scale e quattro colonne che ne delimitavano l'ingresso. Sull'unico grande balcone sovrastante, al primo piano, erano issate le bandiere.

Conti posò la sua tazzina sul banco e lanciò un'occhiata all'ispettore al suo fianco. "Se la sente?"

"Certo".

"Guardi che, se non vuole, non c'è bisogno che..."

Rocci meccanicamente si frugò nelle tasche in cerca del pacchetto di sigarette. Nel bar non si poteva fumare, ma era meglio averlo a portata di mano per non perdere tempo fuori dal locale. "Nessun problema, sul serio. Io non ci ho mai messo piede, in quel liceo. Era mia madre ad andarci, quando doveva parlare con i professori. Il che peraltro capitava di rado, perché Luigi era bravissimo e non aveva mai difficoltà. Io ero solo il fratello, e poi in quegli anni lavoravo fuori. Non ho nessun ricordo lì, glielo assicuro".

Uscirono dal locale e per un po' restarono sul marciapiede, a fumare in silenzio e a fissare la scuola dall'altra parte della strada. Il portone aperto lasciava intravedere un piccolo tratto del vestibolo. I poliziotti spensero le sigarette e attraversarono sulle strisce pedonali.

All'ingresso un'impiegata li interrogò con lo sguardo attraverso il vetro di una guardiola. I colloqui non erano ancora cominciati, e comunque quei due non avevano l'aria di genitori venuti a incontrare i professori dei figli. Conti e Rocci tirarono fuori i tesserini e lei fece scorrere il vetro, sospettosa. Inforcò gli occhiali per esaminarli con attenzione, poi alzò gli occhi e si concesse un lungo esame delle fisionomie di entrambi: giudicò il primo decisamente attraente, il secondo decisamente brutto. Entrambi, però, egualmente minacciosi.

"Chi cercate?", chiese alla fine, con un sospiro rassegnato. Una visita della polizia non era certo insolita, date le circostanze, ma si capiva che non era gradita.

"Il preside De Marchis".

Lei fece scattare l'apertura automatica di una porta a vetri. "Primo piano".

Nell'atrio, Conti si guardò intorno. Era un ambiente vasto e luminoso, con grandi finestre e alte volte che gli conferivano un tono d'imponente solennità. Ben diverso da quello dimesso della sua scuola, che il commissario ricordava umida, buia e disadorna.

A destra e a sinistra si aprivano corridoi identici, sui quali erano allineate le porte delle aule. In fondo all'atrio, si fronteggiavano due scalinate che conducevano al piano superiore. In quel luogo le simmetrie del neoclassicismo – che richiamavano gli schemi architettonici degli antichi templi romani – non erano certo casuali.

I due poliziotti si scambiarono un cenno, poi ognuno prese una rampa diversa. Questo per evitare che il preside – o chiunque altro stessero cercando – potesse scendere da una parte, mentre loro salivano dall'altra.

Il primo piano era identico a quello sottostante. Stesso atrio, stessi corridoi laterali, stesse rampe che salivano. Seduta a una scrivania d'angolo, c'era una donna di mezza età: in piedi davanti a lei, un ragazzino dall'aria colpevole si stava appena sorbendo una ramanzina.

"È la terza volta che dici di sentirti male, questa settimana. Secondo tua madre, non dobbiamo darti retta. Io invece – guarda un po' – sono curiosa: di che si tratta, stavolta? storia? italiano? o sempre greco, come l'altro giorno?"

"Mi viene da vomitare, lo giuro".

"Allora corri in bagno, vomita e poi fila in classe. Scommetto che lì c'è qualcuno che ti deve interrogare".

"Ma perché non posso chiamare casa?"

"Perché tua madre ha detto di no".

Seguendo lo sguardo della donna oltre le sue spalle, il ragazzino si girò. Trovarsi faccia a faccia con Rocci lo convinse immediatamente a levarsi di torno. "Allora io… io vado in classe".

"Vai, vai!"

La bidella lo seguì con gli occhi mentre si allontanava mogio sul corridoio, poi tornò a fissare i due uomini in piedi davanti a lei. "Prego?"

Quando Conti le mostrò il tesserino, scattò in piedi. "Vado ad avvisare il preside. Voi aspettate qui, per favore".

Dopo un attimo, la porta della presidenza si aprì e la bidella fece loro cenno di entrare. De Marchis li aspettava in piedi, dietro una grande scrivania di noce.

"Commissario, ispettore..."

Mentre li invitava ad accomodarsi, Conti notò che il preside aveva un'aria stanca e strapazzata. Molto diversa da quella della sera prima, quando – elegante e profumato – li aveva ricevuti in casa sua.

"Ci sono novità?", domandò De Marchis, con un tono che tradiva la preoccupazione.

Conti alzò le spalle. "È troppo presto per dirlo. Ci stiamo lavorando".

"E ... a cosa devo questa vostra visita?"

"Dobbiamo aprire l'armadietto personale della professoressa Baldi. Sempre che ne avesse uno".

"Avete un mandato?"

"Non ne abbiamo bisogno, creda. Sono indagini urgenti, c'è una vittima, e sospettiamo che fra i suoi effetti personali possano esserci elementi importanti per l'inchiesta. E poi il giudice non mancherà di convalidare quello che faremo oggi, di cui le verrà consegnato un regolare verbale. Stia tranquillo, preside: è tutto secondo la legge".

Conti si frugò in tasca e tirò fuori una piccola chiave con un'etichetta su cui era scritta una sola parola: 'Scuola'. Era stata trovata a casa della Baldi durante la notte,

Rocci gliel'aveva consegnata poco prima. "Pensiamo che questa dovrebbe aprire.".

De Marchis annuì lentamente. "È molto probabile. I professori non dispongono di altri spazi personali muniti di serrature".

"Allora, preside? Che si fa?", lo incalzò Rocci.

De Marchis rifletteva. Da quando aveva assunto quel ruolo, era ossessionato dalle violazioni. La burocrazia era un labirinto disseminato di insidie di ogni genere, e lui temeva sempre di fare qualche passo falso. La privacy, poi, era la sua bestia nera. I confini del lecito e dell'illecito sfumavano pericolosamente, non c'era mai nulla di veramente certo. Ma – si domandò – come poteva esserci violazione della privacy di un morto? E di che privacy poteva mai parlarsi in un'indagine di polizia? Nessuno avrebbe potuto accusarlo di nulla. E, se pure fosse accaduto, avrebbe sostenuto che quei due lo avevano ingannato, approfittando della sua inesperienza e della sua buona fede. Incalzato dallo sguardo di quel bestione di poliziotto, De Marchis prese la sua decisione. Si alzò e aggirò la scrivania. "Venite con me".

Attraversarono l'atrio. Qualcuno, passando, si fermò a guardarli. Se si trattasse di professori, impiegati o semplici visitatori, Conti non avrebbe saputo dire. Ma che l'aria fosse molto tesa, lo percepiva dalle occhiate sghembe, dalle soste improvvise, dal parlottio furtivo al riparo delle colonne.

"Prego", disse il preside, precedendoli in una stanza

con un grande tavolo al centro. “Questa è la nostra sala professori”.

Lo scaffale si trovava a fianco della porta, ed era a caselle numerate. Quella della Baldi portava il suo nome su una targhetta di plastica. Mentre girava la chiavetta nella serratura, Conti si sentiva puntati sulla schiena gli sguardi di un paio di professori seduti, con fasci di compiti in classe aperti sul lungo tavolo di legno.

“Ecco, vedete? C’è solo l’agenda scolastica personale” disse De Marchis, non senza sollievo.

Conti la tirò fuori e la sfogliò sommariamente. “Questa la prendiamo noi”.

“Eh no!”, si ribellò De Marchis. “L’agenda, signori, proprio no! Noi dobbiamo andare avanti con il programma, e il supplente che devo ancora nominare ne avrà assolutamente bisogno. Ci sono gli appunti per le prossime lezioni, le valutazioni degli alunni non ancora registrate, gli appuntamenti, i memo… tutto!”

Conti rifletté per un lungo istante. “D’accordo”, concesse. “Ma, in tal caso, lei dovrà chiedere alla segreteria di farci subito la fotocopia di tutte le pagine. Dobbiamo essere certi che nessun dato venga soppresso o alterato. Se poi troveremo qualcosa di importante, ci consegnerà l’originale”.

“Va bene”.

“E… un’altra cosa…”

“Sì?”

“Vorremmo scambiare due parole con il professor Romano. È qui, stamattina?”

I due insegnanti sembravano concentratissimi sulle loro carte, ma De Marchis sapeva che fingevano. Era sicuro che non si fossero persi una sola parola, che da quel momento poteva considerarsi di dominio pubblico. Si affrettò a sospingere i due uomini fuori dalla sala.

"Sentite...", disse a voce bassa, appena furono usciti. "Il custode mi ha parlato del vostro colloquio di stanotte, e di tutte le stupide chiacchiere che vi ha riferito. Io vi posso assicurare che Franco Romano è una persona perbene e per giunta sposato. Vi prego di tenerne conto".

Conti avrebbe potuto replicare in milioni di modi, uno più sarcastico dell'altro, ma decise che non era conveniente inimicarsi quell'uomo. Non finché avessero avuto bisogno della sua spontanea collaborazione. "Stia sereno, preside. Non abbiamo nessuna intenzione di sfasciare famiglie o alimentare pettegolezzi. È proprio per questo che abbiamo bisogno di sentire il professore. Per fugare ogni dubbio, anche nel suo interesse".

De Marchis, preoccupatissimo, guardò l'orologio da polso. "Fra cinque minuti c'è la ricreazione. Farò in modo che possiate parlare in privato".

"Molto bene. Noi scendiamo un attimo", disse Conti, che non vedeva l'ora di fumarsi una sigaretta all'aperto. "Ci vediamo fra poco".

19

Al suono della campanella, Conti e Rocci spensero le cicche sotto il portico e rientrarono. Attraversarono l'atrio, che si era di colpo affollato di studenti vocianti, e presero a salire, facendosi largo tra i ragazzi che scendevano le scale di corsa.

Romano era in cima alla rampa, a gambe larghe, in attesa. "Venite", disse senza preamboli, con la sua voce tonante. Lo seguirono per i corridoi, schivando alunni con le pizzette in mano e i cellulari alle orecchie, fino a un'aula vuota, con pochi banchi accatastati contro il muro e una pila di sedie in un angolo.

Romano chiuse la porta e si fermò al centro della stanza. "Qui possiamo parlare senza che nessuno s'impicci. Vi avviso, però, che fra dieci minuti devo tornare in classe".

"Non ci vorrà di più, professore".

L'uomo si mise a braccia conserte, con le gambe divaricate e i piedi ben piantati per terra. Un atteggiamento che Conti valutò come ostile e indisponente. "Bene. Sentiamo".

Il commissario lo fissò dritto negli occhi. "Ci è stato riferito che lei ha avuto una relazione sentimentale con Barbara Baldi. È vero?"

"Chi ve l'ha detto?"

"Questo non è importante".

"Lo è per me. Mi piace sapere da chi devo guardarmi, di norma. Anche se qui dentro, per la verità, non c'è da fidarsi quasi di nessuno".

"È vero, sì o no?"

Romano andò verso la finestra e la spalancò. "Sì", disse, guardando fuori, "confermo. Ma si tratta di roba vecchia, finita da almeno tre mesi".

"Vecchia? Piuttosto recente, invece, direi".

Il professore si girò a fissare Conti. "In ogni caso, finita. Morta e sepolta".

Allo sguardo che corse fra i due uomini, Romano si rese conto di aver appena detto qualcosa di profondamente sbagliato. "Mi spiace. Mi sono espresso in modo inappropriato. Scusate".

"Non è con noi che deve scusarsi".

Il professore tornò a guardare fuori dalla finestra, per non dare ai poliziotti la soddisfazione di vedergli abbassare gli occhi. "Già".

"Ci racconti tutto, per cortesia. Il tempo stringe", lo incitò Conti.

Romano si prese qualche istante per scegliere e pesare le parole. "È molto semplice", disse, alla fine. "Barbara era molto bella e non ero certo l'unico a volersela portare a letto. Ma lei ha scelto me e io non mi sono fatto pregare. La cosa è durata quasi sei mesi, poi c'è stata una lite e abbiamo smesso di vederci. Fine della storia".

"E il motivo di questa lite?"

"Oh, era una donna insopportabile!", sbottò Romano, alzando le spalle. "Dura, intransigente, dispotica. E anche manipolatrice. Pretendeva sempre che io l'appoggiassi, anche quando aveva torto, anche a costo di perderci la faccia. La mia, intendo. Per un po' l'ho assecondata, prendendo perfino posizione contro colleghi che stimo e che non me l'hanno ancora perdonata. Poi, però, lei ha esagerato. È successo a giugno, il giorno degli scrutini, dopo una discussione molto accesa. Non ci crederà, ma quella volta ho preso le difese di uno studente che lei voleva bocciare a tutti i costi".

"E perché non dovrei crederci, scusi?", si stupì Conti.

Il professore fece un sorrisetto sarcastico. "Pensavo che la vostra fonte vi avesse informato meglio. Io qui passo per una carogna, lo sa? Dicono di me che sono cinico e spietato. E, per certi versi, è così. Per chi crede di potermi fare fesso, per i fannulloni, per i figli di papà arroganti e viziati, per le cretinette che pensano di impressionarmi mostrando le cosce, per i saccenti spioni, è vero, non ho pietà. Ma se trovo un ragazzo che ci prova, che ce la mette tutta, che nuota controcorrente come un salmone, a cui studiare magari costa più fatica che agli altri, solo perché è meno dotato o più svantaggiato per la sua situazione familiare o per entrambe le cose…"

"È stato questo il caso?"

"Esattamente. Io, quel ragazzo lì, l'ho difeso e gliel'ho tolto da sotto gli artigli. È stato allora che lei si è imbestialita. Per Barbara era sempre una questione personale, capisce? Ne faceva puntualmente una prova di forza, che voleva vincere a ogni costo. Tant'è che quest'anno aveva ricominciato a perseguitarlo, quel poveretto".

"E com'è finita?"

"Malissimo. Urla e strepiti, una scenata che non le

dico. C'è mancato poco che mi schiaffeggiasse. Non che glielo avrei consentito, ovviamente".

"Però si è beccato un libro in testa".

"Schivato, commissario, schivato!", corresse Romano, con una risatina divertita. "Mentre lei, al contrario, non ha potuto schivare me. Le sono passato sopra come un trattore. Metaforicamente, s'intende. Prima gliene ho dette di tutti i colori, poi l'ho mollata. E ho passato un'estate meravigliosa in compagnia di mia moglie, che alla fine della fiera resta sempre la migliore".

"A proposito di sua moglie: era al corrente della relazione con la sua collega?"

Il professore impallidì e strinse i pugni. "Sia ben chiaro: mia moglie va tenuta fuori da questa storia! Non ne ha mai saputo niente e, fra l'altro, non è una donna gelosa. Siamo sposati da più di vent'anni e ci riteniamo una coppia evoluta. Sia io che lei ci siamo concessi delle distrazioni e lo sappiamo entrambi, anche se per buon gusto non ce lo siamo mai confessato apertamente. Il nostro matrimonio è troppo importante per essere messo in discussione da qualche avventuretta".

Rocci inarcò le sopracciglia, ma non fece commenti. "Quindi, tornando alla Baldi, dal giorno della lite non avete più avuto incontri?", chiese.

"Assolutamente no, ispettore. Lei mi portava il broncio, era offesa a morte, e a me non sembrava vero che lo fosse. Ci siamo rivisti qui a scuola, all'inizio di quest'anno scolastico. Buongiorno e buonasera, niente di più. Rapporti formali, punto e basta".

“Eppure il preside De Marchis vi ha invitati insieme a cena a casa sua…”

“Non insieme. Separatamente. E poi De Marchis non sapeva nulla di noi. Io non l’ho informato e di certo neanche Barbara. Sennò – perbenista com’è Saverio – forse avrebbe evitato”.

“Nessuno di voi due, però, ha declinato l’invito”.

“E perché avremmo dovuto farlo? Siamo adulti, commissario. E quella cena aveva un significato importante. Essere ammessi a far parte della ristretta corte del sovrano è molto utile, politicamente parlando. C’è gente qui dentro che, pur di arruffianarsi un preside, cambierebbe sesso. Barbara e io ci saremmo sopportati con grande savoir-faire, glielo garantisco”.

“Come mai De Marchis l’ha invitata, professore? Perché proprio lei?”

“Siamo stati compagni di corso all’università e spesso studiavamo insieme. Come vi ha detto lui stesso, io sono fra i pochi che conosce in questa scuola. E di me sa che può fidarsi. Con tutti gli esami che gli ho fatto superare passandogli le copie…”

La campanella trillò a lungo, oltre la porta chiusa. Romano chiuse la finestra.

“Devo andare. Abbiamo finito?”

“Ha una qualche idea di chi possa essere stato?”

“Nemmeno mezza”.

“Una donna così – come lei la descrive – avrà pure avuto dei nemici”.

“Certo che sì. Ma io non ne conosco”.

"Quei colleghi che ce l'hanno con lei, professore, a causa della Baldi…"

"Per carità, commissario! Piccole beghe scolastiche, antipatie, malevolenze da corridoio. Niente di cui valga la pena parlare. Qui abbiamo un bel campionario – tromboni, idioti, impreparati, ipocriti e leccaculo – ma nessun assassino. Ci metto la mano sul fuoco. Ora però devo proprio lasciarvi".

Romano si avviò verso la porta e l'aprì. Il corridoio si era già svuotato.

"E quel ragazzo?", chiese Rocci, alle sue spalle.

Romano si fermò di colpo. "Quale ragazzo?"

"Quello di cui ci ha parlato. La causa del litigio con la Baldi".

Romano riprese la sua marcia per il corridoio. "E che c'entra lui? Niente!"

"Chi è? Come si chiama?"

"Vi ho detto che non c'entra. È un bravo ragazzo, e non vi venga in mente di…"

"Ci dica il suo nome, professore", intervenne Conti, bloccandogli il passo. "Non spetta a lei stabilire chi c'entra e chi no".

Romano lo fronteggiò con aria di sfida. "Guai a capitare fra le vostre grinfie, eh?"

"Il nome…", ripeté Conti, con uno sguardo glaciale.

Il professore inspirò profondamente, poi scosse la testa in segno di aperta disapprovazione per quella che doveva ritenere una grave prova di imbecillità.

"Si chiama Benci. Stefano Benci", sbottò alla fine,

senza nascondere la stizza. “Ma siete fuori strada, ve lo dico io”.

Quindi si allontanò a grandi passi, senza salutare, e sparì in un’aula sul fondo.

L’eco della porta sbattuta con forza rimbombò nel corridoio deserto.

20

Alle tre del pomeriggio, De Marchis si affacciò nella cucina di casa sua. Era appena rientrato e si sentiva a pezzi. Dopo una giornata come quella – con i professori che andavano e venivano, il supplente da nominare, le telefonate dei giornalisti e la polizia a scuola – il suo unico desiderio era di stendersi sul letto e cercare di dormire un po’. Ma la cucina era calda, pulita e soprattutto deserta: nessuna Miriam nei paraggi e sul fornello una pentola chiusa che prometteva cibo pronto.

Silenzioso come un ladro, il preside entrò e chiuse piano la porta: finalmente avrebbe potuto mettere qualcosa sotto i denti in santa pace, lontano da sua moglie che a quell’ora stava di certo riposando al piano di sopra. Miriam passava buona parte della sua vita in posizione orizzontale: quando non dormiva, era stesa sul lettino dello psicanalista o su quello dell’estetista. In alternativa, sul tappetino del pilates in palestra. Per il tempo che le avanzava, se ne stava sul letto a telefonare, guardare la televisione o giocare a burraco online, anche in simultanea. Non si sedeva mai, se non in macchina, al cinema e al ristorante. Qualche volta in chiesa, ma solo per funerali e matrimoni a cui non poteva mancare. Mai a pranzo. E a cena, in casa, solo se avevano ospiti. Quando erano soli, invece, allestiva due vassoi e li piazzava su un tavolino basso, davanti alla televisione accesa. Mangiavano in silenzio, lui in poltrona, lei allungata sul divano, con i piedi sollevati su due cuscini, per prevenire il gonfiore alle caviglie. Poi, dopo le trasmissioni di prima serata, si alzava con un sospiro estenuato, baciava suo marito su una guancia e se ne andava a dormire.

A Saverio andava bene così. Non gli sarebbe piaciuto averla sempre fra i piedi come una volta, e pranzare da solo in cucina era bello: gli ricordava l'intimità della sua casa di ragazzo, con la madre che si affaccendava ai fornelli e, dopo averlo servito a dovere, lo lasciava solo con il suo *Topolino* nuovo, appoggiato alla bottiglia dell'acqua come su un leggio. Quel giorno, poi, quel silenzio accompagnato dal sommesso ronzio del frigorifero era un toccasana per i suoi nervi tesi.

Scoperchiò la pentola e ne saggiò il contenuto con la punta di un cucchiaio: stufato con patate, buono anche tiepido. Non che avesse fame, ma qualcosa doveva pur mangiare: gli girava la testa, e forse era proprio per il digiuno. Stappò una bottiglia di rosso e si sedette, spiegando il tovagliolo e appoggiandolo con cura sulle gambe. Aveva appena sollevato il bicchiere per portarselo alle labbra, quando il cellulare gli squillò in una tasca della giacca.

De Marchis sobbalzò sulla sedia, il che gli diede la misura di quanto fosse scosso. Sul display, un numero nascosto.

"Pronto!"

"Sono io..."

La voce era soffocata, quasi un bisbiglio.

"Io chi?"

"Furio".

"Ah, Furio. Scusa, ma non ti sento bene..."

"Dove sei in questo momento?"

"A casa, perché?"

"Accendi il computer ed entra nel forum della scuola".

"Nel forum?"

"Fallo subito".

De Marchis si premette con forza il cellulare sull'orecchio. "Ma perché? Che succede?"

"Ora non posso parlare. Ti richiamo io", disse Longhi precipitosamente, prima di chiudere la comunicazione.

Con un buco nello stomaco, Saverio si alzò, recuperò la sua cartella in un angolo e tirò fuori il portatile. Durante il tempo che occorse perché lo schermo si accendesse e la connessione partisse, tracannò due bicchieri di vino. Poi si collegò al sito della scuola.

Il forum, maliziosamente intitolato 'Scaricate il sapere', aveva come sfondo la loggia delle Cariatidi di Atene, tutte con buffi emoticon al posto delle facce. Sulla board stava infuriando un dibattito che sulle prime De Marchis stentò a seguire.

Mr Ganz. Io non credo. Per me non è uno scherzo.

Nabbo17. Ma sei scemo? Ti sei bevuto il cervello, per caso?

Mr Ganz. Quello bevuto sei tu, deficiente che non sei altro. Come fai a non capire che questa è una cosa seria?

Pestebubba. Scusate se mi intrometto, ma io penso che a questo punto qualcuno debba dirlo alla polizia.

Nabbo17. E piantatela, con queste caxxate, voi e quel mitomane di m… , che io un sospetto di chi si tratta ce l'avrei pure.

Sursumcorda. Se lo sai, allora parla!

Nabbo17. Io non so un caxxo.

Pestebubba. Mio padre mi sta dicendo che ha intenzione di chiamarla lui, la polizia.

Nabbo17. E fagliela chiamare, chissenefrega. Tanto quello non è l'assassino, se lo fosse non ce l'avrebbe mica detto qui… Se lui è Nerone, io sono Napoleone, va bene?

Lisa Blu. :-)

Nabbo17. Ciao Lisa, amore. Ti diverto? Sono l'uomo della tua vita, dillo!

Lisa Blu. Ciao, Nab, tesoro. Stavolta non ci prendi. Qua c'è poco da scherzare.

Nabbo17. Non sono io che scherzo. C'è qualcun altro che lo sta facendo, mi pare.

Lisa Blu. Questa cosa è inquietantissima, Nab.

Mr Ganz. Io vado su Fb, gente. Voglio capire se c'è qualcuno che ne sa di più. Qui siamo solo quattro sfigati che si parlano addosso mentre lì fuori c'è un pazzo che ammazza la gente a coltellate…

De Marchis fece scorrere verso l'alto la freccetta sulla destra del monitor, e i commenti presero a srotolarsi velocissimi all'incontrario. Poi il cursore si fermò. Lì, sul riquadro principale, c'era il topic che aveva dato origine a quella sequela di commenti:

Protendens uterum 'ventrem feri' exclamavit multisque vulneribus confecta est.

Agrippina è morta. E moriranno anche tutti gli altri.

Nerone è tornato per vendicarsi.

Nerone sono io.

De Marchis sbarrò gli occhi, incredulo. Poi tutto si fece buio all'improvviso.

21

Quando la porta dell'ambulatorio si aprì, Eligia Marani era seduta alla sua scrivania, intenta a controllare le cartelle cliniche dei pazienti ricoverati nella mattinata. Sollevò lo sguardo sull'infermiera ferma sulla soglia.

"Valeria! Mi pareva di averle raccomandato di restare a casa, oggi. Cosa ci fa qui, si può sapere?", chiese, con tono severo.

Valeria Benci scosse la testa e sorrise debolmente. "Mi sento bene, dottoressa. E in questo reparto c'è troppo da fare".

La Marani si tolse gli occhiali. "Per un giorno o due possiamo cavarcela anche senza di lei, cosa crede? Se invece quello che le è accaduto ieri dovesse ripetersi, allora sì che sarebbe un problema per tutti".

La donna scosse la testa con decisione. “Non si ripeterà”.

“Le ho prescritto riposo e medicine, e lei mi ha disobbedito”.

“Le medicine le sto prendendo”.

“Ma certo non sta riposando, dal momento che è venuta a lavorare”.

“Stamattina ho dormito fino a tardi e oggi sono a posto. Glielo giuro, dottoressa”.

La Marani sollevò le sopracciglia con aria scettica, ma rinunciò a replicare. L’infermiera era ostinata almeno quanto lei, e tenerla lontana dal lavoro era un’impresa impossibile. Tuttavia, nonostante le sue analisi fossero normali, all’occhio esperto del primario il pallore della donna era poco rassicurante. Eligia la osservò avvicinarsi e raggiungere la scrivania. Valeria Benci aveva i capelli biondi, un ovale regolare, grandi occhi nocciola e un naso piccolo e aggraziato. Lineamenti belli, ma persi in un viso stanco, sciupato e segnato da profonde occhiaie.

“Qui fuori c’è qualcuno che chiede di lei”, annunciò l’infermiera.

“E chi sarebbe?”

“Il professor De Marchis con sua moglie. Li ho fatti accomodare in sala d’aspetto”.

“Saverio?”, mormorò Eligia, sorpresa, alzandosi in piedi.

“Pare che si sia sentito male a casa, poco fa”, aggiunse Valeria. “Da come sta protestando, sembra che la moglie lo abbia costretto a venire qui. E ha fatto bene, secondo me, perché lui non ha la solita faccia…"

Eligia la scrutò con curiosità. "Come sa che faccia ha di solito Saverio De Marchis? Lo conosce?"

"È il nuovo preside del liceo classico. Mio figlio va in quella scuola, ricorda?"

"Ah, già, è vero". Quando l'infermiera le aveva presentato il ragazzo – un paio di mesi prima – la dottoressa aveva mostrato un certo interesse per Stefano e i suoi studi. Ora si stava preoccupando che Valeria Benci potesse interpretare la sua smemoratezza come indifferenza o mancanza di riguardo. "Mi scusi, ma in questo momento proprio non mi tornava in mente che…"

"Si figuri, dottoressa. Con tutto quello che ha per la testa…"

Eligia Marani si avviò lungo il corridoio, verso la sala d'aspetto. Miriam ne stava uscendo in quel momento, con aria esasperata. Come la vide accelerò il passo, agitando una mano in segno di saluto. "Ho dovuto sudare le sette camicie per portarlo qui", sussurrò, affannata, quando l'ebbe raggiunta. "E meno male che ci sei. Per convincerlo, gli ho fatto credere di averti telefonato. Lui pensa che sia stata tu a volerlo visitare in ospedale. Non mi smentire, per favore".

Miriam era in tuta da ginnastica, senza trucco, con un paio di occhialoni scuri a coprirle metà del viso. Eligia si appartò con lei vicino a una finestra. "Cos'è successo?"

Miriam alzò gli occhi al cielo. "È svenuto".

Anche lui, come la Benci. Una specie di epidemia, pensò Eligia. "Quando?"

"Poco fa. L'ho trovato in cucina, come morto. Per fortuna era seduto davanti al computer e non è scivolato dalla sedia. Ma forse ha battuto la testa sul tavolo, non lo so. Lui non si vuole far toccare, se ha qualche bernoccolo non è dato sapere".

"Ha vomitato?"

"No. Comunque non aveva niente da vomitare, è da ieri sera che non mangia. E che sia stata colpa della debolezza, è il suo argomento principe".

"Se è a digiuno da così tanto, potrebbe aver ragione".

In quel momento De Marchis uscì sul corridoio, le avvistò e si incamminò verso di loro. A giudicare dal passo rapido e sicuro, si era perfettamente ripreso.

"Qui si cospira alle mie spalle, vedo!", disse, con un sorrisetto acido all'indirizzo della moglie. "Ciao, Eligia. Scusaci, stavolta Miriam non doveva proprio disturbarti".

La dottoressa lo stava osservando con molta serietà. "Ha fatto bene, invece. Venite".

Li scortò fino all'ambulatorio e si chiuse la porta alle spalle. "Stenditi e tirati su la manica della camicia", ordinò, indicando il lettino. Saverio obbedì senza discutere. Di Eligia Marani, che lo aveva curato fin da ragazzo, si fidava ciecamente. Come suo padre, del resto, che da buon ipocondriaco la consultava di continuo per tutti i suoi malanni immaginari. Per compensarla del disturbo, Rocco De Marchis la sommergeva di regali costosissimi, la invitava a cena in ristoranti esclusivi e le segnalava ottimi affari immobiliari. Questo, per una trentina d'anni.

Quanti ne aveva ora, Eligia? Guardandola di sotto in su, mentre gli misurava la pressione con aria concentrata, Saverio calcolò mentalmente che dovesse essere vicina ai settanta. Ai suoi occhi, però, era sempre la stessa: forse perché non gli era mai sembrata veramente giovane, per via dello sguardo serio, della voce grave e della austerità nel modo di vestire e di atteggiarsi.

C'era stato un tempo in cui Saverio si era domandato se lei e suo padre avessero una relazione. Ma poi aveva concluso che no, Rocco aveva bisogno di lei e la stimava troppo per farne la sua amante; ed Eligia, orgogliosa com'era, non avrebbe mai accettato un ruolo del genere. E poi Rocco aveva un debole per le bionde piccole, formose e volgari, mentre la Marani era alta, magra e signorile. E non sembrava avere un vero interesse per gli uomini, anche se non si era mai detto di lei che preferisse le donne.

La verità era che alla dottoressa premeva solo la sua carriera, alla quale si era dedicata per tutta la vita. Oggi era un primario molto reputato e una specialista di fama, che viveva da donna ricca.

"La pressione è bassina, ma nel tuo caso non è preoccupante. Non sei mai stato iperteso, tu. Spogliati, devo visitarti".

Saverio obbedì. Lei gli palpò l'addome, auscultò i polmoni, controllò gola, orecchi e fondo dell'occhio. Poi gli chiese di scendere dal lettino ed eseguire alcune prove di equilibrio.

"Non c'è nulla che non va, almeno apparentemente", concluse alla fine la Marani. "Ora ti prescrivo delle analisi del sangue, un elettrocardiogramma e una risonanza. I primi due, li fai subito. Per la terza, c'è una lista d'attesa da spavento, ma vedremo cosa si può fare. Dopo le analisi, deciderò".

De Marchis cominciò a rivestirsi. "No, guarda, io devo andare via subito".

La dottoressa lo fissò perplessa. Miriam, invece, si mise a urlare. "Ma dove devi andare, eh? Cosa devi fare di tanto urgente, si può sapere?" Poi si girò verso la Marani. "È stata questa storia dell'omicidio al liceo – hai sentito, no? – a fargli succedere quello che gli è successo".

"Sì, appunto", rispose il marito, mentre si infilava la camicia nei pantaloni. "Dici bene, Miriam. È esattamente così. Una collega ammazzata, davanti alla mia scuola e a tutto il mondo... La polizia in casa mia e nel mio istituto... Hai la minima idea di quello che significa? Nelle tue giornate insulse e sfaccendate, ti balena mai nella testa che le mie responsabilità..."

"Ma falla finita, Saverio!", sbottò Miriam, con voce stridula. "Di cosa saresti responsabile, tu? Di cosa ti devi occupare? Delle indagini? Del funerale? Sei la polizia? Sei un parente? Non mi pare. E non mi risulta nemmeno che fra te e quella donna ci fosse un rapporto speciale. O mi sbaglio?"

De Marchis la fissò sconcertato e, senza degnarsi di controbattere, si allacciò la cintura e afferrò la giacca.

"Aspetta, Saverio", disse la Marani, posandogli una

mano sul braccio. “È molto probabile che lo stress, l’insonnia e il digiuno abbiano contribuito a farti svenire. Però non mi sento di escludere altre cause, ed è per questo che…”

“Grazie, Eligia, ma io qui non ci resto un minuto di più. Ti prometto che con calma, fra un giorno o due magari, farò tutte le analisi che vorrai. Però, scusa, ora me ne devo andare. Grazie infinite e ciao”.

E prese la porta.

“Non lo capisco…”, mugolò Miriam, sgomenta.

“Io invece sì”, disse la dottoressa, con un sorriso, accompagnandola all’uscita.

22

“Lo hai visto?”

“No”.

“È lì, sulle scale, che ci guarda”.

“Forse è uscito per fumare. Sta fumando, non vedi?”

“No. Può fumare anche sotto il portico. Anche in casa, se è per questo. Se è lì, è lì per noi”.

“Adesso gliela faccio vedere io, a quello stronzo…”

“Zitto!”

“No, io non sto zitto. Non sto zitto un cazzo, capito?”

“Okay, ma ora smettila. Facciamo finta di niente ed entriamo in pizzeria”.

Erano le cinque del pomeriggio, l'ora in cui il preside aveva fissato una riunione straordinaria per tutto il personale docente del liceo. I tre ragazzi presero posto a un tavolino vicino alla vetrina. Enrico Frizzi raggiunse il bancone, ordinò sei pizzette Margherita e tre birre piccole, poi raggiunse gli amici col vassoio fra le mani. A quell'ora il locale era mezzo vuoto: gli impiegati degli uffici del quartiere erano ancora al lavoro, ed era troppo presto per la cena.

I ragazzi mangiavano in silenzio, con gli occhi fissi sul marciapiede opposto.

"Ecco il preside", annunciò Fabio Mantovano, con la bocca piena.

De Marchis stava arrivando a passo svelto dal parcheggio. Il custode si affrettò a seguirlo dentro la scuola, non prima di aver lanciato un'occhiata torva nella loro direzione.

"Pezzo di merda!", sibilò Benci all'indirizzo dell'uomo, scuotendo la testa con aria disgustata.

Per un po', a parte qualche sporadico passante, non arrivò nessuno. Poi, quasi in simultanea, i ragazzi videro sfilare il segretario, due bidelle e diversi insegnanti. Alcuni si fermarono a parlottare sulle scale, altri si affrettarono a entrare nel vestibolo illuminato.

Finalmente, la bicicletta del professor Romano sbucò da dietro l'edicola. Benci schizzò in piedi e uscì. Gli altri due restarono seduti, immobili, con lo sguardo puntato sulla scena.

Il ragazzo attraversò la strada di corsa e raggiunse il

professore accanto a una rastrelliera per le bici. L'uomo si guardò intorno, come per controllare qualcosa, poi si chinò per chiudere la catena della bicicletta. Benci gli stava accanto, immobile, dando le spalle alla pizzeria.

Dopo pochi minuti, Romano era già sulle scale e Benci stava attraversando di nuovo la strada. Quando rientrò nel locale, era cadaverico.

"La polizia mi sta cercando", disse, lasciandosi cadere sulla sedia.

"Cosaaa?", esclamò Frizzi, con gli occhi sgranati.

"E meno male che stamattina ho fatto filone, perché erano a scuola e mi avrebbero fregato. Anche se..." Benci si torse le mani e ingollò un sorso di birra. Gli altri lo fissavano in attesa. "Anche se Romano dice che sono minorenne e che per interrogarmi c'è bisogno della presenza di mia madre".

Fabio Mantovano, che era rimasto a bocca aperta, deglutì. "Non mi dire che è per quella stronzata sulla macchina della Baldi... Se è così, allora cercano anche me e..."

"Lo sapevo, che non era il caso. Me lo sentivo!", commentò Frizzi, scuotendo il capo.

"Era solo uno scherzo!", protestò Benci, debolmente.

"Stavolta mio padre mi scanna", disse Mantovano, con un filo di voce.

"No, Fabio. Tu non sei mai stato tirato in ballo. E nemmeno Enrico. Quella bestia del custode ha riferito alla Baldi di aver visto solo me".

"Come lo sai?"

“Me l’ha detto Romano. Comunque, dello scherzo la polizia non sa nulla. Non ancora, almeno”.

Mantovano fischiò in sordina per il sollievo. Frizzi, invece, sembrava perplesso. “Ma se non è per la faccenda della macchina, perché la polizia ti cerca? “

“Quando Romano mi ha chiamato oggi, per dirmi di non farmi trovare in casa, non mi ero reso conto. Ora però mi ha spiegato tutto”.

“Tutto cosa?”

“Stamattina si è lasciato sfuggire con i poliziotti che la Baldi ce l’aveva con me e mi perseguitava. E ora si sente in colpa. Per questo mi ha avvisato: è una brava persona”.

“Brava persona un corno! Come gli è venuto in mente di dire una cosa del genere alla polizia? Lo sa o no, che ti ha messo nella merda?”

“Hanno torchiato anche lui, sai? Scalza ha spifferato che lui e la Baldi avevano una storia…”

“Sempre quel maledetto Scalza! Sempre lui!”, imprecò Mantovano.

“…e così Romano ha dovuto spiegare per quale motivo aveva litigato con quella…”

Benci si morse le labbra per non aggiungere altro.

I tre ragazzi restarono in silenzio per un po’, a fissare la strada oltre le vetrine. Poi, Frizzi parlò. E disse quello che nessuno di loro avrebbe voluto sentire. “Ora pensano che tu abbia avuto un buon motivo per ucciderla. E non ci metteranno molto a concludere che io e Fabio ti abbiamo aiutato”.

23

Era una sera mite e stellata. Appena uscita dall'ospedale, Valeria Benci sollevò la testa e per un lungo attimo si fermò a contemplare il Grande Carro che brillava nel cielo terso.

C'era stato un tempo in cui le bastava assistere a uno spettacolo simile per sentirsi serena, e la vita non sembrava che riservarle amore, sicurezza, felicità. Tutte illusioni. Tutte promesse non mantenute, pensò lei con amarezza. Niente di quello che aveva desiderato si era avverato: un buon marito che l'amasse e le stesse sempre accanto, una famiglia unita con tanti figli e, più in là, un'allegra tribù di nipotini che le facessero sembrare la vecchiaia un dono del cielo.

Aveva preteso troppo? Forse sì. Forse quelle che le erano sembrate aspirazioni semplici e modeste, erano in realtà azzardate pretese di una felicità che nessuno dovrebbe sentirsi autorizzato a dare per scontata. E se le cose erano andate così, se oggi era sola e fondamentalmente disperata, forse era anche colpa sua. Valeria non avrebbe saputo dire in cosa avesse sbagliato, ma di certo il marito, che l'aveva abbandonata fuggendo dall'altra parte del globo, avrebbe avuto risposte illuminanti. Pensare di lui che fosse un traditore, vigliacco e insensibile, la faceva certo star meglio, ma non risolveva il problema della sua incapacità ad analizzare lucidamente quello che le era accaduto. Ancora oggi, svegliandosi al mattino, stentava a credere che quella donna esausta, che non trovava neppure la forza di alzarsi dal letto, fosse davvero lei. Che non si trattasse di un'altra, piuttosto, una povera disgraziata debole e incapace, una di quelle creature soccombenti che il destino sceglie come vittime da tartassare senza pietà. Una da compatire, insomma, che non aveva nulla a che fare con lei e con cui lei per prima non voleva avere nulla a che fare.

Valeria raggiunse il parcheggio sul retro dell'ospedale. Il tempo avrebbe lavorato in suo favore, si costrinse a concludere con quel che restava della sua natura forte e determinata. Il tempo le avrebbe dato il coraggio di vivere e la forza di difendere quel che ancora le restava: Stefano. Era per lui che doveva resistere.

Al pensiero di suo figlio, solo in casa davanti a quel maledetto computer, Valeria accelerò il passo e si inoltrò nel piazzale. La sua macchina era laggiù, l'unica rimasta contro il muro di cinta. Mentre infilava la mano nella borsa in cerca delle chiavi, il cellulare prese a squillare. Continuando a camminare, lo tirò fuori e se lo portò all'orecchio. Sul display, c'era un numero che non conosceva.

"Mamma..."

"Stefano! Da dove mi stai chiamando? Di chi è questo numero?"

"Mamma, ascoltami bene..."

"Sto tornando a casa, sono appena uscita e..."

"Mamma, mamma!!! Stai zitta un secondo! Un secondo solo, ti prego..."

Fu in quel momento che vide i due uomini. Camminavano verso di lei, in direzione opposta all'ingresso del parcheggio. Valeria si bloccò. "Va bene. Ti ascolto".

I due si stavano avvicinando, mentre il figlio parlava concitato e lei ascoltava muta. Dopo qualche secondo, chiuse la comunicazione e si guardò intorno. Erano le dieci di sera e si trovava sola in un enorme piazzale deserto. Lanciò un'occhiata alla sua auto, sul fondo, e riprese a camminare a passo svelto. Con la coda dell'occhio, vide che gli uomini avevano superato senza fermarsi l'ultima delle macchine ferme nel centro del parcheggio. Era da lei che venivano.

Si mise a correre, e anche i due dietro di lei allungarono il passo. Cercò con frenesia le chiavi nella borsa e perse secondi preziosi. Quando riuscì ad aprire lo sportello, con il cuore che pareva volerle sfondare il petto, era troppo tardi. Alla luce della luna li vide in faccia, ormai vicinissimi. Uno grosso, con un ceffo da sicario; l'altro alto e snello, il viso pallido e spiritato, una mano infilata nella tasca del giubbotto di pelle.

"Signora Benci?", si sentì chiamare.

L'uomo più alto estrasse dalla tasca del giubbotto un tesserino e lo sventolò in aria. "Sono il commissario Conti, della Mobile. E lui è l'ispettore Rocci".

Valeria si appoggiò alla fiancata dell'auto e restò in silenzio, ad ascoltare il furioso rimbombo del cuore.

"Ci dispiace averla spaventata. Ma in ospedale ci hanno detto che era appena uscita e così abbiamo pensato che…"

"Che volete?", chiese lei, ancora ansimante per la corsa e la paura.

"È lei la madre di Stefano Benci?", l'apostrofò l'altro, con voce chioccia e rauca.

Valeria si raddrizzò di colpo. "Sì, sono io".

"Dobbiamo parlare con suo figlio, signora", disse il commissario, con tono più gentile.

La donna sgranò gli occhi. "Con Stefano? E perché?"

"Come lei di certo saprà, ieri sera qualcuno ha assassinato la professoressa Barbara Baldi", proseguì il commissario.

"No...", disse lei in un soffio. Improvvisamente, si sentiva mancare. "Non lo sapevo".

"Ah no? Non lo sapeva? Ma tu guarda...", ghignò l'ispettore.

Lei sollevò la testa. Le bruciavano gli occhi, ma resse lo sguardo di quell'energumeno. "No. Non leggo i giornali, non guardo la televisione e oggi ho lavorato tutto il giorno".

"Suo figlio non le ha detto nulla? Possibile? Eppure la vittima era la sua insegnante di greco", osservò Conti.

"Non vedo mio figlio da ieri sera. Stamattina, lui si è alzato per andare a scuola mentre io ancora dormivo. Ieri non sono stata bene e così..."

"E a pranzo? Non l'ha visto neppure a pranzo?"

"No".

"Ma che razza di famiglia è?", commentò Rocci, aggressivo.

"Una famiglia dove c'è solo la madre! Una madre che

lavora!”, replicò lei, con voce tremante d’indignazione. “Alle due prendevo servizio, e quando sono uscita di casa lui non era ancora tornato da scuola. No, non l’ho visto per tutto il giorno, va bene?”

“E non l’ha neppure sentito?”, domandò Conti, con voce tranquilla ma ferma.

Valeria serrò le labbra. “Ma cosa volete da mio figlio, si può sapere?”

“Ci risulta che fra lui e la professoressa Baldi non ci fosse un buon rapporto. È vero?”

Valeria scosse la testa e si guardò i piedi. Conti la osservava attentamente: aveva un viso bellissimo, pensò, e si stupì di averlo notato.

“Allora?”, la incalzò Rocci. “Non ci dica che non sapeva neppure questo”.

“L’anno scorso mio figlio è stato promosso in tutte le materie”, ribatté lei, con un lampo di orgoglio negli occhi.

“La professoressa Baldi lo voleva bocciare”.

“Alla fine però l’ha promosso”.

“E quest’anno? C’erano ancora problemi con lei?”

“Siamo solo a settembre, ispettore! La scuola è appena cominciata”, protestò Valeria. Poi decise che ne aveva abbastanza di stare sulla difensiva. “Ma insomma, dove volete andare a parare? State interrogando tutti i genitori degli alunni della Baldi? Quelli che andavano male in greco con lei sono la maggior parte, vi avviso, per cui ne avrete per un bel pezzo”.

“Ci risulta che la Baldi avesse con suo figlio un atteggiamento particolarmente ostile. Ci sa dire perché?", chiese Conti, ignorando la tirata.

"Commissario, è andato a scuola pure lei! Non mi dirà che è la prima volta che sente di qualche professore che soffre di simpatie e antipatie. È una cosa normale, succede".

"Non è normale, però, che questo professore venga ucciso brutalmente il giorno dopo aver messo una nota a un alunno che gli ha sfregiato la macchina. Risulta dai registri. Così come risulta che lei è stata convocata a scuola proprio per questo motivo. Ci è andata ieri mattina verso mezzogiorno, lo sappiamo. Cosa vi siete dette, lei e la professoressa Baldi?"

"Le ho detto che il custode che ha scatenato tutto questo pandemonio si sbaglia di grosso: ha visto solo un ragazzo, di spalle, con un giubbotto simile a quello di Stefano. Tutto qui. Ben poco, mi pare. E le ho anche detto che, se quell'individuo non si fosse rimangiato tutto, l'avrei denunciato".

"Dov'è suo figlio, ora?"

"A cena da un amico".

"E come lo sa, lei, se non lo sente da ieri?"

Lei reagì con spavalderia. "Me l'ha detto ieri, infatti. Aveva avuto un invito a cena per stasera e io gli ho dato il permesso di andare".

"E come si chiama questo amico?"

"Non me lo ricordo. Non riesco a tenere a mente i nomi di tutti i suoi compagni".

"E lei dà il permesso a suo figlio senza sapere neppure dove va?", si intromise Rocci, con durezza.

Conti la stava fissando intensamente. "Dov'era suo figlio ieri sera, dalle sette in poi, signora Benci?"

"A casa a fare i compiti, perché?" La donna sembrava perplessa, come se la ragione di quella domanda le sfuggisse del tutto.

Rocci sbuffò. Aveva la sensazione che l'infermiera li stesse prendendo in giro dal momento in cui quella conversazione era cominciata. "E lei, dov'era? Eh?", la incalzò.

"Io? A casa con lui. Come ho detto, non mi sono sentita bene al lavoro e sono tornata prima. Controllate pure, se volete. Ma ancora non capisco perché dovreste farlo e soprattutto perché mi stiate trattenendo qui a quest'ora con tutte queste domande senza senso".

I due poliziotti si guardarono, poi Conti lanciò un'occhiata all'orologio da polso. A quell'ora tarda non era il caso di irrompere in una casa per interrogare un minorenne. Un minorenne che aveva un alibi fornitogli da sua madre, rispettabile infermiera dell'Ospedale di Pescara. C'era un tempo per ogni cosa, e quei due non sarebbero certo fuggiti quella notte. Se quell'alibi era falso, se madre e figlio erano in combutta, presto sarebbe venuto fuori.

"Va bene, signora, per il momento è tutto. Suo figlio lo sentiremo in seguito, se si renderà necessario. Grazie per la sua disponibilità".

"Prego", rispose lei, freddamente, e fece per entrare in macchina. Poi ci ripensò. "Commissario…"

"Dica".

"Com'è morta, la professoressa? Voglio dire, come l'hanno..."

"Pugnalata, signora. È morta così".

Valeria si girò e lanciò la borsa sul sedile del passeggero. Conti le allungò il suo biglietto da visita.

"Se, dopo aver parlato con suo figlio, avrà qualcos'altro da dire, sa dove trovarmi. Può chiamarmi a qualsiasi ora".

La donna si infilò in macchina, chiuse lo sportello e mise in moto. A metà parcheggio si accorse di avere i fari spenti e li accese. Dallo specchietto retrovisore, vide i due poliziotti uscire dal piazzale e sparire oltre l'angolo, diretti verso l'ingresso dell'ospedale.

Solo allora, continuando a guidare come un automa, si concesse di scoppiare in un pianto dirotto.

24

Con la bocca aperta e la testa reclinata sul petto, Vito Scalza russava forte. Tanto forte da coprire la voce del giornalista che in televisione stava intervistando un politico locale. Quest'ultimo, provocato da una domanda tendenziosa, a un certo punto si mise a urlare al microfono.

Infastidito da tutto quel baccano, il grasso siamese che rispondeva al nome di Conan – ma solo quando lo si chiamava per il pranzo – si stirò sul divano e si apprestò a trasferire i suoi otto chili di lardo sul letto della camera adiacente. Il suo padrone, invece, continuava a dormire.

Il gatto si preparò al balzo, che nelle sue intenzioni avrebbe dovuto fargli oltrepassare in volo i polpacci dell'uomo, ma sbagliò mira. Gli piombò su un piede con tutto il suo peso e Vito si svegliò di soprassalto. Aveva le gambe irrigidite ed era freddo come un morto. Gli occhi corsero disorientati all'orologio a muro, sulla parete di fronte. Mancavano dieci minuti alla mezzanotte.

Il custode, intontito, si chiese come mai il sonno lo avesse sorpreso così all'improvviso, mentre guardava il telegiornale di prima serata, e come avesse potuto dormire tanto a lungo. Tutta colpa di quei poliziotti che lo avevano tenuto sveglio la notte precedente e, per dirla tutta, anche delle due bottiglie di birra che si era scolato, la prima a cena e la seconda davanti alla televisione. Stava aspettando che la riunione al piano di sopra finisse, e non si era accorto che...

A quel pensiero, Scalza sbarrò gli occhi e scattò in piedi. Improvvisamente, aveva realizzato che non aver sentito i professori uscire dalla scuola implicava non aver fatto il solito giro di ispezione notturna. Incurante delle gambe dolenti e intorpidite, corse alla porta dell'alloggio e l'aprì: una corrente fredda lo colpì in piena faccia, mentre constatava con orrore che il portone era ancora spalancato. Se qualcuno dei dirimpettai lo avesse notato e poi riferito al preside De Marchis, avrebbe passato un brutto quarto d'ora.

Si affrettò a recuperare la chiave da un gancio sulla

porta dell'alloggio, e uscì sotto il portico: le finestre dei palazzi di fronte erano tutte buie e sulla strada non passava nessuno. Il che, però, non lo tranquillizzò: il fatto che il liceo fosse aperto di notte era troppo insolito per non essere stato notato, soprattutto all'indomani di un omicidio commesso proprio nei paraggi.

Del resto, ragionò il custode mentre chiudeva le pesanti ante del portone, chiunque avesse trovato strana la cosa, l'avrebbe già segnalata alla polizia. E – perdiana! – dell'arrivo dei poliziotti si sarebbe accorto anche se fosse stato in coma.

Non ci sarebbe stata nessuna conseguenza, si disse per rassicurarsi, mentre rimetteva la chiave al suo posto. Quindi aprì la porta a vetri che immetteva nell'atrio.

Com'era prevedibile, le luci erano ancora accese. Un'unica plafoniera sul fondo illuminava la prima rampa della scalinata di destra. Era da lì che i professori dovevano essere scesi per uscire, pensò Scalza, cominciando a salire. Gli ultimi gradini si perdevano nel buio e il primo piano era rischiarato solo dalla luce della luna che entrava dalle alte finestre. La sala professori sul fondo, però, era ancora illuminata.

Il custode vi si affacciò: sedie spostate, bicchieri di carta e bottiglie semivuote d'acqua minerale. Evidentemente, la riunione doveva essere andata avanti ben oltre l'orario dell'ultimo autobus della bidella convocata nel pomeriggio.

Riordinare le aule non era di sua competenza, ma il custode aveva la coscienza sporca: così cominciò meccanicamente ad accostare le sedie al tavolo, a radunare le bottiglie e impilare i bicchieri. Infine uscì dalla sala, diretto allo sgabuzzino delle scope, in cerca di un sacco per l'immondizia. Oltre l'angolo, il corridoio era immerso nella semioscurità, ma accendere altre luci avrebbe illuminato altre finestre, rischiando di attirare l'attenzione all'esterno. E poi Vito Scalza conosceva il percorso a memoria.

Era a metà del corridoio, quando sentì il rumore. Un trapestio attutito, dietro quell'angolo che aveva appena superato. Scalza trasalì e si bloccò, con le orecchie tese.

Dopo un minuto di assoluto silenzio, si decise a tornare indietro con circospezione. Quando fu di nuovo nell'atrio, si fermò, perlustrando con lo sguardo i due corridoi contrapposti e le rampe delle scale, fin dove il suo occhio poteva arrivare. L'aria sembrava sospesa in una quiete immobile e perfetta. Scalza si diresse verso il quadro elettrico, sul muro dietro la postazione della bidella, e fece scattare l'interruttore generale. L'atrio, i corridoi e tutte le aule si illuminarono a giorno.

Il custode si mosse rapido ed entrò in presidenza. Senza perdere di vista il pesante sipario di tende, afferrò il cordless sulla scrivania e uscì rapidamente dalla stanza. Se c'era qualcuno, da qualche parte lì dentro, almeno avrebbe potuto tentare di chiamare aiuto.

Scalza si fermò di nuovo, proprio al centro dell'atrio, e restò in ascolto, teso, con il naso in su, come un cane che annusa l'aria. Si girò a destra e poi a sinistra, scrutando i corridoi, senza cogliere il minimo segno di vita. Dopo qualche minuto, concluse di essersi sbagliato.

Ma continuava a sentirsi inquieto, in allarme.

Tornò sui suoi passi, sul corridoio di sinistra, fino allo sgabuzzino. Oltre al sacco per l'immondizia, prese con sé anche una scopa con una robusta mazza di legno. Quindi, entrò di nuovo nella sala professori, sgomberò il tavolo in tutta fretta e uscì spegnendosi la luce alle spalle.

Sempre impugnando la scopa, raggiunse il quadro elettrico e fece di nuovo scattare l'interruttore. Quindi, al buio, si avviò giù per le scale. Aveva ancora il cordless del preside in tasca, ma non si preoccupò: lo avrebbe rimesso al suo posto la mattina dopo, prima dell'apertura della scuola. L'importante, ora, era rientrare in fretta nel suo alloggio, chiudersi dentro e farsi una bella dormita.

Aveva appena mosso qualche passo nell'atrio al piano terra, quando vide qualcosa che gli gelò il sangue: da una colonna centrale, un'ombra lunga si proiettava sul pavimento rischiarato dalla luce lunare. Scalza si paralizzò, mentre il cuore prendeva a tambureggiargli furiosamente nel petto.

L'ombra si mosse e per terra si disegnò qualcosa di ampio, di largo, simile alle ali di un enorme pipistrello. Scalza fece un balzo, con la gola chiusa dal panico. Poi si girò, risalì le scale a quattro a quattro e corse fino alla presidenza. Lì si chiuse dentro a doppia mandata e si appoggiò con la schiena alla porta, respirando affannosamente.

Quindi, con le mani che gli tremavano, prese il cordless dalla tasca e chiamò la polizia.

25

“Niente, dottore! Niente di niente!”, urlò Forgione al cellulare, spostandosi di qualche metro perché lì, sotto il portico, la linea era disturbata.

Avevano ispezionato la scuola a palmo a palmo, senza trovare traccia della misteriosa intrusione denunciata dal custode. Il preside De Marchis era ancora nell’alloggio di Scalza, che stava ripetendo per l’ennesima volta la sua versione dei fatti.

“Abbiamo controllato dappertutto e non abbiamo trovato niente di anomalo”, ripeté l’assistente a telefono. “L’ingresso principale e quello secondario, che dà nel cortile sul retro, erano regolarmente chiusi a chiave. Nessun segno di scasso neppure alle finestre. Quindi, se c’era davvero qualcuno, l’avremmo trovato”.

“Va bene, Luca”, rispose Conti. “Ora vattene a casa a dormire”.

“Non aspetto gli altri?”

“Non c’è bisogno di un esercito per parlare col custode. Domani sarà una giornataccia, meglio per te se sarai riposato. Il preside è arrivato?”

“Sì, da dieci minuti”.

“Allora digli di aspettarmi, nel caso gli venisse in mente di andarsene. Io sono in macchina”.

Forgione rientrò. Dalla porta aperta dell’alloggio di Scalza, poteva sentire la voce chioccia di Rocci. “Che tipo di rumore era? Io, guardi, non sono ancora riuscito a capirlo...”

Seduto su una sedia impagliata, vicino a un tavolo ingombro di tazze vuote di caffè, Scalza si strinse nelle spalle. “Un rumore… di passi”.

“Prima ha detto che era un fruscio”.

“Sì, ma più forte”.

De Marchis, seduto sul divano, gli venne in aiuto. “Forse intendeva uno scalpiccio. Come di passi attutiti”.

Rocci gli lanciò un’occhiataccia. “Non lo imbecchi, lei”.

“Non lo sto imbeccando, santiddio. Sto solo… traducendo”.

Scalza annuì vigorosamente. “È come ha detto il preside. Un rumore di passi *attotiti*”.

De Marchis alzò gli occhi al cielo, esasperato. Aveva dormito sì e no cinque ore in due giorni e ormai, con tutti i caffè che si era scolato e l’adrenalina a mille, avrebbe potuto restare sveglio per chissà quanto ancora. Si domandò come avrebbe reagito Eligia Marani, se l’avesse saputo.

“Resta il fatto, Vito, che lei si è reso gravemente inadempiente”, osservò con tono severo. “Se qualcuno si fosse davvero introdotto nella scuola, sarebbe una sua responsabilità”.

“Lo so, signor Preside, lo so. L’ho già detto, che la colpa è mia. Fino a un certo punto, però…”

“Cosa vuol dire, fino a un certo punto? Quale punto?”, replicò stizzito De Marchis.

“Non avevo chiuso occhio dalla notte prima. È per questo che mi sono addormentato come uno scemo, mentre aspettavo che la vostra riunione finiva”.

De Marchis piegò le labbra in una smorfia. Quell'uomo non aveva fatto il suo dovere, svegliandolo nel cuore della notte e costringendolo a una levataccia, e soprattutto ignorava i congiuntivi.

"Anch'io sono insonne da due giorni, caro Vito. Eppure ho fatto il mio dovere e non mi sono certo addormentato mentre lo facevo".

L'uomo abbassò gli occhi, senza replicare. Forgione, che era rimasto sulla soglia a seguire la scena, approfittò della breve pausa. "Il commissario Conti sta arrivando. La prega di aspettarlo qui, preside".

De Marchis sospirò e guardò l'orologio. Erano quasi le due. "Spero che non ci metta troppo tempo".

"Il tempo che ci vuole", replicò Rocci, secco. Poi si alzò e uscì per fumarsi una sigaretta.

Dopo pochi minuti l'auto di Conti si fermò davanti alla scuola. Rocci scese le scale e gli andò incontro. "Qui tutto tranquillo. Non hanno danneggiato né rubato nulla, almeno per quanto ci risulta. Non siamo in grado di dire se manca qualcosa dagli armadietti dei professori o dalla segreteria, ma domani il preside ci farà sapere".

"Se qualcuno si è introdotto in questa scuola, una ragione ci sarà".

"Se...", sottolineò Rocci, con aria eloquente. "La formula dubitativa è d'obbligo".

Conti si bloccò sulle scale. "Pensa che il custode si sia inventato tutto?"

Rocci scosse la testa. "Se ne fossi certo, l'avrei già

denunciato per procurato allarme. Dico solo che forse si è convinto di aver sentito qualcosa e ha avuto paura".

"E l'ombra col mantello?"

"Avrà avuto le traveggole. Era morto di sonno e mezzo ubriaco".

Conti fissò l'ispettore, riflettendo. Che l'uomo si fosse lasciato suggestionare dai fatti della sera prima, era plausibile. A meno che l'indomani non fosse risultato che qualcosa mancava da qualche parte nella scuola.

In quel momento, Forgione venne fuori dal portone.

"Sei ancora qui, tu?", si stupì Conti.

"Non ho sonno, dottore. Preferisco restare".

Conti fissò l'assistente. Non gli aveva obbedito, il che poteva sembrare una mancanza di rispetto. Ma il commissario, che lo conosceva bene, sapeva che era esattamente il contrario. Forgione era esausto, si capiva dal pallore e dagli occhi pesti, eppure non voleva andarsene. Lasciare gli altri lì mentre lui se ne tornava a casa, doveva sembrargli ingiusto, perfino disonorevole.

"Chi c'è dentro?"

"Marchetti".

"Vai a dormire, Luca. Non hai più niente da fare, qui".

"È sicuro che non…"

"Vai! E domani vi voglio tutti nel mio ufficio, alle otto in punto".

Quando Forgione si decise finalmente a togliersi di torno, Conti e Rocci entrarono insieme. Dalla soglia dell'alloggio, il commissario lanciò una rapida occhiata al custode, accasciato su una sedia, e al preside De Marchis, che in piedi guardava fuori dalla finestra, dando loro le spalle.

Marchetti era appoggiato con la schiena al muro, con la sua solita espressione impenetrabile. Come vide Conti, s'impettì. "Dottore..."

De Marchis si girò. Era senza cravatta, in jeans, camicia a scacchi e giacca scamosciata: una tenuta d'emergenza, rimediata nella foga del momento, senza avere il tempo di pensare ad altro che a catapultarsi fuori dal letto e a uscire di casa. "Ah, commissario! È arrivato!"

"Salve", salutò Conti, muovendo qualche passo nella stanza. "Allora, Scalza? Si è ripreso dallo spavento?"

"Io non mi spavento tanto facilmente, commissario. Altrimenti, cosa ci starei a fare qui?"

Era una risposta a esclusivo beneficio del preside, che lo guardava male da quando aveva messo piede in quel buco squallido, angusto e puzzolente. "Se non fosse successo quello che è successo – l'omicidio, intendo – non me lo sarei nemmeno sognato, di chiamarvi. Me la sono sempre cavata da solo, io".

"Vuol dire che le è già capitato che qualcuno si introducesse qui, nella scuola?"

Vito Scalza scosse la testa. "Di notte, mai". Poi ci ripensò. "Solo una volta, verso le dieci di sera, ho beccato tre stronzetti che stavano imbrattando i muri del campetto di pallavolo con lo spray. Era una roba politica, verso la fine degli anni Novanta. Non li ho riconosciuti, ma almeno sono riuscito a farli scappare e il danno è stato minimo. Un'altra volta, uno studente è rimasto a scuola dopo le lezioni, perché voleva far sparire una nota dal registro di classe. Quello l'ho acchiappato, però, e l'ho fatto sospendere".

"Ma che bravo!", commentò il commissario, con voce piatta.

Il custode alzò la testa e lo fissò, incerto. Non capiva se quel poliziotto stesse solidarizzando con lui o prendendolo in giro.

"A proposito di sospensioni, ci dica cos'ha visto esattamente quando l'auto della professoressa Baldi è stata danneggiata", chiese Conti.

Vito Scalza si irrigidì. "So chi è stato".

"E chi è stato?"

"Uno della seconda C. Si chiama Stefano Benci".

"Ne è sicuro?"

L'uomo sorrise e allargò le braccia per sottolineare l'evidenza dei fatti. "L'ho visto!"

"In faccia? Lo ha visto in faccia?"

Il custode smise di sorridere e prese un tono risentito. "Era proprio lì, vicino alla macchina, nel parcheggio. Quando si è accorto che stavo arrivando, se l'è data a gambe".

"Io non le ho chiesto dov'era il ragazzo e cosa faceva. Le ho chiesto se lo ha visto in faccia".

De Marchis taceva, accigliato. L'uomo roteò gli occhi intorno. "Proprio in faccia, no. Portava un berretto con la visiera. Ma ho riconosciuto il giubbotto: nero, con un drago sulla schiena".

"Un giubbotto con un drago..."

"Sì, di quelli che vanno di moda adesso".

"Di moda, dice. Quindi saranno in molti a portarlo, un giubbotto così. Le pare?"

"Era alto parecchio. E Benci lo è".

"Molti ragazzi sono alti, oggigiorno".

Il custode serrò le labbra. Ormai era chiaro che quel commissario ce l'aveva con lui. Forse perché aveva avvisato il preside la sera prima, o forse perché li aveva disturbati in piena notte. Decise che era meglio non insistere, per il momento.

Conti continuò a fissarlo per un po', poi alzò gli occhi sul preside. "Vorrei parlarle un momento".

De Marchis afferrò al volo. "Andiamo di sopra, commissario. In presidenza staremo più comodi che qui".

26

Presero la rampa di destra: De Marchis e Conti davanti, Rocci a qualche scalino di distanza. Le luci erano accese dappertutto, e il commissario si chiese che effetto dovesse fare a un passante occasionale quel liceo tutto illuminato di notte. Si augurò che non si fermassero a curiosare ubriachi o tiratardi. De Marchis li scortò in presidenza e chiuse la porta.

"Ditemi pure".

Non li aveva invitati ad accomodarsi e lui stesso era

rimasto in piedi. Sembrava ansioso di sbrigarsela il prima possibile.

"Poche ore fa, la Postale ci ha avvisato che in un forum di questa scuola è apparso uno strano messaggio. Qualcosa che fa riferimento all'imperatore Nerone".

De Marchis annuì con un lungo sospiro. "Lo sappiamo. L'abbiamo visto anche noi, e ne abbiamo parlato a lungo durante la riunione di ieri pomeriggio".

"E come mai non ci ha informato?"

"L'avrei fatto domattina. Ieri sera abbiamo finito molto tardi".

"Qual è la sua opinione in merito, preside? E quella dei suoi colleghi?"

"Pensiamo che sia una bravata. Uno stupido scherzo".

"Qualche idea sul suo autore?"

"Nessuna, commissario. Però di certo voi saprete individuare il computer da cui è partito il messaggio. Vogliamo sapere al più presto chi è stato a scrivere una cosa così macabra, che serve solo a seminare inquietudine. E quando l'avremo scoperto, è nostra intenzione punirlo come merita".

"Punirlo? Quindi pensate che sia uno studente?"

"Chi altri potrebbe aver fatto uno scherzo simile, se non un ragazzino che non ha la minima idea di cosa siano buon gusto e senso dell'opportunità?"

"Mi domando, signor preside, come abbia potuto un alunno conoscere le esatte modalità della morte della professoressa Baldi. Oggi i media hanno detto solo che è stata pugnalata, niente di più. Nessuno ha parlato di colpi al ventre".

De Marchis era impallidito, o era solo l'effetto di quella bianca luce al neon che pioveva dall'alto? Conti non avrebbe saputo dirlo, ma non gli sfuggì il tremito delle mani dell'uomo. Mani bianche e curatissime, notò.

"Le voci corrono", stava dicendo il preside. "Ieri sera qui sotto c'erano giornalisti, passanti, curiosi… Chiunque avrebbe potuto vedere, sentire o quantomeno orecchiare. Oppure è stata un'indiscrezione da parte di qualcuno…"

"Se sta insinuando che uno dei miei uomini abbia potuto raccontare in giro che…"

"Assolutamente no, commissario. Non mi fraintenda, la prego. Ma il corpo della povera Barbara è stato visto da molta gente, prima di essere portato via. E poi, anche una volta arrivata in ospedale, a qualcuno potrebbe essere sfuggito che…"

"E come hanno commentato i suoi colleghi lo strano accostamento fra la vittima e Agrippina? A parte il tipo di morte, c'è qualcos'altro che potrebbe accomunare le due donne?"

De Marchis si strinse nelle spalle. "Francamente, non ci siamo neanche posti il problema di riflettere su questo aspetto. Agrippina era la madre di Nerone. Barbara non era la madre di nessuno. Cosa vuole che avessero in comune?"

"Quindi, questa faccenda di Nerone che ricomincia a uccidere sarebbe solo il prodotto della fantasia di un adolescente burlone, secondo voi?"

"Nerone è un personaggio maledetto, commissario. Uno che è passato alla storia per le sue nefandezze e per gli omicidi che ha commesso. E qui siamo in un liceo classico: volendo alludere a un assassino famoso, è comprensibile che si sia pensato a lui piuttosto che a Hitler o a Barbablù".

"Quindi è da questa scuola che è arrivato il messaggio. Mi pare che lei lo stia dando per scontato".

"Niente affatto. Io dico solo che il riferimento a Nerone è ovvio, perfino banale, considerato che il messaggio è stato pubblicato nel forum di questa scuola. Ma il suo autore potrebbe essere chiunque, anche qualcuno che frequenta un altro istituto. Che si tratti di uno scherzo stupido e molto infantile, comunque, è opinione della maggioranza dei miei insegnanti".

"E la minoranza che ne pensa, invece?"

De Marchis sventolò in aria una mano, come a dire che l'argomento non meritava di essere approfondito.

Conti lo incalzò. "Non vuole parlarne? Non vuole dirci cosa pensano gli altri suoi colleghi di questa storia?"

"Insomma, commissario, cosa vuole sentirmi dire?", sbottò il preside, esasperato. "Che la mente umana ha profili di labilità assoluta, che in certe circostanze prendono il sopravvento? Che il panico può ottundere anche le intelligenze più luminose, impedendo di ragionare con lucidità? E che non ho mai sentito tante sciocchezze tutte insieme come ieri pomeriggio?"

"E quali sarebbero queste sciocchezze?"

"Mi vergogno anche solo a ripeterle. E sono certo

che domani si vergogneranno anche quelli che sono stati tanto emotivi da sostenere che…" Il preside si morse la lingua e tacque.

"Da sostenere cosa?", lo incalzò Conti.

De Marchis fece una risatina stridula, a metà fra il compatimento e l'irrisione. "Che l'assassino della Baldi è Nerone. O, per meglio dire, qualcuno che è convinto di esserlo".

27

Sapeva che sarebbe successo. Che la notte precedente era stata un regalo, una sorta di meccanismo risarcitorio messo in atto dall'istinto di conservazione per riparare un organismo debilitato dall'insonnia. Ora Conti si rigirava nel letto, senza chiudere occhio.

Aveva deciso che a nessun costo si sarebbe piegato, così allungò la mano sul comodino, trovò il flaconcino del sonnifero e lo chiuse nel cassetto. Poi accese la luce. Se non riusciva ad addormentarsi, se nella sua testa era tutto un sabba infernale di cattivi pensieri, era meglio alzarsi, farsi un giro per casa e fumarsi una sigaretta in santa pace.

Ciabattò lungo il corridoio ed entrò in cucina. Era modesta ed essenziale, ma Conti si era dato da fare come poteva per renderla accogliente: aveva sistemato una pianta mangiafumo in un angolo, tende colorate alle finestre, una tovaglia etnica sul tavolo. Su quel tavolo c'era il portatile, in standby dalla sera prima. Lo fissò stancamente, riempì la macchinetta del caffè e la mise sul fuoco. Quindi si sedette e si collegò con il sito del liceo. Occorreva una password, ma la Postale gli aveva semplificato le cose – Conti non avrebbe saputo dire come – permettendogli a distanza di accedere al forum con un semplice clic.

Dall'ultima volta che l'aveva controllato, alle due del mattino, non era cambiato nulla. L'ultimo commento era di una certa Laika, che augurava a tutti la buonanotte, non senza prima essersi lamentata per un compito in classe di latino che non era stato rinviato, nonostante tutto quel che era accaduto a scuola. *Non hanno nessuna pietà. Nessun rispetto. Non si fermano nemmeno davanti alla morte!*, aveva scritto, indignatissima.

Poi, più nulla. Conti rilesse per l'ennesima volta i post che avevano infuriato fino alle otto della sera e, dopo una breve pausa, avevano ripreso slancio per un paio d'ore almeno. Gli argomenti erano sempre gli stessi: l'omicidio della Baldi, lo strano accostamento a quello dell'imperatrice Agrippina, il ritorno di Nerone e l'inquietante minaccia contenuta in quel *moriranno anche tutti gli altri* contenuto nel topic. Tuttavia, per quanto caustici, irriverenti o in allarme, i ragazzi avevano dato prova di un'insolita prudenza: nessuno si era lasciato andare a commenti o insinuazioni sulla professoressa morta, né aveva avanzato ipotesi o sospetti su chi potesse averla uccisa.

Mentre sorseggiava con calma il suo caffè, Conti abbandonò il forum e prese a gironzolare nel sito della scuola. Sulla home page, campeggiava la foto della facciata principale del liceo, sormontata da una citazione sull'importanza dello studio delle lingue morte. Conti concordava. Pur non avendolo mai ammesso apertamente con Clara, non aver voluto frequentare quella scuola era stato un errore. Erano tempi, però, in cui rabbia e inquietudine gli avrebbero impedito di stare sui libri piuttosto che per strada a menare le mani col primo che lo guardava storto. E anche se in seguito, nei suoi studi di legge, aveva tentato di familiarizzare con la lingua latina, ricorrente in molti istituti giuridici derivanti dal diritto romano, la distanza fra la sua preparazione e quella di chi proveniva dal liceo classico era rimasta incolmabile. Del greco, poi, non sapeva assolutamente nulla, a parte il fatto che chi l'aveva studiato come Clara era in grado di capire al volo il significato di parole come entomologo, crioterapia o tricologico.

Conti pensò a suo figlio – così studioso e sensibile – e concluse che quel liceo era la sua destinazione naturale: Matteo sarebbe certo diventato un intellettuale, versato per la musica, l'arte e la letteratura. Avrebbe abitato un mondo nobile e superiore, ai cui appartenenti veniva risparmiato il contatto diretto con la brutalità della vita che invece lui era costretto a sperimentare tutti i giorni. Eppure, se era in strada che Conti aveva scelto di stare, se si trovava a suo agio con delinquenti e criminali violenti – pur se dall'altra parte della barricata – un motivo doveva pur esserci.

Similes cum similibus, concluse il commissario, complimentandosi con se stesso per essere riuscito a ricordare quel vecchio aforisma. Clara se ne sarebbe stupita, ma Clara era una snob che ancora oggi Conti non riusciva a capire perché avesse voluto sposarlo. Per amore, certo. Per passione. Ma né l'uno né l'altra potevano reggere alla prova quotidiana delle loro abissali diversità. E, infatti, era finita.

Il commissario si accese una sigaretta e continuò a curiosare fra orari di ricevimento, piani di studio e offerte formative fino al sorgere del sole. Quindi spense il computer, si vestì e uscì di casa.

28

Valeria Benci entrò in camicia da notte nella camera buia di suo figlio e delicatamente gli sfiorò la mano. Poi andò alla finestra e aprì le imposte, per fare entrare la luce del giorno.

Quando si girò, quello che vide le mozzò il respiro: il ragazzo stava supino, perfettamente immobile, con le mani intrecciate sul petto. La madre restò impietrita per un lungo attimo, a fissare la raccapricciante visione di suo figlio che sembrava un morto composto nella bara. Poi, in un moto di violenta ripulsa, reagì. Tornò rapida al letto e per prima cosa separò le mani del ragazzo, posandogliele lungo i fianchi. Poi lo baciò piano sulla fronte. "Stefano..."

Lui sbarrò gli occhi, disorientato. “Eh?”

“È ora di alzarsi”, gli sussurrò lei. “Sono le sette”.

“Un minuto…”, bofonchiò il ragazzo con voce impastata, dandole la schiena.

“Va bene, ma non addormentarti di nuovo”.

Valeria uscì dalla camera ed entrò in cucina. Era così fredda che dovette coprirsi con un vecchio scialle, lasciato lì dalla sera precedente, poi cominciò ad armeggiare ai fornelli. Mise su il caffè e il pentolino del latte. Aprì il frigorifero, tirò fuori tre cornetti e li infilò nel microonde. Due per Stefano, uno per lei. Un tempo, quando suo marito era ancora a casa, erano cinque. Presto, quando Stefano fosse partito per l’università, ne sarebbe rimasto uno solo da scaldare.

Apparecchiò la tavola con molta cura, come sempre quando aveva il turno nel pomeriggio: tazze, piattini, succo d’arancia, frutta, pane e marmellata. Stefano era sempre così famelico che, osservandolo mangiare, le sembrava impossibile che tutta quella roba potesse trovare spazio in uno stomaco solo. Eppure non ingrassava di un etto; anzi, sembrava che ultimamente fosse perfino dimagrito. Valeria si disse che prima o poi avrebbe dovuto decidersi a fargli fare un controllo approfondito in reparto, anche se questo avesse comportato un giorno d’assenza da scuola. Sarebbe stata lei stessa a prelevargli il sangue: non avrebbe permesso a nessuno di toccare il suo ragazzo, a meno che non fosse stato strettamente necessario.

Il gorgoglio della caffettiera l’avvertì che era il momento di tornare in camera del figlio, da cui non proveniva ancora il minimo rumore. Mentre percorreva il corridoio, lanciò un'occhiata distratta fuori dalla finestra e si bloccò di colpo. I due uomini della sera prima ora erano fermi davanti a casa sua: si stavano guardando intorno, osservando il giardinetto spoglio e trascurato, gli attrezzi da giardinaggio ammucchiati in un angolo, lo stendino contro il muro…

Valeria si precipitò dal figlio, che era ancora sotto le coperte. "Stefano! Alzati, svelto! C'è la polizia, qui fuori!"

Il ragazzo schizzò a sedere sul letto, con la paura negli occhi. La madre era appena scomparsa, quando il campanello dell'ingresso squillò due volte. Stefano si sfregò gli occhi con entrambe le mani, poi scattò in piedi. Dal corridoio gli arrivarono un trepestio di passi frettolosi e poi voci confuse, che a un certo punto però tacquero di colpo.

In quel silenzio minaccioso, sua madre si stagliò nel vano della porta. Il ragazzo si chiese dove avesse trovato il tempo di infilarsi una tuta e pettinarsi: comunque adesso era lì che lo fissava a labbra strette. "Vogliono parlarti. Vestiti e raggiungici in salotto".

"Ma che cazzo vogliono da me? Eh? Si può sapere, insomma?" Al di là di quella protesta furiosa e petulante, il ragazzo era spaventatissimo, la madre lo sentiva. Entrò nella stanza, afferrò il figlio per una spalla e lo tirò in basso, verso di sé. "Parla il meno possibile", gli sussurrò all'orecchio. "Mi hai capito bene, Stefano? E ora muoviti".

Valeria Benci tornò in salotto. "Sta arrivando", annunciò ai poliziotti. "Spero solo che non gli facciate perdere la prima ora di scuola".

L'ispettore si accigliò, ma non proferì parola. Il commissario, invece, la scrutava con uno sguardo che la donna non riusciva a definire. D'istinto girò gli occhi intorno alla stanza: fortunatamente, l'aveva tirata a lucido da poco, quando l'avevano mandata a casa prima e lei si era potuta permettere il lusso di un intero pomeriggio a sfregare, spolverare, rassettare. Se avesse confessato alla Marani come aveva impiegato il tempo che avrebbe invece dovuto passare distesa a letto, a riposo assoluto, come le era stato ordinato…

"Un caffè?", propose, giusto per rompere quel silenzio assordante.

"No, grazie, signora", declinò il commissario gentilmente. "L'abbiamo preso poco fa, prima di venire qui".

Lei si infilò le mani nelle tasche della tuta, senza sapere cos'altro dire. Intanto lanciava occhiate nervose al corridoio, spostando il peso da una gamba all'altra. Conti, invece, si guardava intorno: la stanza era molto accogliente, anche se modesta. Nelle tappezzerie dei divani e delle tende, nei cuscini e nelle stampe alle pareti si intuiva lo sforzo di chi cerca di sopperire con la fantasia alla mancanza di mezzi. Tuttavia, le porte e le finestre scrostate, i pavimenti opachi e le pareti ingiallite tradivano la vetustà dell'appartamento, che avrebbe avuto bisogno di radicali interventi di manutenzione.

Il ragazzo apparve sulla soglia all'improvviso e lì si fermò, immobile, accanto alla madre.

"Saluta", sibilò lei, come se la buona educazione fosse l'unica priorità di quel momento.

"'Ngiorno", mugugnò Stefano, a mezza bocca.

"Buongiorno", rispose Conti, restando in attesa.

Valeria Benci si decise a dare il segnale che forse il ragazzo aspettava: entrò nella stanza e si sedette su una sedia. Stefano si accodò, a testa bassa, ma restò in piedi alle spalle della madre.

"Questi signori vogliono rivolgerti qualche domanda", disse lei, senza girarsi. "Siediti".

Il ragazzo scostò una sedia dal tavolo e obbedì. Era molto pallido, notò la madre in apprensione. Se quello che il figlio stava provando era anche lontanamente simile al tumulto che sentiva dentro di lei, doveva essere devastante.

"Dove ti trovavi stanotte?", esordì Rocci, senza preamboli.

Valeria Benci spalancò gli occhi. "Stanotte? Era con me! A casa!"

"Facciamo così, signora. Lei ora sta zitta e lascia rispondere lui. Va bene?"

Conti si rivolse al ragazzo. "Tranquillo, Stefano. Rilassati e rispondi con sincerità, così ce la sbrighiamo in fretta e te ne puoi andare a scuola. Non hai niente di cui aver paura".

"Io non ho paura", disse il ragazzo, a capo chino, con un'assertività smentita dal tremito del labbro inferiore.

"Okay", disse Conti. Poi fece una pausa, come riflettendo. "Quanti anni hai?"

Il ragazzo alzò la testa, fissando il commissario negli occhi per la prima volta. "Diciassette".

Solo sei più di suo figlio, pensò Conti. Sei anni soltanto. Un battito di ciglia. Un trascurabile sfarfallio del tempo. "Fai il secondo liceo, vero? Nella classe della professoressa Baldi?"

Il ragazzo annuì con un mugugno, tornando a fissare il pavimento.

"Tu e lei non andavate molto d'accordo, vero?"

Lui fece di no con la testa.

"Vuoi dirci perché?"

Seguì un minuto buono di silenzio, spezzato solo dal ticchettio di un orologio a muro e dal fischio del respiro enfisematico di Rocci. Il quale, sentendosi di colpo osservato, si barricò in un'apnea corrucciata, nella speranza che quello sbarbatello si decidesse a parlare prima che la riserva d'aria si esaurisse.

"Non mi poteva sopportare. Ce l'aveva con me", rispose alla fine il ragazzo.

"Ma perché?", chiese Conti. "Perché, Stefano?"

Il ragazzo scosse ancora la testa. "Era cattiva, penso".

Conti restò soprappensiero per un lungo attimo. "Cattiva, dici? Vuoi dire che si accaniva contro di te senza motivo?"

Il ragazzo alzò le spalle.

"Ma tu studiavi? Ti comportavi bene?"

"Come tutti".

"Allora le eri proprio antipatico…"

"Non solo io. Lei non sopportava nessuno".

"Sei sicuro di quello che dici? Possibile che un'insegnante non sopporti nessuno dei suoi alunni?"

"È così. Chieda pure in giro".

"Va bene. Però tu ti sentivi *perseguitato* da lei, giusto?"

"Non mi sentivo. Lo ero".

"E in cosa consisteva questa persecuzione?"

"Mi interrogava senza preavviso, anche tre o quattro volte di seguito; mi abbassava i voti; mi faceva sempre stare al primo banco; mi guardava fisso durante la lezione, sperando che sollevassi il sopracciglio o mi grattassi il mento per mettermi una nota sul registro…"

Al ragazzo sembrava si fosse improvvisamente sciolta la lingua. Nella foga della tirata, un leggero rossore gli era affiorato sulle guance e lo sguardo si era fatto lucido e febbrile. Valeria Benci manteneva un'espressione neutra, ma Conti notò che si stava mordendo il labbro.

"Sei stato tu a danneggiarle la macchina?"

Il ragazzo lanciò un'occhiata alla madre. "No".

Rocci non riuscì a trattenersi. "Guarda che c'è chi ti ha visto".

Valeria Benci scattò in piedi. "Ora basta. Vi ha risposto. Se avete qualcosa contro mio figlio che non sia la testimonianza di quell'uomo, quella specie di… custode, ditelo. Se invece volete accusarlo di altro, sappiate che io ho tutto il diritto di chiamare un avvocato".

"Lo stiamo ascoltando come persona informata dei

fatti, signora. Non ha bisogno di nessun avvocato", ribatté Rocci, piccato.

"Va bene, l'avete ascoltato. Ora però mio figlio deve andare a scuola", disse Valeria, con voce secca.

Rocci la ignorò. Bisognava pur stringere. "Dov'eri, ragazzo, la sera che la professoressa è stata assassinata? Dalle sette alle nove?"

"Qui a casa. A fare i compiti".

"E lei, signora? Scommetto che lei dettava e lui scriveva".

"Sbagliato, ispettore", rispose lei, ricambiando il sarcasmo. "Io ero in giro per casa, e poi in cucina a preparare la cena".

Rocci tornò a guardare il ragazzo. "E ieri sera? Dov'eri?"

"Fino alle dieci, con un amico. Poi qui a casa".

"Puoi essere più preciso?"

"Il mio amico si chiama Fabio Mantovano. È un compagno di scuola. Abbiamo cenato insieme a casa sua, poi mi ha riaccompagnato qui con il motorino".

"Perché volete sapere dov'era mio figlio ieri? Cos'altro è successo?"

"Nulla di importante, signora", rispose Conti, laconico.

Valeria si alzò, strattonò il figlio per una manica e lo fece alzare dalla sedia. "Sono le otto meno un quarto. Vai di là a prendere i libri. Di corsa". Poi si girò verso i due uomini, con aria decisa. "Vi accompagno alla porta. Scusate, ma vado di fretta anch'io".

29

Forgione entrò per ultimo, alle otto e sedici minuti. Aveva l'aria trafelata e gli occhi gonfi di chi si è appena alzato dal letto. "Chiedo scusa…"

"Dormito bene?", lo stuzzicò Conti, sardonico, dalla sua poltrona dietro la scrivania.

L'assistente recuperò una sedia e prese posto fra Rocci e Artusi. Marchetti, come al solito, preferiva stare in piedi. "Molto bene, dottore, grazie".

"Siamo contenti per te. Forza Artusi, comincia tu".

L'agente consultò il suo taccuino, poi sollevò lo sguardo sui colleghi. "Ieri mattina, verso le otto, mi sono appostato poco lontano dalla casa del professor Rastofani. Mia madre sostiene che le brave casalinghe fanno la spesa alle nove del mattino, per non trovare fila alle casse e accaparrarsi le offerte del giorno, così ho pensato che magari anche la badante del professore avrebbe fatto lo stesso. Volevo sentirla da sola, senza la presenza dell'uomo. Mi ero preparato a stare lì per un bel pezzo, e invece mia madre ha sempre ragione…" Artusi sottolineò la pausa con un sorrisetto. "Alle nove e venti la donna è uscita di casa con un carrello per la spesa e si è avviata giù per la discesa. Io le sono andato dietro e, appena ha girato l'angolo, l'ho fermata. Sulle prime si è irrigidita, non voleva parlare, ma alla fine si è convinta. È bastato il solito spauracchio – quello di essere convocata in questura – per sciogliere la lingua".

"E dunque?"

"Dunque non ricorda di preciso a che ora sia uscito di casa il professore quella sera. Lei ha solo portato fuori la macchina – pare che Rastofani detesti fare manovre dentro e fuori il cancello – e l'ha parcheggiata sulla strada. Poi si è messa a guardare la televisione in cucina e non ha sentito il professore che usciva. Secondo lei, però, erano quasi le otto, visto che poco prima che iniziasse il telegiornale lo ha visto passare e ripassare in corridoio. Esclude che Rastofani sia tornato a casa a cambiarsi di nuovo prima delle nove. Se lo ha fatto, lei non l'ha visto. Sugli abiti poi è stata molto precisa, dal momento che glieli ha preparati lei personalmente: pantaloni grigi, camicia bianca, giacca blu e una cravatta regimental con piccole ancore sulle righe".

Rocci ricordava perfettamente quella cravatta. "Rastofani è fuori dalla lista nera", concluse, soddisfatto. "Non è pensabile che possa essere uscito alle otto, aver fatto fuori la donna nella macchina di lei davanti al liceo, aver recuperato la sua auto da qualche parte ed essere arrivato a casa di De Marchis alle otto e quarantacinque pulito e stirato come un figurino".

"A meno che la donna non menta", obiettò Conti, laconico.

"Artusi, secondo te ha mentito?", chiese Rocci, con tono polemico.

L'agente scosse la testa. "Perché avrebbe dovuto farlo? Generalmente queste straniere sono molto intimidite dalla polizia: anche quando sono in regola come la signora in questione, hanno sempre paura di essere accusate di qualcosa che le costringa a rientrare in patria. Questa, poi, non ha nessun motivo di coprire il professore: mi ha mostrato i documenti, è lì solo da pochi mesi. Troppo poco per affezionarsi al punto di dire il falso per lui".

"Rastofani è fuori", ribadì Rocci, ostinato.

"E gli altri?", chiese Conti, senza commentare. "Che ci dici degli altri, Artusi? Ricapitola, per favore".

"Il segretario era solo in casa e quando è uscito per andare alla cena non ha incontrato nessuno; invece Romano è stato per tutto il pomeriggio a fare lezione a un giovane universitario che poi lo ha accompagnato da De Marchis con la sua auto. Ho controllato. Longhi invece dice di essere uscito di casa verso le cinque e mezza, per fare due passi in centro e un salto in libreria. In effetti, le commesse dicono di averlo avvistato fra gli scaffali poco prima delle diciannove. Secondo lui, ha gironzolato ancora un po' guardando le vetrine, ha recuperato la macchina che aveva parcheggiato poco lontano ed è andato alla cena del preside senza ripassare da casa. La dottoressa Marani, invece, ha ricevuto la telefonata di Miriam De Marchis verso le sei e trenta del pomeriggio. Stava ricevendo un paziente in ospedale – ho controllato anche questo – perciò ha potuto solo consigliarle di disinfettare la ferita e mettere del ghiaccio sul ginocchio. Alle insistenze della signora, però, ha dovuto promettere di andare a vederla. Dopo l'ambulatorio, è passata da casa a cambiarsi ed è andata alla villa. Da quando ha lasciato l'ospedale – verso le sei e tre quarti – fino a quando è arrivata dai De Marchis, intorno alle otto e quaranta, è sempre stata sola. Lei dice di essere tornata a casa e di esserci rimasta fino al momento di andare alla villa del preside. Nessun testimone che possa confermare".

"Ora parlaci di De Marchis", ordinò Conti.

Artusi alzò le spalle. "Be', anche lui è scoperto. Sostiene di essere uscito verso le sette perché l'agitazione di sua moglie e la confusione in casa lo stavano innervosendo. Dice di aver passeggiato fino alle otto e venti, e di essere tornato giusto in tempo per ricevere gli ospiti".

"Testimoni di questa passeggiata?"

"Nessuno, dottore. Il preside dice di essere andato in salita, in senso opposto alla città. Mi sono fatto tre o quattro chilometri in macchina partendo dalla casa: su quella strada ci sono solo ville e cani da guardia che ringhiano se ci si avvicina ai cancelli".

"Ne sappiamo qualcosa", disse Conti, con un sorrisetto all'indirizzo di Rocci.

"Insomma, nessun negozio, nessuna edicola, niente di niente", riprese Artusi. "Se quella gente vuole mangiare, deve per forza andare in discesa. A meno di un chilometro ci sono un supermercato, un tabaccaio e una lavanderia. Ma in salita, niente".

"Siamo sicuri che sia andato a piedi e non in macchina? Perché, in questo secondo caso, avrebbe potuto..."

"Nessuno lo sa, dottore. L'auto del preside si trovava sul vialetto, vicino al cancello, e quelli del catering avevano parcheggiato il furgone sul retro. Ed erano tutti troppo indaffarati fra cucina e sala da pranzo, per notare qualcosa. La moglie sostiene di non essersi accorta neppure che il marito fosse uscito di casa. Comunque dice che in queste occasioni se la svigna sempre per non essere costretto a dare una mano. Quanto a lei, quelli del catering dicono che è rimasta con loro almeno fino alle sette e mezza. Poi pare che sia andata in camera a prepararsi e nessuno l'ha vista più fino alle otto e venti".

"Va bene, Artusi. Tu, invece?"

La domanda era per Marchetti. L'agente scosse la testa. "A parte quelli che sappiamo, nessun altro dei residenti vicino al liceo ha notato niente. Me li sono ripassati tutti, uno per uno. Forse sarebbe il caso di fare un appello in televisione..."

"Vacci piano, Marchetti. È un'arma a doppio taglio, lo sai". Al solo pensiero dei centralini intasati da sedicenti testimoni affetti da mania di protagonismo, il commissario si sentiva rabbrividire.

L'agente tacque. E tacquero tutti, fino a che Conti non parlò di nuovo. "Non siamo messi bene. Ogni ora che passa è un punto a vantaggio del nostro maniaco. Perché di maniaco si tratta, è chiaro. Un omicidio con queste modalità non può che essere opera di una mente disturbata, che magari in questo preciso momento sta già preparando altri colpi di genio. L'esibizione del suo delirio di onnipotenza, nel forum degli studenti, la dice lunga".

"Per fortuna a scuola minimizzano", osservò Rocci. "Il preside e buona parte degli insegnanti sono convinti che quel topic sia uno scherzo di qualche studente scemo".

"Loro non sanno del biglietto trovato sul cadavere. Noi invece sì. Noi sappiamo che non può essere stato che lui".

"Ci sta sfidando...", mormorò Forgione, come fra sé e sé.

"Oppure informando", aggiunse Conti, soprappensiero. Fissò gli uomini seduti davanti a lui, nessuno dei quali sembrava aver qualcosa da dire. Si alzò. "Forgione, tampina Mancini. Si può sapere quanto ci vuole per dirci cos'hanno trovato in quella macchina?"

"Ha detto che più tardi ci farà sapere qualcosa".

"Più tardi è troppo tardi. Torna da quel posapiano e striglialo come si deve. Marchetti, che si sa dei tabulati telefonici?"

"Nel pomeriggio la donna ha ricevuto solo due telefonate sul fisso. La prima da sua madre, alle cinque e mezza; la seconda, alle diciotto e tre minuti, da una cabina telefonica di via Bardet, a meno di trecento metri da casa sua".

"Potrebbe essere stato l'assassino a chiamarla. Marchetti, vai in via Bardet e interroga tutti i negozianti delle vicinanze. Può essere che qualcuno abbia notato chi è entrato in quella cabina a quell'ora. E il cellulare?"

"Quel giorno, nessuna telefonata. Ora stanno lavorando sull'ultima settimana. Io gli sto addosso continuamente, dottore, non tema".

"La vedo male", concluse Conti

30

In pausa pranzo, Rocci uscì dalla questura e a testa bassa si diresse verso l'auto parcheggiata nel cortile. Il sole picchiava forte e l'ispettore sudava. Era un settembre troppo caldo, che tagliava le gambe. Tirò fuori dalla tasca un fazzoletto e si asciugò la fronte, poi sbuffando salì in macchina e partì. Passare dalla litoranea gli era sembrata una buona idea, ma quando si vide costretto a marciare in fila a passo d'uomo, imprecò. Alla sua destra, sulla spiaggia ormai svuotata degli ombrelloni estivi, c'erano ancora molte persone stese al sole. Tutti nullafacenti, concluse astioso l'ispettore. Nella migliore delle ipotesi, gente che poteva permettersi il lusso di stare lì ad abbronzarsi, lasciando a metà un lavoro che evidentemente poteva essere interrotto.

Frenando e strombazzando a fasi alterne, Rocci svoltò alla prima traversa utile, soprattutto per togliersi dalla vista quello spettacolo fastidioso. In centro, però, trovò tutti i semafori rossi e per arrivare a destinazione impiegò un quarto d'ora. Finalmente parcheggiò, si accese una sigaretta e restò immobile, a guardare la casa dal finestrino aperto. Il cancello era chiuso, ma attraverso la siepe di sicomoro si intravedeva il portone e un breve tratto di giardino. Sul prato c'era una sdraio solitaria, e poco oltre un piccolo capanno per gli attrezzi. Le tende alle finestre del primo piano ondeggiavano lievi al soffio del vento. Da lì non arrivava il minimo segno di vita. Anche la strada era completamente deserta.

Rocci spense la cicca nel posacenere e finalmente si decise a scendere dall'auto. Suonò al citofono e dopo un attimo la serratura della porticina per il passaggio pedonale scattò. L'ispettore si avviò lungo il breve vialetto, verso il portone che si stava aprendo in quel momento.

Guglielmo Rastofani, dalla soglia, gli sorrise. "Buongiorno, ispettore! Dire 'qual buon vento' sarebbe fuori luogo, date le circostanze, ma sono comunque lieto di vederla".

"Buongiorno, professore. Mi scuso per l'ora, forse sta pranzando, ma..."

"Nessun problema, nessun problema. Venga dentro".

Mentre veniva preceduto in una saletta in ombra, Rocci si guardava intorno di sottecchi. Era stato in quella casa solo una volta, molti anni addietro. Era successo *dopo*. Il professore l'aveva chiamato per consegnargli alcuni componimenti che Luigi gli aveva sottoposto per avere un suo giudizio e che lui non aveva fatto in tempo a restituire.

Come leggendogli nel pensiero, Rastofani parlò. "Non è cambiato nulla dall'ultima volta che è stato qui, Silvino. È solo tutto un po' più malandato".

"Allora se ne ricorda..."

"Ma certo! E molto bene anche. Alcuni pensano che io sia uno smemorato. Lo pensavano anche quando ero giovane. La verità, invece, è che la mia memoria è potente, ma molto selettiva. Quel che non mi interessa – facce, discorsi, nomi, libri – lo cestina immediatamente per far spazio al resto. La sua visita di tanti anni orsono fa parte di quel resto".

Rocci annuì. Avrebbe voluto aggiungere che per lui ogni singolo momento di quella terribile vicenda era ancora vivido e pulsante come se fosse accaduto il giorno prima, ma non se la sentiva. Era già abbastanza duro convivere con quei ricordi tormentosi, per dar loro con le parole più forza di quanta già ne avessero.

"Lei non è mai stato un tipo gracile, Silvino, ma a quell'epoca era più… più asciutto di così. Le piace mangiare?"

"Non mi dispiace. Ma non è questione di quantità. È che non riesco a impormi un vero regime alimentare. Sono sregolato, ecco".

"Capisco. È un bel guaio. La disciplina aiuta a mantenersi in forma, oltre che a ottenere risultati in ogni campo della vita".

"Verissimo".

"Eppure lei ha avuto molte soddisfazioni dalla carriera. Evidentemente, il sacrificio e il rigore che la sua professione le impone reclamano una qualche compensazione. Il suo disordine è solo uno sfogo. Un anelito di libertà, direi".

"Può darsi".

"Ma che sbadato! Non l'ho neppure fatta accomodare. Prego…"

C'erano due poltrone di cuoio, vicino alla finestra, con un tavolino basso nel mezzo. Si sedettero là, l'uno di fronte all'altro. Rastofani lo fissava con i suoi occhi azzurri e penetranti. Era ancora un uomo attraente, considerò Rocci, uno di quelli a cui rughe e capelli bianchi conferivano un'aria ieratica e solenne, vagamente biblica. Ai suoi tempi, le alunne perdevano la testa per lui. Tuttavia, a quanto ne sapeva, Rastofani si era sempre mostrato indifferente a quelle lusinghe, restando di fatto inaccessibile.

"So che avete interrogato la mia governante", esordì il professore, dopo una breve pausa.

Per Rocci la questione era motivo di imbarazzo. Aveva addirittura temuto che Rastofani, offeso, si sarebbe rifiutato di riceverlo.

"È solo routine, mi creda", si affrettò a puntualizzare. "In casi come questo, siamo costretti a comportarci così con tutti. Mi dispiace davvero se…"

"Oh, non si deve scusare. Capisco perfettamente".

"Io non avevo alcun dubbio sul suo conto".

"Non c'è bisogno che me lo dica, Silvino".

"Lo so. Ma ci tengo che lei lo sappia".

"Grazie. Questo mi fa piacere".

Rocci si sporse sulla poltrona. I convenevoli erano durati anche troppo, per i suoi gusti. "Sono qui perché ho bisogno del suo aiuto".

Rastofani corrugò la fronte. "Che genere di aiuto?"

Rocci pensò a Conti, che non sapeva nulla di quella visita. Ma era la sua pausa pranzo, aveva tutto il diritto di impiegarla come desiderava.

"Agrippina", sparò a bruciapelo. "Mi parli di lei".

Rastofani sgranò gli occhi. "Di chi?"

Rocci si frugò in tasca e tirò fuori una sigaretta. A uno sguardo di Rastofani, però, si affrettò a farla sparire. "Di Agrippina, l'imperatrice. La madre di Nerone".

Rastofani si batté una mano sulla fronte. "Ah già, Agrippina. Ora faccio mente locale. Lei sta parlando di quel delirante messaggio sul forum della scuola. Quello che ha mandato nel panico il povero de Marchis".

"Gliel'ha detto lui?"

"Le voci corrono, ispettore. Tutti sanno che clima c'è nel liceo, in questi giorni. E poi ne hanno parlato anche in televisione". Rastofani lo scrutò in silenzio, per un lungo momento. "Cosa vuole sapere, di preciso?"

"Chi era Agrippina, come si comportava, che rapporti aveva col figlio..."

"Ah, Nerone! Che magnifico esempio di fraintendimento storico!"

"In che senso, scusi?"

A Rastofani brillavano gli occhi. "Vede, Silvino, la *damnatio memoriae* di Nerone è il prodotto di una grande mistificazione. Se avesse regnato oggi, al tempo della comunicazione globale, lo avremmo tutti conosciuto per quello che era davvero: eclettico, riformista, democratico, illuminato sotto molti aspetti. Un vero leader, insomma. Lo sa, lei, che all'epoca Roma era un posto invivibile e malsano? I suoi vicoli erano talmente stretti e bui, le case così addossate le une alle altre, che i miasmi ammorbavano l'aria e le intercapedini fra le mura dei palazzi erano rifugio di ratti e di ogni sorta di animale randagio. Per non parlare degli incendi – che si propagavano con grande velocità da una casa all'altra –, del tanfo dei rifiuti e degli escrementi, della mancanza di luce… Mi segue?"

Rocci non si stava perdendo una sola parola. Il modo di raccontare di quell'uomo era così ipnotico e affascinante, che distrarsi era impossibile. "La seguo, certo".

"Bene. Dopo il grande incendio Nerone ricostruì la città con nuovi criteri, imponendo distanze minime fra i fabbricati e allargando le strade in modo da farvi arrivare sole e aria. Progettò e mise in pratica un vero e proprio piano regolatore, con tanto di norme in materia igienico-sanitaria. Avanzata modernità, non le pare?"

"Ma non fu proprio lui a incendiare Roma? Un sistema un po' drastico, mi pare, per realizzare il risanamento edilizio di una città".

Rastofani sorrise. "Lei deve aver visto qualcuno di quei polpettoni hollywoodiani che lo dipingono come un mostro incendiario, scommetto".

"Sì, ai miei tempi. Come tutti".

"Non vi sono prove che Nerone abbia voluto appiccare l'incendio che distrusse Roma", affermò con decisione il professore. "Anzi, tutto lascerebbe pensare il contrario".

"E cioè?"

"Facciamo un piccolo esperimento, Silvino. Provi a pensare a un qualche suo nemico: sono certo che nella vita, col mestiere che fa, ne avrà accumulato un bel numero. Si concentri".

"Non ho bisogno di concentrarmi per sapere chi sono quelli che ce l'hanno con me", mugugnò Rocci, torvo.

"Lo supponevo. Ora immagini cosa accadrebbe se lei morisse e questo suo nemico decidesse di scrivere la sua biografia. Come pensa che la dipingerebbe? Non crede che ogni sua azione verrebbe rappresentata e interpretata in modo da danneggiare la sua immagine e infangare la sua memoria?"

"Be', sicuro. Ma ci sarebbe pure qualcun altro disposto a difendermi!"

"Giusta obiezione. Peccato però che il nostro Nerone non poté essere difeso da nessuno. E sa perché? Perché quando furono scritte certe sue biografie – come quelle di Tacito e Svetonio – era morto da molti anni, e così pure tutti i testimoni che avrebbero potuto scagionarlo".

"Ma chi poteva avercela tanto con Nerone da farlo passare alla storia come un pazzo delinquente? E soprattutto per quale ragione, dal momento che ormai se n'era andato all'altro mondo?"

"Politica, Silvino, politica. Tacito, ad esempio, era un convinto conservatore, favorevole all'ordine senatorio. E Nerone, guarda caso, ce l'aveva proprio con i senatori e i loro privilegi. Quanto agli storici cristiani, se ne servirono per far passare per martiri quelli che vennero accusati dell'incendio di Roma e giustiziati dall'imperatore".

"Quindi, va a finire che il martire era Nerone..."

"Non dico questo. Si macchiò di molti crimini, ma né più né meno degli altri imperatori che lo avevano preceduto. Pensa forse che Tiberio o Caligola fossero delle mammolette? A quei tempi, era normale sbarazzarsi dei nemici col veleno o con la spada. E quando non si poteva addurre la ragione di Stato, lo si faceva di nascosto, nel segreto dei palazzi, senza tanti complimenti".

"Ma la madre? Non arrivò a uccidere anche la propria madre?"

Rastofani di nuovo sorrise. "Era la madre che avrebbe voluto sbarazzarsi di lui, caro Silvino. Lei cosa avrebbe fatto, al suo posto? L'avrebbe lasciata cospirare tranquillamente, senza muovere un dito per difendersi?"

"Ma perché cospirava contro il figlio?"

"Agrippina era una donna senza scrupoli, di una bellezza smisurata, pari solo alla sua smania di potere. Aveva costretto Nerone a salire sul trono, quando era un ragazzino di appena diciassette anni, solo per poter regnare al posto suo. E così avrebbe continuato se il figlio, arrivato a un certo punto, non avesse cominciato a fare di testa sua. Sentendosi estromessa, Agrippina passò alle vie di fatto. Ma Nerone lo venne a sapere e quindi..."

A quel punto, Rocci si infilò una mano in tasca e ne tirò fuori un foglietto tutto stropicciato.

"Cosa mi dice di questa... cosa?"

Rastofani inforcò gli occhiali da lettura. "Dio santo, che pessima calligrafia!", commentò, aguzzando la vista.

"Non sono più abituato a scrivere con la penna", si difese l'ispettore, "e poi l'ho ricopiata in fretta, prima di venire qui".

"Protendens uterum 'ventrem feri' exclamavit multisque vulneribus confecta est", lesse Rastofani a voce alta. Poi sollevò la testa e fissò l'ispettore al di sopra delle lenti. "È Tacito".

"Ma che significa, esattamente?"

“Offrendo l’addome esclamò ‘colpisci al ventre’ e venne trafitta da molti colpi”, tradusse il professore alla lettera.

“Non mi è chiaro, scusi. Perché ha chiesto di essere colpita al ventre?”

“Evidentemente perché il suo ventre aveva partorito un mostro come il figlio. Ma questo, sempre secondo la versione del solito Tacito. Il quale, neanche a dirlo, non era presente. La storia, caro il mio ispettore, a volte è solo una bugia che, a furia di essere ripetuta tante volte, diventa verità”.

Rastofani si tolse gli occhiali e nei suoi occhi azzurri passò uno sfavillio divertito. “Luigi mi raccontava che lei, Silvino, a scuola era piuttosto svogliato. Ci voleva un mitomane informatico per costringerla a rimettersi a studiare, eh?”

“Non si tratta solo di un mitomane, professore. Qui stiamo parlando dell’assassino”, disse Rocci di getto, e quando si pentì era troppo tardi.

31

Alfonso Mantovano era un uomo di statura abnorme. Conti calcolò che dovesse essere sui due metri o poco meno. Una specie di gigante, che entrando nella stanza aveva dovuto abbassare la testa per non sbatterla contro l’architrave della porta. Ed era pure grosso, notò il commissario, che evitò di alzarsi in piedi per ovvie ragioni. Al confronto, il ragazzone che lo seguiva sembrava uno scricciolo.

"Accomodatevi, prego", disse Conti, accompagnando l'invito con un cenno del braccio.

I due presero posto sulle sedie di fronte alla scrivania e restarono in silenzio. Al commissario non sfuggirono l'espressione corrucciata del padre e quella terrorizzata del figlio.

"Avete fatto presto", commentò, giusto per rompere il ghiaccio. Artusi, fermo accanto alla porta, guardò istintivamente verso l'orologio a muro. Era l'una e quarantasette minuti.

"Il tempo di riprenderlo a scuola...", rispose l'uomo, alzando le spalle.

"Deve aver volato. Il Giustiniano non è proprio dietro l'angolo e a quest'ora c'è traffico".

"Per telefono mi ha detto che era urgente, no?"

"E lo è. Ma non tanto da farle rischiare una multa per eccesso di velocità".

Non era un'accusa, quanto piuttosto una bonaria osservazione, eppure il padre di Fabio Mantovano si irrigidì sulla sedia. "Non ho violato nessun limite. E non siamo qui per parlare del mio modo di guidare, penso".

"Ha ragione. Siamo qui per altro". Conti si rivolse al ragazzo: "Tu sei un compagno di scuola di Stefano Benci, non è vero?"

"Sì".

"Siete nella stessa classe".
"Sì".
"E siete amici".
Il ragazzo annuì con un cenno del capo.
"Ricordi cos'hai fatto ieri, dopo la scuola?"
"Ho studiato un po' a casa, poi sono uscito".
"Da solo?"
"Con Stefano".
"Che ora era?"
"Non mi ricordo di preciso…"
"Più o meno".
"Le quattro e mezza, le cinque…"
"E dove siete andati? Che avete fatto?"
Il ragazzo a questo punto tacque. Il padre si girò verso di lui. "Allora? Rispondi!"
"Niente", si decise a dire il figlio.
"Niente? Come, niente?", tuonò l'uomo. "Me l'hai detto poco fa, in macchina, che cosa avete fatto…"
Conti si sporse sulla scrivania. "Signor Mantovano, adesso lei deve tacere. Parlo io. Lei ascolta e basta. Altrimenti, la faccio uscire da qui all'istante. Ci siamo capiti?"
Alfonso Mantovano ammutolì, fremente su quella sedia troppo piccola per lui. Gli tremavano le mani, che in circostanze normali non avrebbe certo lasciato sulle ginocchia. In circostanze normali, quel commissario non si sarebbe mai permesso di usare quel tono con lui. Ma gli bastò guardare il figlio per decidere che era meglio tenere a posto sia mani che lingua: il ragazzo era

sbiancato di colpo e il padre si allarmò. Prima che potesse dire qualcosa, però, Fabio parlò.

"Siamo andati un po' in giro. Poi abbiamo cenato a casa mia".

Conti socchiuse gli occhi. "In giro dove?"

"In centro".

"E non vi siete fermati da nessuna parte?"

"Abbiamo fatto merenda. Con le pizzette, mi pare".

"E a cena? Cosa avete mangiato, a cena?"

"Ho fatto gli spaghetti aglio e olio".

"Sai cucinare?"

"Cucina benissimo", intervenne il padre, guadagnandosi un'occhiataccia da Conti. Il quale osservò, rivolto al giovane: "Tua madre ti ha istruito per bene, allora".

Il ragazzo alzò la testa a sfidare Conti. "Mia madre è morta quando ero piccolo. È mio padre ad avermi insegnato tutto".

Il commissario restò di sasso. La fermezza con cui il ragazzo aveva pronunciato quell'ultima frase riscattava tutti i tremori e le vaghezze di poco prima. Vide anche negli occhi dell'omone seduto davanti a lui un luccichio che prima non c'era. "Mi dispiace. Non lo sapevo".

Scese un silenzio pesante. Conti fissava dei fascicoli sulla scrivania che nulla avevano a che fare con ciò che stava succedendo in quella stanza. Alla fine alzò la testa e fissò il padre. "Lei era in casa, mentre i ragazzi cenavano?"

"Io sono l'amministratore di una società che si occupa dello smaltimento dei rifiuti ingombranti per conto del Comune. Lavoro fino alle due di notte, quando i nostri mezzi sono fuori a ritirare frigoriferi e materassi. Quindi non ero in casa. E non c'era nessun altro, dal momento che Fabio è figlio unico".

"Va bene", disse Conti, tornando al ragazzo. "Dopo la cena, cos'è successo?"

"Niente. Ho riaccompagnato Stefano".

"Come?"

"Con il mio motorino".

"Che ora era?"

"Le dieci, quando siamo usciti. Lui ha detto che la madre stava smontando dal turno in ospedale e che si sarebbe arrabbiata se non l'avesse trovato a casa".

Conti fissò il ragazzo dritto negli occhi, "Sei sicuro, Fabio, che le cose siano andate così? Proprio sicuro?"

Il ragazzo deglutì e abbassò gli occhi. "Sì".

"Sai che dichiarare il falso è un reato?"

"Sì".

"Va bene. E ora un'altra domanda. Che ne pensi della professoressa Baldi?"

Il padre aprì la bocca, ma il ragazzo lo anticipò. "Che se è morta così, forse una ragione c'è!", sbottò, senza riflettere.

"Che vuoi dire?"

Il ragazzo, pentito, si ritrasse. "Niente".

"Eh no! Stavolta i tuoi *niente* non mi bastano. Tu hai fatto un'affermazione precisa e ora non te la puoi rimangiare. Hai detto che, se è morta così, deve pur esserci una ragione. Il che significa che tu un'idea di questa ragione ce l'hai. Qual è?"

Il ragazzo era diventato terreo. Non sapeva decidere se fosse più minaccioso quel commissario che aveva di colpo abbandonato il tono amichevole con cui lo aveva accolto, o il padre che ora si era completamente girato verso di lui e lo fissava con gli occhi sbarrati. E poi non era uno stupido: si rendeva perfettamente conto che le sue parole avrebbero potuto essere cruciali per molte persone. Doveva stare attento. Molto attento.

"Voglio dire che… che la professoressa Baldi era così… così aggressiva e antipatica, che secondo me aveva molti nemici".

"A scuola, intendi?"

"A scuola era peggio di Robespierre. Ha presente il *Terrore*? Ecco, la Baldi tagliava teste senza pietà. Ma una come lei doveva comportarsi così anche fuori, nella vita privata, voglio dire. Chissà con quanta gente avrà litigato…"

A Conti venne subito da pensare al professor Romano e alla sua furiosa presa di distanza dalla donna. "Perseguitava anche te, oltre al tuo amico Benci?"

Fabio Mantovano assentì energicamente. "Durante i compiti in classe mi faceva stare sempre al primo banco, perché era convinta che copiassi, e una volta mi ha anche portato in presidenza per una scemenza".

Il padre non riuscì a trattenersi. "Guardi, commissario, che io non prendo mai le parti di mio figlio. Quella volta, però, sono stato costretto a intervenire. Ho chiesto un appuntamento col preside – quello vecchio – e gli ho detto chiaro e tondo cosa ne pensavo. Non si può mettere una nota a un ragazzo, perché oscillando sulla sedia ha battuto la testa – la *sua* testa, mica quella di qualcun altro! – contro il muro. È stato un incidente involontario, e peraltro chi si è fatto male è stato solo mio figlio. La Baldi, invece di preoccuparsi per lui, era arrivata a sostenere che con quel rumore aveva disturbato la lezione. Si rende conto?"

"E, comunque, faceva così con tutti", aggiunse il figlio, rincuorato dall'appoggio paterno. "Solo che la maggior parte dei miei compagni sono pecoroni, preferiscono stare zitti e sopportare qualsiasi cosa pur di non inimicarsi un professore".

"Ho capito", disse Conti. "Quindi tu non hai un'opinione precisa su chi potrebbe averla uccisa?"

Il ragazzo scosse la testa.

"Quanto avevi in greco l'anno scorso?", chiese il commissario, all'improvviso.

"Quattro allo scritto e sei all'orale. Mi ha rimandato col cinque ed era la mia unica insufficienza. Che roba, eh? In classe eravamo in otto a fare l'esame a settembre. E tre alla fine sono stati bocciati".

"Otto su quanti?"

"Su diciotto".

"Okay. Per il momento è tutto. Potete andare e grazie della collaborazione".

Li guardò uscire, poi si rivolse ad Artusi. "Dov'è Rocci, si può sapere? Sono quasi le tre…"

" Non lo so, dottore. Forse di là, nella sua stanza".

"Se lo vedi, fagli sapere che lo sto aspettando da un pezzo. Ora però devo fare una telefonata personale, scusa".

"Allora gli dico di venire fra dieci minuti, va bene?"

"Grazie. E chiudi la porta, per favore".

Quindi, rimasto solo, alzò il telefono e chiamò suo figlio.

32

"Pronto..." La voce dall'altro capo del filo era maschile e senza accento.

"Scusi, devo aver sbagliato numero", disse Conti, dopo un attimo di perplessità.

"Chi parla?"

"Sono Riccardo Conti. Ma, guardi, ho sbagliato".

"No, aspetti un momento", disse l'uomo. "Le passo Matteo".

Il bambino arrivò al telefono dopo qualche istante. "Ciao, papà!"

"Chi era quello?"

Il tono di Matteo era entusiasta. "Lo sai che stamattina a scuola ho preso dieci al compito di italiano? Dieci, papà, ti rendi conto? Non mi era mai..."

"Ti ho chiesto chi era quello che mi ha risposto".

Al tono secco del padre, il bambino ebbe una breve esitazione. "È Giuliano".

"E chi sarebbe, questo Giuliano?"

"Un amico della mamma".

Conti serrò la presa sul microfono e cercò di controllare il tono. "Okay", disse, con calma, "e cosa ci fa lì da voi?"

Il bambino abbassò la voce. Evidentemente l'uomo era nei paraggi. "Mamma l'ha invitato a pranzo. Devono provare nel pomeriggio".

"Quindi è un collega di tua madre".

"Sì, suona nell'orchestra".

All'improvviso Conti si rese conto che il figlio, da allegro che era, si era fatto cupo e circospetto.

Cambiò registro. "Insomma, hai preso un dieci. Non mi starai mica diventando un secchione, eh?", disse, con tono scherzoso.

"Era un tema libero, papà", rispose il bambino, con una certa freddezza. "Non c'era da studiare niente, prima".

"E l'argomento?"

"Ce n'erano tre o quattro. Io ho scelto la famiglia".

Conti trattenne il respiro per un attimo. Quale famiglia? Suo figlio non aveva più una famiglia. Aveva solo un padre e una madre separati, che per di più ora abitavano ad almeno seicento chilometri di distanza. "Devi aver fatto delle riflessioni importanti per meritarti il massimo. Il prossimo fine settimana me lo fai leggere, d'accordo?"

"Veramente sabato c'è il compleanno di un'amica mia".

"Sabato? Ma devi stare con me, sabato! Tua madre ed io eravamo già d'accordo e…"

"Ti prego, papà! Vorrei tanto andarci! Ti prego!"

Conti strinse le labbra. Il ragazzino si trovava in una nuova scuola, in un ambiente estraneo, senza altri punti di riferimento che sua madre. Quell'invito, da parte di una bambina che forse era il suo unico collegamento con un mondo di compagni sconosciuti e forse anche ostili, poteva significare molto più di quanto lui fosse in grado di immaginare in quel momento. Era tutto così complicato. Così doloroso. "Ci tieni, a questa amica?", chiese, con cautela.

Il bambino esitò. "Mi... mi è simpatica".

A Conti bastava. "Okay. Se vuoi così, per me va bene. Vorrà dire che io e te ci vedremo fra due settimane. Ti vengo a prendere e magari ti porto a Gardaland, così ce la spassiamo un po'. Che ne dici?"

"Bello!", esclamò il bambino, rasserenato e contento.

"Mi passi la mamma, ora?"

Conti restò in attesa. In sottofondo, solo i passi in corsa del figlio e poi silenzio, per qualche lungo minuto. Poi, la voce di Clara. "Ciao, Riccardo".

"Ciao. Matteo mi dice che il prossimo sabato ha una festa a cui tiene molto. Ti risulta?"

"Be', volevo dirtelo io, ma evidentemente sono stata preceduta. Ha una cottarella per una bambina che è la sua compagna di banco". Clara ridacchiò. "Pare sia una cosa seria".

"È questa bambina che dà la festa?"

"Sì, per il suo compleanno. Matteo mi ha appena detto che tu sei d'accordo a rinunciare al tuo sabato".

"Non rinuncio, lo rimando. Vorrà dire che starà con me due sabati di seguito".

Clara si irrigidì. "Senti, Riccardo, ora non posso discutere di questo. Ma se vuoi, più tardi..."

"E perché ora non puoi? Cos'hai da fare?"

"Sto lavorando. Ho un concerto domani sera e..."

"Provi a casa, ora? Siete un'orchestra da teatro o un duo da camera?"

"Scusa, ma non ti seguo".

"Mi segui benissimo, invece. Matteo mi ha detto che quel tizio che c'è di là è un tuo collega. Uno che suona con te".

"Infatti".

"Come si chiama?"

"Cosa te ne importa, scusa..."

"Mi importa eccome. E sai perché? Perché se io non ho il diritto di impicciarmi della tua vita privata e professionale, ho però quello di sapere chi frequenta la casa dove sta mio figlio di undici anni".

"Non frequenta la casa. È solo un ospite occasionale, e solo per queste prove".

"Risponde al tuo telefono come se fosse il suo, però".

"Senti, Riccardo... Cosa vuoi, esattamente?"

"Sapere come si chiama. O me lo dici tu o lo scopro io. Decidi".

Clara restò un attimo in silenzio. Poi rispose con un tono gelido che Conti non le sentiva da molto tempo. "Si chiama Dottori. Giuliano Dottori. E ora, scusa, devo proprio salutarti".

Rocci, che apriva la porta in quel momento, lo trovò così. Con la cornetta a mezz'aria e lo sguardo feroce dei vecchi tempi. "Posso?", chiese, esitando.

Conti lo fissava come se non lo vedesse. Poi si riscosse e fece un gesto con la mano. "Non ora, ispettore, abbia pazienza. Devo fare una telefonata urgente. Fra un minuto vengo io da lei".

Mentre la porta si chiudeva, Conti cominciò ad armeggiare con la rubrica del telefono. Finalmente trovò il numero che cercava. Lo compose con le mani che ancora gli tremavano per la rabbia. Sbattergli il telefono in faccia, come aveva appena fatto Clara, non era consigliabile. Per nessuno.

"Luciano? Ciao, sono Riccardo Conti".

Il vicequestore di Udine Luciano Braga diede in un'esclamazione di entusiasmo. "Grande Riccardo! Che piacere sentirti! Come stai?"

"Bene, ma si fa per dire. Abbiamo una brutta rogna, in questo periodo".

"Sì, l'ho sentito in televisione. Brutta davvero. Hai bisogno di qualcosa?"

"Non per l'indagine. Per me".

Il tono dell'uomo cambiò e si fece attento. "Dimmi".

"Mia moglie – la mia ex moglie – si è trasferita lì da voi da pochi mesi. Ha un contratto con un'orchestra sinfonica, ora non ricordo bene quale. Mio figlio di undici anni sta con lei".

"Sì".

"Ora, c'è un tizio che frequenta la casa e non so che

tipo è. Ho bisogno di stare tranquillo. Per il bambino, capisci…"

"Non devi dirmi altro, Riccardo", lo interruppe Luciano Braga, "solo il nome. Al resto penso io".

33

La stanza di Rocci era vuota. Conti si affacciò in quella di Artusi. "Dov'è l'ispettore?"

L'agente, concentratissimo su qualcosa che stava scrivendo, sobbalzò. "Mi ha detto che, visto che lei era ancora occupato al telefono, andava a farsi un giro alla Scientifica".

Conti girò sui tacchi e a grandi passi percorse il lungo corridoio, fino a una porta a vetri con una grande scritta smerigliata: 'Polizia Scientifica' .

Oltre quella porta, dalla prima stanza a destra, arrivava la voce stridula e concitata di Mancini.

"Non è che venendo qui continuamente, accelerate le cose! Le rallentate, piuttosto. Se sono sempre interrotto, non posso lavorare. Conti la deve smettere di mandarvi qui a rotazione a rompermi le palle!"

"Ora, Mancini, se non mi dici immediatamente qualcosa di utile e di serio, ti rompo anche qualche altra cosa", disse il nominato, piombando all'improvviso nella stanza. "La testa, per esempio".

Mancini strabuzzò gli occhi per la sorpresa e alzò la voce: "Ma ti ha dato di volta il cervello, per caso?"

Alle spalle del commissario, Rocci lanciò al collega della Scientifica un'occhiata ammonitrice. Dopo mesi di calma piatta, si erano tutti disabituati a quegli scoppi d'ira. Un po' troppo in fretta, evidentemente. Ma non conveniva a nessuno farla finire in rissa, anche perché su quel terreno Conti non aveva mai fatto prigionieri. Mancini afferrò il messaggio e si ricompose. Impettito e formale, prese il tono asciutto delle grandi occasioni. "Benissimo, allora. Mi scuserete se sarò conciso, ma ho poco tempo a disposizione. Primo: la donna è stata uccisa nella sua auto. Gli schizzi di sangue – per quantità, dimensioni e traiettoria – portano a escludere che possa essere stata pugnalata altrove e poi trascinata nell'abitacolo. Secondo: abbiamo la certezza che la vittima si trovasse al posto di guida quando è stata pugnalata. Sul volante c'erano solo le sue impronte, alcune delle quali insanguinate. Inoltre non abbiamo trovato segni di trascinamento, che sarebbero stati più che evidenti in una macchina che sembrava un mattatoio. Terzo: abbiamo rilevato una quantità di altre impronte, tutte diverse fra loro, nessuna delle quali è riferibile a pregiudicati di nostra conoscenza. Del resto, in un'auto chissà quanta gente ci entra, e questa non faceva eccezione. Quarto: a parte il sangue, l'abitacolo era abbastanza pulito. Solo alcuni capelli, qui e là, che al microscopio sembrerebbero quelli della donna. In ogni caso, sono stati mandati a chi di dovere per ricavarne il DNA, insieme a qualche fibra trovata sul tappetino e sul sedile del passeggero. Le analisi sono in corso e i tempi li conoscete. Poi abbiamo le solite cianfrusaglie: i documenti di circolazione, i tagliandi dell'assicurazione, cd, penne, occhiali e un paio di rossetti. Il tutto nel vano del cruscotto e in quello portaoggetti fra i due sedili. La donna non fumava e probabilmente lo vietava anche ai passeggeri, perché non abbiamo trovato nemmeno una cicca. Per il momento è tutto. E ora, scusatemi, ma ho molto da fare".

Conti lo seguì con gli occhi mentre gli voltava le spalle e usciva dalla stanza senza salutare.

"Si è incazzato", commentò Rocci, cauto.

Conti alzò le spalle, con noncuranza. Fra lui e Mancini le cose andavano sempre così. Se non si litigava, ci si guardava storto. "Andiamocene. Venire qui è stata solo una gran perdita di tempo".

34

Il bar che avevano scelto era in una zona di Pescara molto lontana dalla casa di entrambi. Entrando, De Marchis si guardò intorno stranito: era un posto piuttosto squallido, con un vecchio bancone di formica e pochi tavolini in un angolo. In alto sul muro, la televisione era accesa su un talk show pomeridiano che il proprietario stava seguendo annoiato, seduto su uno sgabello dietro il registratore di cassa. Alla vista di quell'unico avventore, si alzò pigramente e si portò al centro del bancone. "Prego?"

"Aspetto un amico", rispose il preside, girandosi verso la strada. "Forse non trova parcheggio e..."

"C'è un signore, di là, che aspetta un amico pure lui", disse l'uomo, indicando una porta laterale che De Marchis non aveva notato. "Si accomodi pure".

Era una saletta riservata ai giocatori, a giudicare dai mazzi di carte distribuiti sui tavoli. A uno di essi, il più appartato, sedeva Furio Longhi. Appena lo vide, ripiegò il quotidiano che teneva fra le mani e controllò l'orologio da polso. Erano le quattro e sei minuti.

"Sei in ritardo", disse, secco.

"Scusa, a casa c'era mio suocero". De Marchis sollevò gli occhi al cielo, con aria da vittima. "Ho dovuto raccontargli tutto per filo e per segno, altrimenti non mi avrebbe mai lasciato andare".

"Tutto cosa?", chiese Longhi, allarmato.

"Niente di più di quello che avrebbe potuto sapere per conto suo, anche solo leggendo i giornali. Senonché, in quel caso, non avrebbe avuto nessuno da tormentare con le sue domande avvocatesche e i suoi consigli non richiesti".

Ordinarono due caffè e restarono in silenzio fino a quando non arrivò il proprietario a servirli.

"Come conosci questo posto ai confini della civiltà?", chiese infine De Marchis, guardandosi intorno.

Longhi lo fissò dritto negli occhi. "Forse non lo ricordi, ma io un tempo ci abitavo, ai confini della civiltà. Proprio su questa strada, a pochi isolati da qui".

Per mascherare la gaffe, il preside prese un tono leggero. "Sul serio? No, in effetti non me lo ricordo. Del resto, non mi pare di essere mai venuto a casa tua".

"Hai ragione. Ora che ci penso, non ti ho mai invitato. Non era una situazione nella quale avresti potuto sentirti a tuo agio".

"E perché, scusa?"

"La mia famiglia era molto al di sotto dei tuoi standard".

De Marchis cercò di apparire offeso. "Così mi fai torto, Furio. Io non sono mai stato un tipo con la puzza sotto il naso, e tu dovresti saperlo".

"Diciamo allora che quello a disagio sarei stato io".

"Un problema tuo, quindi".

"Mettiamola pure così: dal momento in cui ho messo piede in casa tua, la mia mi è sempre sembrata un'impresentabile bicocca".

De Marchis sollevò un sopracciglio, in un'espressione di aperta perplessità, ma non aggiunse altro. Longhi si sporse verso di lui e abbassò il tono della voce. "Sono molto in ansia, Saverio".

"Oh, Furio, tu sei sempre in ansia! Da quando ti conosco, non ricordo un solo giorno in cui non ti sia agitato per qualcosa: esami, interrogazioni, mal di pancia, raffreddori…"

"È vero, è vero…" Longhi agitò una mano in aria. "Sono un ansioso patologico, lo ammetto. Ho una percezione della realtà molto faticosa, solo io posso sapere quanto. Tutto mi preoccupa, vedo insidie e pericoli ovunque: per la mia famiglia, per i miei figli, per me, per tutti. Spesso sono solo fantasmi, me ne rendo conto. Ma stavolta…"

"Sono fantasmi anche stavolta, Furio", lo liquidò De Marchis, perentorio. "Anzi, stavolta più che mai".

Longhi lo fissò. "Ne sei proprio convinto?"

"Sì".

"Vorresti farmi credere che non ti ha neppure sfiorato l'idea che…"

De Marchis scosse la testa, con aria di compatimento. "Ah Furio, Furio…"

"Ora basta, Saverio!", si ribellò Longhi, alzando la voce. "Smettila con questa condiscendenza. Sono ansioso ma non cretino, e tu lo sai perfettamente!"

Stavolta fu De Marchis a sporgersi verso di lui. "Insomma, cosa vuoi che ti dica?", sibilò. "Che anch'io non dormo più? Che ho perso la serenità? Che, per quanto mi sforzi di usare il cervello e non faccia che ripetermi che non c'è nulla – e dico nulla! – di cui preoccuparsi, sono molto vicino all'ossessione? Eh? È questo che vuoi sentire da me?"

Longhi si rilassò sullo spalliera della sedia. "Così andiamo meglio. Molto meglio. Sono stanco di passare per uno psicolabile. E voglio sapere cosa c'è dietro tutta questa storia".

De Marchis si ricompose e recuperò il suo tono abituale. "Ieri notte Scalza ha chiamato la polizia. Sostiene di aver visto qualcuno aggirarsi per il liceo".

Longhi spalancò gli occhi per la sorpresa. "Chi?"

"Qualcuno con una specie di mantello svolazzante".

"Un mantello?! Un mantello… come?"

"Come quello di Nerone, no?" De Marchis scoppiò in una risata sinistra.

"Non è divertente, Saverio. Anzi, è decisamente macabro".

De Marchis agitò una mano con noncuranza. "Comunque, non si sa chi fosse. Non si sa neppure se Scalza se lo sia sognato, visto che aveva bevuto".

Longhi era sbiancato. "Non mi piace l'idea di qualcuno che cerca qualcosa nella scuola di notte. Mi spiego?"

"Stamattina ho dato disposizioni perché mi venga detto se qualcuno sta trattando in classe l'argomento Nerone", disse De Marchis, dopo una breve pausa. "Non dovrebbe essere nei programmi di nessuno, questo mese, ma non si può mai dire".

Longhi approvò con un cenno del capo. "Ci avevo pensato anch'io. Niente di più facile che uno studente si sia lasciato suggestionare. La vita è tutta uno spettacolo recitato da perfetti idioti, caro mio, e la scuola ne è solo una suggestiva anteprima".

"Ora sì che ti riconosco", sogghignò il preside. "Anche quando veste panni d'agnello, il lupo resta sempre lupo".

35

Gli uffici della Polizia Postale e delle Comunicazioni erano situati nell'ala appartata di un grande edificio, proprio accanto a quello della questura. Parzialmente al di sotto del livello stradale, erano sempre in debito di aria e luce, anche se lì dentro nessuno pareva sentirne la mancanza. In confronto a quelli della Mobile, sempre in parossismo e confusione, stanze e corridoi erano tanto silenziosi da sembrare disabitati.

Conti si fermò davanti a una porta chiusa e bussò con due colpi discreti. Dall'interno, una voce di donna rispose: "Avanti!"

Mara Vaccaro, la dirigente, era seduta alla sua scrivania davanti a uno schermo acceso. I capelli raccolti dietro la nuca, gli occhiali sulla punta del naso e la giacca blu dal taglio perfetto contribuivano ad accentuare l'aria austera e professorale che di norma incuteva soggezione a tutti quelli che avevano a che fare con lei. Alla porta che si apriva sollevò dal pc uno sguardo seccato, che però alla vista del commissario subito si illuminò.

"Non mi dire! Il mitico Conti che si disturba a scendere nelle segrete! Quale onore!"

Il commissario, per la prima volta nella giornata, sorrise. "Da questa accoglienza, devo dedurre che tu abbia sentito la mia mancanza".

Lei si appoggiò allo schienale della poltrona e lo squadrò compiaciuta mentre le arrivava di fronte e si sedeva sulla poltroncina riservata ai visitatori. "Mi stavo giusto chiedendo se fosse il caso di mandarti un piccione viaggiatore con un mio messaggio personale".

"Un'informatica come te ha bisogno di un piccione?"

"Sì, se il contenuto della missiva è molto delicato. Con tutti gli hacker in circolazione, non è colpa mia se sono diventata paranoica".

"E quale sarebbe, questo contenuto?"

Lei si protese sulla scrivania, improvvisamente seria. "Avrei voluto chiederti se erano vere certe voci che avevo sentito circolare".

Conti aggrottò la fronte. "Voci? Che voci?"

La donna lo fissò dritto negli occhi. "Di un uomo molto giù di corda".

"Depresso, vuoi dire. Ma ti ringrazio per l'eufemismo".

Mara Vaccaro restò a scrutarlo per un lungo momento. "Dall'aspetto, però, non si direbbe. Sei sempre un gran figo. Un po' dimagrito, è vero, ma a questo si può rimediare. Mio marito non vede l'ora di cucinare di nuovo con te. Pare che l'ultima volta vi siate anche scambiati delle ricette".

Conti si mise a ridere. "Sì, solo che non sono pronto a relazionarlo sui miei progressi ai fornelli".

"Posso riferirgli che verrai presto a cena?"

"Certo. Ma solo quando questo caso sarà risolto".

Lei sospirò. "Allora gli toccherà aspettare, temo. Mi spiace, Riccardo, ma non ho buone notizie".

In fondo, Conti se l'aspettava. Che entrando lì gli venisse rivelato il nome dell'autore del topic sul forum, era un'idea che non lo aveva neppure sfiorato: troppo bella per essere vera. Aveva però sperato di ottenere almeno qualche elemento da cui partire. Dall'espressione della collega, non c'era da contarci.

"Abbiamo verificato", proseguì la Vaccaro. "Chi ha

lanciato quel topic nel forum della scuola, lo ha fatto da un ristorante".

"Cosa?"

"Hai sentito bene, un ristorante. Il nome è *L'Ora X*. È al di là del ponte, a Pescara Vecchia".

Conti annuì. "Lo conosco: è un locale grande, molto frequentato".

"Sì, ma anche poco connotato. La clientela è varia: professionisti, commercianti e impiegati, ma anche studenti e ragazzi in genere. Insomma, facile mimetizzarsi in un posto così".

"Ma se uno va al ristorante con un computer, qualcuno dovrebbe notarlo..."

"Niente computer, mi spiace deluderti. Il messaggio è partito da uno smartphone con una sim farlocca, che non siamo in grado di rintracciare".

"E la connessione? Da quella si può risalire all'utente, no?"

"In quel locale la connessione è libera. Vicino alla cassa, c'è tanto di cartello con una password che chiunque può usare".

"Magnifico!" Conti restò in silenzio per un po', riflettendo. "Ora fammi capire: nel forum di una scuola, chiunque può inserirsi e parlare di quello che vuole?"

"Solo se si è prima registrato".

"E per registrarsi, cosa deve fare?"

"Deve avere un username, una password e un indirizzo e-mail".

"E quindi..."

"E quindi niente. Tutti questi dati sono stati creati al momento, e sono chiaramente falsi. Vuoi sapere quali sono?"

Conti annuì. "Avanti".

"Partiamo dall'username. Che ne dici di Cesare Nerone?"

Conti tacque, stringendo le labbra. La Vaccaro proseguì, consultando qualcosa sullo schermo acceso. "Poi abbiamo la password, che si compone di sei cifre. E qui, non è difficile".

"La data dell'omicidio?", azzardò Conti.

"No, caro. È quella di nascita dell'imperatore: 15-12-37".

Conti si agitò sulla sedia. "Se non fosse tragico, sarebbe ridicolo".

Lei non si curò di rispondere, continuando a fissare lo schermo. "Il più interessante, però, è l'indirizzo e-mail".

"Scommetto che è la Domus Aurea", fece Conti, con un sorrisetto di scherno.

"Sbagliato ancora una volta. Stai perdendo colpi, scusa se te lo dico. Ormai dovresti aver capito che il nostro soggetto non è così prevedibile".

Conti, punto sul vivo, si spazientì. "E allora? Che indirizzo ha usato, questo genio del male?"

Mara Vaccaro sollevò lo sguardo, serissima. "via.verona20@gmail.com".

"Ma è quello del liceo!"

"Proprio così", confermò la donna. Poi si tolse gli occhiali e si passò una mano sugli occhi.

"In pratica ci sta dicendo che è lì che sta".

36

Era proprio una giornata sbagliata. E, come al solito, lui l'aveva capito fin da quando si era svegliato quella mattina. Intanto, aprendo le imposte, aveva trovato un piccione morto sul balcone. Con le ali spalancate e il becco semiaperto, le zampe tese nell'ultimo spasmo. Poi, uscendo di casa, aveva cercato il gatto senza trovarlo. Per qualche minuto l'aveva chiamato, esplorando il marciapiede e le auto parcheggiate, il bicchiere di plastica con la dose quotidiana di croccantini fra le mani. Non era venuto.

Non che vi fosse obbligato: era libero, il gatto, di venire o non venire. Dipendeva dalla fame, più o meno soddisfatta dalla sera precedente. E dipendeva dalla voglia: sentirsi chiamare, per un felino, può risultare gratificante o fastidioso a seconda dell'umore. Questo Conti lo capiva benissimo e, da quando aveva deciso di prendersi cura di quel randagio, si era imposto di non coltivare inutili aspettative. Anche se poi, alla fine, il gatto arrivava sempre. Certe volte subito, sbucando da sotto un cassonetto o dall'ombra di un vicolo, al primo tintinnare del bicchiere. Altre volte con più flemma, quando lui magari era già salito in macchina e stava mettendo in moto. Annusava il bicchiere senza particolare passione, poi sollevava lo sguardo e lo fissava a lungo, seduto immobile sul bordo del marciapiede, fino a che non lo vedeva sparire oltre la curva. Quella mattina però non si era visto, e Conti lo interpretava come un brutto segno.

Mentre saliva le scale interne della questura, tornando dalla Postale, si disse che l'assenza del gatto era quanto di più incongruo potesse venirgli in mente in quella situazione: un omicidio insoluto, un maniaco in circolazione che tirava in ballo una scuola piena zeppa di adolescenti, un'indagine che aveva tutta l'aria di trovarsi a un punto morto. E poi lo sconquasso della sua vita personale, la separazione da una donna in cui aveva creduto con tutto se stesso e l'allontanamento del figlio, che amava sopra ogni cosa. In tutto questo, sentirsi in ansia anche per un gatto, un animale che non era neppure suo e che mai gli aveva lanciato il minimo segnale di volersi considerare tale, era preoccupante.

La sua mente era proprio confusa, si disse Conti, e la colpa doveva essere di quei farmaci che aveva accettato di prendere su consiglio di un amico psichiatra. Aveva smesso da parecchi giorni, eppure quella sensazione di appannamento non lo abbandonava mai del tutto. La Vaccaro aveva ragione, stava perdendo colpi, e forse era un processo irreversibile.

Raggiunse il suo ufficio e si sedette alla scrivania. Doveva riordinare le idee, ma al momento c'erano cose più urgenti di cui occuparsi. Chiamò Marchetti, passando dal centralino. L'agente arrivò dopo pochi minuti.

"Voglio che piazzate delle telecamere nel ristorante *L'Ora X*. Lo conosci?"

L'agente annuì. "Posso chiedere perché?"

"Perché è da lì che è partito il messaggio sul forum della scuola. Hanno una connessione libera, a quanto pare. Provvedi al più presto. Se il proprietario pianta grane, fallo parlare con me".

"Agli ordini".

"E un'altra cosa. Voglio sapere se ci sono in città altri locali in cui viene fornita la password ai clienti per la connessione a Internet".

"Ma, dottore! Ci saranno centinaia di bar, ristoranti, esercizi commerciali..."

"Cavoli tuoi, Marchetti".

"Ma potrebbero volerci mesi..."

"Non ti sto proponendo un porta a porta. Trova un sistema più rapido. Vai alla Postale. Forse loro sanno come puoi fare. Sei stato in via Bardet?"

"Ne torno ora. Nessuno nei dintorni ha notato movimento intorno alla cabina da cui è partita la telefonata alla Baldi. In effetti, quella cabina è all'angolo con la via Vespucci, un po' defilata rispetto ai negozi lì intorno. E non ci sono telecamere, in quel tratto".

"Siamo fortunatissimi, vedo. E ora, per favore, chiamami Artusi".

Marchetti girò sui tacchi, lasciandolo solo. Conti occupò l'attesa stilando uno schema pieno di frecce, riquadri e interpunzioni, che già sapeva non gli sarebbe stato di nessun aiuto. Quando sollevò la testa, Artusi era davanti a lui che fissava il foglio con molto interesse. "Mi ha fatto chiamare, dottore?"

"Sì. Hai finito con le carte della Baldi?"

"Non ancora. Ma sono a buon punto".

"Trovato qualcosa?"

L'agente scosse la testa. "Niente di importante, almeno all'apparenza. Ho fatto anche delle telefonate a quei pochi amici che ogni tanto la sentivano. Sono sconvolti, dicono di non avere nessuna idea di chi possa averle fatto una cosa del genere".

"Che gente è?"

"Due sono insegnanti come lei, ma in altre scuole. Sposate entrambe, con figli, nulla da segnalare. Il terzo è un tizio che lavora in un multisala fuori città. Si sono conosciuti anni fa in palestra: lui le procurava biglietti gratis per il cinema, lei dava ripetizioni al nipote. Gli altri che ho contattato sono semplici conoscenti, almeno a quanto dicono. Sto spulciando ancora la rubrica del telefono, ma per il momento non ho ancora nulla".

"Controlla l'alibi della moglie del professor Romano".

"Già fatto, dottore. Quando l'ho interrogata sui movimenti del marito la sera dell'omicidio, per confermare la storia della lezione a casa loro, mi sono fatto anche dire dove si trovasse lei in quella stessa fascia oraria. Era dal parrucchiere, dove alle otto della sera è passata a prenderla un'amica. Poi sono andate a teatro insieme. Ho verificato".

"Sei proprio bravo, Artusi", disse Conti, guardandolo in faccia. Il giovane chinò il capo per nascondere l'emozione: il commissario non faceva mai complimenti a nessuno, quello poteva considerarsi un evento. "Ora vai pure, e se trovi qualcosa fra quelle scartoffie dimmelo immediatamente".

"Sarà fatto, dottore".

Rimasto solo, Conti tornò al foglio tutto pasticciato che aveva davanti. Poi lo appallottolò rabbiosamente e lo scaraventò nel cestino.

37

Il sole stava girando. Tra non molto si sarebbe piazzato a sud e in presidenza si sarebbero dovute tirare le tende, come in piena estate. Che strano principio di autunno, pensò De Marchis: acquazzoni improvvisi, mosche, zanzare, e poi tutto quel caldo…

Di fronte a lui, Vito Scalza sedeva a testa bassa. Stavolta si era sbarbato con cura e indossava una polo a maniche lunghe, pulita e stirata. De Marchis non lo guardava neppure: fingeva di leggere un progetto formativo di cui non stava mettendo a fuoco neppure una parola, e sentiva con crescente disagio gli occhi dell'uomo su di sé. Quel silenzio prolungato stava diventando opprimente, quando un colpo leggero alla porta gli fece alzare la testa.

"Si può?", si annunciò Longhi, affacciando la testa nella stanza.

"Entra pure, Furio. Ti stavamo aspettando".

Longhi si sedette a fianco del custode e si lisciò i pantaloni.

"Bene", disse De Marchis, chiudendo il fascicolo che

aveva di fronte e guardando finalmente in faccia Vito Scalza. "Ora possiamo parlare".

L'uomo era sulle spine. "Dica, signor preside".

"Come lei di certo saprà, nell'ultima riunione straordinaria ho assegnato la carica di vicepreside – che l'anno scorso apparteneva alla povera professoressa Baldi – al qui presente professor Furio Longhi".

Scalza lanciò una rapida occhiata all'uomo seduto accanto a lui e fece un breve cenno d'assenso.

"Stamattina il professor Longhi mi ha comunicato che su un quotidiano locale è apparsa la notizia della presunta intrusione nella scuola di qualche notte fa", proseguì De Marchis. Poi allungò una mano e prese un giornale da un angolo della scrivania. Lo sfogliò, trovò la pagina che cercava e la spiegò davanti al custode. "Guardi".

Scalza si sporse in avanti, socchiudendo gli occhi. "Mi dispiace, ma senza occhiali non ci vedo".

De Marchis sospirò, ripiegò il quotidiano e lo rimise al suo posto. "In questo caso gliene farò io un breve sunto. L'articolo afferma che il custode di questo liceo ha dovuto chiamare la polizia, essendo sfuggito per miracolo a un misterioso assalitore introdottosi a scuola nottetempo. Si dice pure che questo personaggio avrebbe indossato un mantello rosso…"

"Ma io non ho mai detto che il mantello era rosso!", sbottò Scalza, senza riflettere.

"Ahah!", esclamò De Marchis, puntandogli contro un dito accusatore. "Quindi ammette di essere stato lei a dare la notizia al giornalista! Lo confessa!"

Scalza si irrigidì. “No, io non confesso proprio niente. Ho detto solo che…”

“Guardi, Vito, che non le conviene fare il furbo con me”, lo bloccò De Marchis, corrucciato. “Le ricordo che le gravi negligenze nello svolgimento del suo incarico – il portone lasciato aperto di notte, il suo stato narcolettico, l’abuso di sostanze alcoliche – potrebbero costituire giusta causa di licenziamento. Se solo volessi, lei si ritroverebbe senza casa e senza stipendio, lo sa?”

“E i sindacati, che ci stanno a fare?”, provò a dire il custode, in un residuo di baldanza.

“Non mi sfidi, Vito!”, ringhiò De Marchis, sbattendo una mano sul tavolo. “Come ho detto, non le conviene. E il fatto che lei abbia dato la notizia alla stampa aggrava la sua posizione. Lo sa che, mentre noi siamo qui a parlare – in questo stesso preciso momento! – i nostri ragazzi sono nel panico e stanno assillando i loro insegnanti con mille domande a cui non c’è risposta? Lo sa che i centralini della nostra segreteria da stamattina sono intasati di telefonate di genitori in allarme? Si rende conto di quale danno lei abbia provocato all’immagine di questa scuola con il suo irresponsabile comportamento?”

A quell’esplosione di collera, Scalza si rimpicciolì sulla sedia, ingobbito in posizione difensiva. La fronte gli era diventata lucida per il sudore, mentre le labbra avevano preso a muoversi impercettibilmente. Longhi lo fissò con una punta di disgusto, poi distolse lo sguardo.

“Cosa devo fare, allora?”, chiese infine l’uomo, in un sussurro.

De Marchis si schiarì la voce con un colpo di tosse. "Smentire tutto. Deve chiamare il suo amico giornalista…"

"Non è un amico mio".

"Va bene, non è un amico suo, ma questo è poco importante. Lo chiami e dica la verità. Dica che era ubriaco, morto di sonno, in catalessi, come le pare, e che ha solo creduto di vedere quello che non c'era e che non c'è mai stato. È chiaro?"

"Ma non è questa la verità! Io quell'ombra l'ho vista davvero!"

"La pianti, Vito! La polizia ha perquisito la scuola da cima a fondo e non ha trovato nulla. Nessun segno di effrazione, nessun ammanco, nessuna traccia, niente di niente! Vuole che sia io a fare una dichiarazione ai giornali? Vuole che parli di lei e di tutto quello che ci siamo detti prima?"

L'uomo abbassò gli occhi, fiaccato. "Va bene", mormorò. "Lo faccio".

De Marchis era ancora rabbuiato. "Mi aspetto la smentita sull'edizione di domani. A ogni buon conto, chiamerò anch'io il giornale per rilasciare un breve comunicato a nome della scuola. E ora si sbrighi".

Lo guardarono uscire mogio, a passo strascicato.

"A me sembrava ubriaco pure adesso", disse Longhi, quando la porta si fu chiusa.

"No. È solo spaventato. E ne ha ben donde".

"Ora, però, tu vieni con me in II C. C'è un ammutinamento in corso: i ragazzi vogliono convocare un'assemblea generale e noi dobbiamo evitarlo".

"Andiamo", disse De Marchis, alzandosi in piedi di scatto.

38

Quando entrarono, la cattedra era vuota. Franco Romano, in piedi fra i banchi, era impegnato in un'animata discussione con i suoi alunni. La sua voce baritonale si levava su un coro di proteste che cercava di superarla in intensità. Alla vista di Longhi e del preside che lo seguiva, tutti tacquero di botto. I ragazzi si alzarono rispettosamente in piedi.

"Seduti", ordinò De Marchis, con un cenno sbrigativo della mano.

Romano andò loro incontro. "Signor preside…"

De Marchis gli tese la mano. Di fronte agli studenti, avevano concordato di mantenere sempre un atteggiamento formale, dandosi del lei. "Buongiorno, professore, come va?"

"Magnificamente, grazie", rispose Romano con un largo sorriso. "Con i ragazzi si parlava di democrazia imperfetta. Discussione molto interessante e, date le circostanze, particolarmente appropriata".

"Ah, davvero? E come mai?"

"Be', vede…" Romano lanciò un'occhiata ai suoi alunni. "C'è la possibilità che venga convocata un'assemblea. I ragazzi intendono discutere fra loro di quanto sta accadendo".

"Perché, cosa sta accadendo?", chiese De Marchis con un sorriso vacuo, facendo scorrere lo sguardo sui ragazzi. Notò che nessuno di loro abbassava il proprio. Sfrontati! Ai suoi tempi, l'arrivo del preside in classe era un evento paragonabile a una calamità naturale, di fronte alla quale conveniva abbassare la testa e aspettare che passasse.

Al tono volutamente svagato di Saverio De Marchis, Franco Romano prese un'aria perplessa. Poi fece andare lo sguardo su Longhi, che taceva. Tacevano anche i ragazzi, in un silenzio sospeso e diffidente.

"Signor preside…", disse Romano, lentamente. "Gli ultimi avvenimenti che hanno interessato questa scuola sono noti a tutti. E tutti abbiamo letto, sul giornale di oggi, quello che è successo qui l'altra notte".

"E io sono qui, caro Romano, proprio per questo. Per sgomberare il campo da questo clamoroso equivoco".

"Benissimo", commentò il professore, con tono piatto. "Siamo tutt'orecchi".

Un risolino sommesso si levò dai banchi. De Marchis si irrigidì. "Cosa ridete, voi?"

I ragazzi si impietrirono. Il preside sorridente e aperto, fascinoso e cordiale, era diventato improvvisamente irascibile e sprezzante. Ora li stava fissando con il buio negli occhi, le labbra strette. "Giungere a conclusioni affrettate non è mai consigliabile, in una situazione come questa meno che mai", li ammonì con voce grave. "Le notizie riportate da quel giornale hanno creato un danno alla reputazione della scuola e provocato un allarme che non ha alcun fondamento, dal momento che si basa su una falsa versione dei fatti".

"Falsa?", chiese Romano, socchiudendo gli occhi.

"Proprio così. Falsa. Non c'è stata nessuna intrusione in questo liceo, e domani la notizia avrà una smentita ufficiale".

"Ci sta dicendo che il custode si è inventato tutto?"

"Mettiamola così: il signor Vito Scalza si è lasciato suggestionare da quanto accaduto alla professoressa Baldi e ha creduto di sentire dei rumori notturni nell'edificio. Ma la polizia ha accertato che qui dentro non è entrato nessuno. Punto e basta".

Una mano si alzò dall'ultimo banco. De Marchis reagì con freddezza. "Sì?"

"Scusi, ma allora...", intervenne un ragazzo, sporgendo la testa scura oltre le spalle del compagno seduto davanti a lui.

De Marchis lo interruppe. "Prima di rivolgere la parola a qualcuno, è meglio alzarsi e presentarsi, non credi?"

Il ragazzo scostò la sedia con riluttanza e si alzò in piedi.

"Come ti chiami?"

"Enrico Frizzi. Sono il rappresentante d'istituto".

"Bene, Frizzi. Qual è la domanda?"

Il ragazzo lanciò un'occhiata ai compagni girati verso di lui, come a chiedere solidarietà e appoggio, quindi sollevò lo sguardo sul preside. "Se Scalza ha sentito solo dei rumori, perché ha detto di aver visto un mantello rosso?"

De Marchis alzò gli occhi al cielo con aria esasperata. "Si è trattato di un malinteso con il giornalista. Non c'è mai stato nessun mantello, da nessuna parte. Né rosso, né bianco, né verde".

"Guardi, signor preside, che Scalza lo ha detto anche a me".

"Cosa?", lo incalzò De Marchis, aggressivo. "Cosa ti ha detto?"

"Che ha visto l'ombra di qualcuno nell'atrio al pianterreno e che questo qualcuno portava un mantello o qualcosa di simile. E con me non c'è stato nessun malinteso, glielo giuro".

"Scalza risponderà di tutte queste stupide chiacchiere, ve lo garantisco io. Per ora vi basti sapere che, qualora non crediate a quello che vi ho detto – e la considererei una grave offesa personale – domani ogni vostro dubbio sarà chiarito definitivamente".

"Ma scusi, signor preside, perché il custode avrebbe dovuto inventarsi una cosa del genere?", obiettò Frizzi, impavido. "È un mitomane? E un mitomane – ci chiediamo noi a questo punto – può svolgere un lavoro delicato come quello di badare alla sorveglianza di una scuola?"

Un brusio di aperta approvazione si levò dai banchi.

"E questo Nerone, poi, che dice di essere tornato per vendicarsi?", incalzò il ragazzo, incoraggiato dal sostegno dei compagni. "È chiaro che si rivolge a noi studenti, visto che ha deciso di parlare sul nostro forum.

Di tutto questo, signor Preside, noi abbiamo il diritto di discutere fra noi e…"

"Ve lo ripeto una volta per tutte: questa scuola non ha bisogno di altre turbolenze!" De Marchis, paonazzo, si incamminò fra i banchi, con l'indice puntato minacciosamente su Enrico Frizzi. "Non autorizzerò nessuna vostra iniziativa volta a sollevare polveroni, è chiaro? E qualsiasi atto che possa dare enfasi o clamore a ciò che non lo merita, sarà considerato come un pretesto per non fare lezione e valutato ai fini del profitto. Per non parlare di altre e più gravi sanzioni".

Frizzi non abbassò gli occhi. Gli tremavano le gambe, ma erano in ballo la sua faccia e il suo onore. "Vedremo cosa ne pensano gli altri…", rispose, con aria di sfida.

A quel punto Romano ne ebbe abbastanza. Raggiunse De Marchis e gli mise una mano sull'avambraccio. L'altro si ritrasse di scatto, come se fosse stato morso da una vipera.

"Ora basta, tu! Mettiti seduto!", ordinò Romano a Frizzi, con la sua voce possente. Poi si rivolse a De Marchis: "Signor preside, abbiamo capito. Ora però, se non le spiace, vorrei parlare con i miei studenti da solo. È meglio, mi creda".

Longhi, che non aveva aperto bocca, lanciò all'amico uno sguardo d'intesa. De Marchis, inviperito, girò sui tacchi e percorse a ritroso il corridoio fra i banchi, evitando gli sguardi che lo trafiggevano dal basso.

"Buona giornata!", salutò, brusco, uscendo. Dietro le sue spalle, un frastuono di sedie smosse gli segnalò che i ragazzi si erano alzati. Dopo una breve esitazione, Longhi lo seguì a ruota. Romano lo scortò fino alla soglia dell'aula e, con malagrazia, gli chiuse la porta in faccia.

39

"Sei stato grande!", disse Stefano Benci al suo compagno di banco, raccogliendo i libri e infilandoli nello zaino. La campanella era appena squillata e i ragazzi si stavano accalcando verso l'uscita, frenetici, come se avessero il diavolo alle calcagna.

Frizzi, invece, era ancora seduto al suo posto, a fissare il vuoto. "Forse ho esagerato", mormorò, soprappensiero.

Stefano lo fissò per un attimo, poi cominciò a radunare i libri dell'amico. "Hai fatto quel che andava fatto. Sei il nostro rappresentante, no? Di che hai paura?"

Frizzi distolse gli occhi dal muro di fronte e si girò a guardarlo. "Ora il preside ce l'ha con me, e non posso permettermelo. Ho preso quattro in fisica e cinque in italiano".

Benci fece un gesto noncurante con la mano. "In italiano alla fine avrai la sufficienza. Longhi non oserà mai darti un brutto voto: è un vigliacco, teme che tu possa aizzargli contro il resto della classe. E la fisica non è un problema. Era solo un'esercitazione, al prossimo scritto ti faccio copiare io".

L'aula si era svuotata. I ragazzi presero i giubbotti e si avviarono lungo il corridoio.

"Dov'è Fabio?", chiese Frizzi, notando di colpo l'assenza di Mantovano.

"Se l'è squagliata".

Frizzi lo fissò disorientato. "Squagliata? Come sarebbe?"

"È in punizione".

"E perché?"

"Suo padre non vuole che ci frequenti più. Non lo sapevi?"

Frizzi si fermò al centro del corridoio, sbarrando gli occhi. "Cosaaa?"

Benci si avvicinò e gli sussurrò all'orecchio. "Ieri è stato convocato in questura. Volevano sapere se era vero che la famosa sera dell'intrusione a scuola io e lui eravamo insieme".

Frizzi lo fissò dritto negli occhi. "Ed era vero, Stefano?"

L'amico prese un'aria innocente. "Ma certo! E poi, a questo punto, che importa? Non è stato l'illustre signor preside in persona a spiegarci che l'altra notte qui non è successo nulla? Non ce l'ha appena detto, forse?"

Frizzi non sembrava convinto. "Se non è successo nulla, perché la polizia sta indagando? Se il custode si è inventato tutto, che bisogno c'è di andare interrogando la gente in questura per verificarne l'alibi?"

Benci alzò le spalle. "Gli sbirri sono stupidi".

L'amico gli lanciò un'occhiata obliqua: Benci sembrava di ottimo umore e aveva sulle labbra uno strano sorrisetto. Alla fine della scalinata si fermò e gli indicò qualcosa in fondo all'atrio.

"Guardalo, lo scemo..."

Frizzi seguì il suo sguardo e avvistò il custode, fermo davanti al portone, intento a parlare fitto con il bidello del pianoterra. Scalza sembrava molto agitato, a giudicare da come gesticolava; l'altro lo ascoltava in silenzio, a braccia conserte.

I due ragazzi si avviarono lentamente verso l'uscita. A un certo punto Scalza li avvistò e ammutolì di botto. Disse qualche parola al bidello, che si affrettò a tornare dentro. Lui, invece, si frugò nelle tasche e tirò fuori una sigaretta, che andò ad accendersi sotto il portico. Accigliato, li guardò arrivare; poi, quando furono a meno di un metro, si voltò dall'altra parte.

Passandogli accanto, Benci fece in modo di dargli una spallata. Frizzi, che lo precedeva, non si era accorto di nulla.

"Ehi!", sbraitò Scalza, sbilanciato per il colpo ricevuto, mentre il ragazzo lo superava come se niente fosse e cominciava a scendere i gradini esterni.

Benci si fermò di botto e si girò. "Che c'è?"

"Mi hai dato una spinta!"

"Ioooo?" Il ragazzo allargò le braccia con aria sconcertata. "Quando mai?"

"Tu!", urlò Scalza, inferocito, additandolo col braccio teso. "Tu sei un delinquente!"

"Lo vedi?", disse Benci rivolto a Frizzi, che si era fermato a guardarli di sotto in su. "Aveva ragione il preside: è un mitomane! Un mitomane falso e bugiardo!"

Quindi, con calma, raggiunse l'amico sulla strada e con lui si avviò verso casa.

Tutt'e due avevano la stessa andatura ciondolante e lo stesso drago rosso sulla schiena.

40

Alle due e tre quarti del pomeriggio, Saverio De Marchis socchiuse la porta della presidenza e si affacciò nell'atrio deserto. Quel giorno il personale di segreteria e i bidelli erano tutti andati a casa: in giro c'erano solo gli addetti alle pulizie, che a quell'ora cominciavano dal piano terra. Scalza era rintanato nel suo alloggio, da cui di certo non sarebbe venuto fuori fintanto che vi fosse stato il rischio di imbattersi nel preside che usciva.

Guardandosi intorno con circospezione, De Marchis si avviò verso le scale e cominciò a salire. Arrivato al secondo piano, si fermò e guardò in su. L'ultima rampa portava al sottotetto della scuola, dove nessuno aveva mai motivo di salire: lì c'erano solo vecchi banchi, sedie rotte e una quantità di altri arredi di nessuna utilità. Le procedure per lo smaltimento dei beni pubblici erano così farraginose che negli anni era stato molto più comodo lasciarli lì, abbandonati, piuttosto che impegnarsi in un'operazione di sgombero sottoposta a mille vincoli e complicazioni. E poiché non gli risultava che negli ultimi tempi la burocrazia avesse subito un significativo snellimento, De Marchis era convinto che la situazione fosse rimasta invariata.

Da quando aveva assunto l'incarico non era mai andato lassù, e del resto non ce ne sarebbe stata ragione. Non aveva ancora avuto il tempo di esaminare a fondo i bilanci della scuola, né l'inventario dei suoi beni mobili. E, comunque, il riscontro di vecchie cianfrusaglie dimenticate non era certo una priorità.

Prese a salire l'ultima rampa. Le finestre del vano scala finivano lì. Su in cima, dal ballatoio in poi, non c'era più nessuna fonte di luce naturale o artificiale: il vecchio impianto elettrico era stato disattivato da tempo, in attesa di essere messo a norma. Ma, oltre l'infilata di stanze buie e senza porte, il preside sapeva già cosa aspettarsi. Si tastò la tasca della giacca per controllare di avere con sé il cellulare; quindi, si avventurò nella penombra.

Avanzò con cautela fra vecchi mobili ricoperti da lenzuola impolverate, evitando pezzi di ferro e coppi rotti sul pavimento, e finalmente si fermò aguzzando lo sguardo.

Il suo primo pensiero fu per la polizia che aveva perquisito la scuola pochi giorni prima. Si chiese che effetto potesse aver fatto a quegli uomini, di notte, l'ambiente dove lui era appena arrivato: vasto e lungo a perdita d'occhio, con una teoria di travi che, a intervalli regolari, sorreggevano il basso soffitto, seguendo la pendenza del tetto, e si perdevano lontano, in un buio indistinto.

La polizia! La polizia non aveva motivo di restare impressionata, concluse De Marchis, per il semplice motivo che era composta da individui fondamentalmente inconsapevoli: non si può aver paura del diavolo quando non si sa davvero cosa sia. E quei poliziotti – che pure avevano a che fare tutti i giorni con brutture e malvagità di ogni tipo – ne conoscevano solo il riflesso.

De Marchis si fermò e chiuse gli occhi per un lungo momento. Col passare degli anni era diventato sempre più distratto e svagato: non c'era giorno in cui non dimenticasse dove aveva parcheggiato la macchina, in quale tasca aveva messo le chiavi di casa, che medicina doveva prendere e a che ora. Eppure quella sua memoria, così languida e difettosa, in quel preciso momento stava producendo una stupefacente rievocazione. Davanti ai suoi occhi chiusi era apparso nitido il volto di Rastofani. Un Rastofani giovane, con la corta barba chiara, gli occhi pallidi e febbrili e i capelli biondi appena lunghi sul collo. La sua voce gli risuonò nelle orecchie, limpida e appassionata.

"Guardate! Cosa vedete?"

"Un sottotetto, professore!"

"Non vi ho portato qui per sentire risposte così stupide. Vi ho portato qui per far lavorare la vostra immaginazione, il vostro cuore, il vostro cervello. Ora guardate di nuovo e ditemi cosa vedete!"

"Frati con il cappuccio..."

"Ecco, meglio. Quanti sono?"

"Tanti, tantissimi".

"Li vedo anch'io!"

"E anch'io, professore. Ora sì!"

"E cosa fanno, questi frati?"

"Sono tutti addossati ai muri. In fila".

"Pregano?"

"No, non stanno pregando. Cantano".

"In che anno siamo?"

"Nel 1227".

"Cosa cantano?"

"Il Dies irae*".*

"E com'è, questo coro?"

"Fa paura!"

"Perché?"

"Perché hanno appena torturato qualcuno".

"Sentite come urla!"

"No, no… è appena morto!"

"Ora è lì, in fondo, che penzola da una trave. Non lo vedete?"

"Questo posto sa di male, professore".

"Basta così, ragazzi. Siete stati molto bravi. Ora torniamo in classe e mettiamo tutto per iscritto".

De Marchis riaprì gli occhi. Gli girava la testa, ma solo un poco. Esplorò con gli occhi il fondo di quell'enorme sottotetto buio, quasi in cerca del corpo del torturato che penzolava dall'ultima trave. Diavolo di un Rastofani! In un'epoca in cui dei laboratori di scrittura creativa si sapeva poco o nulla, lui faceva esperimenti così… Chissà se Longhi se ne ricordava.

De Marchis avanzò di qualche passo ancora, indugiando con lo sguardo sulle pareti, sulle assi del pavimento, su ogni angolo di muro, fino alla fine. Si sentiva molto turbato. Quel sottotetto non aveva nulla di medievale. Non c'era nulla, lì, che potesse far pensare a monaci, canti gregoriani, urla di eretici torturati e uccisi. Nulla di nulla. Eppure…

"*Questo posto sa di male*".

Anche se la sua memoria sembrava una scatola vuota, Saverio improvvisamente ricordò chi era quello che aveva parlato per ultimo, in quel lontano giorno del 1982.

E, di colpo, ebbe una gran fretta di andarsene da lì.

41

Miriam, seduta in poltrona, era molto agitata. Girava il cucchiaino nella tazzina del caffè, lo posava sul piattino, poi tornava a girarlo di nuovo. Sul divano di fronte a lei, Eligia Marani fumava una sigaretta e ogni tanto lanciava un'occhiata impaziente all'orologio da polso.

"Fra poco devo tornare in ospedale. Se Saverio non arriva…"

"Arriva, arriva".

"Ma, scusa, la scuola non finisce all'una e mezza? Sono le tre passate da un pezzo!"

Miriam sospirò. "Da un po' di tempo ha cominciato a far tardi. Non rientra mai prima di quest'ora".

"E come mai?"

"Avrà un'amante che gli si concede nella pausa pranzo", rispose la donna, con un sorrisetto sarcastico.

"Ma dai, Miriam! Sarà impegnatissimo a scuola, piuttosto. In fondo è il dirigente, e in quest'ultimo periodo ha un mucchio di rogne".

L'altra scrollò le spalle. "A me non racconta mai niente. Mi tiene all'oscuro di tutto".

"Non vorrà farti preoccupare".

"Impicciare, vuoi dire. Delle mie preoccupazioni, mio marito se ne infischia".

In quel momento, il portone d'ingresso si aprì e subito si richiuse con uno schianto.

"Uno di questi giorni lo demolirà", commentò la padrona di casa, imbronciata.

Dopo pochi secondi Saverio De Marchis fece il suo ingresso nel salone a passo di carica.

"Eligia carissima!", disse, inchinandosi in un cerimonioso baciamano. "Chiedo scusa per il ritardo, ma sono stato trattenuto".

"Potevi avvisare!", lo rimproverò la moglie. "Ti stiamo aspettando da più di un'ora".

"Miriam, ho il cellulare scarico".

Lei si astenne dal fargli osservare che a scuola – se era da lì che veniva – aveva a disposizione il telefono fisso: non voleva discutere con lui, soprattutto in presenza di estranei.

De Marchis si accomodò accanto alla Marani e la fissò sorridendo. "Scommetto che ti sarai chiesta il perché di questa specie di… convocazione".

"Infatti", confermò la dottoressa, "Miriam non ha voluto anticiparmi nulla. Cosa c'è? Hai avuto altri disturbi?"

"Sto bene, grazie".

"E allora?"

Saverio prese un'aria compunta. "Vedi, Eligia, papà è morto da meno di un mese..."

"Questo lo so", disse la donna, con un tono sbrigativo di cui si pentì immediatamente.

"E sai anche quanto fosse legato a te".

"Sì. Anch'io gli ero molto affezionata".

De Marchis sospirò. "Tutti noi siamo stati travolti dalla sua morte improvvisa. Mio padre aveva una quantità di interessi e attività, e da quando è venuto a mancare sono costretto a dedicare ogni minuto libero all'esame di tutte le sue carte. Per non parlare del tempo perso in consulenze legali, commerciali, notarili e quant'altro".

La moglie sollevò il sopracciglio. A quanto le risultava, delle aziende del vecchio De Marchis si stavano occupando suo padre e il suo staff di avvocati e commercialisti: l'unico fastidio del marito era quello di firmare di tanto in tanto atti e documenti preparati da altri.

"Per di più, mi è anche caduta sulla testa una brutta tegola", continuò il preside. "Parlo ovviamente della morte della povera Baldi e di tutti i problemi annessi e connessi. A scuola è tutto un delirio".

"Immagino", disse Eligia Marani, con aria comprensiva. "A che punto sono le indagini?"

De Marchis alzò le spalle. "Non ne so nulla. Quello che invece so è che sono circondato da cretini che si lasciano prendere dal panico senza un valido motivo".

"Oggi ho letto sul giornale che il custode..."

"Non mi parlare di quell'articolo, per favore! Fra tutti gli imbecilli che mi stanno fra i piedi, lui porta la bandiera".

"Perché?"

"Perché nessuno lo ha aggredito, ecco perché! E nessuno è entrato a scuola di notte. Se l'è inventato, capisci?"

"E a che pro, scusa?"

De Marchis scrollò il capo, sconsolato. "Mania di protagonismo, evidentemente. Quando a un oscuro individuo si offre l'occasione di stare per una volta sotto i riflettori..."

La dottoressa annuì con un cenno del capo.

"Ma ora torniamo a noi, anzi a papà", riprese De Marchis, dopo una breve pausa. "Io sono figlio unico, per cui si è potuto almeno risparmiare la fatica di scrivere un testamento. Però la sua volontà era che, alla sua morte, tu ricevessi un suo ricordo. L'ha detto a me e io intendo rispettare la parola che gli ho dato. E scusa se non sono stato tempestivo come avrei voluto". Si alzò in piedi e tese la mano alla donna. "Vieni, andiamo di là".

Entrarono nello studio, seguiti da Miriam. In un angolo c'era un quadro coperto da un lenzuolo: De Marchis lo tirò via con un gesto teatrale, scoprendo un dipinto che a prima vista sembrava molto antico.

"Risale ai primi del Cinquecento", confermò De Marchis. "Papà se lo aggiudicò a un'asta negli anni Sessanta. Sul retro, troverai l'expertise redatta all'epoca dalla casa d'aste".

Eligia inforcò gli occhiali e si avvicinò al dipinto. La Madonna col bambino erano illuminati da una luce tenue e diffusa, che si irradiava alle loro spalle su uno sfondo rupestre. Una donna con una lunga veste rossa protendeva le braccia verso il piccolo, quasi a contendere alla madre il diritto di tenerlo stretto a sé.

"Ecco. È questo il ricordo che mio padre ha voluto lasciarti", annunciò Saverio, con una punta d'orgoglio.

"È un ricordo molto...", mormorò Eligia, esitando. Sembrava non riuscisse a trovare le parole. "Molto importante".

"Te lo sei meritato".

"Oh, questo non è vero!", si schermì lei, con un sorrisetto.

"Be', papà non la pensava affatto così", replicò Saverio. "E io sono d'accordo con lui".

"Scusate, ma devo proprio lasciarvi", li interruppe Miriam, alle loro spalle. "Ho lezione in palestra fra un quarto d'ora. Ciao, Eligia. Spero di averti a cena da noi, una di queste sere".

"Vado anch'io, Saverio", decise la Marani, mentre la donna usciva dalla stanza. "Sono molto in ritardo".

"Ti farò consegnare il quadro a casa, va bene?", disse De Marchis, accompagnandola alla porta.

"Perfetto, grazie".

Lui le tese la mano, poi sembrò ricordare qualcosa. "Scusa, Eligia, toglimi una curiosità..."

"Dimmi".

Lui si guardò le scarpe, un po' imbarazzato, poi sollevò lo sguardo su di lei. "Che ti ha detto papà, prima di morire?"

Lei corrugò la fronte, sorpresa da quella domanda. "Erano solo parole sconnesse, senza senso. Stava morendo, Saverio!", rispose lentamente. Poi socchiuse gli occhi, come rievocando la scena. "A un certo punto, ha anche detto…"

"Sì?"

"…di non aver fatto quello che tu gli avevi chiesto. E di sentirsi in colpa per averti mentito".

"Ha detto così?"

"Così mi pare di aver capito. Significa qualcosa, per te?"

Lui scosse la testa con forza. "Assolutamente no".

"Lo vedi?", disse lei, spalancando le braccia. "Delirava!"

De Marchis la seguì con lo sguardo mentre saliva in macchina e partiva, salutandolo con la mano.

Poi rientrò in casa e si accasciò su una poltrona del salone, con la testa fra le mani.

42

Il telefono sulla scrivania di Conti squillò alle sei del pomeriggio.

"Buonasera, commissario. Sono Saverio De Marchis. La disturbo?"

"Buonasera, preside. Mi dica".

"Ecco, io... io la chiamo per sapere se ci sono novità".

"Al momento, nessuna".

"Ha letto il giornale di oggi? Quello con l'intervista a Vito Scalza?"

"Sì".

"Che ne pensa? Non crede che quell'uomo possa essersi inventato la storia dell'intrusione proprio per avere un momento di notorietà?"

"Non ne sono sicuro, altrimenti avrei preso provvedimenti. Il giornalista, peraltro, sostiene di essere stato lui a contattare il custode e non viceversa. Pare che la notizia del sopralluogo notturno della polizia a scuola gli sia arrivata da altre fonti che ovviamente non intende rivelare. Dice anche di aver dovuto fare una gran fatica per convincere Scalza a parlare".

"Chi potrebbe essere stato, allora? A fare la soffiata al giornalista, intendo. L'altra notte c'eravamo solo io e il custode. Oltre a voi della polizia, ovviamente".

Conti finse di non notare l'implicita insinuazione contenuta nelle ultime parole del preside. "Forse lei non lo ricorda, preside De Marchis, ma in piena notte il liceo era illuminato a giorno, con un gran viavai di uomini", rispose secco. "E poi le nostre auto erano sul marciapiede, proprio vicino alle scale. Chiunque avrebbe potuto notare tutto quel trambusto: un passante, un condomino dei palazzi lì di fronte, un automobilista..."

"Certo, certo", si affrettò ad ammettere l'altro. "Era solo una domanda che stavo ponendo a me stesso".

"Domanda destinata a restare senza risposta, almeno per il momento", concluse Conti, sbrigativo.

Stavolta fu De Marchis a fingere di non accorgersi del tono risentito del commissario. "A ogni modo, quell'articolo ci ha procurato una quantità di noie", riprese, dopo una breve pausa. "I ragazzi sono sovreccitati, per non parlare dei genitori. Stamattina la segreteria è stata mandata in tilt dalle loro telefonate. Sto facendo l'impossibile per tranquillizzare tutti, ma non è una passeggiata".

"Capisco".

"Ho anche chiesto a Scalza di telefonare al giornale per rettificare le sue dichiarazioni: la tentata aggressione, quella sciocchezza del mantello… E più tardi ho intenzione di chiamare la redazione per accertarmi che l'abbia fatto".

Conti si accese una sigaretta, rilassandosi sullo schienale della poltrona. "Mi dica una cosa, preside".

"Sì?"

"Era davvero rosso, il mantello di Nerone?"

De Marchis trasse un respiro profondo. "Be', in effetti un mantello color porpora – che poi è una gradazione del rosso – c'era. Si chiamava *paludamentum*, e veniva indossato solo da generali e imperatori. Quindi anche da Nerone".

"E secondo lei, Scalza sa tutte queste cose?"

"Non occorre aver studiato la storia e i costumi degli antichi romani per sapere com'era vestito Nerone: basta farsi un giro in un qualsiasi negozio di costumi di Carnevale per farsene un'idea", fece notare il preside, con una risatina.

"Uhm..."

"Comunque Scalza dice di non aver mai parlato del colore del fantomatico mantello".

"Il giornalista, invece, sostiene di sì".

"Ma si rende conto di quale danno ha provocato questa intervista?", si lamentò il preside. "Prima il messaggio sul forum, ora questa faccenda del mantello rosso... Lei capirà che non ci vuole un Nobel per la matematica per fare due più due. Avete almeno appurato chi ha avuto la brillante idea di lanciare quel topic?"

A quell'*almeno,* Conti perse la pazienza. "Caro De Marchis, parliamoci chiaro: lei pensi alla sua scuola, ché alle indagini pensiamo noi. Qui non stiamo mica perdendo tempo, sa? Quando ci saranno novità che possono riguardarla in qualche modo, la informeremo".

"Ma è una situazione assurda!", protestò De Marchis, una sfumatura isterica nella voce. "Guardi, io non so davvero fino a quando riuscirò a mantenere il controllo e..."

"Ora devo proprio lasciarla. La saluto, preside".

43

Si era fatto buio. Dalla finestra del suo ufficio, Conti osservava le auto di servizio entrare e uscire dal cortile alla spicciolata e lo spicchio di luna alto nel cielo. Era già da un po' che se ne stava lì, contro il vetro, a riflettere. Quell'indagine era a un punto morto, inutile negarlo. Se ne accorgeva dal fatto che non aveva più ordini da impartire, né iniziative da prendere, né posti dove andare. Forgione e Marchetti erano in giro, a scovare locali con la connessione libera e a piazzare telecamere probabilmente inutili. Artusi se ne stava rintanato nel suo ufficio da ore, alle prese con le carte e i registri della Baldi. Di Rocci, invece, nessuna notizia. All'improvviso realizzò che era da quella mattina che non lo vedeva, così si staccò dalla finestra e uscì sul corridoio.

La stanza dell'ispettore era accanto alla sua. Bussò con le nocche e aprì la porta. Era deserta. Anche quella di Artusi era vuota. Però sulla scrivania, ancora ingombra di carte e documenti, la lampada era accesa: probabilmente l'agente si era concesso un momento di pausa per un caffè e contava di tornare presto.

Conti aggirò il tavolo e si sedette. Artusi stava procedendo con metodo: aveva separato le bollette di acqua, luce, gas e telefono e le aveva impilate con ordine. Su un foglio di carta stava annotando alcuni nomi, evidentemente trovati nella rubrica della Baldi, con i relativi numeri di telefono. Quelli già controllati erano stati sbarrati da una linea trasversale, con varie annotazioni a margine. Estratti conto, carte di credito e matrici di assegni erano in un mucchietto a parte.

In un angolo del tavolo c'era un fascicolo su cui l'agente aveva scritto con un pennarello nero: 'Personali'. Conti lo aprì: vi erano riposti biglietti di auguri, cartoline, trascrizioni di poesie, qualche lettera, ritagli di vecchi giornali con articoli su eventi e conferenze a cui la donna aveva partecipato. E poi, tenute insieme da un elastico, le foto che Conti aveva già visto a casa della professoressa prima di essere interrotto da Mancini.

Il commissario sciolse l'elastico. Dopo la serie di istantanee che ricordava, con la Baldi in vacanza, al mare o in montagna, cominciava quella delle foto di classe. Tutte più o meno uguali, con i ragazzi in posa, in piedi o accucciati, e la professoressa nelle retrovie, con il solito sorriso di circostanza. Conti cominciava ad annoiarsi e accelerò. A un certo punto, però, si bloccò: gli era appena passata sotto gli occhi una foto in cui gli sembrava di aver riconosciuto qualcuno. La ripescò fra quelle che aveva appena scartato e la esaminò con attenzione sotto il fascio di luce della lampada. Anche quello era uno scatto di gruppo, ma molto più datato degli altri, lo si intuiva dal colore e dalla grana. La Baldi era molto giovane, non più di diciassette o diciott'anni, valutò Conti. Con i capelli sciolti sulle spalle e un piccolo foulard intorno al collo, fissava l'obiettivo con uno sguardo malizioso. Erano in cinque, tutti molto sorridenti, e uno di loro – riconoscibilissimo – era il preside Saverio De Marchis. In jeans e camicia bianca, aveva un gran ciuffo di capelli sulla fronte. Il suo braccio era posato sulle spalle di Barbara, in un atteggiamento molto intimo e protettivo. Lo sguardo di Conti passò oltre. Accanto a De Marchis c'era un ragazzo più basso, con gli occhiali. Torace stretto, maglia a righe orizzontali, l'indice e il medio della mano destra divaricati in segno di vittoria. Poi un quarto compagno, alto, con una testa di capelli ricciuti e lo sguardo fiero. Anche lui sollevava una mano, ma col pollice in su. E infine, al suo fianco, un giovane magro, di media statura. Conti aguzzò lo sguardo, perché ormai da vicino non ci vedeva più tanto bene. Mise la foto proprio sotto la lampada e vi si accostò.

Quel ragazzo aveva un sorriso di quelli che non si dimenticano.

Conti s'infilò la foto in tasca e uscì dalla stanza di Artusi.

44

L'ultima volta, gli era sembrata più lunga. Forse perché al volante c'era Rocci, che andava come una lumaca. Aveva provato a chiamarlo, ma il suo cellulare era spento e a casa non rispondeva nessuno. Così Conti si era messo in macchina e ora – lasciatasi alle spalle la città – filava veloce verso la campagna. A un bivio prese a sinistra, e la strada si fece più stretta e tortuosa. Conti, che si divertiva a guidare fra curve e tornanti, non rallentò l'andatura, anzi accelerò. L'orologio sul cruscotto segnava le diciannove e venti e lui voleva assolutamente arrivare prima dell'ora di cena. Per niente al mondo avrebbe accettato di sedere a quella tavola: non era nello stato d'animo giusto per condividere quell'atmosfera così intima e familiare, lui che in quei giorni si sentiva più solo e amareggiato che mai. Contrariamente al solito, Matteo lo chiamava pochissimo e, da un po' di tempo, Clara si era fatta laconica ed evasiva. Sembrava quasi volerlo tagliare fuori dalla loro vita. Conti non sapeva più cosa facesse il figlio, come andasse a scuola o passasse il suo tempo libero. Non sapeva più nulla, a parte qualche generico ragguaglio strappato a quel muro di vaghezza. Se non fosse stato per quell'indagine, piombatagli all'improvviso fra capo e collo, sarebbe già stato in autostrada e in cinque o sei ore avrebbe potuto riabbracciare il bambino e guardare in faccia sua madre, giusto per capire come stessero davvero le cose. E poi era molto deluso dal comportamento del suo collega di Udine. Con Luciano Braga erano amici da molti anni, e da lui si sarebbe aspettato di ricevere subito le informazioni che gli aveva chiesto. Invece, ancora niente.

Nel bel mezzo di quei ragionamenti si ritrovò davanti al cancello della proprietà, così all'improvviso che dovette frenare di colpo, slittando sulla ghiaia. Richiamò l'auto e imboccò il viale fiancheggiato da filari di viti. Le finestre della casa, in fondo, erano illuminate. Conti parcheggiò nello spiazzo antistante l'ingresso e scese dalla macchina. Da lontano arrivò un concitato abbaiare di cani. Poi la porta si aprì e Miranda Rocci uscì alla luce della luna.

"Commissario Conti!", esclamò. Istintivamente guardò verso l'auto parcheggiata, in cerca del fratello, quindi gli tese la mano con un sorriso incerto. I cani continuavano a latrare, chiusi da qualche parte, nel buio.

"Come mai questa visita? È successo qualcosa a Silvino?"

"No, assolutamente. L'ispettore sta bene. È che ho bisogno di parlare con lei. Mi rendo conto che piombare qui all'improvviso non è..."

"Venga, commissario, andiamo dentro. Sennò i cani si faranno venire un cardiopalma".

Lo scortò fino alla cucina. "Le spiace se la faccio accomodare qui? Ho una cosa sul fuoco".

Mentre lei correva ai fornelli per abbassare la fiamma sotto una pentola, Conti notò la tavola apparecchiata per due. "Chiedo scusa, è un momento inopportuno. Vado via subito".

Miranda si girò. "Ma scherza? Lei deve restare a cena con noi! I ragazzi stasera sono fuori, ma Corrado arriverà tra poco e..."

"Mi piacerebbe molto, ma non posso", declinò Conti, con un sorriso. "Le prometto che presto tornerò con suo fratello: quando saremo sicuri di poter arrivare almeno al dolce senza che nessuno ci interrompa, però".

Lei gli si avvicinò. "È di lui che vuole parlarmi, vero? Ha qualche problema?"

"No, Miranda, come ho detto l'ispettore non c'entra".

La donna corrugò la fronte, poi scostò un paio di sedie dal tavolo. "Mettiamoci comodi".

Prima di sedersi Conti si frugò in tasca, prese la foto e gliela porse.

La vide osservare il gruppo di giovani che vi era ritratto, poi muovere piano le labbra, turbata.

"Luigi..."

"Ecco, appunto. Mi sembrava di averlo riconosciuto, ma non ne ero certo".

"È lui", confermò la donna, con gli occhi sempre fissi sull'immagine sgranata.

"Può dirmi se riconosce qualcun altro, fra questi ragazzi?"

Miranda si alzò per prendere gli occhiali dal ripiano di un mobile. Dopo un minuto di attenta osservazione, indicò qualcuno. "Questo qui..."

Conti si avvicinò e vide che la donna aveva puntato il dito sul ragazzo con la maglia a strisce.

"Chi è?"

"Un certo Longhi. Furio, mi pare si chiamasse. Di tanto in tanto veniva qui a studiare con mio fratello. Alle volte si fermava anche a pranzo. Me lo ricordo benissimo".

Longhi. Il professore che era a casa del preside la notte dell'omicidio. "Quindi era un suo compagno di classe?"

"Sì".

Conti sembrò riflettere. "E gli altri? Non riconosce nessun altro?"

La donna tornò ad osservare l'immagine, poi scosse la testa. "Non mi sembra. Del resto, abitando fuori mano, qui di ragazzi se ne sono sempre visti pochi".

Conti le prese la foto dalle mani e se la rimise in tasca.

"Bene. Grazie, Miranda, e mi scusi ancora per il disturbo".

Lei gli posò una mano sul braccio. "Commissario", disse, esitando, "Silvino ha… ha già visto questa foto?"

"Non si preoccupi", la tranquillizzò Conti, "ricordo benissimo le sue precauzioni, non gliela mostrerò se non sarà davvero necessario".

Si salutarono sulla porta. La donna trattenne la mano di Conti nella sua. "Posso chiederle perché quella fotografia le interessa tanto? Ha qualcosa a che fare con la faccenda del liceo di cui vi state occupando in questo momento?"

Conti scosse la testa. "Non lo so, Miranda. E, se pure lo sapessi, non potrei dirglielo".

45

Seduto in un angolo della trattoria, Rocci aspettava di essere servito. Il proprietario gli aveva preannunciato un timballo coi fiocchi, e per ingannare l'attesa aveva portato in tavola un cestino stracolmo di pizzette calde. Rocci, che le trovava paradisiache, se le stava mangiando tutte, bevendoci sopra il vinello fresco della casa.

Era per momenti come quello che la vita valeva la pena, si disse l'ispettore. Oh, sapeva perfettamente che c'era una quantità di gente più fortunata di lui, che poteva permettersi ben altri piaceri: locali costosi, cibi raffinati, vestiti alla moda, automobili veloci e belle donne. Oppure che era riuscita a metter su famiglia, magari unita come quella di sua sorella, un nido caldo e protettivo in cui potersi rifugiare nei momenti difficili. Ma se quanto a bellezza, ricchezza o amore, il bilancio dei suoi ultimi cinquant'anni era spaventosamente in rosso, Rocci si ripeteva sempre che avrebbe potuto andargli molto peggio. Poteva nascere povero, per esempio. Oppure malato. O senza un'infanzia serena, l'affetto dei genitori e dei fratelli, un lavoro che amava. Così si consolava, quando si sentiva solo, stanco e abbattuto. E di solito funzionava. Non quella sera, però.

Da quando era uscito dalla casa di Rastofani, si sentiva oppresso da molte inquietudini. La peggiore aveva il nome impronunciabile del fratello morto.

Rocci si diede dello stupido: come aveva potuto sperare che a casa del professore l'argomento non venisse fuori? Del resto cosa avevano in comune, lui e Rastofani, a parte Luigi? Nulla: lui era un povero poliziotto ignorante, il professore un gigante del pensiero e della cultura. Durante la loro conversazione, Rocci aveva sperimentato di persona il magnetismo e il carisma che avevano fatto di quell'uomo la leggenda che era. Il professore lo aveva istruito con molto entusiasmo su imperatori, dinastie e intrighi di palazzo; alla fine, però, forse stanco del modesto contributo del suo interlocutore, si era alzato dalla poltrona con aria conclusiva e lo aveva invitato a seguirlo in camera da letto. Era lì che conservava certi documenti, aveva detto, e voleva mostrargli qualcosa. Intanto che cercava, avrebbero potuto continuare a chiacchierare.

Nella stanza, a parte il mobilio piuttosto spartano, c'erano solo libri: impilati in tante colonne addossate al muro, ammucchiati sullo scrittoio, per terra, sui davanzali delle finestre e perfino sul letto.

"Lo sa che se arrivasse un terremoto mentre lei dorme, potrebbero ucciderla?", aveva osservato Rocci, notando con apprensione alcuni pesanti tomi in precario equilibrio su una mensola che correva sulla parete, proprio sopra il cuscino.

"Oh, meglio morire di libri che di noia!", aveva replicato il professore, con noncuranza. Si era infilato a metà busto nell'armadio, che neanche a dirlo traboccava di volumi e fasci di carte in un caos senza speranza, e aveva rovistato a lungo. Alla fine, però, era riemerso trionfante.

"Ecco", aveva detto porgendogli un foglio protocollo ingiallito e ripiegato, "lo prenda".

"Che cos'è?", aveva chiesto Rocci, diffidente, senza allungare la mano.

"Un componimento di Luigi. L'ho conservato per tutto questo tempo, ci tenevo molto. Ma ora è giusto che lo abbia lei. Tanto, io lo ricordo a memoria".

Rocci l'aveva accettato con riluttanza, distogliendo lo sguardo.

"Me l'aveva dato poco prima di morire, e io non ho fatto in tempo a dirgli quello che ne pensavo", aveva spiegato il professore, mentre si avviava verso la porta.

"E cosa ne pensava?"

Rastofani si era fermato e lo aveva guardato dritto negli occhi. “Che Luigi era un ragazzo speciale. Uno di quegli eletti che nascono raramente e muoiono presto perché sono cari agli dei”.

Ed era stato in quel momento, mentre Rocci girava la testa per nascondere la commozione e Rastofani spariva dal vano della porta, che l’ispettore aveva visto cos’altro c’era in quell’armadio rimasto aperto: una serie di camicie bianche e un’altra di giacche blu, tutte più o meno identiche. E, appese all’anta, tante cravatte regimental: tutte invariabilmente rosse e blu, e tutte con le stesse piccole ancore sulle righe.

Ora Rocci aveva tre problemi: quel foglio che gli bruciava in tasca e che non aveva il coraggio di leggere, l’inutile alibi di Rastofani e la rabbia di Conti. Quella che gli sarebbe montata dopo aver saputo che il suo ispettore era andato a far visita a un possibile sospettato e si era a lungo intrattenuto con lui su un argomento cruciale per l’inchiesta.

Bevve un altro sorso di vino e decise che non si sarebbe alzato da quella sedia prima di essersi scolato l’intera bottiglia.

46

Il campanello squillò quando il telegiornale della sera era finito da poco e sua moglie stava sparecchiando la tavola dai resti della cena.

"Chi può essere?", chiese Furio Longhi, posando sulla tovaglia il telecomando con cui stava facendo zapping.

La donna, con una pila di piatti fra le mani, alzò le spalle. "Uno degli amici di Cesare, di sicuro. Sono sempre loro i maleducati che a quest'ora girano per le case a disturbare la gente".

"Cesare!", strillò il padre, restando seduto. Se era un amico del figlio, era giusto che fosse lui a rispondere al citofono. Nessun cenno di vita dalla camera del ragazzo, solo un nuovo squillo prolungato.

Longhi scostò la sedia e si alzò. "Ora mi sente...", annunciò minaccioso, avviandosi per il corridoio.

"E come fa a sentirti, se ha le cuffie?", ironizzò la moglie, sparendo in cucina.

In effetti, Cesare era stravaccato sul letto, con un giornalino fra le mani e gli auricolari dell'iPod nelle orecchie. Mentre il padre si preparava a un urlo in grado di superare il volume della musica, il campanello squillò, ripetutamente, per la terza volta.

Longhi, inviperito, girò i tacchi e decise che era arrivato il momento di dirne quattro a chiunque si permettesse di bussare a casa sua in quel modo. Afferrò il citofono e sbraitò: "Ma insomma! Chi è?"

"Sono il commissario Riccardo Conti, della Mobile. C'è il professor Longhi?"

A quella voce, l'uomo trasalì. "Sono io".

"Dovrei parlarle un minuto. Mi fa salire, per cortesia?"

Longhi si precipitò in camera da letto a togliersi le pantofole e infilarsi le scarpe. Passando di volata davanti alla cucina, avvisò trafelato la moglie: "È la polizia. Vai tu ad aprire, io arrivo subito".

Mentre armeggiava con le polacchine in camera da letto, il professore, agitatissimo, si faceva mille domande: cosa cercava quel commissario in casa sua? che voleva da lui? c'era forse il caso che avessero scoperto che quella sera maledetta aveva telefonato a Barbara? In questo caso, avrebbe dovuto escogitare una spiegazione plausibile del perché – a domanda precisa – non lo avesse detto alla polizia. Non avrebbe certo potuto sostenere di aver omesso una cosa così importante – ma lo era davvero? – per semplice dimenticanza. Eppure…

All'improvviso gli venne in mente che, quando l'anno prima si era assentato dal lavoro per quasi un mese, il suo medico curante aveva certificato depressione e disturbi dell'umore. Che poi nella realtà stesse solo affrontando una ristrutturazione che richiedeva la sua presenza costante in casa, non rendeva meno vere quelle dichiarazioni. Tutto sommato, dal momento che il condominio gli rendeva la vita impossibile e l'impresa esecutrice gli succhiava il sangue con continue richieste di denaro, depresso e disturbato lo era diventato sul serio. Sì, avrebbe tirato in ballo quel vecchio certificato. Avrebbe sostenuto di esserci ricaduto, di aver ricominciato con i cali di tono, le svagatezze e le amnesie. Avrebbe finto un principio di arteriosclerosi. Anche di Alzheimer, all'occorrenza. Qualsiasi cosa, pur di giustificare il fatto che aveva chiamato quella donna poco prima della sua morte e si era ben guardato dal confessarlo.

Ma come avevano fatto a scoprirlo? In fondo, paranoico com'era, aveva preso ogni precauzione: perché, altrimenti, non le avrebbe telefonato dal suo cellulare ma da una cabina pubblica in una zona fuori mano, che mai e poi mai avrebbe potuto essere collegata a lui?

E se qualcuno l'avesse visto mentre usciva proprio da quella cabina? Il professore, che si sentiva scoppiare la testa, finì di allacciarsi le stringhe delle scarpe e si decise a uscire dalla camera da letto. Percorse il corridoio come l'ultimo miglio di un condannato a morte e finalmente entrò in sala da pranzo.

Conti era di spalle, seduto al tavolo da pranzo insieme a sua moglie. La quale, vedendolo comparire, si alzò con un moto di sollievo. "Ecco mio marito!"

Longhi avanzò nella stanza con la mano tesa e il volto atteggiato a un'espressione cordiale e meravigliata al tempo stesso. "Commissario..."

"Professore..." Conti si alzò e ricambiò la stretta di mano. "Mi scuso per essere piombato qui a quest'ora", aggiunse, con uno sguardo ai piatti e ai bicchieri ancora sulla tovaglia.

"Ma si figuri, si figuri! Avevamo già finito di cenare, non si preoccupi", si affrettò a dire Longhi, ansioso di compiacere.

"Ho preferito venire di persona, per evitarle il fastidio di una convocazione in questura".

Il professore sbiancò. "In questura? E per cosa?"

"Per una faccenda che possiamo risolvere qui, in pochi minuti".

"Mi dica".

Conti tirò fuori la foto dalla tasca e la consegnò al professore. Marta Longhi socchiuse gli occhi e allungò il collo, sospettosa.

"Questa l'abbiamo trovata a casa della professoressa Baldi", disse il commissario. "Vorrei che le desse un'occhiata e mi dicesse chi sono le persone che vi sono ritratte".

Longhi prese la foto e la fissò per un lungo istante. "Nientedimeno!", esclamò con un sorriso innocente, dedicato soprattutto alla moglie che non si decideva a staccargli gli occhi di dosso.

"Che cos'è?", chiese infatti lei, avvicinandosi.

"Oh, una foto antichissima! Un vero reperto!", rispose Longhi. Il sollievo per quel che temeva e non si era verificato, era stato rimpiazzato da una nuova inquietudine.

"Sei tu, quello?", si meravigliò la donna, aguzzando lo sguardo alle spalle del marito. "Incredibile! Con tutti quei capelli..."

Longhi ridacchiò nervosamente. "Eh, cara mia, il tempo è ingrato".

"Allora, professore?", lo sollecitò Conti.

"Dunque, vediamo... Be', questo è Saverio De Marchis".

"Sì, lo avevo riconosciuto anch'io".

Longhi sollevò lo sguardo dalla foto. "Con lui gli anni sono stati più clementi, non è vero?"

"In effetti è più o meno uguale a oggi. A parte il ciuffo sulla fronte", concordò Conti, a cui non era sfuggita la punta di acidità nel tono del professore.

"Subito accanto c'è la povera Barbara. Anche lei, sempre la stessa...", continuò Longhi.

"E gli altri?"

Longhi si prese una breve pausa. "Uno di loro... uno di loro è morto".

"Ah, sì?" Conti finse un'aria stupita. "E chi?"

Il professore strinse le labbra in un'espressione contrita. "Questo ragazzo qui, con la camicia a quadri. Si chiamava Rocci. Luigi Rocci".

"E com'è morto?"

Il professore si passò una mano sul cranio lucido e sospirò. "Si è impiccato".

"Quando?"

"Poco tempo dopo questo scatto".

Conti osservava le reazioni dell'uomo, tentando di annotarsele mentalmente per poterci riflettere su con calma, in un secondo momento. "E perché si è ucciso?"

"Era depresso. Forse lo studio eccessivo, chissà..." Longhi staccò gli occhi dall'immagine e li fissò su Conti. "Vede, commissario, questa foto è stata scattata alla fine dell'esame di maturità".

Ecco il perché di quei segni di vittoria, di quei sorrisi radiosi. "Era andato male, questo Rocci? Eppure qui sembrerebbe felice".

"Infatti così pareva: Luigi aveva sostenuto un esame eccezionale, come del resto ci si aspettava da lui. Però forse aveva studiato troppo: stanchezza e fatica possono fare brutti scherzi, a volte". Il professore fece una lunga pausa, con gli occhi persi nel vuoto. "Sa, anch'io ho avuto un brutto periodo, dopo l'esame. Mi sentivo svuotato, annichilito, angosciato. Ci ho messo un bel po' a riprendermi".

Conti non era convinto: gli pareva che stanchezza e fatica non potessero essere causa di un suicidio ma – al limite – i detonatori di ben più esplosive motivazioni.

"E questo?", domandò, indicando l'ultimo ragazzo del gruppo.

"Questo…" Il professore parve esitare, ma solo un secondo. "Questo è Lucio Spera".

"Spera, ha detto? Un professore anche lui, scommetto".

"Non ne ho idea. Non l'ho più visto".

"E come mai?"

"Nella vita accade che le strade si separino, commissario", si limitò a commentare l'altro. "Ma perché questa foto le interessa tanto?"

"Siamo interessati a tutto quello che riguarda la sua collega uccisa. Questa foto era tra i suoi ricordi personali".

"Capisco. Anch'io conservo molte vecchie foto, è normale. Questa, però, mi mancava".

"Ora mi dica un'ultima cosa".

"Prego".

"Chi c'era dietro la macchina fotografica?"

Longhi fissò ancora il vuoto. Sembrava avesse un attimo di assenza, ma forse stava solo richiamando alla memoria quel giorno così lontano. "Il nostro commissario interno", rispose alla fine, con voce incolore. "Il professor Guglielmo Rastofani".

47

Era troppo tardi per tornare in questura e soprattutto non ne vedeva la ragione. Conti salì in macchina e si diresse verso casa. A quanto gli sembrava di ricordare, doveva avere uova e formaggio nel frigo e qualche fetta di pane nel congelatore. Per quella sera sarebbe sopravvissuto. L'orologio sul cruscotto segnava le ventuno e trenta. Dall'auto chiamò Forgione. "Dove sei?"

"A casa, dottore, sono appena rientrato".

"Novità?"

"Siamo ancora in pista, Marchetti e io. Qualcosa abbiamo concluso, nel senso che qualche telecamera è stata piazzata. Domani le dico meglio. Per il resto, nulla di nuovo".

"Fammi un piacere, Luca. Accendi il computer e vedi se trovi qualcosa su un certo Lucio Spera. Ha frequentato il liceo insieme a Baldi, De Marchis e compagnia".

"Ce l'ho di fronte, il computer. Controllo subito e poi le faccio sapere".

"Guarda, io sono in macchina e, a parte guidare, non ho niente da fare. Aspetto in linea".

"Okay".

Passarono alcuni minuti. Il traffico si era diradato e Conti guidava con calma. Si fermò perfino a un semaforo arancione, per accendersi una sigaretta.

"Dottore?"

"Sì".

"Senta, non so se si tratta di lui, ma qui… qui si parla di scomparsa".

"Come?"

"Aspetti un attimo, un attimo solo…"

"Fai con comodo, non ho fretta".

"Ecco, ecco… pare che sia un caso del 1984. Dunque… i genitori denunciano la cosa… ricerche inutili… bla, bla, bla… Si parla anche di possibile allontanamento volontario. Ora, se vuole, approfondisco".

"Ok, grazie. Se trovi qualcosa di interessante, mi chiami. A qualsiasi ora".

"Scusi, dottore, ma chi è questo Spera?"

"Te l'ho detto, un compagno di scuola della Baldi. L'ho visto in una foto in cui era con lei. Domani facciamo il punto della situazione. E, Luca…"

"Sì?"

"Non una parola con l'ispettore Rocci, mi raccomando".

Silenzio dall'altro capo del filo. A Conti sembrava di vedere l'espressione sconcertata dell'assistente.

"Luca?"

"Sì, dottore".

"Mi hai sentito?"

"Sì, sì. Solo che mi chiedevo come mai..."

"In quella foto c'è anche suo fratello Luigi. Se non è necessario, è meglio che l'ispettore non la veda. Ci siamo capiti?"

Forgione, che conosceva la storia di Rocci e afferrava sempre tutto al volo, annuì. "Perfettamente".

"Buonanotte".

"A lei, dottore".

48

Mentre imboccava il vicolo in cui parcheggiava di solito, il cellulare squillò. Era Luciano Braga, da Udine. "Ciao, Riccardo. Ti disturbo?"

Conti accostò bruscamente l'auto al marciapiede, senza spegnere il motore. "Tu non mi disturbi mai".

"Ho fatto gli accertamenti che mi hai chiesto. Secondo me, non hai nulla di cui preoccuparti".

"Ah".

"Il soggetto è pulito. È un bravo musicista, pare, e fa parte di una vecchia famiglia di Udine. Vive con la madre, il padre lo ha perso qualche anno fa. Entrambi i genitori medici, la madre esercita tuttora in un ambulatorio privato. Sono benestanti e con un'ottima reputazione. Gente perbene, insomma".

"Quanti anni ha?"

"Quarantadue".

"E… sai mica se…"

Il collega, dall'altro capo del filo, prevenne la domanda. "A dir la verità tua moglie lo frequenta piuttosto assiduamente", disse con un tono che voleva suonare disinvolto. "Solo di giorno, però, quando fanno le prove in teatro. Vanno a pranzo insieme nelle pause, ma con altri colleghi. Di sera, invece, si vedono solo per gli spettacoli. Se c'è qualcosa fra loro, la nascondono bene. E, da quando mi hai chiamato, lui non ha più messo piede in casa di lei".

"Meglio così".

"Vuoi che continui a controllare?"

Conti si morse il labbro. Mai avrebbe voluto dare di sé l'immagine del marito abbandonato, tradito e roso dalla gelosia. "No, mi premeva solo di sapere se fosse un tipo a posto. Per il bambino, capisci".

"Certo, è giusto".

"E visto che stiamo parlando…"

"Sì?"

"Che facevi, tu, nel 1984?"

Braga restò un attimo in silenzio, forse stupito da quel repentino cambio di argomento. "Ero appena entrato alla Mobile di Pescara", rispose infine.

"Mi pareva, infatti".

"Perché me lo chiedi?"

"Per una scomparsa del 1984. Forse te ne ricordi".

"Di chi si tratta?"

"Di un certo Lucio Spera. Non ne so molto di più: se vuoi, più tardi ti do altri particolari".

"Non ce n'è bisogno, ce l'ho presente".

"Sul serio?"

"È stato uno dei miei primi casi. Lui era un giovane studioso. Intelligente. Uno che aveva frequentato il liceo classico e si era appena diplomato a pieni voti. I genitori erano brave persone, di una certa età: il padre commerciante di calzature, la madre casalinga. Il ragazzo era il loro unico figlio. Sparì dall'oggi al domani. Ma aveva con sé documenti e portafogli e non potevamo escludere l'ipotesi dell'allontanamento volontario, anche se apparentemente non ce n'era motivo. Comunque per qualche tempo lo abbiamo cercato dappertutto, ma sembrava si fosse volatilizzato. È ricomparso, per caso?"

"Non ne ho idea".

"Ah. E come mai ti interessa?"

"È stato compagno di scuola della donna uccisa. La professoressa del liceo, mi spiego?"

"Certo che sì. In tv è un tormentone, non lo sai? Anche se ho notato che oggi la cosa si è un po' raffreddata".

"Meglio così. Io non guardo la tv, ma se ci lasciano perdere lavoriamo meglio".

"Okay, Riccardo, ora devo andare. Quando vieni a trovare tuo figlio, mi raccomando, avvisami. Ti rivedo sempre volentieri".

"Anch'io. E grazie di tutto".

49

Sul pianerottolo, davanti alla porta di casa, si fermò e tornò indietro. Oltre la porta chiusa dei Toppi, i suoi vicini, la televisione era accesa. E l'ora, dopotutto, non era proprio scandalosa. Bussò.

Venne ad aprire il professor Enrico, in giacca da camera. "Commissario! Che succede?"

"Niente, niente. È che mi stavo chiedendo se per caso voi..."

"Enrico!", tuonò la signora Toppi dalla sala da pranzo. " Non fai entrare il dottore?"

Conti fece un energico segno di diniego con la mano e il professore afferrò al volo. "Non può! Deve andare via!", urlò, rivolto all'interno della casa. "Cosa c'è?" sussurrò poi, con tono complice, uscendo sul pianerottolo.

"Il gatto", disse Conti, "non lo vedo da ieri. Sa mica che fine ha fatto?"

Toppi corrugò la fronte. Che da qualche tempo Conti avesse adottato a distanza quel randagio, nel palazzo lo sapevano tutti. "In effetti, stamattina non mi pare di averlo visto. Oggi pomeriggio non sono uscito, però. Aspetti un attimo".

Rientrò in casa e tornò seguito dalla moglie, un donnone che lo sovrastava in molti sensi.

"Guardi, dottor Conti, che qui nel quartiere c'è una banda di ragazzini che fa i dispetti agli animali. Poco tempo fa li ho visti con i miei occhi tirare pietre a un povero cane, proprio davanti al nostro portone", disse la donna, incrociando le braccia sul petto. "Li ho sgridati e sono scappati. Non ho potuto andargli dietro, perché avevo con me le buste della spesa, altrimenti..."

Conti si rabbuiò. "E chi sarebbero? Lo sa?"

"No. Ma se li rivedo li sistemo io, glielo garantisco".

"Lei pensa che possano aver fatto qualcosa al gatto?"

La signora Toppi alzò le spalle. "Questo non lo so. Il poliziotto è lei. Ha dato un'occhiata in giro?"

"No".

"Fossi in lei, commissario, lo farei".

Conti ringraziò, girò sui tacchi ed entrò in casa. Accese la luce della cucina, aprì la finestra e si affacciò nel vicolo. La scatola di cartone era vuota. L'aveva sistemata lui stesso in una rientranza del muro del palazzo, dopo averla foderata con una pezza di lana. Il gatto sembrava aver gradito, perché da allora aveva cominciato a dormire lì. Non quella notte, però.

Conti esplorò il vicolo con lo sguardo. Di fronte alla finestra c'era solo un palazzo in costruzione, con le impalcature protette da teli di plastica che nei giorni di vento sbattevano contro le assi di legno. Era l'unico rumore che provenisse da quel cantiere: da quando la procura l'aveva sequestrato l'anno prima per una lunga serie di reati edilizi, i lavori erano fermi. Conti restò affacciato per un po', assorto. Poi rientrò in cucina, riempì un bicchiere di croccantini, prese una torcia elettrica e uscì.

Sulla strada non passava nessuno. Il commissario si portò al centro della carreggiata e la illuminò con la torcia. Camminò lentamente in entrambe le direzioni, con lo sguardo puntato per terra, cercando tracce di sangue. Restare spiaccicati sotto le ruote di un'auto in corsa era la fine più comune per i gatti di strada. Se poi gli restava un alito di vita, si trascinavano fino al marciapiede o al riparo di una macchina in sosta, per morire in dignitosa solitudine. L'asfalto, però, era pulito per un lungo tratto.

Conti si inginocchiò e controllò sotto le auto parcheggiate. Niente. Allora si sollevò, si spolverò i pantaloni con la mano e aggirò l'angolo del palazzo. Il vicolo finiva contro l'alto muro di cinta di una scuola elementare, a cui si accedeva da una strada parallela. Era un vicolo cieco, proprio come quello in cui si trovavano le sue indagini, e al commissario non sfuggì la sottile ironia della situazione.

Il fascio di luce della torcia illuminò l'asfalto, quindi si puntò sul cantiere abbandonato. Un cartello assicurato a una sbarra di ferro avvisava che quel luogo era sottoposto a sequestro, e che alterarne lo stato di fatto o cercare di introdurvisi era reato. Conti sbirciò fra i teli di plastica che proteggevano l'impalcatura: grossi piloni in cemento armato che arrivavano fino al terzo piano, solai e muri di tamponamento sui quali si aprivano i vuoti riquadri delle finestre.

Il commissario lanciò un'ultima occhiata a quel cartello ammonitore, poi sollevò il lembo di un telo e oltrepassò l'impalcatura. Una volta dentro avanzò di qualche metro, indirizzando la luce della torcia sul cemento, dove erano state abbandonate alla rinfusa carrucole, scale e funi. In un angolo del cantiere c'erano altri attrezzi da lavoro. Conti si fermò al centro, fra i piloni, immobile.

Il gatto che cercava non aveva nome, né lui lo aveva mai chiamato. "Dove sei?", disse solo, ad alta voce, e fece tintinnare il bicchiere.

Fu allora che, da qualche parte, arrivò qualcosa. Un verso sottile, agonizzante gli parve.

Conti si guardò intorno, febbrile, e chiamò ancora. "Ehi! Dove sei?"

Il gatto rispose. Seguendo quel richiamo debole, quasi inudibile, il commissario arrivò a uno spigolo di muro. L'angolo era stato sbarrato con alte assi di legno, bloccate da una pila di mattoni.

"Sei qui?", disse, avvicinando il viso alle assi. Stavolta il miagolio gli arrivò distintamente, flebile come il vagito di un neonato, da pochi centimetri.

"Cristo santo!", si lasciò sfuggire Conti, facendo un balzo all'indietro. Qualcuno aveva costruito una tomba e ci aveva seppellito il gatto. Vivo.

Si sentì invadere da una furia cieca. Cominciò a togliere i mattoni dalla pila, scagliandoli lontano con violenza. Quando finalmente liberò le assi, si accorse che quelle alle estremità erano state inchiodate al muro, a sorreggere le restanti, incastrate le une alle altre. Allora si girò e raggiunse il punto dove poco prima aveva notato gli attrezzi abbandonati. Trovò un grosso pezzo di ferro e tornò indietro. Lo infilò a forza nel muro e fece leva. Quando la prima delle assi cedette, Conti la divelse a mani nude, puntando i piedi per terra. Poi strappò via anche quelle che restavano. Quindi, ansante, si accucciò.

Il gatto era lì, rannicchiato contro il muro. I suoi occhi gialli accesi nel buio erano l'unico segnale di vita in quel piccolo corpo immobile. Allungò una mano per toccarlo, e quello non reagì. Il pelo era bagnato e arruffato. "Bastardi!", imprecò Conti, mentre lo prendeva in braccio e usciva da quel posto da incubo, tenendolo stretto al petto. Il gatto gli aveva appoggiato la testa sul bavero del giubbotto e non si muoveva.

"Questo mi muore", pensò il commissario, angosciato, facendo le scale di corsa. E gli parve di non aver provato mai tanto sollievo come quando, sul pianerottolo, vide la signora Toppi andargli incontro con un asciugamano tra le mani e il marito al seguito. "Dove l'ha trovato?"

"Nel cantiere del vicolo. L'avevano murato vivo". Lei scosse la testa, con aria nauseata. Poi allungò la mano sulla schiena del gatto e la ritrasse umida. "Venga dentro, commissario", ordinò, col tono autoritario che di norma riservava a suo marito. "Proviamo a salvarlo".

50

Il vento si era levato poco prima dell'alba. Prima con raffiche brevi, violente come scoppi d'ira, poi con folate sempre più frequenti e prolungate che tormentavano le chiome degli alberi e sferzavano la superficie del mare, in lontananza. Alle dieci del mattino il sole andava e veniva nel cielo in tumulto, solcato in velocità da grosse nuvole grigie che promettevano pioggia.

In piedi, con le mani intrecciate dietro la schiena, Saverio De Marchis guardava fuori dalla finestra della presidenza e osservava il viavai delle auto che sfilavano lente nel traffico.

Niente da fare, pensò, proprio non riusciva a lavorare. Avrebbe dovuto staccarsi da quel vetro, sedersi alla scrivania e cominciare a smaltire la pila di lettere, istanze, progetti e petizioni che la segretaria gli aveva consegnato da più di un'ora, ma non ce la faceva. Era colpa del vento, concluse. Il vento lo frastornava e gli confondeva le idee, fin da quando era ragazzo.

"Eolo è il più crudele fra gli dei, professore. Scatena tempeste, solleva i mari, strappa corolle ai fiori, distrugge i raccolti. Il vento è infido e violento: arriva all'improvviso e dopo niente è più come prima. A che serve, se non a sovvertire l'ordine naturale delle cose e a turbare la vita degli uomini? Perché Giove non ha punito Eolo, scaraventandolo negli Inferi una volta per tutte?"

"Perché lì avrebbe continuato, sollevando i morti come pagliuzze, fino alla superficie. E i morti non devono tornare fra i vivi, De Marchis. I morti vanno lasciati dove sono".

"Eppure noi ne parliamo in continuazione. Li studiamo. Abbiamo sempre a che fare con loro".

"Non hai capito, De Marchis. Sono loro che non devono avere a che fare con noi".

De Marchis non riuscì a distogliersi nemmeno quando sentì bussare alla porta. Disse solo: "Avanti", ma restò immobile.

"Posso?"

Alla voce di Longhi, finalmente si girò. L'amico era

pallido e trasandato, con la cravatta a sghimbescio e il collo della camicia aperto. "Cosa c'è?"

L'altro avanzò e si sedette, senza essere stato invitato a farlo. "Ieri sera ho avuto una visita", esordì, cupo.

De Marchis raggiunse la scrivania e si lasciò cadere sulla poltrona. Sembrava imbambolato.

"Sai chi è venuto a bussare a casa mia dopo cena?", disse ancora Longhi.

"Chi?"

"La polizia".

De Marchis sbatté gli occhi, come abbagliato da una luce che non c'era. "Ah sì? E perché?"

Longhi lo fissò stralunato. "Ma stai bene? Hai capito quello che ti ho detto?"

De Marchis si irrigidì. "Certo che ho capito. Ti ho anche chiesto perché la polizia è venuta a casa tua e sono in attesa che tu me lo dica".

Longhi non aveva ancora deciso se quel tono distaccato fosse allarmante o soltanto offensivo.

"Quel commissario… quel Conti…"

"Sì?"

"Aveva con sé una foto".

De Marchis si limitò a un'occhiata interrogativa.

"Una foto in cui eravamo in cinque", proseguì il professore, "io, tu, Barbara Baldi, Luigi Rocci e Lucio Spera".

"Sei sicuro? Io non ricordo nessuna foto che…"

"L'ho vista con i miei occhi, Saverio. Me l'ha mostrata lui. Voleva sapere chi erano quelli che non aveva riconosciuto. E cioè Rocci e Spera".

"Una foto molto vecchia..."

"Ovvio. Scattata davanti a questo liceo, alla fine degli esami di Stato".

"E allora? Qual è il problema?"

In quel momento bussarono alla porta. La segretaria si affacciò e, a un cenno di De Marchis, entrò nella stanza con aria preoccupata. "Scusi, preside, ma Vito Scalza si sente male".

"Cos'ha?"

"Non si sa. È steso sul letto e suda freddo. Cosa faccio, chiamo il 118?"

De Marchis ebbe un sussulto. "Per carità! Ci manca solo un'ambulanza con la sirena, qui. Ce lo porto io, all'ospedale, se serve", disse, balzando in piedi e prendendo la porta di volata.

Solo quando fu rimasto solo, Longhi si accorse del giornale aperto sul ripiano della scrivania. Allungò il collo sulla pagina. 'Il custode del liceo smentisce se stesso: nessuna aggressione, nessun mantello' era il titolo dell'articolo; 'La paura fa novanta! Giusto per continuare a dare i numeri', l'ironico sommario.

51

Alle nove del mattino, Forgione si affacciò nella stanza di Conti. "Dottore?"

"Vieni, Luca. Entra e chiudi la porta".

L'assistente arrivò davanti alla scrivania e si sedette. In mano aveva un taccuino a spirale identico a quello di Artusi, con tanto di montagne e cieli azzurri. "Ho le informazioni", annunciò. "Quelle che mi ha chiesto ieri sera, ricorda?"

"Aspetta un momento". Conti cominciò a cercare febbrilmente il pacchetto di sigarette sul piano della scrivania, smaniando perché non lo trovava. Alla fine, lo tirò fuori da sotto un fascicolo e si calmò. La sua era stata una notte allucinante. Dopo aver preso il comando delle operazioni di salvataggio del gatto, la signora Toppi si era fatta incontenibile. Per prima cosa aveva ingiunto al commissario di asciugare la povera bestiola e tenerla al caldo, possibilmente sulle sue ginocchia. Poi aveva telefonato a una sua amica veterinaria, convocandola con la massima urgenza. "Mi deve un favore", aveva spiegato, strizzando l'occhio a un Conti sempre più frastornato dalle istruzioni che la signora aveva ricevuto dalla dottoressa e che gli venivano riferite a raffica, mentre la donna andava e veniva dalla cucina. Niente acqua e niente cibo fino all'arrivo del medico. La sopravvivenza non era affatto garantita, anche perché non si sapeva se il gatto avesse riportato lesioni interne. In ogni caso Conti non doveva assolutamente muoversi da lì, perché ogni scossone o movimento maldestro avrebbe potuto provocare emorragie e aggravare la situazione.

Al professore era stato ordinato di recuperare una certa cesta che era stata portata in uno sgabuzzino, sul lastrico solare del palazzo, il Natale precedente. Senza fare una piega, Toppi aveva preso le chiavi e, in pigiama e vestaglia, era salito in missione all'ultimo piano. A tutto questo parapiglia il gatto non reagiva. Di tanto in tanto da una fessura degli occhi arrivava un barlume pietoso e sofferente, poi più nulla.

Quel che c'era stato dopo, nel ricordo di Conti si confondeva con gli incubi di quella notte: flebo, iniezioni, voci concitate, occhi gialli nel buio, strazianti miagolii, ragazzini con occhi di demoni, un cantiere fantasma invaso da ratti giganti, gattini disperati in fuga…

La signora Toppi si era generosamente spesa, ma poi gli aveva fatto capire che non era affatto casuale che una coppia anziana e senza figli come loro non avesse in casa un animale domestico. Per cui, alla fine, il gatto aveva dovuto portarlo a casa sua. E lui non aveva esperienza di animali più di quanta ne avesse di neonati.

Ma ormai la notte era finita. E finalmente, dopo ore di oscurità passate in buona parte a vegliare un estraneo muto, peloso e forse moribondo, la situazione era sotto controllo. All'alba il gatto era sempre immobile ma ancora vivo, e la signora Toppi lo aveva preso in custodia insieme alle chiavi del suo appartamento.

Conti cacciò fuori il fumo dalla bocca, sospirò a fondo e finalmente si rilassò sullo schienale. "Ora puoi parlare", disse all'assistente, seduto di fronte a lui. "Ti ascolto".

Forgione consultò il suo taccuino. "Quello di Lucio Spera è un caso freddo: il ragazzo è sparito nel nulla a diciannove anni e non è mai stato ritrovato. Ho cercato in vari siti che si occupano di persone scomparse e le notizie sono sempre le stesse. Il venticinque luglio del 1984 il soggetto esce di casa verso le nove di sera. Fa molto caldo, e lui indossa solo infradito, un paio di bermuda e una t-shirt. Ha un motorino, ma quella volta si incammina a piedi. I suoi genitori, seduti sul balcone a prendere il fresco, lo salutano con la mano e la madre si affaccia per raccomandargli di non fare tardi. Quella sarà l'ultima volta che lo vedranno".

"Ipotesi?"

"Nessuna, dottore. Il giovane Spera era un ottimo studente. Non beveva. Non fumava e non si drogava. E non si interessava di politica. "

"La famiglia?"

"Normale. Senza problemi. Non ricchi, ma neppure indigenti. Amavano quel figlio più di ogni altra cosa al mondo, anche perché non erano più giovanissimi e non avevano particolari distrazioni o velleità".

"Di questo caso si è occupato Luciano Braga. Ottimo poliziotto che tu non hai mai conosciuto, peccato per te".

"Non l'ho conosciuto, ma so chi è".

"Ora è vicequestore a Udine. L'ho sentito ieri sera, per altri motivi, dopo aver parlato con te. Anche lui – ora che ci penso – ha detto che i genitori di Spera avevano una certa età. Ma quale sarebbe, scusa?"

"Cosa?"

"L'età di questi Spera".

Forgione scartabellò il taccuino. "Al momento della scomparsa del figlio, cinquantanove anni. Tutti e due".

Conti fece un rapido calcolo. “Quindi, la madre lo avrebbe partorito a quarant’anni?”

“Evidentemente”.

“Sono ancora vivi?”

“Questo non lo so, dottore”.

“Accertalo. Voglio parlare con loro”.

“Va bene. Ma perché pensa che sia importante?”

Conti spense la cicca nel portacenere, tirò fuori la foto da una tasca e la porse all’assistente, che restò a guardarla in silenzio.

“Spera scompare nel nulla il venticinque luglio del 1984”, disse Conti. “Subito dopo, in agosto, Luigi Rocci si impicca in casa sua. Non ti pare strano, Forgione, che in un gruppo di cinque compagni di scuola ci siano un suicida, uno scomparso in circostanze misteriose e ora anche una morta ammazzata?”

Forgione alzò gli occhi dalla foto. “Per essere strano, lo è. Ma potrebbe anche trattarsi di una semplice coincidenza”.

“Trovami i genitori di quel ragazzo”, concluse Conti, meditabondo.

52

Saverio De Marchis uscì dal Pronto Soccorso e si fermò nel piazzale esterno dell’ospedale, all’ombra di un’ambulanza vuota. Tirò fuori il cellulare dalla tasca della giacca e compose il numero della moglie. “Miriam…”

"Saverio!" Il tono della donna era stupito: suo marito non le telefonava mai a quell'ora, quando era a scuola.

"Chiama Eligia e dille che sono al Pronto Soccorso".

"Cosaaa?!", strillò lei.

De Marchis si diede dello stupido. Avrebbe potuto esordire in milioni di altri modi, anche se preoccuparsi dello spavento della moglie era l'ultimo dei suoi problemi. E adesso avrebbe dovuto perdere tempo a calmarla. "Io sto bene, non ti preoccupare".

"Ma se mi hai appena detto che..."

"Sto bene, ti ho detto!", urlò lui, isterico.

Un breve silenzio, dall'altra parte del filo. Poi la voce fredda della moglie. "E allora perché sei lì?"

"Ho dovuto portarci il custode della scuola. È lui che sta male. E qui la cosa è lunga".

"Chiamo Eligia?"

"Te l'ho appena chiesto, Miriam", rispose seccamente il marito.

"Okay", disse lei, offesa, sbattendogli il telefono in faccia.

De Marchis rientrò in sala d'aspetto. Malati e infortunati occupavano le sedie lungo il muro, mentre una folla di parenti e accompagnatori si aggirava davanti al gabbiotto delle prenotazioni. Un infermiere, al di là del vetro, compilava le schede d'ingresso con molta calma. Un uomo con un braccio ciondoloni si lamentava piano. Due ragazzi con il piercing sulle labbra litigavano tra loro in dialetto stretto. Un neonato urlava in braccio alla mamma. Una donna anziana piangeva e tirava su con il naso. Nell'aria c'era tanfo di sudore e disinfettante.

Saverio De Marchis, nauseato, si avvicinò al gabbiotto e bussò con le nocche sul vetro. "Ci sono novità?", chiese a voce alta.

L'infermiere alzò gli occhi dallo schermo del computer e lo fissò. "Gliel'ho già detto poco fa. Quando lo avranno visitato, la chiameranno".

"Sì, ma è un'ora che..."

L'uomo alzò le spalle. "Non so che dirle".

"Ma insomma, per la miseria, non può andare di là a vedere?"

"E qui chi ci resta?", rispose l'altro, brusco. "Io non posso lasciare il mio posto solo perché lei insiste in questo modo. Faccia il piacere, si metta seduto e aspetti come gli altri".

"Senta...", prese a dire De Marchis, scandendo le sillabe, "Io sono il preside del liceo classico Giustiniano. Se *io* ho lasciato il mio posto per venire qui, può farlo anche lei".

"Per favore, si scansi", disse l'infermiere, seccatissimo, guardando qualcuno dietro le spalle del preside. De Marchis si girò e si trovò faccia a faccia con un uomo dal viso insanguinato, sorretto per le ascelle da un paio di barellieri. Inorridito, si allontanò in fretta nel corridoio che immetteva in un grande atrio affollato di visitatori, medici e infermieri.

Fu allora che ebbe la paradisiaca visione di Eligia Marani che usciva da un ascensore. Le andò incontro a passi rapidi. "Meno male, meno male..."

"Mi ha appena telefonato Miriam. Che è successo?"

"Il custode della scuola sta male – per quanto ne so potrebbe anche morire! – e io l'ho portato subito qui con la mia macchina. È quasi un'ora che è lì dentro, nessuno mi dice niente e io…"

"Perché non hai chiamato il 118?"

Lui si bloccò al centro dell'atrio e fissò la dottoressa dritto negli occhi. "Senti, Eligia, tu sai quello che sto passando a scuola. Proprio oggi è uscita sul giornale la smentita della notizia dell'aggressione al custode e un'ambulanza non sarebbe certo passata inosservata. Non volevo dare a nessuno altre occasioni per pescare nel torbido, facendo collegamenti che non esistono".

La dottoressa riprese a camminare veloce, verso il Pronto Soccorso. "Ho capito, però ti sei preso una bella responsabilità. Se l'hai caricato in macchina e trasportato senza le precauzioni che andavano prese…"

"Ti prego, Eligia, non ti ci mettere anche tu. Sono già abbastanza angosciato per conto mio. Lo so, forse ho commesso un errore, ma…"

La dottoressa aprì la porta che dall'atrio immetteva negli ambulatori del Pronto Soccorso e lo bloccò con una mano. "Tu non puoi entrare. Aspettami qui".

De Marchis prese a camminare su e giù per l'atrio. Non riusciva a stare fermo, né a smettere di rimuginare. Cosa gli aveva detto, Longhi, prima che…? Ah, sì. La foto. La foto di gruppo. Di sicuro era stata trovata a casa di Barbara. E quindi? Perché interessava alla polizia? Per quanto si sforzasse, non riusciva a cogliere il nesso tra quella foto, la visita del commissario e la preoccupazione di Longhi. Calma, si disse, calma. Probabilmente non esisteva – un nesso – e non c'era motivo perché Longhi si agitasse così. D'altra parte, quando mai quello psicolabile non si agitava?

Provò a chiamarlo, ma il suo cellulare era spento. Di sicuro stava facendo lezione. De Marchis guardò l'orologio: era quasi mezzogiorno ed Eligia non si decideva a uscire da quella porta. Se il custode fosse morto, avrebbero detto che era colpa del preside, che lo aveva ricattato e bistrattato fino a fargli venire il crepacuore. Si sarebbe parlato di indebite pressioni su un pover'uomo intimidito, costretto a un'improbabile smentita sotto minaccia di licenziamento. Lo avrebbero accusato di abuso d'ufficio, estorsione e chissà cos'altro.

De Marchis sollevò lo sguardo al soffitto e invocò maledizioni sul giorno in cui per la prima volta aveva messo piede in quel liceo.

53

Valeria Benci si fermò ai piedi del letto di Vito Scalza e per qualche istante restò immobile a osservarlo. Dunque era quello l'uomo che aveva accusato suo figlio, scatenandogli addosso la polizia. Era lui la causa delle sue notti insonni, degli attacchi di panico e del senso di impotenza che l'attanagliava ogni volta che vedeva Stefano muoversi per casa come un ossesso, sbattendo porte e sbraitando senza motivo.

Con una punta di disgusto, Valeria passò in rassegna la fronte lucida di sudore, i radi capelli appiccicati al cranio, le macchie sul viso, i peli che uscivano dal naso: l'uomo aveva gli occhi chiusi e il respiro regolare, segno che si era assopito. L'infermiera abbassò gli occhi sulla cartella clinica e lesse i valori delle analisi del sangue: trigliceridi e transaminasi fuori dalla norma. Un bevitore, pensò lei, con il fegato a pezzi. Un ubriacone inaffidabile e mentitore, come tutti quelli della sua risma.

Aggirò il letto, controllò la flebo e poi il polso. A quel contatto, Scalza spalancò gli occhi e la fissò. "Che cos'ho?", le chiese, con voce impastata.

Lei non rispose, limitandosi ad allungargli un termometro. "Se lo metta sotto l'ascella e resti immobile. Io torno fra dieci minuti a prendere la temperatura", disse, gelida.

"Voglio sapere che cos'ho", insistette Scalza, tentando di sollevarsi sul cuscino.

"Io sono solo un'infermiera. Quando i medici verranno a visitarla, potrà chiederlo a loro", tagliò corto Valeria, uscendo dalla stanza. "E stia fermo, con quel termometro!"

Sul corridoio, il preside de Marchis stava parlando al cellulare. "No, nessuno. Assolutamente. Mi sono spiegato? E comunque non è niente di serio, pare".

Passandogli accanto, Valeria gli lanciò una breve occhiata, poi entrò nella sua stanza, poco distante. L'interfono, sulla scrivania, lampeggiava. La dottoressa Marani la stava chiamando.

Uscì di nuovo e bussò alla porta del primario. “Si può?”

“Ah, Valeria… Venga, venga”.

La dottoressa si tolse gli occhiali e la invitò a sedersi. “Abbiamo tre ricoverati nuovi e due in dimissione”.

Valeria Benci annuì. “Sì, lo so”.

La Marani guardò d’istinto l’orologio: in effetti mancava poco alle due e l’infermiera aveva quasi finito il suo turno. “Ascolti, Valeria. Il paziente della cinque si chiama Scalza. Gli ho prescritto colon e gastro, anche se probabilmente si tratta solo di un virus o di una semplice intossicazione alimentare. Ora è sotto antibiotico”.

“Sì, l’ho visto”.

“Ecco…” Eligia Marani non sapeva come cominciare. “Si tratta del custode del liceo classico. Lei forse lo conoscerà”.

Valeria Benci la fissava, senza espressione.

“Il preside De Marchis ci ha chiesto di mantenere il massimo riserbo su questo ricovero”.

“Noi siamo tenuti al riserbo su *ogni* ricovero”, osservò Valeria, con voce piatta.

“Naturale. Ma, visto che lei ha un figlio che frequenta quella scuola, le chiederei di non farne parola neppure con lui. Mi capisce?”

“Francamente no”.

La Marani si sentì in dovere di aggiungere qualcosa. “Il preside chiede discrezione, perché a scuola già circolano voci allarmistiche che pregiudicano il regolare svolgimento delle attività didattiche. Di conseguenza, soprattutto oggi che è giorno di colloqui, non ritiene opportuno diffondere la notizia del malore del custode. Per evitare altre chiacchiere, capisce?"

"Mio figlio non è un chiacchierone".

"Non ho detto questo, Valeria. È che i ragazzi, si sa, a volte parlano fra loro senza pensarci..." La Marani accompagnò le sue parole con un sorrisetto candido. "Vede, il preside si preoccupa solo di mantenere l'ordine e di normalizzare una situazione già molto turbata dagli ultimi eventi. Lei sa di cosa parlo".

L'infermiera approvò con un secco cenno del capo. "Stia tranquilla, dottoressa. Da me non uscirà una sola parola".

"Grazie, Valeria. Mi fido di lei".

"Posso andare, ora?"

"Sì, certo".

Eligia Marani guardò la donna uscire dalla stanza e restò a lungo soprappensiero. Quindi si alzò per andare a tranquillizzare De Marchis che aspettava fuori e toglierselo finalmente dai piedi.

54

Alle tre del pomeriggio, quando una pioggia pigra e rada aveva appena cominciato a cadere, il portone del liceo si aprì. Su insistenza di De Marchis, si era deciso di anticipare in via del tutto straordinaria il primo colloquio generale con i genitori, allo scopo recondito di sondarne gli umori senza clamore e con molta discrezione. L'idea di un'assemblea, da più parti richiesta per dibattere pubblicamente sugli ultimi eventi, era stata subito accantonata: avrebbe attirato troppo l'attenzione, enfatizzando una situazione che era invece opportuno sdrammatizzare.

Il piccolo gruppo di genitori arrivati in anticipo si affrettò a entrare per accaparrarsi i primi posti in fila; di lì a poco, i corridoi si popolarono di gente accalcata davanti alle aule degli insegnanti e presto la scuola divenne una bolgia impraticabile.

De Marchis, di pessimo umore, se ne stava barricato nella sua stanza: sopportava quegli estranei nel suo liceo come Marco Aurelio i barbari alle porte di Aquileia. Ma, a differenza dell'imperatore, lui si limitava ad attendere la fine dell'invasione, sperando che nel frattempo nessuno venisse a chiedergli di partecipare alla battaglia.

Nelle aule i professori erano sotto assedio. I genitori, da fuori, premevano: un occhio all'orologio, l'altro alla porta, sbuffavano e si affacciavano a turno per sollecitare la conclusione del colloquio in corso con lunghi sguardi impazienti.

Dalle cinque del pomeriggio, ora di chiusura di molti uffici, gli arrivi si intensificarono e la situazione arrivò al parossismo. I bidelli – dislocati in punti strategici dei corridoi – dirigevano il traffico dando informazioni a destra e a manca.

Alle sei, Furio Longhi sentì impellente il bisogno di andare in bagno. Congedò una madre ansiosa che lo stava assillando con mille domande, e uscì dall'aula.

"Ma cosa fa, professore? Se ne va?", chiese, con aria scandalizzata, un uomo in abito blu.

Longhi lo riconobbe: era un rompiballe come pochi, padre chirurgo di una giovane predestinata alla chirurgia senza ancora essere riuscita a comprendere la differenza fra lingua e cervello, con tutte le conseguenze del caso.

"Non so lei, dottore, ma io sono un essere umano. Qualche volta mi scappa".

L'uomo restò spiazzato. Ma, essendo abituato a dettar legge nel suo reparto, non rinunciò alla replica. "Guardi che noi siamo gente che lavora. E stiamo qui da tre ore, nel caso non se ne fosse reso conto".

"Appunto. Dopo tre ore, uno ha bisogno di svuotare la vescica. Lei, come medico, dovrebbe saperlo".

Longhi si allontanò inviperito, fra le risatine degli astanti. La figlia del dottore era una capra; e il padre, arrogante com'era, l'aveva appena condannata a brucare testi d'italiano per tutta l'estate successiva.

Passando davanti alla porta chiusa della presidenza, il professore ebbe la tentazione di bussare ed entrare. Poi, però, ci ripensò. *Per ogni cosa c'è il suo momento, il suo tempo per ogni faccenda sotto il cielo,* diceva l'Ecclesiaste. E quello – concluse Longhi – era il momento di pisciare.

Uscì dal bagno, ritornò nell'atrio e vide che stavolta la porta della presidenza era aperta. Non resistette alla tentazione di affacciarsi nella stanza: De Marchis non c'era.

“Dov’è il preside?”, chiese alla bidella, seduta alla sua scrivania d’angolo.

“È appena andato via, professore. È tardi, fra un po’ dobbiamo chiudere”.

Longhi guardò l’orologio. Mancava poco meno di mezz’ora alla fine dei colloqui, doveva affrettarsi. Rientrò nella sua stanza, affrontò con rassegnazione gli ultimi genitori rimasti, poi si alzò portandosi le mani alla schiena. Finalmente quell’ordalia era finita. E, ancora una volta, non c’era stato modo di far comprendere la verità a quegli adulti miopi e inconsapevoli. Che senso aveva la pretesa di riassumere il destino di quei ragazzi in quelle misere entità – incomplete e parziali – chiamate voti? O, peggio, in categorie grossolane e ultimative come *sufficienza* o *insufficienza*? Possibile che sfuggisse a tutti – ma proprio a tutti! – l’assurdità di quelle meschine piccolezze? Possibile che non ci fosse neppure uno spiraglio di verità, un piccolo varco di consapevolezza da aprire in quelle menti torpide, incapaci di afferrare il senso delle cose? Qualcuno di loro si era mai domandato cosa fosse davvero, e a cosa servisse, la cultura? C’era – fra tutta quella gente che era sfilata davanti a lui – una sola persona che si fosse soffermata a rifletterci e si fosse data una risposta seria? Come sempre, nessuno.

Quel giorno, però, Longhi era troppo stanco: disprezzo, compatimento o indignazione richiedevano energie che in quel momento non sentiva di avere. In quel momento, voleva solo precipitare in un silenzio misericordioso e tornare a casa sua.

Scuotendo amareggiato la testa, aprì lo sportello del suo armadietto per riporvi l'agenda e quello che vide lo lasciò perplesso. C'era un foglietto che prima non c'era.

Lo prese, lo spiegò, lo lesse. Sulle prime, accigliato, il professore si domandò perché servirsi di un biglietto anziché di un sms sul cellulare. Poi, però, si rispose che le precauzioni non erano mai troppe e che quello sbruffone di De Marchis sembrava averlo finalmente capito.

55

Rocci ricomparve in questura alle otto della sera.

Barba di due giorni e occhi cerchiati, borbottò un saluto ad Artusi, seduto davanti al computer con la porta aperta, poi si chiuse nella sua stanza. Si sfilò l'impermeabile e, invece di lanciarlo su una sedia come al solito, lo appese con cura al gancio della porta. Poi arrivò alla scrivania e, senza sedersi, si attardò a esaminare alcuni rapporti e ordini di servizio che erano stati lasciati lì in sua assenza. Infine, stanco di tutte quelle manovre diversive, stabilì che era arrivato il momento. Per farsi coraggio si accese una sigaretta, uscì dal suo ufficio e bussò alla porta di Conti.

"Ah, Rocci!"

"Buonasera, dottore".

Il commissario lo osservò avanzare e capì immediatamente che qualcosa non andava. "Sta poco bene?"

"Ho visto tempi migliori", rispose l'ispettore, sedendosi dall'altra parte della scrivania.

Conti si allarmò. "Problemi di salute?"

"No, no…"

"È da ieri che non si fa vedere. Cominciavo a preoccuparmi".

"Mi scuso. Ci sono novità?"

Conti lo aggiornò su tutto, tranne che sulla faccenda della foto di gruppo. L'ispettore annuiva meccanicamente, ma era evidente che aveva la testa da un'altra parte.

"Cosa c'è, Rocci?" sbottò alla fine Conti. "La vedo distratto".

L'ispettore deglutì e si disse che l'unico modo che aveva per non ripetere una notte come quella appena trascorsa era di bere l'amaro calice tutto d'un fiato. "Ieri sono stato a trovare il professor Rastofani."

"Rastofani?"

"Esatto. Ci sono stato durante la pausa pranzo".

Conti aggrottò la fronte. "E perché?"

Rocci si agitò sulla sedia. "Volevo saperne di più".

"Su cosa?"

"Su Agrippina Minore".

Stavolta fu Conti ad agitarsi sulla poltrona. "Non gli avrà mica raccontato del biglietto?"

Rocci chinò il capo. "Sì".

Il commissario restò senza parole. Nel silenzio che seguì, l'ispettore sentiva puntati su di sé gli occhi di Conti e si chiedeva quali propositi avesse in serbo per lui. Infine il capo parlò.

"Rocci, lei ha fatto una cosa molto grave, lo sa? Io mi meraviglio".

"Mi ha giurato di non farne parola con nessuno. Se la notizia verrà fuori, non potrà essere stato che lui e allora dovrà vedersela con me".

"Ma come le è saltato in mente di andare a consultarsi proprio con Rastofani? Eppure sapeva benissimo che…"

"Lo avevamo escluso dai sospettabili".

"No! Lo aveva escluso lei, Rocci!", urlò Conti, furioso. Da quando lavoravano insieme, era la prima volta in assoluto che alzava la voce con lui.

"Io mi fidavo di quell'uomo", si difese l'ispettore, mogio, guardando per terra.

Conti lo fissò, socchiudendo gli occhi. "*Si fidava?* Come mai usa l'imperfetto?"

Rocci alzò la testa. Quel commissario era troppo intelligente.

"Ho scoperto qualcosa", disse, preparandosi al peggio.

56

Tutto sommato era andata meglio del previsto. Alla notizia che Rastofani possedeva una quantità di camicie bianche e giacche blu, e soprattutto di cravatte regimental tutte uguali, con le stesse ancore sulle righe, Conti non era andato in escandescenze, limitandosi a un lungo silenzio meditabondo. E quando si era deciso a parlare, aveva osservato che non tutto il male, dopotutto, viene per nuocere: se Rocci non avesse ceduto all'irrazionale impulso di rivolgersi al professore per avere lumi su un argomento che poteva essere tranquillamente approfondito su Google, non avrebbero scoperto che l'abbigliamento immacolato con cui Rastofani si era presentato a casa di De Marchis, la sera dell'omicidio della Baldi, non era più un elemento da cui dedurre la sua estraneità.

Rastofani sarebbe benissimo potuto rientrare in casa dopo il delitto senza che la governante se ne accorgesse, liberarsi degli abiti insanguinati e indossarne altri perfettamente identici a quelli descritti dalla polacca, che lo aveva visto uscire di casa per andare alla festa del preside. In buona sostanza, ora Rastofani era diventato a pieno titolo un sospettato come gli altri invitati che non avevano un alibi per l'ora del delitto. E come tutti gli abitanti di quella città, aveva fatto osservare Rocci, insistendo sulla circostanza che, in assenza di movente, Rastofani non poteva essere preso in considerazione più di chiunque altro avesse mai conosciuto o frequentato la Baldi in un qualsiasi momento della vita.

"Abbiamo forse chiesto un alibi agli amici che uscivano con lei il sabato sera? Alle colleghe con cui andava in palestra? Al barista che le serviva il caffè ogni mattina?", aveva incalzato l'ispettore, rincuorato dall'insperata pacatezza del commissario.

"A eccezione del barista, sì", lo aveva zittito Conti.

"Ci ha pensato Artusi, e le posso assicurare che nessuno di loro si è sottratto. Erano tutti in compagnia di qualcun altro, abbiamo verificato".

"Rastofani non ha bisogno di alibi più di quanto ne abbia l'ipotetico barista che la vedeva ogni giorno", aveva replicato Rocci, ostinato.

"Ma l'ipotetico barista, come lo chiama lei, non era stato invitato alla stessa festa proprio la sera in cui la donna è stata uccisa. Non sapeva nulla dei suoi movimenti e non aveva con lei tutte quelle conoscenze e quel passato in comune".

"Ma se non la vedeva da anni! Era stata solo una sua alunna al liceo. Mi ha detto che era nella stessa classe di mio fratello, pensi un po'..."

Conti lasciò cadere l'ultima frase. "Quello che dice Rastofani non conta".

Rocci si era limitato a scrollare le spalle, non sapendo che Conti si riprometteva di tornare a interrogare il vecchio professore, per mostrargli una foto scattata più di trent'anni prima e di cui l'ispettore ignorava l'esistenza. Così come Conti non sapeva che Rocci aveva ricevuto da Rastofani uno scritto di Luigi, che aveva poi nascosto nel fondo di un cassetto senza trovare la forza di leggerlo.

Ed era stato durante quel conciliabolo, lungo, fumoso e reciprocamente reticente, quando ormai le dieci di sera erano passate da un pezzo, che il telefono sulla scrivania del commissario aveva squillato.

57

"Cosa fai?", gli chiese la moglie, sospettosa. Aveva in testa l'immancabile bigodino e ai piedi le solite ciabatte di felpa. Negli occhi, invece, uno sguardo insolito, perplesso e diffidente.

"Esco".

A quell'asserzione, che nella sua stringatezza suonava come una sfida, la signora Longhi reagì puntandosi le mani sui fianchi. "Per andare dove, a quest'ora, si può sapere?"

"Ho un appuntamento", rispose il professore, seduto sul letto a infilarsi le scarpe. "Non galante, te lo assicuro".

"Ti piacerebbe, eh?", replicò lei, sardonica.

Lui alzò la testa e la fissò per un lungo momento. Dopo quello sguardo, che lei finse di non decifrare per non uscirne troppo umiliata, ogni parola sarebbe stata superflua. E così il professore se la risparmiò, tornando ad allacciarsi le scarpe.

"Sono le dieci e un quarto. Quando torni?", lo incalzò lei, accompagnandolo alla porta.

"Presto. Tu vai a letto, però. Ciao ciao!"

L'ascensore scese a terra e Furio Longhi si affrettò in strada, verso la macchina. Una volta dentro, si rilassò. Quella sera, lo sentiva, si sarebbe fatta chiarezza una volta per tutte. Non ne poteva più di quella storia, era ora di metterci un punto, voltare pagina e tornare finalmente alla normalità.

Arrivato nei pressi del liceo, fermò l'auto in una via laterale, nascondendola fra due furgoni. Quindi scese e si avviò a piedi verso la scuola. Era una notte senza luna, e subito gli tornarono in mente i versi di Saffo: *Tramontata è la luna e le Pleiadi a mezzo della notte; anche giovinezza già dilegua, e ora nel mio letto resto sola*[2]. Proprio quella mattina aveva spiegato ai ragazzi quella poesia. Anzi *aveva tentato* di spiegare, poiché era certo di non esserci riuscito: lo aveva capito dagli sguardi inespressivi, dal picchiettare delle matite, dallo scricchiolare impaziente delle sedie. Ma stavolta non era colpa sua. Non dipendeva dal suo disinteresse, dalla noia, dalla rinuncia. Stavolta no. Dipendeva dal fatto che erano troppo giovani per capire. Nella baldanza dell'età, ignoravano l'angoscia di chi invecchia in solitudine, ancora assetato d'amore. *Ma a me non ape, non miele; e soffro e desidero.*[3]

Ma perché si stupiva? Aveva perso la memoria, forse? Così lontana e sbiadita era la sua giovinezza, da aver dimenticato che anche lui era stato incurante, baldanzoso e feroce?

Ma ancora più feroce è il tempo, si disse il professore. Il tempo offende, lacera e addolora. Il tempo è vile: lento e mite con i giovani, veloce e spietato con i vecchi. Anche se poi, alla fine, non risparmia nessuno,

---

[2] Saffo, *Tramontata è la luna*, traduzione di Salvatore Quasimodo, in *Lirici greci,* Mondadori, Milano 1951.

[3] Saffo, *ibidem.*

salvo quelli che vengono sottratti ai suoi artigli da morte prematura. Quelli che muoiono giovani. Longhi, al pensiero, rabbrividì.

Imponendosi di non guardare – no, non doveva guardare! – verso il punto in cui Barbara Baldi era stata uccisa, attraversò il parcheggio e raggiunse la porta sul retro del liceo. Come si aspettava, la trovò socchiusa. Il professore entrò, mosse qualche passo nel buio, aprì un'altra porta e finalmente sbucò nell'atrio. Quindi, in punta di piedi, quasi temesse di svegliare qualcuno, imboccò la rampa di destra e cominciò lentamente a salire le scale.

58

Sulle prime, Conti non aveva capito con chi stesse parlando. La voce dall'altro capo del filo era lontana, a tratti spezzata, forse per colpa della linea.

"Come ha detto? Scusi, non ho capito il suo nome".

"Rigoso! Professor Giuseppe Rigoso!", urlò quasi l'altro, con una nota di impazienza nella voce.

"Ecco, ora la sento".

"Sto chiamando da un cellulare. E sono in macchina con mio figlio, perciò…"

"Mi dica".

"In questo momento sto tornando dall'Ungheria. Sono stato a trovare mio figlio, che abita lì con la sua famiglia".

"..."

Rocci, dall'altro lato della scrivania, gli fece un cenno interrogativo. Conti mise la chiamata in vivavoce.

"Commissario, ma lei ha capito chi sono io?"

"No".

"Sono l'ex preside del liceo classico".

Conti staccò la schiena dalla poltrona e si portò in avanti con il busto, improvvisamente attento. Rocci si accese una sigaretta.

"Anche se sono all'estero dai primi di settembre, so cosa è accaduto alla povera Baldi", proseguì il professore. Una breve pausa, rumori in sottofondo. "Un fatto davvero inspiegabile, secondo me. Ragion per cui, non avendo la minima idea di chi possa averla uccisa in quel modo, finora ho taciuto. Ora, però, ho qualcosa da dire".

Conti e Rocci si scambiarono un'occhiata eloquente.

"L'ascolto, preside".

"Poco fa ci siamo fermati in un autogrill, dalle parti di Teramo, per mangiare qualcosa. Siamo in viaggio da stamattina presto, capisce".

"Sì".

"Ecco, in questo autogrill ho comprato il giornale di oggi. E ho letto l'articolo su Scalza, che rettifica le dichiarazioni fatte in precedenza allo stesso quotidiano".

"È una smentita rilasciata ieri e pubblicata oggi".

"Da quanto mi è parso di capire, il custode in un primo momento ha detto di aver visto qualcuno aggirarsi di notte nel liceo. Ma poi la polizia non ha trovato nessun intruso, né segni di effrazione. È giusto?"

"Giusto".

"Ora leggo che il povero Scalza si è convinto di avere avuto le traveggole, e di conseguenza – *melius re perpensa* – ora afferma che la sua è stata solo suggestione. Ho capito bene?"

"Più o meno".

"Commissario, avete controllato la porta sul retro? Quella piccola, vicino al campetto di pallavolo?"

"È stato il primo posto dove siamo andati a guardare. Era chiusa dall'interno".

"Cosa le ha detto George Clooney?" Dall'altro capo del filo arrivò una breve risatina.

Conti aggrottò la fronte. "Chi?"

"Il nuovo preside. De Marchis. Lo chiamano così".

"E come lo sa, lei? A quanto mi risulta, se n'è andato in pensione prima che lui arrivasse".

Conti aveva preso un tono sospettoso. Forse quello con cui stava parlando non era chi diceva di essere.

"Lo so perché una mia nipote è in I F. È lei che mi racconta tutto di De Marchis. Le ragazze lo hanno soprannominato George Clooney. Appellativo lusinghiero, non c'è che dire. Peccato che però non si adatti al preside di una scuola seria, con cui non dovrebbe essere consentito prendersi simili confidenze. Il mio era Tutankhamon, lo sapeva?"

"Il faraone? E perché?"

Sospiro, risatina, altro sospiro. "Anzitutto, perché secondo loro ero vecchio. Invece ho solo sessantotto anni, e non mi sento affatto una mummia millenaria e vendicativa. In secondo luogo, perché mi arrabbiavo spesso e minacciavo conseguenze. Non maledizioni, ci mancherebbe. Per la verità, non facevo che il mio dovere: pretendere impegno e disciplina. Tutte anticaglie preistoriche, capisce? Ma lasciamo correre... Cosa le ha riferito il nuovo preside?"

"Scusi, non sono autorizzato a dirglielo per telefono e non lo ritengo nemmeno opportuno. Quando ci incontreremo di persona, semmai..."

"Capisco, mi rendo conto. Segreto istruttorio, eccetera, eccetera".

"E poi è lei che deve dire qualcosa a me. Mi ha telefonato, no?"

"Più che giusto, sono io che devo parlare. Torniamo alla porta sul retro. Lei ha detto che non era stata forzata, anzi che era regolarmente chiusa. Ma io so chi aveva le chiavi, oltre al preside e al custode".

Conti fissava Rocci e Rocci fissava il telefono. Entrambi trattenevano il respiro. "Chi?"

"La professoressa Baldi".

Conti si passò una mano sulla faccia. "Ah!"

"Gliele avevo date io stesso. Come vicepreside, ritenevo opportuno che lei ne avesse una copia. Non è affatto una prassi, ma io la ritenevo una misura prudenziale, per ogni evenienza. Il custode avrebbe potuto sentirsi male, e io stesso essere irreperibile per qualsiasi motivo, e nel frattempo poteva capitare un'emergenza, che ne so, un corto circuito, una fuoriuscita d'acqua magari..."

E magari il diluvio universale, il terremoto, la catastrofe nucleare… Conti sollevò gli occhi al cielo, mentre Rocci sogghignava.

"Le precauzioni non sono mai troppe, le pare?", stava dicendo Rigoso. "Quando si hanno certe responsabilità…"

"Certo, ha ragione. Quindi Barbara Baldi aveva le chiavi della porta sul retro".

"Le avete trovate?"

"Anche su questo non posso risponderle. Ci sono indagini in corso".

Silenzio. "Commissario, non prendiamoci in giro. Se voi non sapevate – e non lo sapevate! – che Barbara le avesse, non avete potuto cercarle né individuarle. Ora voglio darle un piccolo indizio".

"Sentiamo".

"Erano due chiavi uguali, lunghe, dentate, appese a un laccetto di pelle nera".

"Okay".

"Questo 'okay' sta a significare che le avete trovate?"

"Preside…"

"Ho capito, non insisto. Però, commissario, se non le avete trovate, allora vuol dire che ce l'ha l'assassino".

"Come fa a dirlo?"

"Barbara le teneva in macchina, nel cruscotto. Io l'avevo anche rimproverata, perché magari la macchina potevano rubargliela, e in quel caso avremmo dovuto cambiare le serrature della scuola, ma lei diceva che l'auto era sempre in posti sicuri, tipo il parcheggio del liceo o il garage di casa sua".

"Uhm..."

"Se le chiavi erano nel cruscotto e Barbara è stata uccisa nell'auto, sa cosa significa?"

"Me lo dica lei".

Il professore si indispettì. "Lei deve essere stato un pessimo alunno, commissario Conti. Uno di quelli strafottenti e ribelli, con istinti sovversivi. Ma so che è intelligente, ho preso le mie informazioni. Quindi non ho difficoltà a dirle quello che lei ha già capito da solo. Se l'assassino ha preso le chiavi dall'auto di Barbara la sera in cui l'ha uccisa, in seguito – la notte in cui Scalza sostiene di aver visto qualcuno – potrebbe benissimo essere entrato a scuola dalla porta sul retro senza necessità di forzarla".

"Già", mormorò Conti, soprappensiero.

"E sa a cosa ci porta tutto questo? A pensare che il povero Scalza ci abbia visto giusto. Altro che traveggole!"

Conti ammutolì. La sequenza di conclusioni che il professore stava sciorinando una dopo l'altra gli era stata chiara fin dalle prime battute di quella parte di conversazione.

"E c'è un'altra cosa, la più importante di tutte", proseguì Rigoso. "Lei ha capito quello che intendo, vero?"

"Che l'assassino è ancora in possesso delle chiavi della scuola e quindi può usarle quando vuole".

"Bravo, commissario! Promosso!"

Conti, suo malgrado, rise.

"Stiamo entrando in galleria. Adesso cade la linea e non si può parlare più".

"Va bene, tranquillo", disse Conti. "E grazie per aver chiamato".

"Mi raccomando!", urlò il professore, prima di venire inghiottito dal tunnel. "Fate cambiare quella serratura!"

59

A casa De Marchis non rispondeva nessuno e il cellulare del preside era irraggiungibile.

"Saranno a una delle loro feste", commentò Rocci, acido, precedendo Conti per il corridoio.

"A una delle loro *normalissime cene,* vorrà dire", ironizzò Conti in falsetto, imitando il birignao della moglie del preside. "A quest'ora, in ogni caso, De Marchis non potrebbe fare nulla per quella serratura. Lo chiamerò domattina, prima dell'apertura della scuola. Bisogna avvisare subito il custode, però".

Al cellulare di Scalza rispose la segreteria telefonica. Conti chiuse la chiamata, soprappensiero.

"Prendiamo la mia macchina", propose Rocci.

Arrivarono in pochi minuti e parcheggiarono proprio davanti all'ingresso principale della scuola. La via era tranquilla e deserta. Conti e Rocci, scesi dall'auto, si fermarono sul marciapiede, con lo sguardo fisso sulla bianca facciata dell'edificio. Oltre le colonne del portico, il portone sembrava regolarmente chiuso.

"Bussiamo", decise Conti, avviandosi su per la rampa di scale.

Due squilli di citofono ruppero il silenzio. I due uomini attesero per un minuto, poi Conti suonò di nuovo, a lungo. Nessuna risposta, nessun cenno di vita.

"Se dorme e non si sveglia, vuol dire che si è ubriacato di nuovo", concluse l'ispettore, "oppure..."

"Non mi piace", disse Conti, scendendo le scale di corsa. L'avvolgibile dell'alloggio del custode, il primo alla destra del portico, non era completamente abbassato. A un cenno di Conti, Rocci intrecciò le mani a coppa e il commissario vi appoggiò il piede, issandosi fino al bordo della finestra. Avvicinò il viso al vetro e tutto quello che riuscì a vedere fu il buio. Scese a terra.

"Facciamoci un giro, Rocci".

Costeggiarono l'edificio ed entrarono nel parcheggio. Anche su quel lato, la facciata era spenta. Girarono l'angolo e si fermarono davanti alla porta sul retro. Conti la spinse con entrambe le mani per assicurarsi che fosse ben chiusa, poi alzò lo sguardo sulle finestre. Nessuna luce, nessun movimento. Il campetto di pallavolo era vuoto e silenzioso. Proseguirono e sbucarono sulla via limitrofa, girarono l'angolo e furono di nuovo davanti all'ingresso principale.

Tornarono a citofonare, senza ottenere risposta. Allora scesero rapidamente le scale e si fermarono vicino alla macchina di Rocci. Conti tirò fuori il cellulare, chiamò in questura e si fece dettare i numeri di De Marchis. Erano le undici e dodici minuti. Stavolta il preside rispose al primo squillo.

"Chi parla?" Il tono era quello seccato di chi è stato

disturbato nel bel mezzo di qualcosa di importante. In sottofondo, si sentivano voci e risate.

"Sono Conti".

"Commissario! Che succede?", chiese De Marchis, allarmato.

"Siamo qui, proprio davanti alla sua scuola. Abbiamo bussato, ma il custode non risponde".

"Per forza: non c'è!"

"Come sarebbe? Se n'è andato?"

"No, è in ospedale. Ce l'ho portato io stesso stamattina, perché ha avuto un malore".

"Ah. E come mai?"

"Forse un abuso alimentare, forse un virus, non si sa. Lo hanno trattenuto per accertamenti. Ma perché lo state cercando?"

Conti gli raccontò della telefonata di Rigoso. De Marchis reagì malissimo. "Che scorrettezza! Doveva chiamare me, non voi! Sono io il responsabile della sicurezza della scuola!"

"E noi siamo i responsabili della sicurezza di tutti, preside. Il più assorbe il meno, per cui il suo predecessore ha fatto bene ad avvisarci. In ogni caso, noi ora stiamo avvisando lei".

"Va bene, va bene!", tagliò corto De Marchis, stizzito. "Domattina, per prima cosa, farò cambiare tutte le serrature. Ma lì è tutto tranquillo, almeno? Io sono a una cena nelle Marche, non sarò a casa prima di due o tre ore. Purtroppo sono venuto qui con il treno, perciò non posso tornare immediatamente. Però, se volete controllare la scuola, appena rientro a casa prendo le chiavi e…"

"Se servirà, glielo faremo sapere. Si goda la serata, signor preside".

60

Quando sollevò lo sguardo, la signora Toppi era di vedetta alla finestra e gli fece un cenno di saluto con la mano. Lo accolse sul pianerottolo con aria lugubre. "Non si è mosso tutto il giorno. Per me, sta per morire".

Si era completamente dimenticato del gatto, e quel pensiero lo fece sentire in colpa. "Neanche per bere?"

"L'acqua gliel'ho data io con un biberon, praticamente a forza. La veterinaria dice che se continua così potrebbe non superare la notte".

Conti si rabbuiò. Era stanco, e affrontare una veglia notturna al capezzale di un animale morente era una prospettiva triste e sgradevole. Lanciò alla porta del suo appartamento un'occhiata riluttante che la donna intercettò immediatamente. "Ha mangiato?"

Conti scosse la testa.

"Venga dentro".

"No, grazie, veramente io…"

"Forza, commissario", disse lei, con un tono che non ammetteva repliche. "Giusto un boccone veloce, fra mezz'ora la rimando a casa sua".

Come lo vide passare in corridoio al seguito della moglie, il professore si alzò dalla sua poltrona in salotto e spense la televisione. Mentre la signora cominciava a imbandire la tavola con ogni bendidio, Toppi aprì il frigorifero, stappò una bottiglia di vino bianco e lo versò in due bicchieri.

La moglie gli lanciò un'occhiataccia. "Enrico, tu hai bevuto abbastanza a cena. Non mi sembra il caso di ricominciare".

"Solo un brindisi di benvenuto al nostro ospite, mia cara. Alla salute del gatto".

Nel frattempo sulla tovaglia erano apparsi salami, prosciutto, formaggi, melanzane, pomodori e bruschette di pane caldo condito con aglio e olio. Dopo il secondo bicchiere di Trebbiano, Conti cominciava a sentirsi rinfrancato. "Che meraviglia, signora!"

"Ines", corresse lei, scostando una sedia e sedendosi accanto al marito.

"Grazie, Ines. Mi ci voleva".

"Giornataccia?", si informò il professore.

Conti gli lanciò un'occhiata eloquente, mentre addentava con gusto un pezzo di pecorino.

Il professore sembrò riflettere su quanto aveva intenzione di dire, poi prese la sua decisione. "Io lo conosco, quello Scalza" annunciò alla fine, facendo ondeggiare il vino nel bicchiere.

Conti sollevò lo sguardo dal piatto. "Davvero?"

"Ho insegnato anch'io in quel liceo, non lo sapeva?"

"Be', no. So che lei è un matematico, perciò..."

"Anche in un liceo classico si insegna la matematica, commissario. Quando c'ero io, però, il programma del ginnasio prevedeva solo due ore alla settimana. Di greco, latino e italiano erano il doppio, pensi, e anche di più. Essere l'ultima ruota del carro mi pareva un po' frustrante, così dopo un po' me ne sono andato in un liceo scientifico, dove c'era gente più interessata alla mia materia".

"E Scalza? Come le è venuto in mente?"

"Stamattina ho letto il giornale. E non mi sono meravigliato affatto".

"Di cosa?"

"Di tutto quel contraddirsi, passando da una versione all'altra. Quell'uomo è sempre stato un ambiguo. Passava le sue giornate a spiare professori e alunni, per poi utilizzare le informazioni in modo conveniente per lui". Il professore sorseggiò altro vino. "Personalmente non l'ho mai sopportato e quindi ora non gli credo neanche un po': o mentiva prima o mente adesso. Resta comunque un gran bugiardo".

Conti prese mentalmente nota. "E che altro mi dice di quella scuola? Conosce qualcun altro, lì?"

"Commissario, io ho settantadue anni. I miei vecchi colleghi di un tempo se ne sono andati tutti: chi in pensione, chi da qualche altra parte che a noi sopravvissuti non è dato conoscere. In ogni caso, quando mi sono trasferito altrove era la fine degli anni Settanta".

"Quando eravamo ancora giovani", commentò Ines con una punta d'amarezza, alzandosi e cominciando a sparecchiare.

"Anche il professor Guglielmo Rastofani era lì, in quel periodo", osservò Conti, come parlando a se stesso. "Lo conosce?"

Toppi piegò le labbra in una smorfia, senza rispondere.

"Perché quella faccia?", si incuriosì Conti. "Non le è simpatico?"

Il professore alzò le spalle. "Non mi piaceva, no. Non lo incontro da tanti anni, ma sono certo che non mi piacerebbe nemmeno adesso".

"Perché?"

Toppi lanciò un'occhiata furtiva alla schiena della moglie, che trafficava davanti al frigorifero aperto, e si versò di nascosto un altro bicchiere di vino. "Era pericoloso, ecco perché".

Conti si protese sul tavolo, interessatissimo. "In che senso, scusi?"

Toppi lasciò correre lo sguardo nel buio oltre la finestra, concentrato, come per mettere a fuoco i ricordi. "Un forte carisma attrae e affascina, ma se male esercitato può provocare guasti irrimediabili. I ragazzi sono materia fragile, da maneggiare con cautela".

"Vuol dire che Rastofani era un manipolatore?"

"Esatto. Non in malafede, per carità! Sono convinto che credesse fermamente nella bontà delle sue idee, ma proprio da questo – paradossalmente – veniva il pericolo. Gli errori che si possono commettere in nome di una fede pura e incrollabile sono fatali: l'umanità ne ha fatto le spese molte volte".

"In che consisteva questa fede? Mi spieghi meglio".

Toppi si accigliò. Era come se qualcosa di quel discorso lo infastidisse nel profondo. "Rastofani considerava la cultura classica – con i suoi ideali di bellezza e purezza – un privilegio per pochi eletti e, nello stesso tempo, un mezzo per conquistare la supremazia sulle masse incolte. Io invece sono sempre stato convinto che la cultura sia uno strumento di elevazione, non di potere. E che debba essere accessibile a tutti, senza distinzioni. Come vede, eravamo su posizioni diametralmente opposte".

"Pochi eletti, ha detto?", chiese Conti, dopo una breve pausa di riflessione.

"Fondamentalmente sì. È ovvio che la nuova aristocrazia culturale di cui era fervido propugnatore non poteva che nascere e formarsi all'interno del liceo classico. Lui lo chiamava 'Il Tempio', lo sa?" Con un ghignetto ironico, Toppi mandò giù un altro sorso di vino. "Ma anche lì, all'interno del Tempio, non tutti erano ritenuti all'altezza. Sa quanti ne ho visti fuggire dalla sua sezione per riparare in altre più modeste? Arrivavano con la coda tra le gambe, frustrati e depressi, con una perdita d'autostima spesso irreparabile".

"Insomma, era un selettivo".

"No. Era uno stronzo".

Ines Toppi si girò di scatto, scandalizzata. "Tu hai bevuto troppo, Enrico!"

"*In vino veritas,* mia cara", ribatté il marito, con un sorriso soave.

Lei si avvicinò e gli strappò il bicchiere dalle mani. "D'accordo. Ma per stasera, basta così".

61

Il gatto era in fondo alla cucina, raggomitolato nella cesta natalizia dei Toppi. Ines aveva lasciato sul tavolo il biberon, una confezione di croccantini al tonno e un biglietto con i numeri di telefono della sua amica dottoressa e del pronto soccorso veterinario.

Conti si inginocchiò e fissò l'animale – forse agonizzante – con un misto di pena e curiosità: chissà quanti anni aveva, quante ferite, quanti ricordi. Sempre ammesso che i gatti conservassero la memoria degli eventi al pari degli esseri umani. Avrebbe saputo riconoscere sua madre e i suoi fratelli? Era in grado di rintracciare il suo simile che lo aveva morso, graffiato o messo in fuga, per potersi vendicare? Aveva imparato che le macchine in corsa uccidono e i parapetti con la pioggia sono infidi e scivolosi? E, soprattutto, sarebbe stato in grado di individuare i suoi aggressori, quelli che lo avevano imprigionato in quell'angolo di muro?

Allungò la mano con cautela e la posò sul pelo un po' arruffato della schiena. A quel contatto, il gatto trasalì. Fece sbucare la testa da sotto le zampe, lo fissò a lungo e poi appoggiò il muso sul bordo della cesta, come in attesa. Quando Conti lo accarezzò fra le orecchie con molta delicatezza, lo sentì ronfare piano.

Eccola, la prova. Se il gatto lo riconosceva, allora ricordava. E, quindi, sapeva che era quello l'umano che gli dava da mangiare ogni mattina, scendendo di casa, e lo aspettava vicino alla macchina, col motore acceso, fino a quando lui non si degnava di comparire per prendere possesso del bicchiere con la razione quotidiana di cibo. Quello che lo aveva tirato fuori dalla tomba in cui altri umani lo avevano murato vivo.

Conti si sollevò piano sulle ginocchia, e notò che gli occhi gialli lo seguivano mentre arrivava al tavolo, versava i croccantini in una tazza e tornava ad accucciarsi accanto a lui. Ma il gatto non sembrava interessato al cibo, quanto piuttosto alle carezze. Restarono così per un pezzo, Conti a massaggiarlo e il gatto a fare le fusa, finché il commissario non si addormentò di schianto, con la schiena contro il muro e la testa ciondoloni sul petto.

Quando il cellulare di servizio prese a vibrargli nella tasca, Conti sussultò e spalancò gli occhi di botto. L'orologio a muro segnava le quattro e venti del mattino. Avrebbe giurato di essere stato lì, in quella posizione scomodissima, solo per pochi minuti, e invece dormiva da ore. Anche il gatto nella cesta dormiva, col muso fra le zampe. Conti estrasse il cellulare dalla tasca e riconobbe il numero di Forgione.

"Pronto…", rispose con voce impastata.

"Dottore, abbiamo un problema".

Il commissario faticava ad articolare pensieri e parole, e diede la colpa al troppo vino di casa Toppi. Si schiarì la voce con un colpo di tosse. "Cioè?"

"Il professor Furio Longhi è scomparso".

Conti scattò in piedi, improvvisamente vigile. "Cosa intendi per scomparso, Luca?"

"La moglie dice che è uscito ieri sera verso le dieci per andare a un appuntamento e non è più tornato a casa".

Conti si avviò sul corridoio, verso il bagno. "Un appuntamento con chi?"

"La signora non lo sa, con chi. E il cellulare del marito è muto da ore. Ha chiamato la Centrale e loro hanno chiamato me".

"Dove sei, ora?"

"A casa, dottore. Ma ora vado a vedere che succede".

"Ci vediamo nel mio ufficio tra mezz'ora al massimo".

Conti chiuse la comunicazione, posò il cellulare sul bordo del lavandino e infilò la testa sotto il rubinetto dell'acqua fredda.

62

Forgione lo aspettava fuori, davanti al portone della questura. Camminava avanti e indietro, di tanto in tanto passandosi la mano sulla testa glabra. Conti sapeva che quel gesto era indice di grande agitazione. Si accostò al marciapiede e abbassò il vetro del finestrino. "Allora?"

L'assistente si chinò e gli lanciò un'occhiata preoccupata. "La moglie del professore sta facendo il diavolo a quattro. Secondo me, è meglio andarci".

"Sali", fece Conti.

Lungo il tragitto evitarono ogni commento, consapevoli che sarebbe stato inutile e ozioso. Per quanto ne sapevano, quel Longhi avrebbe potuto essere ovunque: in fondo a un burrone, nel letto di un'amante o in fuga su un treno, diretto chissà dove. Ma – soprattutto – non se la sentivano di dire apertamente quel che entrambi stavano pensando: e cioè che il professore era un collega della donna uccisa poco tempo prima da qualcuno che era ancora in circolazione, e quindi la sua scomparsa era una ben strana coincidenza.

Ma a un certo punto, quando ormai erano quasi arrivati, Forgione ruppe il silenzio. "Ho l'indirizzo della famiglia Spera. La madre del ragazzo è morta anni fa, ma il padre è ancora vivo. Solo che è invalido, ha problemi di deambulazione ed è anche mezzo cieco per via del glaucoma. Non mi sembra il caso di convocarlo in questura. Se vuole andarci, dottore, l'accompagno io domani".

"Domani è oggi", fece notare Conti, cupissimo, mentre fermava l'auto proprio davanti al portone del palazzo dei Longhi e scendeva sbattendo lo sportello.

L'appartamento era al primo piano e la moglie del professore li stava aspettando sulla porta. Era pallida e scarmigliata, una luce febbrile negli occhi. Accanto a lei c'era una coppia di mezz'età, in vestaglia.

La signora fece accomodare tutti in salotto e chiuse la porta. "Mio figlio dorme", sussurrò. "Non ho voluto svegliarlo per non farlo spaventare".

"Chi sono queste persone?", chiese Conti, guardando i due in veste da camera.

"Amici che abitano sul nostro stesso pianerottolo. Li ho chiamati io".

"Va bene. Ora ci dica cos'è successo".

"Mio marito non ha mai fatto una cosa del genere, commissario. Non rientrare a dormire, voglio dire. Gli è successo qualcosa, me lo sento".

La donna si lasciò cadere sul divano, affranta. La vicina si sedette accanto a lei e le strinse una mano, con fare protettivo.

"Sa dove è andato?"

"No, l'ho detto pure all'agente che ha risposto alla mia telefonata. Aveva un appuntamento, ma non so né dove né con chi. Non ha voluto dirmelo, e anche questo è strano".

"Furio le racconta sempre tutto". confermò il vicino di casa. "Lo conosco bene, io, da vent'anni".

"E poi la sera non esce mai senza di me", aggiunse Marta Longhi.

"Alla cena di De Marchis, però, era solo", obiettò Conti. "Mi riferisco alla sera in cui hanno ucciso la professoressa Baldi".

"Era solo perché io mi ero rifiutata di accompagnarlo".

"E come mai, signora?"

"Commissario, quello non è un ambiente in cui io possa sentirmi a mio agio. Avrei dovuto comprare un vestito adatto, andare dal parrucchiere, dalla manicure… e per chi, poi? Per gente che nemmeno conosco e che non potrei mai frequentare. Loro sono ricchi e fanno una vita da ricchi. Noi siamo persone normali, non so se rendo l'idea, senza troppi grilli per la testa".

Conti annuì, pensieroso. "E la professoressa Baldi? Nemmeno lei, conosceva?"

"Lei sì. L'ho vista in un paio di cene di fine anno scolastico. Ma dire che abbiamo scambiato quattro parole è troppo".

"A che ora è uscito stasera suo marito?"

"Verso le dieci e un quarto. Gli ho fatto notare che era molto tardi e lui mi ha solo risposto di andare a letto senza aspettarlo. Ma era agitato, questo l'ho capito".

"E poi? L'ha più sentito?"

"No. Mi sono messa a dormire, come mi aveva detto lui. Quando a un certo punto ho aperto gli occhi – non so nemmeno io perché – il suo posto era vuoto. L'ho chiamato e richiamato sul cellulare, ma niente: sempre irraggiungibile".

Conti e Forgione si scambiarono un'occhiata. La tensione era palpabile, e la donna sembrava sul punto di scoppiare a piangere.

"È sicura che suo marito ce l'abbia con sé, il cellulare?"

La signora Longhi sgranò gli occhi, disorientata. "Lo prende sempre, quando esce…"

"Che ne dice di dare un'occhiata in giro? Può darsi che stavolta lo abbia dimenticato a casa. Soprattutto se era tanto agitato come dice lei".

"Va bene. Ma in questa stanza non c'è di sicuro. Ho riordinato io stessa, prima di andare a letto. Se vuole, possiamo controllare di là".

Si alzò e li precedette nell'ingresso. Lì, su una consolle, c'erano solo un vaso, una foto di famiglia e una rubrica telefonica.

"Questa è la cucina", disse la signora, aprendo una porta. "Anche qui ho pulito tutto dopo cena e non mi pare proprio che ci sia".

Marta Longhi doveva essere una persona precisa e ordinatissima: la cucina era immacolata, con i fornelli splendenti, i ripiani sgomberi e, sul tavolo di marmo, solo un cestino pieno di frutta fresca. Ai poliziotti bastò una rapida occhiata per rendersi conto che lì non c'era nessun cellulare. Con una punta d'imbarazzo, la signora li scortò fino alla camera da letto, profondendosi in mille scuse per il letto sfatto e gli abiti sulle sedie.

"Non si è neppure cambiato", disse, guardando angosciata il lato intatto del letto matrimoniale. "È uscito con gli stessi abiti che aveva nel pomeriggio".

Forgione si chinò e ispezionò il pavimento sotto il letto e gli altri mobili. "Niente", disse, rimettendosi in piedi. E niente neppure sui comodini e sul comò.

"Altri posti?", chiese Conti.

"La casa è tutta qui, commissario. Nella camera del ragazzo, Furio non è entrato perché non ne aveva motivo. Mio figlio non c'era, anzi è tornato a casa proprio mentre il padre usciva. Si sono salutati sulla porta".

"E il bagno? Controlliamo anche lì, se non le dispiace".

Stavolta la signora, esausta, si limitò ad aprire la porta e a restare in corridoio, mentre i due uomini entravano. Del resto, in tre sarebbe stato difficile muoversi in quell'ambiente lungo e stretto, con i sanitari tutti allineati sulla stessa parete. Il water era in fondo, accanto alla finestra. E fu proprio lì, per terra, nello stretto spazio accanto al muro, che Conti vide il biglietto. Si chinò e lo spiegò. Poi si girò verso Forgione e gli mostrò quel che c'era scritto.

"Me lo sentivo che c'era un collegamento", mormorò funereo l'assistente, con gli occhi fissi sul foglio. "Me lo sentivo..."

"Telefona alla Centrale", ordinò Conti, con voce carica d'urgenza. "Voglio che una macchina vada subito a prendere a casa il preside De Marchis e lo porti al liceo. Con le chiavi, mi raccomando. Io chiamo gli altri a casa".

La signora Longhi, che dalla porta li vide parlare concitati al telefono, ebbe un attacco di panico. "Che c'è? Che avete trovato? Che cos'è quel biglietto?", chiese, con voce stridula.

Conti chiuse la comunicazione e uscì dal bagno con il foglietto in mano. "Deve essergli caduto dalla tasca quando si è seduto sul water. Ora sappiamo dov'è andato".

"Dove?", urlò la donna.

"Si calmi, signora".

La porta della stanza accanto si aprì e il ragazzo uscì sul corridoio. A tutta quella confusione, si spaventò. "Mamma, che succede?"

Lei non lo vide neppure. Con uno scatto, strappò il biglietto dalle mani di Conti. Era scritto in uno stampatello perfetto: *Nerone è vivo. Ti aspetto a scuola stasera alle dieci e trenta. Passa da dietro, la porta sarà aperta. S.*".

"Che significa?", chiese, sollevando sul commissario uno sguardo attonito.

"Non lo so. Ma ora andiamo a scoprirlo".

63

De Marchis scese dalla volante pallido come un morto. Mentre affrettava il passo verso gli uomini che lo aspettavano alla base della scalinata esterna del liceo, inciampò e per un pelo non finì per terra.

"Si è fatto male?", chiese l'agente che gli aveva appena evitato il capitombolo, trattenendolo per un braccio.

Il preside scosse la testa, imbarazzato, e si passò una mano fra i capelli nel tentativo di ricomporsi. Conti gli andò incontro con il biglietto in mano. "Lo ha scritto lei, questo?", chiese, senza nemmeno salutare.

De Marchis prese un'aria stupefatta. "Che cos'è?"

"Legga lei stesso, prego".

Il preside cercò gli occhiali da vista nella tasca della giacca e si spostò vicino al fascio di luce dei fari dell'auto. Conti lo osservò stringere le labbra, poi chiudere gli occhi e inspirare profondamente. Quando alzò la testa, però, l'esercizio di autocontrollo doveva essergli riuscito, perché sembrava calmo e composto. "Non l'ho scritto io. A chi è indirizzato?"

Domanda logica e comprensibile: gli agenti che lo avevano accompagnato lì si erano limitati a dirgli che qualcuno si era introdotto nel liceo.

"Al suo amico Furio Longhi".

"Cosa?!"

La sorpresa nel tono dell'uomo sembrava sincera, valutò Conti. Rocci e Forgione, poco distanti, seguivano la scena in un silenzio vigile, senza perdersi neppure un battito di ciglia.

"Longhi è uscito di casa alle dieci e un quarto di ieri sera e non è più tornato".

De Marchis sgranò gli occhi, mentre Conti gli porgeva la mano col palmo in su. "Mi dia le chiavi, preside. Dobbiamo entrare".

"Se non le dispiace, apro io", rispose freddamente l'altro. "Sono qui per questo, e poi la serratura del portone è difettosa".

Mentre De Marchis armeggiava con la toppa, gli uomini tirarono fuori le armi.

Quando entrarono nel vestibolo buio, erano le cinque e quindici e la luna era ancora nascosta tra le nuvole.

Prima di passare nell'atrio, Conti controllò la porta dell'alloggio di Scalza, che sembrava regolarmente chiusa. "Ha la chiave di questo posto?", chiese a De Marchis.

"In presidenza dovrebbe essercene una copia".

Conti ordinò a due agenti di fermarsi lì nel vestibolo a sorvegliare l'uscita. Poi varcarono la porta a vetri e furono nell'atrio immerso nel buio.

Sul muro, appena a destra, c'era una placca con una serie di interruttori. De Marchis li premette tutti, uno dopo l'altro, ma le luci non si accesero. "Strano", commentò, con un tono che voleva sembrare normale. "Dev'esserci stato uno sbalzo di corrente. Qualche volta succede".

"Dov'è il quadro generale?", chiese Forgione, che di elettricità se ne intendeva più degli altri.

"Ce ne sono due: uno è nell'alloggio del custode, l'altro di sopra, vicino alla postazione dei bidelli".

Marchetti e Artusi accesero le torce e fecero strada su per la scalinata di destra. Rocci, che chiudeva la fila, continuava a guardarsi alle spalle, non perdendo mai di vista l'atrio immerso nel buio. Nessuno fiatava, solo il trapestio dei passi sugli scalini rompeva quel silenzio praticamente perfetto.

Marchetti fu il primo ad arrivare al piano di sopra: avanzò di qualche passo, fece sventagliare la torcia e urlò.

64

Furio Longhi era sulla destra, in fondo, vicino all'ascensore. Riverso per terra, supino, a gambe larghe.

"Luce! Luce!", strillò Conti, mentre scattava in quella direzione.

A quel comando De Marchis corse sul lato opposto, aggirò la scrivania dei bidelli e con le mani che gli tremavano cominciò a trafficare con il quadro elettrico. Uno dei pulsanti penzolava, con i fili strappati. Forgione allontanò bruscamente il preside e gli passò la torcia. "La punti qui e la tenga ferma", intimò. Quindi cavò di tasca un temperino e con pochi movimenti precisi ricollegò i capi.

In un baleno l'atrio si inondò di luce. Richiamati dalle urla, dalle scale spuntarono affannati due agenti con le armi in pugno. Marchetti e Artusi si erano disposti spalle al muro, ai due lati dell'ascensore, con le pistole spianate. Conti e Rocci, invece, erano entrambi inginocchiati accanto al corpo.

Il professor Furio Longhi aveva gli occhi sbarrati nel nulla e la lingua penzoloni.

"Guardi", mormorò Rocci, indicando a Conti l'interno della bocca semiaperta del morto. "Gli hanno infilato qualcosa in gola..."

Il commissario scattò in piedi e cominciò a sbraitare ordini. "Servono rinforzi! Immediatamente! Voglio qui tutta la Centrale! Questa cazzo di scuola va perquisita da cima a fondo, capito? Lei, Rocci, butti giù dal letto il procuratore. Forgione, tu chiama Manzi e dì a Mancini che se non lo vedo qui con le sue tute bianche entro quindici minuti, stavolta gli metto le mani addosso. La porta sul retro? Chi è che la controlla?"

"Franceschini e Mariani, dottore", rispose uno degli agenti che era appena accorso dal piano di sotto. Gli tremava la voce e aveva un'aria spaventatissima.

"Chiamateli e ditegli di stare in campana. Voi due tornate di sotto e tenete d'occhio il perimetro dell'edificio. E attenzione anche alle finestre, mi raccomando. Se è ancora qui, cercherà di uscire in qualche modo. Preside, siamo sicuri che non ci siano altri ingressi?"

Fu solo allora che, cercandolo con gli occhi, vide De Marchis davanti alla porta della presidenza. In piedi, di spalle, la testa sollevata verso l'alto. Conti lo raggiunse a grandi passi, chiamandolo.

"Preside!"

L'uomo non si voltò.

"De Marchis! È diventato sordo?"

L'altro restò immobile e non rispose. Neanche quando il commissario gli fu arrivato vicino. Continuava a fissare qualcosa sul muro, qualcosa che in quella delirante confusione nessuno aveva ancora notato. Eppure era lì, in bella vista, troneggiante sul muro al di sopra di un divanetto rosso sul quale venivano fatti accomodare i visitatori in attesa: un grande poster celebrativo dei festeggiamenti per gli ottant'anni del liceo. Sul cui vetro qualcuno aveva scritto, a caratteri cubitali, il numero 666.

In un cupo punto di rosso. Conti si augurò che non fosse sangue.

65

A ripensarci molto tempo dopo, quando il ciclo funesto degli eventi si era ormai concluso, quella fu una notte memorabile sotto molti aspetti. Mai nella sua vita Conti aveva sperimentato un caos così totale, minaccioso e indomabile. Sembrava quasi che una cappa malefica si fosse allungata su quella scuola, rallentando le azioni, impedendo le decisioni, confondendo i pensieri.

Quel che ne derivò, sulle prime, fu un opprimente senso di impotenza generale. Sembrava che tutti avessero smarrito il proprio ruolo, e girassero in tondo nell'ottusa speranza di rintracciarlo da qualche parte. Ma c'era molto altro. Quel cadavere – con gli occhi aperti e la lingua fuori dalla bocca distorta – era qualcosa di più di un cadavere. Il suo ghigno involontario e grottesco aveva trasformato il volto dell'uomo che era stato nello specchio fedele del Male che aveva subito.

Dopo una rapida occhiata, tutti si ritraevano turbati e giravano al largo. Tutti tranne il dottor Manzi, che accanto a quel povero corpo, invece, si trattenne a lungo. Da quanto Conti potesse ricordare, era la prima volta che sul viso del medico legale compariva qualcosa di diverso dalla solita impaziente concentrazione. Stavolta Manzi aveva gocce di sudore dappertutto: sulla fronte, sul mento, sulle guance, agli angoli della bocca. E in quegli occhi piccoli e veloci, normalmente indifferenti, c'era pietà.

Quando estrasse il biglietto dalla gola del morto, aiutandosi con un paio di lunghe pinze chirurgiche, intorno a lui si fece un silenzio attonito. Manzi prese il foglietto con la punta delle dita guantate e lo allargò con attenzione religiosa. Quindi sollevò la testa e inspirò a fondo.

"Ho bisogno d'aria", disse, con voce roca. "Levatevi dai coglioni".

Tutti fecero un passo indietro e il capannello si allargò intorno a lui come una corolla che si schiude. La corolla di un fiore avvelenato, però. Il medico si alzò in piedi e lesse a voce alta: "*Ego me bene habeo*". Poi, nel mutismo generale, cercò Conti con lo sguardo. "Tu il latino non lo sai, commissario. Io invece sì. Eppure questa non riesco proprio a tradurla, mi perdonerai. L'unica cosa che mi sento di dire è che questo poveretto era una brava persona. Ha insegnato italiano a mio figlio e non dimentico quello che ha fatto per lui, che pure non lo meritava. Ora però, latino o non latino, bisogna che questo pazzo da cinematografo lo fermiamo. E, per quanto ho da dire, spostiamoci da qui, ché lo spettacolo mi disturba".

66

Seduto sulla sua poltrona, De Marchis si prese la testa fra le mani e mugolò piano.

Non gli importava degli uomini che aveva di fronte: il procuratore, Conti, Rocci, Forgione e Manzi. Che pensassero pure che era un debole, un pusillanime, un inetto. Del resto non lo aveva pensato anche suo padre, per tutta la sua vita? Ah, suo padre! Un prepotente compulsivo e nevrotico, affetto da delirio di onnipotenza. Ignorante, rozzo e fondamentalmente insensibile a tutto, tranne che ai soldi e al predominio sul prossimo. Eppure la sua concezione muscolare della vita alla fine era risultata vincente. Invece lui, Saverio, era stato solo capace di nascondere i suoi molti fallimenti dietro il nobile paravento della sua presunta cultura, mentre tutto il resto – belle case, automobili di lusso, vacanze, mondanità, viaggi – era solo farina del sacco di Rocco. E ora?

Ora gli veniva presentato il conto, troppo salato per le sue limitatissime risorse. De Marchis sentiva che la sua vita pretenziosa e sopravvalutata era arrivata al *redde rationem*. E il fatto che non se lo aspettasse non rendeva meno grave la sua inadeguatezza. In ogni caso, ormai, doveva cavarsela da solo.

Qualcuno parlò ma, perso com'era nelle sue nebulose riflessioni, il preside non avrebbe saputo dire chi. Sollevò sugli uomini seduti davanti alla sua scrivania uno sguardo appannato. "Come, prego?"

"Dicevo, De Marchis, che è necessario indicarci i nomi delle persone con le quali è stato a cena ieri sera e gli orari dei suoi spostamenti. È solo routine, sono certo che lei lo capisce benissimo".

Il preside fissò il procuratore: appena il giorno prima si sarebbe indignato e avrebbe preso un'aria molto offesa. In quel momento, invece, inforcò gli occhiali, afferrò un foglio bianco e cominciò a scriverci sopra con foga. Dopo qualche minuto passò al magistrato una lista di nomi. "Ecco. Qui ci sono sei o sette persone che erano con me a cena ieri sera. Ho annotato anche i loro recapiti telefonici e – dove la memoria non mi ha soccorso – i luoghi dove possono essere facilmente rintracciati. Quanto al rientro, ho ancora i biglietti del treno nella giacca che ho lasciato in camera da letto. Mia moglie potrà confermare che siamo arrivati a Pescara all'una e cinquanta, poi abbiamo preso un taxi dalla stazione fino a casa. Anche quest'ultima circostanza potrà essere facilmente verificata, ritengo".

"Come mai non siete andati in auto?"

"Io non amo guidare di notte, soprattutto di ritorno da una cena dove si beve, e Miriam da qualche giorno ha una fastidiosa congiuntivite. Abbiamo preferito così, e a questo punto devo dire che è stata una scelta felice".

Guardò Manzi, che aveva collocato l'ora approssimativa della morte in una fascia ricompresa fra le undici della sera prima e le due del mattino, e il medico gli rimandò un impercettibile segno d'assenso.

"Ora, se permettete, chiedo io una cosa a voi. Cosa vi fa pensare che il povero Furio avesse un appuntamento proprio con me? È forse per via di quella *S* sul biglietto che avete trovato in casa sua? Ma non capite che state facendo il gioco di questo psicopatico? Che quella *S* serve proprio a far perdere tempo, a depistare?"

Conti sollevò una mano. "Il problema qui è un altro, preside. Come mai chi ha scritto quel biglietto aveva la certezza che – presumendo che l'autore fosse lei, Saverio De Marchis – il professor Longhi si sarebbe precipitato a scuola in un'ora che definire insolita è un eufemismo? E che non avrebbe trovato affatto strano un appuntamento in un liceo di notte, invece che in un bar o per strada o in casa dell'uno o dell'altro? Un appuntamento, peraltro, fissato con un biglietto praticamente anonimo, invece che con una normalissima telefonata o un semplice sms. Modalità furtive e molto sospette, non trova?"

"Io non sono l'unico il cui nome inizia per *S* sulla faccia della Terra!", sbottò De Marchis. "Voi state dando per scontata una circostanza che non lo è affatto. Volete sapere i nomi di tutti quelli che lavorano qui? Professori, segretari, bidelli? E quelli di tutti gli alunni? Chissà quante *S* troveremmo… Chi vi dice che Furio pensasse di avere appuntamento proprio con me?"

"Ce lo dice il fatto che chi l'ha convocato qui doveva avere le chiavi della porta sul retro. Quella che, come risulta dal biglietto, sarebbe stata lasciata aperta".

Il preside scosse la testa, esasperato. "Be', sentite, io non c'entro. Non ho dato appuntamento a nessuno e non ero qui stanotte. Quindi la conclusione è solo una: le chiavi di quella porta ce l'ha qualcun altro".

Rocci e Conti si scambiarono un'occhiata. Il vecchio Tutankhamon li aveva avvertiti.

"Forgione, vai in ospedale. Verifica che il custode sia ancora lì e che nella notte non si sia mai mosso dal suo letto. E già che ci sei, fatti consegnare le chiavi del suo alloggio e tutte le altre che per ipotesi avesse portato con sé. Subito dopo, però, devi fare un'altra cosa…"

"Dare la notizia alla vedova, scommetto", concluse Forgione, con sarcasmo.

"Esattamente", rispose Conti, sbrigativo.

67

"Ettore, quanto tempo ti serve per l'autopsia?"

Erano usciti dalla presidenza, lasciando De Marchis a telefonare a tutto il personale della scuola. Era chiaro che il liceo sarebbe dovuto restare chiuso, quel giorno. Occorrevano rinforzi per chiamare tutte le famiglie prima delle otto del mattino, visto che i ragazzi minorenni non potevano certo essere rimandati indietro all'insaputa dei genitori. De Marchis aveva ottenuto dalla polizia il permesso di utilizzare il campetto di pallavolo come luogo di raccolta degli studenti che non fossero riusciti ad avvisare per tempo. L'uso dell'Aula magna gli era stato ovviamente negato: la Scientifica era ancora in giro per la scuola con le sue polverine e i suoi fotografi, e le operazioni sarebbero state molto lunghe.

"Questa te la faccio subito, Riccardo. Come dicevo, ho un debito di riconoscenza con quel professore".

"Non può anticiparci qualcosa, dottore?", chiese il procuratore.

"Qualcosa sì, anche se non so se possa servire. Intanto gli è stata versata nella gola una potente sostanza corrosiva. Forse acido muriatico, ma potrebbe anche essere altro. Vedremo".

"Mio Dio, deve aver sofferto molto".

"Gli occhi sbarrati potrebbero farlo pensare".

"Ma come si fa a versare un acido nella gola di qualcuno senza prima immobilizzarlo? Erano in due, per caso? In tre? Una setta al completo?"

"Non necessariamente". Manzi sembrò riflettere per un lungo momento. "Non ho notato segni di colluttazione, quantomeno sulle braccia, sul collo e sulle mani. Però c'era dell'altro".

"E cioè?"

"Un piccolo ematoma sul torace. Ho il fondato sospetto che sia stata usata una pistola elettrica, una taser insomma, per tramortirlo e poter operare con calma. Ma sono un medico, io, non un indovino. Le ipotesi non servono a nulla, se non a fare confusione. Quindi, se non vi spiace, ora me ne vado in obitorio. Buon proseguimento".

Lo guardarono andare via quasi di corsa, giù per la scalinata affollata di agenti in salita e in discesa. Rocci si era allontanato e stava confabulando con Mancini, sulla porta di un'aula poco distante. Anche il procuratore si congedò, con mille raccomandazioni: la più pressante era quella di indagare immediatamente sulle sette sataniche presenti in città, sul territorio nazionale e – nulla ottenendo – nell'intero mondo emerso.

Conti restò solo nell'atrio, con lo sguardo fisso sul riquadro lasciato vuoto nel muro dal poster sfregiato da quel numero maledetto, che la Scientifica aveva appena portato via. All'improvviso realizzò di avere un disperato bisogno di fumare e scese al piano terra. Sotto il portico, l'aria fresca lo rianimò. Il sole era appena sorto, e d'istinto il commissario guardò l'orologio. Erano le sette e dieci, e in quel preciso momento il cellulare gli vibrò nella tasca della giacca. Sul display c'era un numero sconosciuto.

"Commissario Conti? È lei?"

"Chi parla?"

"Sono Valeria Benci. La madre di Stefano. Ricorda?"

Conti aggrottò la fronte, perplesso. Era l'infermiera bionda e molto carina che somigliava a sua moglie Clara. La voce, però, gli sembrava più sottile di come la ricordasse. "Come ha avuto il mio numero? Chi gliel'ha dato?"

"Lei, commissario. Me l'ha dato lei".

Stanco e frastornato com'era, Conti impiegò qualche istante a ricordare che nel parcheggio dell'ospedale le aveva allungato il suo biglietto da visita con la preghiera di chiamarlo se avesse avuto qualche informazione utile. "Ah, già. Mi dica".

"Mio figlio...", cominciò la donna, poi tacque.

"Pronto?"

Dall'altro capo del filo, un singhiozzo soffocato.

"Signora?"

"Mio figlio... mio figlio è... è...", provò a dire lei, con voce spezzata.

"Suo figlio *è* cosa? Pronto, signora? Mi sente?"

"Mio figlio è scomparso!"

68

Pallida, spettinata, col viso stravolto dalla preoccupazione, Valeria Benci sembrava un'altra. Quando li vide sulla porta, però, i lineamenti contratti dall'ansia si distesero e negli occhi cerchiati apparve un breve lampo di sollievo.

Conti si fece condurre nel salotto e prese posto accanto a lei sul divano. Artusi, invece, sedette su una poltrona di fronte. L'agente non era meno terreo della donna: dopo il terribile stress del blitz nella scuola, quei pochi chilometri in macchina, con Conti che guidava come un pazzo, gli avevano dato il colpo di grazia.

"Perché ci ha avvisati solo ora?", esordì il commissario.

"Ho finito il turno in ospedale stamattina alle sei. Quando sono tornata, la porta della camera di Stefano era chiusa. Ho pensato che dormisse. Ho preparato la colazione e sono andata a svegliarlo per andare a scuola. Ma il letto era intatto e lui… lui non c'era…"

Le ultime parole si persero fra i singhiozzi di un pianto improvviso e disperato. I due uomini si fissarono smarriti, in attesa che la donna si calmasse. Eppure qualcosa bisognava pur dire.

"È sicura che Stefano non si sia fermato a dormire da un amico? Può darsi che abbia dimenticato di avvisarla…", provò a suggerire Conti.

Lei scosse il capo con decisione e si asciugò le lacrime con il dorso della mano. "No. Lui non ha mai dormito fuori casa. Mai! E poi ho chiamato i suoi amici, Enrico Frizzi e Fabio Mantovano. Non l'hanno visto, non l'hanno sentito, non sanno niente di niente! Però poco fa Frizzi mi ha ritelefonato per dirmi..."

"Cosa?"

"Che la scuola oggi è chiusa. Ne sapete qualcosa, voi? È vero?"

"Sì".

"Perché?"

"Motivi di sicurezza".

La donna sgranò gli occhi, allarmata. "Sicurezza? Che significa?"

"Stanotte è stato ucciso un altro professore, signora", rispose il commissario, con voce grave.

"Chi?", urlò quasi lei, torcendosi le mani.

"Si chiamava Furio Longhi. Lo conosce?"

Valeria Benci a quel punto scattò in piedi e raggiunse la finestra. Scostò la tenda e guardò fuori, in quel vialetto povero e trascurato che offriva una sintesi perfetta della sua esistenza. "Era un professore di Stefano", disse, dando loro la schiena. Il pianto aveva lasciato il posto a una sorta di gelida compostezza. "Gli insegnava l'italiano".

Con una punta di malessere Conti notò che così, di spalle e in controluce, sembrava una copia perfetta di sua moglie Clara. Esile, bionda, con i capelli raccolti in una coda bassa e le ballerine ai piedi.

"Suo figlio aveva problemi anche con lui?"

Valeria Benci si girò di scatto, con lo sguardo offuscato dall'ira. "Se sta insinuando che Stefano possa entrarci qualcosa, è fuori strada. Mio figlio aveva un buon rapporto con quel professore. Longhi non era come la Baldi, non tormentava i ragazzi. Era solo un po'…"

"Un po' cosa, signora?"

"Noioso. Antiquato, forse. Era fissato con le parole, aveva scritto anche una specie di dizionario, ma a parte questo…" La donna scosse la testa, desolata. "Poveretto!"

"Ha provato a chiamare suo figlio sul cellulare, immagino", osservò il commissario, dopo una breve pausa.

Negli occhi tristi di Valeria Benci tornò il panico di poco prima. "Non risponde! Squilla e lui non risponde!"

"Possiamo dare un'occhiata in camera sua?"

Mentre la donna faceva strada per il corridoio e subito prendeva a scusarsi per il disordine nella stanza del figlio, il commissario pensò che la scena ricordava pericolosamente quella di poche ore prima, a casa del professore. Il cellulare di Stefano non c'era. Sul comodino, una foto ritraeva il ragazzo sorridente insieme a un uomo con le spalle larghe e la barba scura. Erano entrambi a torso nudo, con il mare alle spalle.

"Chi è?", chiese Conti.

"Il padre".

Il commissario si girò a guardare la donna. "A proposito, dov'è?"

Lei strinse le labbra. "In Costa Rica. Siamo separati dall'aprile scorso, e da allora lui non si è mai mosso da lì".

"Ne è certa? Non potrebbe essere tornato, e magari essersi messo in contatto col figlio?"

"No. Stefano me l'avrebbe detto".

"Ci sono altri parenti? Nonni, zii, cugini?"

"Solo mia madre e mio padre, ma li ho già chiamati e non sanno niente. Io e mio marito siamo figli unici e i genitori di lui sono morti".

Proprio come lui e Clara. Entrambi senza fratelli e sorelle. E con un unico figlio, con i soli nonni materni ancora in vita. Curioso, rifletté Conti. Si avvicinò al computer portatile sulla scrivania del ragazzo. "Cosa ne dice se questo lo prendiamo noi?"

Lei si irrigidì. "No. Stefano non me lo perdonerebbe mai".

"E lei? Se lo perdonerebbe, lei, se in questo computer ci fosse la spiegazione della sua scomparsa?"

Valeria non aveva più forze né argomenti: solo angoscia e confusione. Lasciò che Artusi prendesse il portatile del figlio, lo infilasse nella custodia e se lo mettesse sotto il braccio.

"Ora noi ce ne andiamo", disse Conti, avviandosi verso la porta. "Se suo figlio dovesse rientrare o ci fossero novità di qualsiasi genere, ci avvisi immediatamente".

"Commissario..."

Conti la fissò interrogativamente. La donna aveva preso a mordersi il labbro inferiore, esitando, come se avesse paura della domanda che stava per fare. "Lei pensa che la morte del professore possa essere collegata al fatto che mio figlio non è tornato a casa stanotte? Voglio dire, questo assassino che ce l'ha con gli insegnanti della classe di Stefano potrebbe voler fare del male anche... anche ai loro studenti?"

"Non conta quello che penso io, signora. L'importante, ora, è capire dov'è il ragazzo".

Valeria Benci, sulla porta di casa, li guardò incamminarsi sul vialetto. D'impulso, mentre salivano in macchina, si mise a correre e li raggiunse. Si chinò fino al finestrino aperto e fissò il commissario negli occhi. "La prego, mi aiuti!", supplicò. "La prego! Io ho solo lui..."

Conti non trovò nulla di consolante da dirle. Aveva un brutto presentimento, ma condividerlo con lei sarebbe stato inutile e crudele. Si limitò a un muto cenno d'assenso, poi mise in moto e partì.

69

Fu un tragitto di ritorno molto travagliato. Artusi giurò su sua madre che mai più – anche a costo di lasciare il corpo di polizia – avrebbe rimesso piede su una macchina con Conti alla guida. Il commissario sembrava fuori di sé, e in un paio di sorpassi rischiarono lo scontro frontale. L'agente si girò a guardarlo con gli occhi sgranati dalla paura. "Dottore...", provò ad ammonirlo, ricevendone in risposta un "Tranquillo!" che non lo tranquillizzò affatto.

Mentre zigzagava nel traffico con una sola mano sul volante e una velocità da autodromo, Conti parlava a telefono in vivavoce con una quantità di soggetti: Rocci, Forgione, Mancini e il segretario della Procura. Per ultimo, chiamò suo figlio Matteo.

"Stai bene, eh? Stai bene?"

"Perché?", chiese il ragazzino, con la voce ancora impastata di sonno.

"Perché cosa? Non te lo posso chiedere? Ci vuole un perché per chiedere al proprio figlio se sta bene?"

"Io sto bene. E tu, papà?"

"Mi stai sfottendo, Matteo?"

"Papà..."

"Sì?"

"Ti ho solo chiesto se stai bene. Come hai fatto tu con me. Mica mi sembri tanto normale, oggi".

"Sono normalissimo! Normalissimo!"

Lunga pausa di perplessità: nell'appartamento a seicento chilometri di distanza e sul sedile del passeggero dell'auto di Conti. Poi il bambino parlò, con una cautela insolita per la sua età. "Ci vediamo dopodomani, allora? A che ora arrivi?"

"Dopodomani?"

"Scusa, non dobbiamo andare a Gardaland? L'hai detto tu che sabato..."

Conti deglutì, mentre schivava di un soffio un camion che gli stava tagliando la strada e Artusi si aggrappava alla cintura di sicurezza, annichilito dal terrore.

"Sì, l'ho detto. L'ho detto! Ma ora non lo so se posso. Ti chiamo dopo e ti spiego meglio. Tu lo sai che lavoro faccio, no?"

"Ma io ci contavo! Me l'avevi promesso! Ho anche rinunciato a..."

Conti si morse la lingua. Quel recriminare del figlio

gli ricordava tanto la petulanza della madre nei suoi momenti peggiori.

"Senti, Matteo, mi dispiace", scandì, con una lentezza minacciosa. "Ma ormai sei grande, fai la prima media, e sei in grado di capirmi se ti dico che questa è una brutta storia. Molto brutta. Per esperienza sai di cosa parlo. E se non lo sai, guarda il telegiornale quando torni da scuola. Ti prometto che a Gardaland prima o poi ti ci porto".

"Okay, okay", tagliò corto il ragazzino, con voce lontana. "Ora vado, sennò faccio tardi a scuola".

Conti finse di non accorgersi del tono freddo del figlio. "Vai, vai! E saluta la mamma da parte mia".

Dopo qualche minuto, si girò verso Artusi. "Come hai detto che si chiama la tua ragazza? Eleonora?"

Artusi non gli aveva mai detto il nome della fidanzata. Ma Conti sapeva sempre tutto.

"Sì".

"Be', non fate figli. Dillo anche a lei, da parte mia. Non vi conviene".

Artusi rinunciò a ribattere. Il capo era troppo nervoso per accettare una replica, per quanto banale e ragionevole potesse suonare. E poi, ormai, erano arrivati davanti alla questura. Finalmente, pensò Artusi con sollievo, e fece per scendere. Ma Conti lo fermò con un gesto del braccio. "Aspetta qui, tu. Io faccio un salto in ufficio a prendere una cosa e a dare a Lunigiani il numero di cellulare del ragazzo. Poi andiamo".

"Dove?"

Senza rispondere, Conti uscì dall'auto lasciando lo sportello aperto.

Artusi – per il bene dei tanti figli che era invece intenzionato ad avere – ne approfittò per mettersi al posto di guida.

70

Alle otto, Eligia Marani prese la borsa, cercò le chiavi di casa e si preparò a uscire. Lo specchio dell'ingresso le rimandò l'immagine di una donna anziana. Elegante, pettinata con cura e profumata, ma pur sempre anziana. Mentre osservava il reticolo di rughe che le increspavano il contorno delle labbra in un cipiglio perennemente imbronciato, accanto al suo viso riflesso si stagliò nitido quello di una Madonna giovane e bellissima. Colta di sorpresa da quel bizzarro accostamento nello specchio, si girò di scatto. Il dipinto era appoggiato al muro dietro di lei, accanto alla porta, dov'era stato lasciato dagli uomini mandati da Saverio De Marchis.

Eligia si era limitata a liberarlo dall'imballaggio, non avendo ancora deciso cosa farne. Probabilmente l'avrebbe venduto: era preziosissimo e non avrebbe avuto nessuna difficoltà a piazzarlo nel ricco mercato del collezionismo privato. Era certa che il vecchio Rocco avrebbe approvato, ma solo a condizione che lei riuscisse a concludere un affare vantaggioso.

La dottoressa fissò quella Madonna eterea e sognante, poi il bimbo sul suo grembo. Si chiese chi fosse la donna accanto a loro, con le braccia protese. Troppo giovane per essere la madre di Maria, ma non si poteva escludere che il pittore avesse sorvolato su un particolare artisticamente trascurabile come quello dell'età di Sant'Anna. Chiunque fosse, però, quella figura di donna sembrava voler sottrarre il bambino alle braccia della madre.

Il pensiero di Eligia volò a Rocco De Marchis. Era un pensiero sarcastico, per nulla benevolo. Fra tutti i quadri, le sculture e gli oggetti preziosi di cui si circondava, aveva scelto per lei l'unico soggetto che avrebbe potuto ferirla. Quell'uomo era un rozzo parvenu e un imbarazzante gaffeur, considerò con sprezzo. Tuttavia, non riusciva a portargli rancore. Né per il dipinto, né per il resto. Era certa che di quel lascito l'unico aspetto davvero preso in considerazione dal vecchio De Marchis fosse stato quello economico. Che lei non avesse mai tenuto tra le braccia un bambino, e potesse averne molto sofferto, era un'idea che di sicuro non l'aveva neppure sfiorato. E ormai ogni resipiscenza – per quanto improbabile, conoscendo il soggetto – era fuori tempo massimo. Rocco era di certo andato a fare compagnia a una pletora di arrampicatori assatanati, in un qualche girone infernale in cui il danaro veniva bruciato da fiamme che le loro inesauribili lacrime non riuscivano a spegnere. Ed Eligia non dubitava che sarebbe precipitato ancora più in basso nel tempo a venire.

Chiudendosi la porta alle spalle, decise di concen-

trarsi su altro. E fu in quel momento, mentre aspettava l'ascensore sul pianerottolo, che il cellulare le squillò nella borsa. Rispose a quel numero che non conosceva.
"Dottoressa Marani?"

"Sì. Chi parla?"

"Assistente Luca Forgione della Mobile. Sono qui in ospedale, nel suo reparto. Il signor Vito Scalza, ricoverato ieri, non è più nel suo letto. Lei ne sa niente?"

"Ieri sera c'era".

"E ora invece no, dottoressa".

"Mi aspetti. Sto arrivando".

Forgione chiuse la comunicazione e chiamò Conti.

71

Vito Scalza non era nel suo letto, né da nessun'altra parte nell'edificio. Le ricerche – nei reparti, nei cortili esterni, al bar e all'emporio dell'ospedale – erano ancora in corso quando Conti e Artusi si fermarono davanti all'ingresso riservato al personale e scesero dall'auto. Forgione spuntò dopo qualche minuto, affannatissimo, con la pelata lucida di sudore.

"Se l'è squagliata con tutti i vestiti", disse, agitato. "A casa non è tornato: ho appena parlato con i nostri che sono ancora al liceo. Le infermiere del turno di notte giurano che stanotte era qui, anche se non sanno dire di preciso quando hanno controllato l'ultima volta. Il primario le ha torchiate a telefono, ma bisognerà interrogarle di persona, guardandole bene in faccia mentre mentono. Io sono sicuro che non hanno controllato un emerito cazzo".

Artusi rivolse all'assistente uno sguardo stranito: Forgione era noto per la sua sobrietà, e il giovane non ricordava una sola occasione in cui avesse alzato la voce, perso il controllo o detto una parolaccia. Conti, invece, non batté ciglio. "Anche la madre di quel Benci, il ragazzo che non si trova, era di turno stanotte. Avete chiesto a lei?"

"La Benci è stata la prima a cui la Marani ha telefonato. Dice di aver tolto una flebo a Scalza alle nove e quarantacinque e di non essere più entrata in quella stanza, perché il paziente dormiva e non aveva bisogno di nulla. Poi si è messa a piangere. È convinta che quell'uomo ce l'abbia con suo figlio e che potrebbe avergli fatto del male".

Conti sollevò le sopracciglia, con aria scettica. "E io dico che la cosa è perfettamente reversibile. Quei due si odiavano a vicenda e sono entrambi scomparsi. Come si fa a dire con certezza chi abbia fatto del male a chi?"

I tre uomini tacquero. Intorno a loro, gente che andava a veniva con aria frettolosa e sirene di ambulanze in arrivo e in partenza. Artusi scosse la testa. "Che disastro…"

Conti lo fissò, stringendo le labbra. "Rientra dentro e vedi di avere una risposta definitiva".

L'agente lanciò un'occhiata al collega anziano: Conti

era un mito, Forgione un punto di riferimento. Qualcosa di molto simile a un padre. Un padre che, però, stavolta abbassò lo sguardo.

"Io?", non gli restò che dire. A Conti bisognava pur rispondere.

"Sì, tu. Quando sarai certo che Scalza non è più in questo edificio e nemmeno nel suo alloggio, avvia immediatamente le ricerche. Parenti, amici, conoscenti, sentiteli tutti. Cercatelo dovunque, anche a casa del diavolo".

"E il ragazzo?", chiese Forgione.

"Ci stanno pensando alla Centrale, non ti preoccupare. Tu intanto vieni con me".

"Dove?"

"Te lo dico in macchina. Dai, muoviamoci".

72

"Portami da quel vecchio", ordinò Conti.

Forgione, stanco com'era, ci mise un po' a capire. Mentre usciva dal parcheggio dell'ospedale, si chiedeva di quale vecchio il capo stesse parlando. Quella notte lo aveva stremato, e il giorno che era appena spuntato non prometteva riposo. Si concentrò.

"Dal padre di Spera?", chiese, alla fine, con lo sguardo fisso sulla strada.

"Sì".

L'assistente fece inversione di marcia e si diresse verso nord. "Non ricordo il civico. Dovrebbe essere il 67, ma non ci giurerei".

"Non importa. Lo troviamo. Che strada è?"

"Via Carlo Poerio".

"Vai".

Forgione guidava come un automa, guardando la strada senza vederla davvero. Conti notò che ogni tanto sbatteva le palpebre e si sfregava gli occhi con la mano. "Stai bene, Luca?"

"Avrei bisogno di un caffè".

"Fermati a un bar. Ne ho bisogno anch'io".

Forgione accostò dopo pochi minuti. Era un locale stretto, con un banco che esponeva ogni sorta di profumate ghiottonerie. Fu una sosta rigenerante, a base di cornetti e caffè doppi, durante la quale entrambi approfittarono per andare in bagno a turno. Mentre tornavano alla macchina, l'assistente si girò verso il capo. "E Rocci?"

"Che vuoi dire?"

"Non sa ancora niente, vero? Della foto del fratello, intendo. Come la prenderà non vedendola tornare, dottore?"

"L'ispettore Rocci non è il mio fidanzato, Luca. E sai benissimo che sono contrario al fatto che nella mia squadra ci siano partner fissi. Questo vale anche per te e per Artusi. Te lo porti sempre dietro, pensi che non l'abbia notato?"

"Per la verità, dalla vedova Longhi sono appena stato con Marchetti..."

"Marchetti lo usi biecamente, nella speranza di farti sostituire prima o poi in questo tipo di incombenze. Con Artusi, invece, ti piace fare il maestro. Lui ti seguirebbe anche all'inferno, prende quello che dici per oro colato e ti imita in tutto, perfino nei taccuini con le montagne e i laghetti".

"Ma, dottore, che male c'è? È affezionato a me e alla mia famiglia. E quei taccuini me li ha regalati un cugino che ha una cartoleria. Lui li ha visti, gli sono piaciuti, e così..."

"Non c'è niente di male, Forgione. Ma quel ragazzo deve assolutamente crearsi un suo stile personale. Non deve imitare qualcuno solo perché lo ammira e lo rispetta. Ho notato che da quando ti si è messo dietro come un cagnolino, ha abbassato di qualche decibel il suo tono di voce. Prima parlava normalmente, ora quasi sussurra. Proprio come te. Che, per inciso, i taccuini li hai dati solo a lui. Come mai al povero Marchetti no?"

Forgione scosse la testa. "Anch'io ho sempre tentato di imitare lei, dottore. Ma non ci sono mai riuscito".

"Per forza. Io sono inimitabile".

Fu il primo – e unico – sorriso di quella giornata, per entrambi. Conti osservava la città fuori dal finestrino e si chiedeva dove fosse diretta tutta quella folla sui marciapiedi e in coda nel traffico. Poi realizzò che era l'ora di punta, in cui aprivano gli uffici e le scuole. E che quello era il mondo della gente normale, che osservava orari, regole e abitudini. Si chiese come sarebbe stata la sua vita se fosse stato costretto a timbrare un cartellino ogni giorno alla stessa ora e a chiedere a qualcuno il permesso per andare a fumare o prendersi una mezza giornata libera. Si sarebbe fatto sbattere fuori al primo ritardo, probabilmente. O, in alternativa, al primo diniego. Però non sarebbe stato costretto a rischiare la pelle e a giocarsi la famiglia.

"E poi Rocci in questo momento non ha nemmeno il tempo di grattarsi la testa", riprese, riannodando i fili del discorso. "Oltre che del ragazzo scomparso, si sta occupando di un argomento che conosce bene. Ha già indagato a fondo sulle sette, in passato. Lo sapevi?"

Forgione si girò brevemente a guardarlo. "No".

"Molti anni fa. Credo che in questo momento stia parlando con i suoi contatti dell'epoca".

"Lei che ne pensa, dottore?"

"Penso che, da quando ha visto quel *666* sul poster della scuola, il procuratore crede di aver fatto tombola: non devono esserci molti satanisti, qui a Pescara".

Forgione scosse la testa, perplesso. "Mai sentiti..."

"Appunto. Se la pista fosse giusta, il campo di indagine si restringerebbe enormemente, facilitandoci le cose".

"Ma lei? Come la vede, lei?"

Conti scosse il capo, senza rispondere. Si limitò a notare che Forgione aveva imboccato la via Poerio, e marciava a passo d'uomo controllando i civici.

"Ecco il 67. Dai, parcheggia".

Scesero dall'auto e si avviarono verso un piccolo fabbricato a tre piani che doveva risalire agli anni Sessanta. Forgione suonò al citofono.

Rispose una voce di donna, che alla parola polizia aprì immediatamente il portone.

"Deve essere la badante!", sussurrò l'assistente, mentre salivano a piedi.

In effetti la donna che era ferma sulla porta – alta, bionda e corpulenta – si presentò come colei che assisteva il vecchio Spera. "È ancora a letto", disse con un forte accento dell'est e un tono diffidente. "Ora lo chiamo".

Il salotto dove li fece accomodare era buio e sapeva di chiuso. Quando le tende vennero aperte per far entrare la luce del giorno, Conti capì che in quella casa la vita sociale doveva essere solo un lontano ricordo: le poltrone erano protette da fodere di plastica trasparente, mancava la televisione e i mobili erano coperti da un leggero strato di polvere. Nessun segno del passaggio recente di qualcuno in visita: solo un triste, decoroso abbandono.

Conti si immalinconì. Non coltivava serie speranze di arrivare alla vecchiaia ma, se era quello l'approdo di una lunga vita, non c'era da stare allegri.

Sergio Spera comparve dopo quindici lunghissimi minuti. I preparativi per renderlo presentabile dovevano essere stati laboriosi e anche turbolenti. Ogni tanto la voce dell'uomo si era levata impaziente, sovrastata dalle repliche stizzite della donna. Ora, sulla porta, c'era un vecchio dai capelli completamente bianchi, che si appoggiava a un bastone e li fissava con occhi vacui. Si era vestito di tutto punto, con una camicia a scacchi e un paio di pantaloni di cotone. La postura era eretta e lo sguardo fiero, ma la barba mal rasata e il tremore delle mani tradivano debolezza e impotenza.

"Buongiorno, signor Spera. Ci spiace averla disturbata a quest'ora del mattino", salutò Conti, muovendogli incontro.

"Se è per lei, guardate che io sono a posto!", disse il vecchio, brusco, accennando alla donna che lo seguiva dappresso. "Ho fatto la denuncia da voi entro le quarantott'ore, l'ho assunta regolarmente e pago anche i contributi all'Inps. Tutto come dice la legge".

"Ecco i documenti", aggiunse la donna, porgendo ai poliziotti una carta d'identità e un permesso di soggiorno.

"Li metta via. Non è per questo che siamo qui".

"E perché, allora?", chiese l'uomo.

"Le spiace sedersi qualche minuto con noi? Non ci vorrà di più".

A piccoli passi strascicati, Sergio Spera raggiunse una sedia accanto a un tavolo e vi si lasciò cadere. Poi si rivolse alla donna: "Vai di là, tu. Io devo parlare con questi signori".

Lei si rivolse diffidente ai poliziotti. "Non di me, vero?"

"Ha qualcosa da nascondere, signora?"

"Iooo? Nooo!"

"E allora può andare. Grazie".

Al tono di Conti, la donna si eclissò all'istante. Spera li stava fissando in silenzio con i suoi occhi cisposi, sormontati da lunghe sopracciglia bianche. "Cosa volete da me?", chiese, quando la porta si fu chiusa alle sue spalle.

"Lei ha il glaucoma, vero?", domandò Conti, a bruciapelo.

"Ho capito. Qualcuno mi ha denunciato per via dell'indennità di accompagnamento". Fece per alzarsi. "Ho tutte le carte di là. Ora le vado a prendere. Però poi mi dite chi è quel vigliacco che si è permesso di…"

Conti gli posò una mano sul braccio. "Tranquillo, signor Spera. Nessuna denuncia. Era solo una mia curiosità. E se lei mi risponde, le dico anche perché".

"Ho il glaucoma, sì. L'occhio sinistro è spento, quello destro ci vede per miracolo. È per questo che ho bisogno di quella lì…", lo disse con un tono infelice, carico di rancore.

"Gliel'ho chiesto perché voglio mostrarle una foto. Lei pensa di riuscire a vedere i soggetti che vi sono ritratti?"

"Se mi metto gli occhiali da vicino, e se non sono figure troppo piccole, sì".

"Li ha con sé, questi occhiali?"

Il vecchio li tirò fuori dal taschino della camicia. Mentre li inforcava, Conti posò la foto sul piano del tavolo.

Lo videro prenderla con la mano ossuta e macchiata, e portarsela molto vicino al volto. L'espressione di diffidenza lasciò subito posto alla commozione. "È mio figlio. Prima che…"

"Prima che sparisse?"

"Sì. Quel maledetto venticinque luglio del 1984. E voi che ne sapete?"

"Ci dica com'è successo".

Il vecchio sospirò. "È uscito di casa e non è più tornato".

"Nessuna idea? Nessuna ipotesi del perché?"

"Lucio era un bravo ragazzo, commissario. E poi era un genio, lo dicevano tutti. Sua madre lo adorava e anch'io..." Deglutì per ricacciare indietro quelle sue lacrime da vecchio, preda inerme dei ricordi, poi riprese con voce rotta. "Lo avremmo mandato a Torino, al Politecnico. Si sarebbe laureato e avrebbe fatto carriera. Mia moglie non sarebbe morta di dolore e io oggi non sarei qui, solo come un cane, in balia di una mercenaria".

"Quindi suo figlio è sparito all'improvviso e senza motivo".

"E che motivo poteva avere per andarsene così? Noi gli volevamo un gran bene, lui era bello e bravo, aveva tante soddisfazioni, non gli mancava niente... Lo abbiamo cercato dappertutto. I suoi amici non sapevano nulla. Nessuno ne sapeva nulla".

"Erano questi nella foto, i suoi amici?"

Il vecchio tornò all'immagine e la studiò attentamente "Sì. Me li ricordo bene. Questo qui, poverino... è morto poco tempo dopo. Si è impiccato, sa? Veniva sempre, dopo la scuola, a stare un po' con Lucio. E anche a studiare".

"Come si chiamava? Se lo ricorda?"

Il vecchio fece di sì con la testa. "Luigi, si chiamava. La sua era una famiglia perbene".

Conti e Forgione si scambiarono uno sguardo eloquente.

"Cosa dissero i ragazzi?"

"Oh, la polizia li interrogò a lungo. Nessuno di loro aveva visto Lucio quella sera. Nessuno sapeva dove fosse andato. E noi non abbiamo mai scoperto che fine ha fatto. L'ho detto anche al professore, quando è venuto poco tempo fa".

Conti sollevò la testa di scatto. "Quale professore?"

"Questo qui, con la maglia a righe", rispose Spera, puntando il dito nodoso sul volto giovane e occhialuto di Furio Longhi. Poi alzò lo sguardo velato.su di loro. "Ma si può sapere perché tutti mi chiedete di mio figlio? È tornato, per caso?"

73

La casa non le era mai sembrata così piccola e angusta. Valeria Benci non faceva che camminare avanti e indietro per il corridoio, e a ogni dietro-front le pareti si facevano più vicine, strette e incombenti. E le mancava il fiato, come in un incubo. Andare alla finestra, di tanto in tanto, non le era di nessun conforto: il vialetto spoglio, la strada deserta, il cielo plumbeo, tutto le trasmetteva angoscia e un'oscura sensazione di minaccia.

Per l'ennesima volta tornò in camera del figlio. Il suo sguardo vagò sul letto intatto, sui poster appesi al muro, sui libri e quaderni lasciati sul tavolo. Dalle sette di quella mattina, ogni centimetro quadrato di quell'ambiente era stato frugato, valutato, indagato mille volte senza che lei scovasse nulla che potesse aiutarla a capire.

Quel lungo ficcanasare l'aveva provata profondamente. A ogni cassetto aperto e rovistato, a ogni quaderno sfogliato e letto, a ogni zainetto ispezionato, aveva pregato Dio di non trovare niente. Lo aveva supplicato di risparmiarle la scoperta di un qualche segreto di Stefano che squarciasse il velo delle sue illusioni. E Dio, fino a quel momento, sembrava averla ascoltata.

Non c'era nulla, lì dentro, che provasse che suo figlio – il suo bambino! – fosse un degenerato, un drogato, uno spacciatore. O la vittima consenziente di un pedofilo. Però restava il computer. Aveva sbagliato a consegnarlo alla polizia. Avrebbe dovuto opporsi, non farlo portar via per nessun motivo. Se in quel maledetto aggeggio ci fosse stato qualcosa di compromettente per il ragazzo, lei non se lo sarebbe mai perdonato.

Ma, si ripeté per l'ennesima volta, consultare le email e le chat del figlio avrebbe potuto aiutare a scoprire qualcosa. Magari qualche sconosciuto – contattato via internet – gli aveva dato un appuntamento per qualche motivo e poi…

Ripensando a tutto quel che si diceva dei pericoli della rete, agli avvertimenti che in televisione venivano continuamente rivolti ai genitori degli adolescenti, Valeria si sentì tremare le gambe. Erano perlopiù programmi per casalinghe e famiglie, che le capitava di ascoltare quando era a casa di mattina, solo per avere un po' di compagnia mentre cucinava o rigovernava. Nessuno dell'età di Stefano avrebbe mai avuto voglia di seguirli: a quelli della sua generazione non piaceva sentirsi mettere in guardia, diffidare, avvertire. Suo figlio, poi, aveva una presunzione almeno pari alla sua inesperienza. Anche se era convinto del contrario, non sapeva quanto brutto potesse essere il mondo fuori; e, se pure lo immaginava, tendeva a confinare l'idea in un territorio lontano, irreale come uno di quei violenti giochi di ruolo in cui si sparava e si uccidevano nemici, ma che si potevano interrompere con un semplice clic. Non funzionava così per stupri, rapimenti, omicidi. Quelli veri, che non si lasciavano certo comandare da un mouse.

Valeria, seduta sul letto del figlio, al solo pensiero si torceva le mani e non trovava la forza di muoversi. Fu lo squillo del telefono a farla scattare come una molla. Si precipitò in corridoio e lanciò un'occhiata al display, trattenendo il respiro. Era il numero del cellulare di Stefano!

"Dove sei?", urlò sovreccitata nel microfono.

Voce maschile. Profonda. "Signora..."

"Chi parla?"

"È il Party Shop".

"Chi?"

"Ieri sera, verso l'orario di chiusura del negozio, è passato di qui un ragazzo. Quando è uscito, ha dimenticato il suo cellulare su uno scaffale. Ce ne siamo accorti solo ora, all'apertura, e visto che ci sono mille chiamate dalla mamma, abbiamo pensato di avvertirla. Passa lei a riprenderlo o manda suo figlio?"

Valeria piagnucolò di disperazione. “Ma che negozio è?”

“Vendiamo gadget e oggettistica. Tutto quel che può servire per feste, party, ricevimenti. Dai piatti ai palloncini ai travestimenti a tema. Qualsiasi cosa. Se lei viene a trovarci, vedrà che…”

“Mio figlio non deve dare nessun ricevimento”, obiettò lei, sconcertata.

“Ha detto che doveva andare a una festa in maschera”.

“Cosa? A settembre?”

“Così ha detto”.

“E ha comprato qualcosa?”

“Un mantello rosso. Era in offerta”.

74

“E ora?”, chiese Forgione, avviando il motore.

Conti si accese una sigaretta, mentre l’auto partiva. “La vuoi sapere una cosa, Luca? “

“Dica, dottore”.

“Non so da che parte cominciare, stavolta. Troppa carne sul fuoco”.

“E rischiamo di bruciarne una buona parte. Sarebbe un peccato, vero?”

“Verissimo. Gira a destra”.

L’assistente imboccò la riviera. Il mare era verde, quel giorno, con lunghe striature di un bel marrone caldo. Era arrivato l’autunno.

Conti continuava a fare da navigatore. "Ora svolta qui a sinistra, poi ancora a sinistra".

Forgione cominciava a spazientirsi "Ma dove stiamo andando, scusi?"

"A far visita a qualcuno che ci vede meglio di quel povero vecchio".

L'assistente si girò a fissarlo. "Il professore? Rastofani, vero? Vuole mostrargli la foto di quei ragazzi…"

"Non solo. Voglio sapere cosa ci fa di tutte quelle cravatte con le ancore".

Gli raccontò brevemente della conversazione con Rocci e di quello che l'ispettore aveva scoperto a casa di Guglielmo Rastofani.

Forgione era scandalizzato. "Ma come? È andato a casa di un sospettato e gli ha spiattellato tutto? Tutto quello che abbiamo cercato di tenere nascosto per evitare il panico e lavorare in pace? Ma è matto?"

"No. Non è matto. Ha solo qualche piccola debolezza, a causa di fatti privati e molto dolorosi".

Forgione inspirò a fondo, riflettendo su quanto stava per dire. "Guardi, io penso…", cominciò con lentezza, come se stesse cercando di pesare le parole. "Io penso che a questo punto l'ispettore Rocci sia troppo coinvolto e che forse dovrebbe essere sollevato da questa indagine. Quello che lei mi ha appena raccontato lo dimostra. E lo dimostra il fatto che siamo costretti a muoverci in segreto, senza poter informare la squadra al completo. Questo non è mai successo fra noi e non va per niente bene".

Le parole di Forgione caddero come macigni nel silenzio che seguì.

"Okay", rispose Conti, pensieroso, "ne terrò conto".

"E c'è un'altra cosa, dottore. Ma non so se devo dirla".

"Spara".

L'assistente guidava con gli occhi fissi sulla strada e le mani strette sul volante. A un certo punto ne staccò una e se la passò sulla testa. "Lei crede davvero che Rocci non sappia chi erano i migliori amici del fratello, all'epoca del suicidio?"

Conti aggrottò la fronte, scuro in volto. "Perché me lo chiedi? A cosa stai pensando?"

Erano arrivati davanti alla casa del professore. Le tende erano tirate e come al solito la stradina era deserta. Forgione accostò e spense il motore, poi si girò a fissare il commissario. "Lei lo sta proteggendo da una foto. Ma forse è inutile. Forse l'ispettore sta già facendo dei collegamenti per conto suo e si guarda bene dal dircelo. E forse fa anche dell'altro".

"Che vuoi dire? Parla chiaro".

Forgione si morse il labbro. "Meglio di no".

"Ora mi stai facendo veramente incazzare, Luca".

"Senta, dottore, lei lo sa… lo sa che mi butterei sotto un treno, se solo me lo chiedesse. Se lei mi ordinasse di sdraiarmi sui binari…"

"Falla corta, Luca".

"Non posso. Stavolta proprio non posso. Mi scusi, dottore, ma ora deve darmi un minuto del suo tempo.

Forse due. Non sono molti, se pensa a tutte le vedove che mi sono dovuto ripassare per amor suo".

A Conti, nonostante la tensione del momento, scappò un breve sorriso. "Va bene. Ti ascolto".

"Ecco…" L'assistente prese fiato. "Quando lei si è tirato fuori, dopo che suo figlio le è stato portato via…"

"Che intendi per *tirato fuori*?"

"Che se ne stava sempre per conto suo, lontano da tutto e da tutti, indifferente, apatico. Io almeno la vedevo così, ma le garantisco che non ero l'unico".

"Okay. Vai avanti".

"In quel periodo mi sentivo un po' orfano, non so se mi spiego. E così io e l'ispettore Rocci abbiamo cominciato a frequentarci. Lui era sempre solo e mia moglie ha sempre avuto la vocazione della crocerossina. Conclusione: Silvino veniva spesso da noi, a cena o a pranzo di domenica, portava i miei figli a pesca, al cinema, si offriva di accompagnarli in macchina dagli amici e così via. Sembrava contento, e lo ero anch'io. Poi, un bel giorno…"

"Sì?"

"Non si è presentato. Mia moglie aveva fatto la pizza proprio per lui, eravamo d'accordo da giorni, aveva promesso di portare le birre… e invece niente. Alle nove di sera, dopo averlo chiamato mille volte, mi sono preoccupato e sono andato a cercarlo a casa sua. Era l'undici agosto scorso".

Forgione abbassò il vetro del finestrino, inspirando a fondo come se all'improvviso gli mancasse l'aria.

"E non fare queste pause a effetto, Luca!", si spazientì il commissario. "Le odio e tu lo sai! Vai avanti, dai!"

"Silvino mi ha aperto la porta in condizioni pietose. Sporco e puzzolente. La casa con le finestre tappate, e fuori c'erano quaranta gradi. A momenti mi veniva un colpo di calore. Ma non è tutto. Su una credenza c'era un lumino acceso, di quelli che si mettono sulle tombe. Mi sono avvicinato e ho visto la foto del ragazzo. C'erano anche dei piccoli crisantemi in un vasetto. Aveva allestito una specie di altarino, insomma".

"Dio santo".

"Lui non si è affatto scomposto. Mi ha spiegato che quel giorno era l'anniversario della morte del fratello e che non se la sentiva proprio di uscire. Si è scusato con me e mi ha messo gentilmente alla porta".

Conti tacque, guardando fuori dal finestrino la casa di Rastofani. Poi si girò verso l'assistente. "E da questo, cosa dovremmo dedurre?"

"Che questa storia del fratello ha qualcosa di malsano, dottore. Io credo che per uno come Rocci – un mastino che è nato per fare l'investigatore e sa farlo come pochi – sarebbe stato normale andare a fondo, cercare di scoprire perché il ragazzo avesse deciso di togliersi la vita. E, per prima cosa, interrogare chi frequentava abitualmente. E cioè i suoi amici. Quelli della foto, tanto per cominciare".

"Quindi tu pensi che lo abbia fatto. Che li abbia interrogati all'epoca dei fatti e che ora abbia finto di non riconoscere De Marchis, Longhi e compagnia bella. Giusto?"

"Più o meno".

"Peccato che ti sfugga un piccolo particolare. *Anche loro non hanno riconosciuto lui.* La sera dell'omicidio della Baldi, a casa del preside, De Marchis e Longhi non hanno dato nessun segno di aver collegato il cognome di Rocci a quello del loro vecchio amico. Neppure quando Rastofani ha salutato l'ispettore con tanta cordialità. Io c'ero, e ti posso garantire che il preside era sinceramente sorpreso dal fatto che i due si conoscessero. A meno che non fingesse anche lui. E perché avrebbe dovuto farlo? Mi sai rispondere?"

"No. E lei sa rispondere a me, quando le chiedo se non le sembra assurdo che Rocci non abbia collegato quei professori al fratello? Hanno la stessa età che avrebbe lui oggi, e anche lo stesso insegnante. Insomma, per uno che ha un'ossessione come la sua – perché, parliamoci chiaro, di questo si tratta – è quasi incredibile, non trova?"

"E quindi? Pensi che Rocci abbia scoperto che sono tutti responsabili della morte del ragazzo e li stia ammazzando uno per uno? È questo che stai cercando di dirmi?", lo incalzò il commissario, rabbuiato.

Forgione scosse la testa. Poi si girò a guardare Conti con uno sguardo smarrito. "Io dico solo che forse Silvino sta giocando a un gioco tutto suo. Ed è meglio per tutti se scopriamo quale".

75

Silvino Rocci si abbatté sulla poltrona del suo ufficio come un manzo morto di schianto. Si sentiva esausto, sudava e respirava a fatica. Colpa delle sigarette che si era fumato durante la notte, pensò. Una quarantina, una più una meno. Ora gliene restavano solo tre, e dovevano assolutamente bastargli per il tempo che doveva restare in quella stanza. Poi sarebbe potuto uscire a farsi una scorta sufficiente per un paio di settimane.

Fra tutte le chiamate che aveva programmato, ne scelse una e le assegnò la priorità assoluta.

"Ciao, Miranda".

"Silvino! Che succede? A quest'ora non mi chiami mai!"

"Come va?"

Il tono della sorella si fece circospetto. "Perché?"

"Niente. Era solo per sapere".

"Ah! Io sto bene. E tu?"

"Male, no. Ma neanche bene".

"Che hai?"

L'ispettore guardò malinconico il pacchetto semivuoto e decise che era inutile allungare i tempi della crisi d'astinenza che sarebbe arrivata comunque. Prese una sigaretta e l'accese. "Volevo domandarti una cosa".

"Dimmi".

"Hai per caso qualcosa di Luigi che non mi hai mai fatto vedere? Che so, diari, quaderni, lettere?"

La sorella non rispose. Lui se l'immaginava in cucina,

appoggiata alla credenza, con una mano sul fianco e lo sguardo sulla campagna, oltre la finestra. E si chiedeva il perché di quel silenzio.

"No, niente", rispose lei, alla fine. Poi, però, si corresse. "Niente di importante".

"Sei sicura?"

Lei esitò. "Sicura! Che vuol dire, sicura? Io non sono mai sicura di niente, lo sai. Ma perché mi fai queste domande assurde stamattina? Che c'è, si può sapere?"

L'ispettore aspirò il fumo con voluttà, poi lo cacciò fuori dalla bocca. "Ci sono posti, in casa, dove conservi la roba di Luigi?"

Ancora una pausa riluttante. "C'è un baule, da qualche parte, con le sue cose dentro. Quelle che mamma ha voluto conservare. Te lo chiedo per l'ennesima volta: perché?"

"Ora ho da lavorare. Ma all'ora di pranzo faccio un salto, va bene?"

"È per il baule o per il piacere della mia compagnia?"

"A più tardi" tagliò corto lui, ignorando il sarcasmo.

Prima di continuare con le telefonate in programma, si collegò a internet e digitò: '*Ego me bene habeo*'. Rinunciò dopo pochi minuti: le pagine erano quasi esclusivamente in latino e quelle quattro parole – peraltro neppure sempre insieme, ignorando l'ispettore l'uso delle virgolette nelle ricerche su Google – erano inserite in contesti astrusi di cui non capiva un accidente.

No, quella ricerca non faceva per lui. Interpellare Rastofani era fuori discussione, Conti lo avrebbe fatto a pezzettini. Però c'era qualcun altro a cui rivolgersi. Qualcuno che aveva un alibi di ferro per l'omicidio della Baldi, forse anche per quello di Longhi. Anche se, a quest'ultimo proposito, Rocci non credeva ne avesse bisogno.

Chiamò la segreteria del liceo e chiese del professor Romano. Gli dissero che, vista la sospensione delle lezioni, era tornato a casa. Rocci si fece dare il numero.

"Pronto!", tuonò Romano, con la sua voce possente.

"Sono l'ispettore Rocci, della Mobile".

"Ahah!", proruppe l'altro, aggressivo. "Ora scommetto che vorrete chiedermi se ero l'amante *anche* di Longhi! Be', la risposta è no! A me piacciono le donne, ispettore. E se proprio vuole saperlo, non avevo niente contro di lui, anzi andavamo d'accordo. Stanotte, poi, ero nel mio letto a dormire. Prima però ho giocato a carte con amici a casa mia, se volete i nomi ve li do. E un'ultima cosa: non sono un adoratore del demonio, e nemmeno un suo tiepido estimatore. C'è altro?"

"Si calmi, professore. Che ne dice se faccio un salto da lei? Non le prenderò molto tempo".

"Ma cosa vuole da me, si può sapere? Guardi che oggi ho un nervo per capello".

"Ho bisogno d'aiuto".

Silenzio. Poi un tono stizzito. "Che genere di aiuto? Io non faccio la spia a nessuno, sa? E comunque i pettegolezzi non vi serviranno per trovare un serial killer pazzo che ci sta facendo fuori uno per uno".

"Niente spiate, professore. Solo la sua competenza di latinista. Perché lei il latino lo conosce, vero?"

"Non mi faccia ridere. Certo che lo conosco".

"Allora, che mi risponde?"

Una lunga pausa di riflessione, poi un sospiro rassegnato. "Va bene. Le do l'indirizzo. Però l'avviso: se non è come dice, se è una scusa per intrufolarsi a casa mia, lei se ne va, poi torna con un mandato e io mi faccio trovare in compagnia di un avvocato che vi denuncerà per molestie. Sono stato chiaro?"

"Sto arrivando".

76

"Non dico che le sette sataniche siano passate di moda. Non sto dicendo questo, Rocci".

"Però le unità che se ne dovrebbero occupare di fatto lavorano su altro".

Il collega, dall'altro capo del filo, sospirò paziente. "Diciamo che al momento non sono una priorità".

L'ispettore non si rassegnava. "Ma esistono ancora, porca miseria, e fanno danni".

"Senti, Silvino, parliamoci chiaro. Quello che mi racconti è un fatto molto grave, ma potrebbe essere farina del sacco di un gruppo spurio, poco strutturato. Penso più ad adolescenti desiderosi di esperienze forti che a satanisti di primo livello, che non hanno interesse ad attirare un'attenzione mediatica così forte. In ogni caso, ora mi informo e prometto che ti metterò in contatto con qualcuno".

"Va bene. Ma non voglio parlare con nessun esorcista. E nemmeno con sensitivi, criminologi o strizzacervelli. Mi servono nomi e cognomi, punto e basta".

"Non ci vorrà molto".

"Ti ringrazio".

"Figurati. Mi faccio vivo io".

Rocci posò il cellulare sul sedile del passeggero e si concentrò sulla strada. La casa di Romano era ormai a soli tre isolati di distanza, ma da quelle parti non avrebbe trovato un posto neppure in una prossima vita. Con un'improvvisa sterzata, si infilò a tutta velocità in un garage sulla destra e inchiodò davanti a un esterrefatto addetto in camice azzurro.

"Polizia", disse, scendendo dall'auto. "Ho un sopralluogo urgente in questa zona. Posso lasciare qui la macchina? Fra mezz'ora me la riprendo".

L'uomo lo squadrò dubbioso, poi si concentrò sul tesserino. "Va bene", disse, di malavoglia. "La metta lì in fondo, col muso contro il pilone. Però, se rimane più di un'ora, dovrò avvisare il titolare".

Rocci si incamminò a passo svelto e arrivò al civico 66. Curiosa coincidenza, registrò, pensando al numero sul poster della scuola. Passò in rassegna la fila di campanelli e bussò a quello di Romano.

"Quarto piano", disse al citofono la voce del professore.

Quando l'ispettore uscì dall'ascensore, trovò Romano ad attenderlo sulla porta.

"Prego", disse, invitandolo ad entrare con un enfatico gesto del braccio e uno sguardo poco amichevole. “Faccio strada”.

Lo precedette per un lungo corridoio, fino a uno studiolo arredato con mobili antichi e poltrone di cuoio. Alle pareti gli immancabili libri, stipati sulle mensole in doppia e tripla fila. Rocci ne valutò mentalmente il numero e decise che erano meno di quelli di Rastofani.

“Vuole un caffè? Un bicchier d’acqua? Un goccetto di qualcosa?”

“Niente, grazie”.

“Allora sediamoci”.

Le poltrone erano grandi ed eleganti, ma tutt’altro che comode. Rocci vi sprofondò a disagio, mentre il professore di fronte a lui accavallava le gambe e si accendeva un sigaro. “Le scoccia se fumo?”

L’ispettore scosse la testa. “No. Anzi, se non le dispiace, lo faccio anch’io”.

Romano attese che l’altro si frugasse nelle tasche alla ricerca di sigarette e accendino, poi chiese a bruciapelo: “Che è successo al ragazzo? L’avete trovato?”

Rocci lo fissò sorpreso. Erano passate poche ore da quando Conti era stato avvisato dalla Benci della scomparsa del figlio, e si chiedeva come mai il professore ne fosse già informato. Quasi leggendogli nel pensiero, Romano prevenne la domanda. “Mi ha chiamato la madre, qui a casa. Era disperata”.

“E come mai ha telefonato proprio a lei?”

“Sa che ho sempre difeso suo figlio. Si fida di me. Voleva sapere se mi aveva detto qualcosa, se avevo qualche idea di dove fosse andato, se c'era stato qualche problema a scuola. Mi è dispiaciuto risponderle che non ne ho la minima idea". Cacciò fuori dalla bocca il fumo denso del toscano e soggiunse con un tono carico di sottintesi: "Per ora…"

"Lei pensa di arrivare a scoprire dov'è?"

"Se qualcuno della classe lo sa, prima che finisca la giornata glielo faccio sputare fuori. Garantito".

"Dovrebbe mettersi in contatto con il commissario Conti".

"Lei non si preoccupi. So io come muovermi".

"Non lo metto in dubbio. Coordinare gli sforzi, però, potrebbe far risparmiare tempo a tutti. Nell'interesse delle ricerche, è ovvio".

Romano parve riflettere, accigliato. "Va bene, lo chiamerò più tardi e gli offrirò il mio aiuto. Quello dei ragazzi è territorio mio, ispettore. Vale più una mia telefonata che tre giorni di vostri interrogatori in questura".

Rocci inarcò le sopracciglia. Quell'uomo era un borioso gradasso, ma incuteva rispetto. Venne subito al punto. "*Ego me bene habeo*", disse, senza preamboli.

"Guardando il suo colorito, non si direbbe", rispose il professore, ironico.

"Che c'entra il mio colorito?"

Romano si concesse un sorrisetto divertito. "Lei mi ha appena detto in latino di stare bene. E io le ho risposto che stento a crederlo".

"Quindi è questa la traduzione", concluse Rocci. "*Ego me bene habeo* vuol dire: *Io sto bene*".

"Più o meno". Romano si alzò, si piazzò a gambe larghe davanti a uno scaffale e per qualche minuto restò a scorrere i titoli dei volumi, aiutandosi con la punta dell'indice. Quindi tirò fuori un libro e tornò a sedersi. Trovò quello che cercava fra le pagine e lesse a voce alta: "*Nondimeno, mentre di giorno in giorno crescevano le pubbliche sventure, venivano meno gli appoggi allo Stato. Burro morì, non si sa se per malattia o per veleno. Si arguiva che fosse morto per malattia, dal fatto che a poco a poco gli si erano gonfiate le fauci in modo che, ostruite le vie respiratorie, la respirazione gli venne troncata. I più affermavano come cosa vera, che per ordine di Nerone, come se si trattasse di applicargli un rimedio, gli era stata spalmata sul palato una sostanza velenosa, e che Burro, intuito il delitto, quando il principe venne a trovarlo, voltata via la faccia con atto ostile, a lui che gli si rivolgeva, avesse risposto questo soltanto: 'Io per me sto bene'*".[4]

Al nome di Nerone, Rocci sbiancò. "Che roba è?", mormorò.

"Gli *Annales* di Tacito, ispettore. Questo è il punto in cui si parla della morte di Burro, il prefetto del pretorio che era uomo di fiducia e consigliere dell'imperatore. Come vede, qui si lascia intendere che Burro avesse qualcosa alla gola – qualcosa che poteva essere benissimo una banale tracheite, stia attento! – e che Nerone ne approfittò per farlo fuori, con la complicità del suo

[4] Publio Cornelio Tacito, *Annali*, introduzione di Cesare Questa, traduzione di Bianca Ceva, vol.II, libro XIV, Rizzoli, Milano 2007.

medico, senza insospettire nessuno. A parte lo stesso Burro, che invece aveva capito perfettamente l'antifona. Tant'è vero che evitò di guardare negli occhi l'imperatore e alla sua domanda su come si sentisse rispose: "*Ego me bene habeo*" . Come a dire: "Io starei bene, se non fosse per te".

Romano posò il libro, batté i palmi delle mani sulle ginocchia con aria conclusiva e si alzò.

"A questo punto mi ci vuole un caffè. Se le va, può venire in cucina con me".

77

Miriam De Marchis uscì dal salone in punta di piedi e si chiuse la porta alle spalle. Raggiunse il telefono in cucina e compose un numero che conosceva bene.

"Eligia, sono Miriam".

"Miriam! Aspetta un attimo..."

In sottofondo, voci concitate, passi, commenti e istruzioni della dottoressa a colleghi e infermieri. Poi il rumore di una porta che si chiudeva. "Ecco, ora posso parlare. Scusa".

"No, scusami tu". La voce della donna era incrinata e sommessa. "Mi rendo conto che stai lavorando, ma io non so proprio a chi rivolgermi senza che la cosa diventi di dominio pubblico".

"Dimmi".

"Sai quello che è successo stanotte, vero? Di quel poveraccio trovato morto nel liceo…"

"Sì, ne sono stata informata. La polizia se n'è appena andata dall'ospedale".

"Ma se è morto! Che c'entra l'ospedale?"

"Qui avevamo il custode. Ce l'ha accompagnato tuo marito ieri, ricordi?"

"*Avevamo?* Come sarebbe? Se lo sono portato via? L'hanno arrestato? Ma allora…"

"No. Se n'è andato lui, senza essere stato dimesso e senza avvisare nessuno. Ora lo stanno cercando. Per il mio reparto è una bella rogna: chi doveva sorvegliarlo stanotte non l'ha fatto – o almeno non come avrebbe dovuto – e ora la sottoscritta deve vedersela con la dirigenza, il personale, i sindacati e chi più ne ha più ne metta".

"Mi dispiace", rispose meccanicamente Miriam, a cui in realtà dei problemi di Eligia Marani non poteva importare di meno.

L'altra incassò senza commenti quell'incolore solidarietà. "Qual è il problema?", domandò, dopo un breve silenzio.

"Il problema è Saverio".

"E cioè?"

Stavolta fu Miriam a restare zitta, mentre lanciava occhiate furtive oltre la porta della cucina, in direzione del salone. "Dorme…", sussurrò, alla fine.

Eligia aggrottò la fronte. "Non ho capito, scusa".

"Sono le undici del mattino, nella sua scuola gli hanno appena ammazzato un amico, il telefono non fa che squillare, i giornalisti sono fuori dalla nostra porta, e lui che fa? Dorme!"

L'altra rispose con una risatella di degnazione. "Oh, Miriam! Sarà stanco, non pensi?"

Lei alzò il tono della voce. "Mi stai prendendo in giro, Eligia? O per scema, magari?"

"Ma no!" Altra risatina. "È solo che…"

"Sai cosa ti dico? Mi avete rotto! Tutti! Tu, mio padre, mio marito! Il quale, se proprio vuoi saperlo, in questo preciso momento è steso su un divano del salone in posizione fetale, con il pollice in bocca. Hai capito quello che ho detto? Eh? Si sta succhiando il pollice e piagnucola nel sonno come un neonato con gli incubi. E non venirmi a dire che è una cosa normale!"

"Be', se ha il pollice in bocca può significare che sta vivendo un momento transitorio di regressione…"

"Transitorio? Hai detto transitorio?", strillò la donna, isterica. "Sono set-ti-ma-ne che non è più in sé! Da quando è cominciata questa storia degli omicidi, vaga per casa di notte, sussulta a ogni rumore, si guarda alle spalle anche quando siamo soli, se il campanello di casa squilla comincia a tremare... Ha fatto perfino cambiare tutte le serrature, compresa quella del garage. Mi ha ordinato di non fare più recapitare la spesa a domicilio e ha collegato un registratore al telefono dello studio, l'unico da cui io e la servitù abbiamo l'ordine di ricevere le chiamate. Sai come si chiama, questa? Paranoia, si chiama!"

“Forse è il caso che tu ti rivolga a uno psichiatra”, suggerì la Marani, freddamente. “Con dei farmaci adeguati, magari, si potrà...”

“Ma io non voglio andare da uno psichiatra! Non voglio che si dica in giro che ho un marito matto, capito? Tu sei l’unica che...”

“Mi dispiace, Miriam, non è il mio campo. Io posso solo indirizzarti da un bravo specialista”.

“Va bene, va bene, ho capito”, la interruppe l’altra, risentita. “Ti saluto”.

Eligia Marani restò con la cornetta a mezz’aria, assorta. Pensava a Saverio De Marchis, che dormiva succhiandosi il pollice. Aveva smesso all’età di dieci anni, rammentò. Rocco gliel’aveva confidato molto tempo dopo, con una punta di vergogna. E poi aveva ripreso a farlo, per un breve periodo, intorno ai diciannove. Ma di quella volta era stata sua madre, a parlargliene. Rocco, invece, aveva taciuto.

La dottoressa, al ricordo, sorrise.

78

Dovettero bussare più volte, con un’insistenza ai limiti dell’arroganza, perché qualcuno si decidesse ad aprire. Era Guglielmo Rastofani in persona: stanco, scarmigliato, con un paio di ciabatte ai piedi e una camicia sciupata dalle molte grinze. Fermo sulla porta di casa, li interrogò con lo sguardo.

"Buongiorno, professore. Si ricorda di me? Ci siamo incontrati a casa del preside De Marchis".

"Commissario Conti, giusto?"

"Esatto. E questo è l'assistente Luca Forgione. Avremmo bisogno di fare due chiacchiere con lei. Ci fa entrare?"

Non senza riluttanza, Rastofani indietreggiò e richiuse la porta dietro di loro. Li fece accomodare in salotto. La casa era in penombra e molto silenziosa.

"La sua badante non c'è?", chiese Conti, sedendosi sulla poltrona che gli era stata indicata.

"La prego, commissario, un po' di riguardo!", disse Rastofani, con un sorrisetto non privo di ironia. "Io non ho mai avuto una *badante*. Le do l'idea di averne bisogno?"

"Era solo per dire..."

"Le parole vanno usate con accortezza, dottor Conti. Cosa ne direbbe se io la chiamassi signore, o ispettore o agente? Le farebbe piacere? Sarebbe lo stesso, per lei, o se ne avrebbe a male?"

"Va bene, professore. Ora non ho voglia di farmi trascinare in questa polemica con lei. Mi riferivo comunque alla donna che sta a casa sua come... domestica? governante? segretaria? Insomma, dov'è?"

"L'ho licenziata".

"Perché?"

"Non andavamo più d'accordo".

"Forse a causa del fatto che ci ha riferito qualcosa che non doveva?"

Rastofani sembrava sorpreso. "Per esempio?"

"Lei sa perfettamente che la donna è stata interrogata sui suoi movimenti nella sera dell'omicidio di Barbara Baldi".

"E allora? A me risulta che abbia detto solo la verità. Perché avrei dovuto mandarla via per questo?"

Conti vide Forgione scrivere frenetico sul suo taccuino con le montagne, e immaginare cosa non era difficile: *rintracciare urgentemente la badante del professor Rastofani. Uscita dall'Italia? Quando?* Conosceva Forgione, i suoi ragionamenti erano sempre impeccabili, ma prevedibili.

Rastofani taceva, immobile sulla poltrona. Conti lo fissò dritto in quegli occhi cerulei e privi di espressione. "Ieri notte è stato ucciso il professor Furio Longhi. Un suo ex alunno".

"Lo so", disse il professore, con aria grave. "Ne hanno parlato al notiziario delle dieci".

"Chi è Lucio Spera?", chiese Conti, a bruciapelo. Aveva molto riflettuto su quale fosse il modo migliore per introdurre l'argomento, e alla fine aveva deciso che farlo così, all'improvviso, fosse il modo migliore per cogliere l'uomo alla sprovvista e spiarne le reazioni prima che avesse il tempo di prepararsi. Ma quello che aveva di fronte era un individuo massimamente evoluto, dalle grandi risorse intellettuali, che non si faceva sorprendere tanto facilmente. Infatti Rastofani si limitò a mostrare un pacato stupore.

"Lucio Spera? E che c'entra lui, adesso?"

Conti tirò fuori dalla tasca la foto con i cinque ragazzi

immortalati sulle scale del liceo. "È in questa foto. E ci risulta che l'abbia scattata lei".

Rastofani tese la mano, poi abbassò lo sguardo sull'immagine. "Ne ho una copia anch'io" disse, lentamente. "Dove l'ha trovata?"

"A casa di Barbara Baldi. In una cartellina che conteneva i suoi ricordi personali. Non erano molti".

Con gli occhi fissi sulla foto, Rastofani sospirò. "Spera era un ragazzo particolarmente dotato. In storia e filosofia non aveva rivali, ma era bravissimo anche in greco e latino. In italiano, però, c'era chi lo superava".

"Chi?"

"Luigi Rocci. Il fratello del vostro ispettore. Amava scrivere e lo faceva di continuo. In modo eccelso, peraltro. Sarebbe diventato di sicuro un professionista della parola scritta".

"E gli altri? Baldi? Longhi?"

"Lei più ostica, lui timido e insicuro. Ma eccellenti in tutto. Niente da dire".

"E De Marchis?"

"Uno studioso molto zelante. Era anche belloccio e consapevole di esserlo, quindi confidava molto nel suo fascino: aveva capito che nella vita lo avrebbe aiutato a far sorvolare sulle sue piccole lacune. Era sempre ansioso di piacere e compiacere. In ogni caso, anche lui decisamente sopra la media dei suoi compagni di classe. A parte questi della foto, ovviamente".

"Ha parlato di loro all'ispettore Rocci, quando è venuto a trovarla?", chiese Forgione, all'improvviso.

Rastofani parve stupito della domanda. "Non mi pare. Gli ho solo detto che Barbara Baldi era nella stessa classe di suo fratello".

Forgione richiamò l'attenzione di Conti con uno sguardo eloquente, che il commissario finse di non notare. "Dov'è finito Lucio Spera, secondo lei?", chiese invece al professore.

"Non lo so. Me lo sono chiesto molte volte in tutti questi anni, senza trovare risposte".

"Eppure lei gli è stato molto vicino, fin quasi al momento della sua scomparsa. Possibile che non abbia una sua teoria, un'ipotesi..."

Il professore scosse silenziosamente la testa.

"E nemmeno del suicidio di Luigi Rocci sa dirmi nulla? Non trova strano che si sia ucciso dopo meno di un mese dalla scomparsa del suo amico Lucio?"

"Trovo strane tutte queste domande, commissario".

"Ah, davvero? Possibile che lei non si sia reso conto che dei ragazzi di questa foto resta solo Saverio de Marchis? Un impiccato, uno scomparso in circostanze misteriose, e ora due morti ammazzati da qualcuno che dice di essere Nerone. Io penso che sia la sua reticenza a essere strana, piuttosto".

Un lampo di insofferenza oscurò lo sguardo di Rastofani. "Lei sta mettendo in relazione passato e presente, cercando qualcosa nel primo che possa far luce sul secondo. Da un punto di vista strettamente metodologico è un'operazione corretta: gli accadimenti della storia, riletti a posteriori, spesso contengono in sé la spiegazione di quelli futuri. E questo per il semplice motivo che tutti gli eventi sono concatenati fra loro in un unico, grande disegno. Ma stavolta, mi creda, rischia di essere solo un esercizio astratto che comporta un inutile dispendio di energie".

"Mi sta dicendo che, parlandone, stiamo perdendo tempo?"

Ancora una volta, Rastofani non rispose. Conti perse la pazienza. Per scalfire quel monumento all'imperturbabilità occorreva una manovra di sfondamento. "Caro professore, parliamoci chiaro. I giovani ritratti in questa foto sono stati formati nel culto della sua personalità. Non è un mistero per nessuno che Luigi Rocci avesse per lei una vera e propria venerazione. E gli altri hanno scelto di calcare le sue orme, scegliendo di insegnare come lei e guarda caso nello stesso liceo. A distanza di tanti anni, poi, Saverio de Marchis la invita addirittura a casa sua per festeggiare la sua nomina a preside di quella stessa scuola. Lei è sempre stato un mito, un esempio, un modello da imitare. Mi corregga se sbaglio".

"Tutti abbiamo dei modelli. Ammesso e non concesso che loro abbiano scelto me, che male ci sarebbe?"

"No! È lei che ha scelto loro! Erano i più bravi, giusto? Erano l'élite! Cosa gli aveva messo in mente? Di costituire un gruppo di potere? Una setta? Eh? Magari satanica?"

Rastofani scattò in piedi. "Lei non sa quello che dice. La prego di uscire da casa mia".

Conti lo fissò da sotto in su col suo sguardo peggiore.

"Se io ora esco, lei viene con me. E in questura continueremo la conversazione fino a quando lo riterrò opportuno. Le conviene tornare a sedersi, professore, mi creda".

79

I due uomini incrociarono gli sguardi in una muta reciproca sfida. Rastofani stava valutando le implicazioni della minaccia di Conti; e Conti, dal canto suo, si augurava che al professore non venisse in mente di telefonare al suo avvocato. Intanto Forgione, abbandonato il taccuino sul divano, era schizzato in piedi pure lui e non staccava lo sguardo dall'uomo, pronto a scattare alla prima mossa falsa.

Alla fine, Rastofani tornò a sedersi. "Penso che lei sia stato male informato sul mio conto, commissario" riprese, con voce bassa e calma. "Non bisognerebbe mai dar credito a dicerie e calunnie. Spesso muovono dall'invidia, il più degradante dei sentimenti umani".

Conti non poté fare a meno di ripensare a Toppi, che credeva di essere l'ultima ruota di un carro su cui Rastofani marciava trionfale. "E perché qualcuno dovrebbe invidiarla?"

"Oh, commissario, la sua ingenuità mi sorprende! La scuola – come tutti i luoghi in cui si mettono in gioco intelligenza, cultura e creatività – è piena zeppa di invidiosi. Se i ragazzi ti seguono e ti ammirano, se riconoscono in te una guida, un punto di riferimento morale e intellettuale, diventi immediatamente un bersaglio. Per anni hanno tentato di spargere veleno su di me e sui miei metodi. C'è stato perfino chi ha provato a darmi del pedofilo, s'immagini. Naturalmente, il personaggio in questione è stato punito dalla legge e ha pagato duramente in tutti i sensi. Il che – per inciso – non mi ha arrecato alcuna soddisfazione. Solo una grande pietà, la stessa che ho sempre provato nei confronti di tutti i mediocri della Terra".

Forgione, che si era rimesso a sedere sul divano, ora scriveva febbrile sul suo taccuino.

Accuse di pedofilia. Controllare condanna calunniatore. Controllare precedenti Rastofani.

Conti invece fissava l'uomo, tentando di frugarne i pensieri. Ma quegli occhi chiari e freddi restavano insondabili.

"Si è mai sposato, lei?", chiese, d'impulso.

Il professore lo fissò sorridendo. "Sta per caso elegantemente saggiando i miei gusti sessuali, commissario?"

"Le ho solo chiesto se ha mai messo su famiglia".

"No. Non ho mai incontrato la persona giusta. E anche se fosse accaduto, non credo mi sarei mai lasciato convincere a convolare. Non era fra i miei *desiderata* avere figli, commissario".

"Come mai?"

"Ero stato programmato per essere maestro, non padre. Sono cose radicalmente diverse".

Conti lanciò uno sguardo fugace all'assistente, mentre prendeva appunti che gli sembrava di vedere. *Non ha parlato di donne. Ha solo detto di non aver incontrato la 'persona' giusta.*

"E comunque mi piacciono le donne, commissario. Adulte, beninteso", aggiunse il professore, sarcastico, quasi leggendogli nel pensiero.

Forgione si affrettò a cancellare l'ultima frase. Poi però ci ripensò.

Ambiguità. Precisazioni non richieste. Controllare orientamento sessuale.

"Torniamo alla foto", riprese Conti. "Mi risulta che l'abbia scattata lei, sulle scale del liceo. È vero?"

"Certo. Era il giorno dei quadri con i risultati degli esami di Stato".

"E com'era andata?"

"Ottimamente. Avevano preso tutti il massimo. Io ero il loro commissario interno, e ricordo che avevano lasciato la commissione di stucco".

"Erano stati bravi, quindi?"

"*I più bravi*. Sì".

"Ed era orgoglioso di loro?"

"Naturale! Che domande mi fa? Lei non lo sarebbe stato, al posto mio?"

"Professore, è corretto dire che lei ha dedicato a questi ragazzi un'attenzione superiore a quella che riservava agli altri studenti?"

Rastofani socchiuse gli occhi, scrutando sospettoso il suo interlocutore. "Perché me lo chiede?"

"Perché mi risulta che spesso vi incontravate anche

fuori dall'ambito scolastico", bluffò Conti, che invece non aveva nessuna informazione del genere.

"Se si riferisce al fatto che spesso venivano a trovarmi qui a casa per sottopormi dubbi, perplessità, opinioni, o semplicemente per commentare una lezione particolarmente interessante, è vero".

Conti esultò segretamente, senza darlo a vedere. "Non potevano farlo in classe? Davanti a tutti? Non sarebbe stato più normale condividere con i compagni le loro curiosità e i loro pensieri? Più democratico?"

Rastofani sospirò e scosse la testa. "Commissario, la democrazia è un concetto politico. È una forma di governo, in cui la sovranità è assegnata al popolo. Ma il popolo si illude. A orientare i suoi gusti, le sue preferenze, i suoi bisogni, saranno sempre e solo in pochi. Come nella democrazia di Pericle, nel quinto secolo avanti Cristo, e come in ogni altra democrazia in avanti".

"Lei non mi ha risposto".

"E invece sì. Solo che lei, commissario, proprio non vuole intendere. Cartesio sosteneva che i problemi complicati non possono essere risolti dal popolo. '*Ma per la scoperta di verità un po' difficili la maggioranza dei consensi vale poco o nulla, perché è più facile che le scopra un uomo solo che non tutto un popolo*'[5] Capisce, ora? Non c'era alcun bisogno di

---

[5] Cartesio, *Discorso sul metodo*, traduzione di Armando Carlini in *Opere*, Laterza, Bari 1967.

sottoporre questioni sofisticate a un branco di giovani mediocri e disinteressati a certi argomenti".

Eccoci, pensò Conti. Finalmente Rastofani aveva gettato la maschera. Oh, se solo Toppi fosse stato lì, in quel momento, ad ascoltare!

"In parole povere, professore, questi ragazzi nella foto erano un suo personale vivaio", concluse, con calma. "Lei, in pratica, stava allevando una piccola aristocrazia culturale che non poteva perdere il suo tempo a confrontarsi con la massa. Con gente comune e banale, che doveva affrontare i problemi di tutti i giorni, che si baloccava – magari con la politica – in un'Italia devastata dagli anni di piombo, cincischiando con i guai di una società che stava uscendo a fatica da una sorta di guerra civile. Voi avevate ben altro da fare, non è vero? Vi occupavate di bellezza e armonia, giusto? Di arte e filosofia. Delle forme più alte e nobili del pensiero umano. Cos'altro facevate, nel Tempio? Vi limitavate a parlarvi addosso o progettavate una vostra personale eversione?"

Rastofani stavolta non si alzò e neppure protestò. Scosse la testa con aria triste e disse solo: "Io la compatisco, commissario Conti. Lei è un uomo molto limitato".

"E lei – che invece non lo è – mi dica subito dov'era ieri sera dalle dieci in poi. Stavolta la sua *badante* non potrà venirle in aiuto, mi pare".

80

"Sesto Afranio Burro era il prefetto del Pretorio di Nerone. Era colui che doveva vigilare sulla sua sicurezza ma anche consigliarlo e dargli tutto l'aiuto di cui avesse bisogno. Era stata Agrippina a metterlo accanto al figlio Nerone, che quando salì al trono aveva solo 17 anni. Praticamente poco più di un bambino", disse Franco Romano.

"Quella donna era proprio terribile, eh?", commentò Rocci, seduto al tavolo della cucina con una sigaretta tra le mani. "Aveva già ucciso il marito Claudio e magari anche un sacco di altra gente..."

Romano alzò uno sguardo incuriosito dalla tazzina del caffè appena fatto. "Come fa a sapere queste cose, ispettore?"

Rocci si schermì con un vago gesto della mano. Non poteva certo dire di averle apprese da Rastofani, perché Romano si sarebbe chiesto che bisogno c'era di averlo disturbato a casa quando disponeva di un consulente così prestigioso. E di certo, diretto com'era, avrebbe girato la domanda a lui, che non poteva dirgli la verità.

"Reminiscenze scolastiche", bofonchiò. "Agrippina è un personaggio famoso, no?"

Romano socchiuse gli occhi, fissandolo con sospetto. "Ma lei, scusi, che scuole ha fatto?"

"L'istituto tecnico. Ma avevamo un bravissimo professore di storia", improvvisò Rocci. "Però non mi chieda come si chiamava, perché non me lo ricordo".

Romano lo fissò sospettoso. "Guardi che io so tutto, sa?"

"Tutto cosa?"

"Quello che è successo stanotte. Per filo e per segno".

"Be', la scuola è chiusa perché c'è stato un omicidio, questo lo sanno tutti, quindi..."

"Le ho detto *per filo e per segno*. Non so se mi capisce".

Fu Rocci, stavolta, a farsi sospettoso. "Si spieghi meglio".

"Saverio De Marchis mi ha raccontato del biglietto nella gola e anche del numero del diavolo sul poster della scuola".

"Eppure il preside sapeva benissimo che sui particolari doveva tacere!" sbottò Rocci. "Non gli è stato raccomandato altro!"

"Lo ha detto solo a me, mentre stavamo spalla a spalla a convogliare nel campetto gli studenti che non eravamo riusciti ad avvertire. È stata una confidenza per niente disinteressata, se proprio le interessa. Non sapeva a chi altro rivolgersi".

"E cioè?"

"Voleva chiarirsi le idee. Aveva un dubbio".

"Quale dubbio?"

"Ricordava vagamente una certa cosa, ma non ne era del tutto sicuro. Ovviamente si sarebbe potuto documentare da solo, con calma, ma in quel momento gli era preso un attacco di panico e così..."

"Qual era questa certa cosa?"

"Il 666. Il numero della bestia".

Rocci spense la sigaretta nel fondo della tazzina di caffè. "Professore, parli chiaro".

L'altro sogghignò. "Quello che Saverio ricordava confusamente, gliel'ho chiarito io. Come al solito. Quell'uomo è un bluff, lo era anche da ragazzo. Non ha mai saputo un cazzo".

"La prego, professore, arrivi al punto".

Il viso di Romano si illuminò di un sorriso luciferino. "In base ad alcune teorie, la somma del valore numerico delle consonanti dell'alfabeto ebraico che compongono le parole *NERONE CESARE* è 666. Quindi, secondo me, quella è la sua firma. Gliel'aveva detto, questo, il suo bravissimo professore di storia?"

81

Dov'era Stefano Benci? Era lui, l'artefice di tutto quel disastro? Conti aveva ordinato di trasmettere immediatamente la foto del ragazzo ai posti di frontiera, alle Ferrovie dello Stato, alla società Autostrade e, con priorità assoluta, a tutti gli aeroporti del territorio nazionale. Dopotutto il padre era in Costa Rica: niente di più facile che il ragazzo tentasse di raggiungerlo, magari con documenti falsi procurati in anticipo, trovando riparo in un paese lontano in cui fosse facile nascondersi. Ma gli aeroporti erano ormai allertati e per lui sarebbe stato difficile prendere il volo, in tutti i sensi. Col passare delle ore, però, sorprenderlo a un imbarco diventava sempre più improbabile.

Chiamarono Marco Benci a San José: alla notizia che il figlio era sparito, l'uomo si mostrò più guardingo che preoccupato, e l'unica cosa che ottennero fu la promessa di avvisarli se il ragazzo si fosse fatto vivo in qualche modo.

E Vito Scalza? Dov'era finito? Mettere in relazione la scomparsa del ragazzo con quella del custode pareva fin troppo semplice: l'uomo era stato il principale accusatore di Benci, quando si era trattato di identificare l'autore degli atti di vandalismo sull'auto della Baldi. Che, fra parentesi, era poi morta assassinata. Benci, di sicuro, avrebbe avuto un ottimo motivo per far fuori entrambi i suoi persecutori, sempre ammesso che anche il custode fosse morto. Ma Longhi? Perché ammazzare un professore che non gli aveva fatto niente?

E se invece la vittima fosse proprio il ragazzo? Chi poteva escludere che Scalza avesse tentato di depistare le indagini per far ricadere la colpa sul giovane Benci, alimentando sospetti ed evocando ombre inesistenti, non ultima quella del famoso mantello nella scuola di notte?

Ma perché – continuava a domandarsi Conti – il custode avrebbe dovuto uccidere i due professori, cercando poi di far incolpare qualcun altro al posto suo?

E che senso avevano, comunque, tutti quei messaggi in latino destinati ai morti e ai vivi?

E il 666, collegabile a satanisti di cui però non si trovava traccia?

E il legame fra i giovani della foto?

E i loro rapporti con quell'ambiguo di Rastofani, che non aveva uno straccio di alibi e dal quale non era riuscito a cavare neppure la minima informazione?

Seduto alla sua scrivania, Conti si avvitava in quel garbuglio di pensieri, senza riuscire a venirne a capo. Avvertiva una dolenzia diffusa in tutto il corpo, anche per la notte passata a dormire per terra accanto al gatto malato, e fitte pulsanti alle tempie. Poco prima, a sorpresa, era entrata nel suo ufficio Mara Vaccaro in persona. La direttrice della Postale che si degnava di uscire dal suo bunker sotterraneo, era un evento eccezionale. Mentre si sedeva di fronte a lui con aria grave, Conti aveva già capito che la ragione di quella visita era una notizia di quelle che non si danno per telefono.

Nel forum degli studenti – lo informò infatti la donna – era apparso l'annuncio della morte di Sesto Afranio Burro per mano di Nerone. Da quel momento, stavano visionando senza sosta le riprese delle telecamere piazzate nei locali con connessione libera, ma non sembravano esserci stati movimenti o passaggi degni di nota. Forgione, piantato davanti ai monitor, non aveva riconosciuto nessuno dei soggetti implicati o anche solo sfiorati dalle indagini. In più, nessuno degli avventori sembrava essersi trattenuto a lungo – e da solo – ad armeggiare in modo sospetto o furtivo con il proprio cellulare o con un tablet.

E comunque in città c'erano anche zone pubbliche – piazze e strade del centro – dove potersi connettere liberamente, fece notare la Vaccaro. Quella pista, per quanto riguardava lei e la sua squadra, era praticamente bruciata.

Una notizia buona, però, c'era. In mattinata avevano rintracciato la cella a cui si era agganciato il cellulare di Enrico Benci: si trovava in un piccolo quadrilatero, proprio nel centro di Pescara. Ma non era tutto. Il ragazzo aveva chiamato la madre alle nove del mattino. Un attimo prima che mettessero il suo telefono sotto controllo.

A Conti ormai scoppiava la testa. Mandò giù un analgesico, uscì nel cortile, si infilò in macchina e partì.

82

Conti si fermò proprio davanti alla casa di Valeria Benci. Riconobbe l'auto dell'infermiera, parcheggiata poco lontano, inconfondibile nel suo giallo banana. Fra i molti adesivi incollati sul lunotto, la foto di un bimbo paffuto, con su scritto '*Stefano a bordo*', era quella che l'aveva colpito di più, quando per la prima volta aveva parlato con la donna nel parcheggio dell'ospedale.

Nonostante il bambino dell'immagine fosse ormai diventato uno spilungone di diciassette anni, quell'adesivo era ancora lì. Valeria Benci non era certo la prima, né l'ultima delle madri, a voler testardamente ignorare il fatto che i figli a un certo punto smettono di essere bambini bisognosi di protezione. A Conti bastò pensare a Clara – e al suo rapporto morboso con Matteo – per rabbuiarsi.

Percorse il vialetto e suonò al campanello. Da una finestra sulla strada, una tendina si mosse ma nessuno venne ad aprire. Conti dovette bussare ancora, con insistenza, prima che la porta si spalancasse sul viso cereo di Valeria Benci.

"Mi fa entrare?", chiese lui, senza preamboli.

La donna si scostò per lasciarlo passare. Il commissario percorse a grandi passi il corridoio e, senza chiedere il permesso, spalancò la porta della stanza di Stefano. Era vuota.

"Dov'è?", chiese, brusco, girandosi a guardare la padrona di casa che era rimasta impalata, con le braccia lungo i fianchi, senza reagire a quella specie di irruzione.

Lei scosse la testa come un automa. "Non lo so".

Conti tornò verso di lei e la fronteggiò. "Non dica bugie!", urlò. "Dove si nasconde suo figlio, eh? Che cosa combina? Lo sa che io posso arrestare la madre per favoreggiamento?"

Per Valeria Benci era davvero troppo. Esasperata, scoppiò in lacrime. "Lei... lei mi aveva promesso di trovarlo... e invece..."

Se c'era qualcosa che aveva sempre turbato Conti nel profondo, era una donna che piangeva. Soprattutto se quella donna somigliava a sua moglie Clara e si preoccupava per suo figlio.

"Venga", disse, appena rabbonito. "Sediamoci di là".

La condusse fino al divano del modesto salottino e si sedette accanto a lei.

"Si calmi, su. Io sono qui per aiutarla, non lo capisce?"

Non era il tipo d'uomo da portare con sé un fazzoletto, ma per fortuna lei ne tirò fuori uno dalla tasca e si soffiò il naso. Conti attese pazientemente che si asciugasse l'ultima lacrima, e solo allora si decise a parlare. "Abbiamo scoperto che suo figlio stamattina l'ha chiamata. Col suo cellulare. Non mi dica di no, negare sarebbe inutile".

Lei scosse la testa, amareggiata. "Non era lui".

Conti sbarrò gli occhi. "E chi era, allora?"

La donna si passò una mano sulla faccia, in un moto di disperazione. "Quando l'ho vista lì, davanti alla mia porta, ho pensato che fosse venuto a dirmi che Stefano era morto. Per questo non volevo aprire".

"Le ho chiesto chi l'ha chiamata col cellulare di suo figlio. L'hanno rapito, per caso?"

"No. Era un negozio. Stefano ha dimenticato il telefono lì, ieri sera, all'ora di chiusura".

"Che negozio è?"

"Di articoli per feste e ricevimenti. Si chiama Party Shop. Appena l'ho saputo, ci sono andata subito. Mi hanno restituito il cellulare". Si mise una mano nella stessa tasca da cui aveva tirato fuori il fazzoletto. "Eccolo qui".

Conti lo prese e cominciò a scorrere le ultime chiamate. Poi alzò la testa. "Questo Enrico chi è? Un suo amico?"

"Sì. Ma Stefano gli ha telefonato solo una volta, ieri

pomeriggio, per sapere qualcosa sui compiti a casa. Enrico Frizzi non sa nient'altro".

"Perché non ci ha detto di aver trovato il cellulare?"

"Sono così confusa, così stanca... Stavo per farlo..."

Conti si alzò. "Va bene. Ora, per favore, mi dia qualche quaderno di suo figlio".

Lei si fece subito guardinga. "Perché?"

"Non posso dirglielo. Ma è nel suo interesse, mi creda".

Lei scosse la testa, dubbiosa. Era come con il computer: probabilmente stava mettendo Stefano nei guai. Tuttavia quel poliziotto era l'unico che potesse aiutarla. L'unico a cui rivolgersi. Sentiva di doversi fidare.

Si alzò, tornando poco dopo con due quaderni. "Ecco: uno di italiano, l'altro di matematica", spiegò. "Vanno bene?"

Conti annuì. "Ora la lascio. Se ci sono novità, mi avvisi immediatamente".

Incamminandosi sul vialetto con i due quaderni fra le mani, sentiva gli occhi di lei puntati sulla sua schiena. Si girò e per un attimo gli parve di vedere Clara sulla porta, in ansiosa attesa di suo figlio Matteo. La cosa non gli piacque per niente.

Dalla macchina chiamò Artusi.

83

Tema.

La perfezione.

Svolgimento.

La realtà è sporca, asimmetrica, incongruente. L'uomo stesso è un abbozzo informe e incompiuto, preda di passioni e vittima di pulsioni primordiali. Come suggeriva Pico della Mirandola, spetta all'Uomo – come emissario di Dio – imprimere ordine al disordine, eliminare le brutture, non curarsi delle trascurabili esigenze quotidiane, superare il limitato orizzonte della contingenza.

Se non percorrerà le strade della ricerca dell'Idea, dell'Ideale, dell'Essere in sé, l'Uomo resterà sempre un goffo sgorbio, incompleto, incapace di elevazione.

Per raggiungere la meta, la strada è in salita: lungo il cammino occorrerà controllare gli istinti, superare ogni meschinità, rivalsa, invidia. Per superare i propri limiti, corre l'obbligo di imitazione dei classici. Solo così si potrà raggiungere la perfezione, e assicurarsi il favore degli dei. Anche Baldesar Castiglione sostiene che…

Rocci, seduto in macchina nel garage dove l'aveva lasciata poco prima, sudava. Quel foglio gli bruciava fra le mani come un tizzone arroventato.

Rovistò in una busta del supermercato, che aveva nascosto sotto il sedile, in cerca della seconda lattina di birra. Non era più gelata come quando l'aveva comprata un'ora prima, ma ancora bevibile.

Tornò al foglio. Tirarlo fuori dal fondo del cassetto in cui l'aveva nascosto era stato un atto di grande coraggio. Sapeva che gli avrebbe fatto molto male, e non si sbagliava:

quella mattina, solo, seduto sul bordo del letto, aveva pianto.

Gli capitava spesso, negli ultimi tempi. Lo faceva sempre in gran segreto, attento a non farsi vedere da nessuno: se in casa avesse avuto un animale, lo avrebbe chiuso da qualche parte per risparmiare anche a lui il triste spettacolo di un patetico trippone che si scioglieva in lacrime come un poppante.

Ora, però, era venuto il momento di dire basta. Basta con le nostalgie, i rimpianti, i sensi di colpa. Basta con tutte quelle stupide lacrime, di cui si vergognava come un cane. Ora, finalmente, sentiva in corpo una rabbia corroborante come quella birra che gli scendeva in gola, rinfrescandogli anche le idee.

Continuare la lettura minuziosa di quel dotto componimento del fratello, era inutile. Lo aveva fatto già quattro volte, prima di uscire di casa. E adesso – la quinta – sapeva dove andare a guardare. Era sulla terza facciata, a sei righe dalla fine.

Cosa accade, però, se si fallisce? Cosa ne è dell'Uomo che ha coltivato un'idea di sé magnifica ed eletta, ma superiore alle proprie capacità? Cosa avviene se Virtù e Armonia andranno a confliggere con Codardia e Inettitudine, e dovranno ritirarsi umiliate e vinte? Cosa resta? Deve l'Uomo perseverare nel cammino intrapreso oppure abbandonarlo? Deve tradire o soccombere? E gli Dei? In quale dei due casi saranno clementi con lui? E, se non l'Olimpo, gli concederanno almeno l'impareggiabile ricompensa dei Campi Elisi?

Qualcuno picchiò più volte sul vetro del finestrino. Fuori c'era un uomo con i baffi, un giubbotto di pelle e l'aria bellicosa. Rocci aprì lo sportello e lo fissò col cipiglio cattivissimo che tanto lo aveva favorito nel difficile rapporto con i delinquenti abituali. Alle volte, pensava che quel suo brutto grugno gli fosse stato dato in sorte proprio per far paura a loro e salvare la pelle a lui.

"Che c'è?", lo sfidò, lanciando la lattina vuota oltre le spalle dell'uomo, a rotolare rumorosamente sul pavimento di cemento del garage.

"Io… io sono il titolare", balbettò l'altro, improvvisamente ossequioso. "Mi scusi. Volevo solo sapere se restava ancora un po' o se… Ma non c'è problema, guardi, era solo per regolarmi".

L'ispettore si infilò lentamente una mano in tasca e l'altro sbiancò.

"Quant'è?", chiese, tirando fuori il portafoglio.

"Niente, niente! Lei è della polizia, giusto? Non si preoccupi".

"Okay. Grazie della collaborazione".

Per tutta risposta, l'uomo prese a sbracciarsi per facilitare la manovra di uscita dal garage, poi salutò sventolando la mano. Rocci ricambiò con un breve cenno del capo e una virile sgommata. Aggiunse anche il dito medio sollevato, ma si limitò a lasciarlo sulle ginocchia. Poi guardò l'orologio: mancava poco a mezzogiorno. Forse ce l'avrebbe fatta a trovare Miranda sola in casa.

84

Quando Manzi telefonò in questura erano le dodici e mezza e Conti stava appena entrando nel suo ufficio.

"Sono io", si annunciò il medico, con voce sepolcrale.

"Ettore..."

"Puoi parlare?"

Per aggirare in fretta la scrivania con la cornetta fra le mani, Conti inciampò nel filo del telefono, travolgendo una pila di fascicoli e una lampada da tavolo, che andò in mille pezzi. A quel frastuono seguirono imprecazioni, uno sbattere di porte, la voce del commissario che cacciava fuori dalla stanza qualcuno che era accorso.

Poi, finalmente, Conti tornò in linea. "Scusa. Ho fatto un po' di casino. Oggi le cose vanno storte, non c'è niente da fare. Ti ascolto".

"Ho finito l'autopsia".

"Di già?"

"Te l'avevo promesso, no? Ho qualche risultato".

Conti si sedette sulla poltrona e si allungò sullo schienale, concentratissimo. "Dimmi".

"Come avevo intuito, è stato messo fuori combattimento da una pistola elettrica. Ma la causa della morte è da ricondursi a un'importante ulcerazione delle mucose ad opera di un acido che gli è stato versato in bocca e che ho appena mandato ad analizzare. In parole povere, gli si è bruciato tutto: gola, esofago, stomaco..."

"Atroce".

"Proprio così. Abbiamo a che fare con un sadico, Riccardo".

Conti ebbe un accesso di tosse. Gli era andata di traverso la saliva e stava praticamente soffocando.

"Che ti prende?", chiese il medico, dall'altra parte del filo. "Stai rendendo l'anima a Dio? Quante volte ti ho detto di lasciar perdere quelle maledette sigarette che ti accorciano la vita? Eh?"

Silenzio. Ai prolungati rantoli di Conti in sottofondo, Manzi si spazientì. "Ci sarebbe anche un'altra cosa. Ma se ora sei impegnato a sopravvivere, te la dico la prossima volta. Che faccio, chiamo il 118?"

"No…no…", ansimò il commissario, che aveva appena ricominciato a respirare. "Parla".

"Ho trovato dei minuscoli frammenti di lattice scuro. È possibile che provengano da guanti chirurgici, di quelli sterili che si usano in ospedale".

Conti stava recuperando il colorito. "In ospedale? Sei sicuro?"

"Li ho appena mandati da Mancini, quindi per il momento la risposta è no. Non sono sicuro. Anzi, fai finta che non ti abbia detto niente. Sto anche facendo analizzare gli abiti del professore. Erano parecchio impolverati, come se fosse caduto per terra, in mezzo alla strada. Appena ci saranno i risultati, sarai il primo a saperlo".

"L'ora della morte?"

"Fra le undici e le due del mattino, lo confermo. Aveva digerito quasi tutto quello che aveva mangiato a cena. Ora devo andare. E smetti di fumare, capito?"

Conti restò lì, con la cornetta fra le mani, ad ansimare per lo scampato pericolo. Poco prima, quando credeva di morire soffocato, aveva pensato a Longhi e alla sua agonia. Ora invece pensava a Stefano Benci.

Poteva un ragazzino di diciassette anni aver commesso un omicidio con modalità tanto sofisticate e complesse? Dove e come si sarebbe procurato una taser? E i guanti di lattice? Il suo pensiero corse subito a Valeria Benci, la madre infermiera che lavorava in ospedale. E al custode, che da quell'ospedale era transitato prima di scomparire misteriosamente nel cuore della notte.

Chiamò Artusi. Non rispondeva.

Allora si alzò di scatto, raccolse i fascicoli da terra, diede un calcio ai cocci della lampada e uscì dalla stanza.

85

La sorella lo stava aspettando sulla porta di casa. Il cielo era velato da uno spesso strato di nuvole grigie, che però non sembravano minacciare pioggia. I cani abbaiarono e corsero incontro alla macchina, accompagnandola fino allo spiazzo antistante la casa. Conoscevano il conducente da quando erano piccoli: non avevano paura di lui, né lui di loro.

L'ispettore scese dall'auto e per un po' si trattenne a fare la lotta col terrier, il più giocherellone dei tre. Gli altri – due pastori tedeschi fratelli – li circondavano ululando come forsennati e tentando di partecipare alla gara. Uno di loro ringhiò, mostrando le zanne.

"Basta, basta!", urlò Miranda, piombando come un'ossessa a separarli. "Li stai eccitando! Non mi piace! A cuccia, voi!"

Al comando della padrona, i cani arretrarono di qualche metro, con la lingua penzoloni e il respiro corto. Lei si piantò a gambe larghe vicino alla macchina, levando un braccio in aria. "A cuccia, ho detto!"

"Sei sempre stata una donna esagerata, Miranda. E non capisci mai quando si scherza", commentò Rocci, con un'occhiata ai cani che si allontanavano mogi verso i box.

"So io come trattarli", ribatté lei, brusca. "Non t'immischiare".

Rocci si fermò a guardarla, stupito. "Sei nervosa?"

Per tutta risposta, la sorella gli diede le spalle e lo precedette in casa. Dentro, era tutto in penombra. Solo in cucina entrava la debole luce di quel giorno bigio. Lei si appoggiò al tavolo di marmo e si passò le mani sudate sulla gonna. "Allora?"

A Rocci non sfuggì il tono bellicoso della domanda. "Che c'è, Miranda? Perché sei così aggressiva?"

Lei evitò di guardarlo in faccia. "Vuoi qualcosa da bere? Un tè? Un caffè?"

Il fratello la squadrò. Era pallida, con occhiaie bluastre che non le aveva mai viste. "Cos'hai? Stai poco bene?"

Lei gli rimandò una sguardo sfuggente. "Se sto male,

non lo so. È un bel pezzo che non mi faccio controllare. Perché?"

"Perché ti vedo strana. E hai una brutta cera".

"Capita".

"Già", commentò lui, laconico.

"Cosa sei venuto a fare?"

Rocci lasciò correre lo sguardo per la cucina. I fornelli erano rimasti gli stessi dell'epoca in cui sua madre gli preparava la colazione al mattino. Un'epoca in cui lui si divertiva ad arrivarle alle spalle di soppiatto, abbracciandola all'improvviso. Non c'era volta in cui lei non sobbalzasse per lo spavento.

Solo molti anni dopo aveva capito che *fingeva* di non averlo sentito entrare, per non deluderlo. Che idiota, era stato! Un ingenuo sprovveduto, di cui perfino la mamma si prendeva gioco. Anzi no: lei lo proteggeva perché ne aveva pena, questa era la verità. Non mostrando di accorgersi del suo passo pesante, lasciandosi sorprendere alle spalle, cercava solo di aiutarlo ad aver fiducia in se stesso.

La madre sapeva benissimo che quel figlio grande e grosso, che grugniva quando approvava e sbatteva i pugni sul tavolo quando non era d'accordo, era l'anello debole della catena familiare. Fra Luigi il Genio e Miranda la Bella, Silvino lo Sgorbio era stato l'incidente di percorso. Eppure, o forse proprio per questo, lei lo aveva amato più degli altri. Rocci ne era certo, per il semplice motivo che gliel'aveva confessato lei stessa, in punto di morte. "*Tu sei sempre stato il mio prediletto, Silvino. Non dirlo mai a Miranda, però. Tutta la vita ho pregato perché trovassi una moglie che ti volesse bene, ma il Signore non mi ha ascoltato. Non me lo meritavo, evidentemente".*

Rocci fissò la sorella con occhi spenti. "Dov'è il baule di cui mi parlavi?"

Miranda inspirò profondamente. "Senti, Silvino, voglio essere molto chiara con te. Per una vita hai deliberatamente evitato ogni riferimento a nostro fratello. Non si poteva neppure nominare in tua presenza, perché davi in escandescenze. Tutti noi sapevamo il perché, e quindi abbiamo rispettato la consegna del silenzio. Ora, per favore, mi dici cosa ti succede? Che vai cercando ancora, dopo tanti anni? Cosa, in nome di Dio? Guarda che noi non abbiamo bisogno di altri..."

Lo sguardo di Rocci era privo di espressione. "Dimmi dov'è quel baule, Miranda".

Lei si drizzò, stizzita. "E va bene. Vieni con me".

Si avviarono insieme lungo il corridoio. La casa era buia, ma qui e là una lama di luce fendeva il pavimento di vecchia graniglia, lucidando gli arabeschi dei decori. Salirono al piano di sopra, in silenzio. La stanza di Luigi – quella dove si era impiccato – non era più stata abitata: Miranda non avrebbe mai permesso che uno dei suoi ragazzi vi entrasse, anche solo per studiare. E così, aprendo quella porta dopo tanti anni, Silvino Rocci si ritrovò in una specie di locale di sgombero, dov'erano accatastati mobili, scatoloni impilati, vecchi specchi, lampade, libri e tante altre cianfrusaglie disseminate alla rinfusa su ogni superficie libera.

Miranda si fece largo fino alla finestra, aprì le imposte e si girò. Notò che il fratello era rimasto impalato sulla soglia, con gli occhi fissi al soffitto. Fortunatamente, il pesante lampadario di ferro battuto a cui Luigi aveva assicurato la corda era stato fatto sparire da tempo.

"Ecco", disse, brusca, sollevando un lenzuolo impolverato. "Il baule è questo. Se vuoi farti del male, aprilo pure e rovistaci dentro quanto vuoi. Io vado di là, ché ho da fare. Ma ricordati..."

Lui abbassò lo sguardo su di lei, che gli era arrivata vicino e gli aveva puntato un dito sul petto.

"Ricordati che nella nostra famiglia abbiamo già sopportato abbastanza dolori. Non ti permetterò di darcene altri. Pensi che non abbia capito quello che stai facendo? Tu stai cercando risposte, e magari un'assoluzione di cui, dopo tutti questi anni, pensi ancora di aver bisogno. Ma cosa succede se non la trovi? Eh? Non sei colpevole di quello che è successo, te lo vuoi mettere in testa? Devi fartene una ragione, una volta per tutte! E se entrare in quella scuola, parlare con quei professori, seguire questa maledetta indagine, insomma, ti ha risvegliato sensi di colpa, angosce o ripensamenti, te li devi scordare!"

"Stanotte, nel liceo classico, è stato ucciso un altro professore. Si chiamava Furio Longhi", disse lui, in un soffio.

Miranda si portò una mano davanti alla bocca. "Furio? Oddio!"

Rocci la fissò con gli occhi socchiusi. "Lo conoscevi?"

“Era un compagno di scuola di Luigi”, ammise lei, con riluttanza. Poi lo squadrò. “L’hai incontrato durante l’indagine, per caso? Ti ha detto qualcosa? Qualcosa che…”

“No. Ora però lasciami solo, ti prego. Parleremo poi”.

86

Forgione era nel cortile con un paio di giornalisti. Conti li conosceva bene, sapeva di quanta insistenza fossero capaci. L’assistente, assediato contro il muro, gesticolava nell’inutile tentativo di svincolarsi. Com’era prevedibile, le televisioni si erano impadronite della notizia della morte di Longhi già dalla mattina, ma avevano dovuto tenersi sul vago per mancanza di particolari e dettagli. Ora che sul forum era apparsa la rivendicazione dell’assassino che diceva di essere Nerone, Conti si aspettava il peggio. Il telegiornale dell’una sarebbe andato in onda di lì a poco, ma lui non aveva nessuna voglia di guardarlo.

Si ritirò nell’ombra del corridoio e andò in cerca di Artusi. Non era nella sua stanza e nessuno l’aveva visto. Chiamò Rocci sul cellulare, ma era irraggiungibile. Imbestialito, Conti non trovò di meglio che piombare da Mancini.

“Allora? Come procede con quelle fibre?”, chiese, entrando nella stanza senza bussare.

Il collega era in piedi, chino su un microscopio, alle

spalle di un giovane tecnico seduto. "Le stiamo esaminando in questo momento. Ripassa fra un po'".

"No. Preferisco aspettare qui".

Conti si sedette su uno sgabello e accavallò le gambe. Dopo un nervoso confabulare col tecnico, Mancini si girò "È lattice", affermò, "di un tipo più robusto di quello adoperato per i comuni guanti sterili, però. Si tratta di gomma marrone e anti-taglio".

"Guanti chirurgici?"

"Senza dubbio".

"Dove si trovano?"

"Dovunque. Ovviamente ce ne sono scorte in ospedali, cliniche e ambulatori, ma su ordinazione si possono acquistare anche in farmacia. Volendo, perfino su Internet".

"Su ordinazione? Vuoi dire che le farmacie non ne dispongono? Che te li procurano solo se li ordini?"

"Qualcuna potrebbe averne in magazzino. Non ne ho idea. Ma si tratta di attrezzature chirurgiche, non credo abbiano un gran mercato al dettaglio".

Conti si alzò. "Va bene, ho capito. Ci faremo un giro anche per le farmacie: se qualcuno li ha comprati di recente, lo scopriremo. C'è altro che possa interessarmi, al momento? Impronte, sostanze, altre diavolerie di vostra competenza?"

Mancini scosse la testa e distolse lo sguardo. Era ancora offeso per la lite di pochi giorni prima, e Conti non aveva nessuna voglia di rabbonirlo. Anzi. "Avete messo sotto i raggi un'intera scuola, santiddio! Possibile che tu non abbia niente da dirmi?"

"Senti, Conti, fai questo mestiere da tanti anni. Sai perfettamente quali sono i tempi e le procedure".

"Me ne frego, delle procedure!"

"Ah, guarda, per te non è certo una novità!", sbottò Mancini, con una smorfia sarcastica. "Ma si dà il caso che io stia parlando di *procedure scientifiche* e di *tempi tecnici*. Burocrazia e scartoffie non c'entrano niente, capito? E, se proprio vuoi saperlo, a prendere quel delinquente ci tengo più di te. Forse non te lo ricordi – tu sei interessato solo a te stesso! – ma mia figlia frequenta quella scuola. Ora ti chiedo di lasciarci lavorare in pace, per cortesia. Ciao e buona giornata".

Conti aprì la bocca per replicare, poi la richiuse. Si domandò se e quando il collega della Scientifica gli avesse detto che la figlia era iscritta al liceo classico, e non riuscì a darsi una risposta. Nel dubbio, si limitò a uscire dalla stanza sbattendo la porta.

Artusi gli stava venendo incontro, trafelato.

"Alla buonora!", esclamò il commissario, senza fermarsi.

L'agente gli arrancò dietro per il corridoio. "C'è voluto un po'. Sono esami che normalmente richiedono molto più..."

Conti si bloccò. "Insomma, hai delle risposte, sì o no?"

Artusi prese fiato. "Parziali e approssimative, dato il poco tempo a disposizione, ma sì. Ce l'ho".

"Allora?"

L'agente prese il suo taccuino e lo sfogliò febbrilmente. Il tono e lo sguardo di Conti lo stavano facendo agitare. "Siamo stati fortunati", disse. "Nei quaderni del ragazzo c'erano parecchi appunti in stampatello. E la mia amica grafologa dice che il biglietto trovato a casa del professore non è stato scritto da lui. Assolutamente no. Quindi quella *S* non sta per Stefano, è sicuro".

"Com'è questa tua amica? Brava?"

Artusi tirò fuori dalla tasca un biglietto da visita. Conti lo esaminò e vide che la signora in questione, oltre ad avere una serie di titoli e specializzazioni, era anche consulente del Tribunale.

"È una persona seria", ci tenne a precisare l'agente, "la conosco da anni e so che di lei ci si può fidare. Ma, se stavolta ha toppato, non è colpa mia. Quello che posso dire è che, per aiutarmi, oggi ha lasciato la sua famiglia a digiuno".

"Okay. Ora va' a chiamare Forgione. Sta perdendo un sacco di tempo in cortile con quei giornalisti, e di tempo noi non ne abbiamo. Se c'è qualche problema vengo fuori io, ma è meglio per tutti se non lo faccio".

87

"Scusi, dottore, ma mi hanno bloccato...", si giustificò Forgione, arrivando ansante al cospetto del capo.

"Ma perché ti trattieni sempre con quella gente?", fremette Conti. "Che gli hai detto?"

"Niente di più di quello che già sapevano", lo rassicurò l'assistente, sedendosi dall'altra parte della scrivania, a fianco di Artusi. "La morte di Longhi non gli si poteva certo tenere nascosta, ma per fortuna non sanno niente del biglietto e degli altri particolari. Però sono al corrente del fatto che il custode è scomparso".

La fronte del commissario si aggrottò all'istante in un'espressione diffidente. Trafitto da quello sguardo, Forgione si sentì immediatamente a disagio. "Hanno talpe dappertutto: ospedali, obitori, bar, condomini, uffici, negozi…", fece notare, allargando le braccia. "Da quel che ho capito, Scalza è diventato il loro sospettato numero uno. Non hanno digerito la faccenda della smentita: ora scriveranno che le dichiarazioni rese al giornalista nella prima intervista erano vere e che forse Scalza, con la sua rettifica, ha solo voluto intorbidare le acque per confondere le idee a tutti. Il resto lo hanno intuito dal messaggio di quel pazzo nel forum degli studenti, dove sono in agguato da giorni per il tramite di chissà chi".

L'assistente fissò il commissario e sospirò affranto. "Ci faranno a pezzi, vedrà. E poi si divertiranno a terrorizzare tutti con questa storia del fantasma di Nerone che si aggira per il liceo classico come Belfagor nel Louvre. Ma per fortuna c'è qualcosa che ancora non sanno".

Un po' ansante, tirò fuori dalla tasca dei pantaloni un blister, ne cavò una pillola e se la ficcò in bocca.

"Che cos'è quella roba?", chiese Conti, sospettoso.

"Una medicina per l'ipertensione".

"Da quanto tempo?"

"Cosa?"

"Da quant'è che hai la pressione alta?"

"Da qualche mese. In questi giorni, poi, mi sento scoppiare il cuore".

Al commissario montò il sangue alla testa. Forgione era con lui da più di dieci anni, Conti era stato il suo testimone di nozze e anche il padrino di battesimo dell'ultimo figlio.

"Basta. Sei esonerato", decise, d'impulso.

L'assistente sgranò gli occhi, sbigottito. "Coosaaa?"

"Prenditi un mese di ferie arretrate e vattene a casa a curarti".

Forgione lanciò uno sguardo disperato ad Artusi, che taceva imbarazzato. Poi inspirò profondamente e sollevò sul commissario uno sguardo eroico. "No".

"Cos'hai detto?", ringhiò Conti, scandalizzato dall'insubordinazione.

Forgione impallidì. "Scusi, dottore, è colpa mia, ho esagerato", disse a precipizio, alzando le mani in segno di resa. "Non mi scoppia il cuore, glielo giuro, era solo un modo di dire. E la pressione la controllo sempre". Fece una pausa per sondare l'effetto di quelle parole su un Conti sempre più accigliato. "Se lei ora mi manda a casa, se mi estromette da quest'indagine, allora sì che mi prende un colpo".

"Voglio parlare con tua moglie", concluse il commissario, brusco. "Tu non me la racconti giusta".

"Va bene, va bene… La faccio chiamare da mia moglie, giuro".

"Non posso preoccuparmi anche della tua salute, chiaro? Né permettere che ti succeda qualcosa, magari mentre sei in servizio. Capito, Luca?"

"Capito".

Conti si accese una sigaretta, fissando Forgione attraverso il fumo che saliva al soffitto. Avrebbe scommesso che, dietro quella maschera di tranquillità, l'assistente stesse maledicendo il momento in cui aveva preso quella pillola davanti a lui. " Ora torniamo al punto. Cos'è che i giornalisti ancora non sanno?"

"Non sanno che il ragazzo Benci è scomparso. E soprattutto non sanno cos'ha comprato al Party Shop, il negozio dove ha lasciato il cellulare ieri sera".

Conti aguzzò lo sguardo. "Perché? Cos'ha comprato?"

Forgione glielo disse. Poi, nel silenzio attonito che seguì, aggiunse con tono d'intesa: "La madre lo sa. E ce l'ha tenuto nascosto".

88

Valeria Benci aspettava fuori da quindici minuti. Conti se la immaginava, rannicchiata su una delle sedie di plastica della sala d'aspetto, con le mani strette sul manico della borsetta, i piedi uniti e gli occhi bassi. Immaginava anche il leggero tremito del labbro inferiore che aveva notato ogni volta che le aveva parlato di suo figlio. A

Clara succedeva la stessa cosa, e quella involontaria reazione alle emozioni lo aveva sorpreso ancor più della somiglianza fisica fra le due donne.

L'infermiera, però, aveva la lacrima facile. La sua ex moglie, invece, non piangeva mai.

Ma, si domandò il commissario, si era mai trovata Clara ad affrontare una situazione del genere? Come avrebbe reagito l'eterea, raffinata e molto abbiente violinista, se il suo unico figlio fosse stato perseguitato, sospettato di omicidio e infine inghiottito dal nulla? Sarebbe riuscita a mantenere autocontrollo, compostezza e occhi asciutti se fosse stata completamente sola ad affrontare l'ansia, la paura e la mancanza di mezzi?

Se quelle domande non avessero implicato una premessa che Conti per scaramanzia non voleva neppure prendere in considerazione – e cioè una qualche sciagura sul capo di suo figlio – la risposta sarebbe stata una sola: Clara ne sarebbe morta, e a quel punto la sedia nell'anticamera della questura sarebbe stata vuota.

La madre di suo figlio, però, non avrebbe mai potuto uccidere nessuno, Conti ne era più che certo. Dell'infermiera, invece, non avrebbe saputo dire. Quei frammenti di guanti chirurgici trovati sul cadavere lo avevano inquietato dal primo momento in cui Manzi gliene aveva parlato. La donna avrebbe potuto procurarseli facilmente: di notte, magari, quando in giro per l'ospedale c'era poca gente, e senza che le colleghe se ne accorgessero.

Il fatto che Valeria Benci fosse di turno mentre il custode spariva e Longhi veniva ucciso, paradossalmente era un alibi ma anche un'occasione. Le sue colleghe avevano riferito che durante la notte, per consuetudine, ciascuna di loro veniva lasciata a riposare a rotazione per un paio d'ore. E quelle della Benci, guarda caso, coincidevano con la morte di Furio Longhi. Mezzi e opportunità, dunque. Ma il movente? Per il custode, non era difficile da individuare: la vendetta. Accusando il figlio, l'uomo ne aveva fatto il principale sospettato per la morte della Baldi. Ma per Longhi? Forse il professore aveva scoperto qualcosa sul conto di Stefano, qualcosa che l'avrebbe fatto incriminare per l'omicidio della professoressa. O forse era Stefano ad aver scoperto qualcosa su di lui e ad aver cominciato a ricattarlo. In entrambi i casi, sarebbe stato facile per la madre convocare l'insegnante al liceo, usando l'iniziale del nome del figlio sul biglietto, per poi ucciderlo con una qualche sostanza acida sottratta alle scorte dell'ospedale. Il ragazzo, poi, era stato nascosto da qualche parte in attesa che le acque si calmassero. Restava il problema della taser. Forse il marito della Benci ne possedeva una e aveva dimenticato di portarsela in Costa Rica.

No, si disse Conti. Non poteva essere andata così. Valeria Benci aveva segnalato immediatamente la scomparsa del figlio. Che interesse avrebbe avuto ad attirare l'attenzione della polizia, se il ragazzo si fosse eclissato con la sua complicità? E, poi, perché farlo nascondere? Non sarebbe stato più logico comportarsi normalmente, fingendo di non sapere nulla e mandando il figlio a scuola come ogni mattina?

Conti decise che era arrivato il momento di farla entrare e di guardarla in faccia mentre rispondeva a tutte quelle domande.

89

E invece nella stanza entrò Forgione. Aveva un'aria preoccupata.

"C'è in linea la signora Frolli".

"E chi sarebbe?"

"La sorella dell'ispettore Rocci. Vuole parlare con lei, dottore, ma non ha voluto dirmi perché".

Conti chiamò il centralinista. "Passami quella telefonata in attesa".

"Commissario?"

Conti mise in vivavoce a beneficio di Forgione, che lo fissava dall'altra parte della scrivania.

"Sono io, Miranda. Che succede?"

"Silvino è stato qui".

"Ah! È tutta la mattina che cerco di mettermi in contatto con lui e..."

"È ripartito mezz'ora fa".

Il tono della donna non era il solito: c'era qualcosa che stonava, una strana vibrazione che gli arrivava distintamente attraverso il filo. "Le ha chiesto lui di avvisarmi?", azzardò Conti, speranzoso. Forse l'ispettore aveva semplicemente il cellulare fuori uso e in quel momento stava rientrando in centrale.

"No. La chiamo perché sono molto in ansia per lui".

"Sta male? Gli è successo qualcosa?"

La donna fece una pausa durante la quale il commissario si preparò al peggio. "Ha chiesto di vedere le cose di Luigi, in un baule che non veniva aperto da anni", disse infine lei. "E quando se n'è andato, aveva tra le mani il suo diario".

"Quello dei compiti di scuola?"

"No. Un diario vero, personale e riservato. L'ho riconosciuto dalla copertina".

Forgione si passò una mano sulla testa lucida di sudore e si lasciò cadere su una sedia.

"E lei pensa che..."

"Io non so cosa pensare, guardi. Quello che so è che Silvino era sconvolto. È passato di volata per il corridoio, come una furia. Io gli sono corsa dietro ma lui è entrato in macchina ed è partito sgommando, senza neppure salutare".

"Va bene, Miranda. Appena arriva qui in Centrale, la richiamo. In ogni caso ora provo a telefonargli..."

"L'ho già fatto io, fino a pochi minuti fa. Ha il cellulare spento".

"Anche quello di servizio lo è", ammise Conti, "almeno fino a un'ora fa".

"Commissario, lei conosce la situazione. Silvino ha avuto molte difficoltà dopo la morte del fratello. Non le nascondo che tutti in casa all'epoca abbiamo temuto che anche lui potesse..." La voce della donna si ruppe in una specie di singhiozzo. "È per questo che non abbiamo più parlato di Luigi in sua presenza, e gli abbiamo sempre tenuto lontane le sue cose, i libri, gli oggetti, i ricordi. Mia madre non aveva neppure una foto del figlio morto sul comodino, per paura che lui, vedendola…"

"Sì, sì, me l'ha già spiegato".

"E ora, a distanza di tanti anni, lui piomba qui e pretende di rovistare in quel baule senza neppure dirmi perché. Mi ha mandato fuori dalla stanza, capisce? Poi se ne va come un invasato, con occhi da pazzo. Cosa sta succedendo, per l'amor di Dio?"

"Ora mando subito qualcuno a casa sua, nel caso passi di lì prima di venire in ufficio. Si tranquillizzi, Miranda, ci pensiamo noi".

Conti posò lentamente la cornetta. Forgione si alzò in piedi. "Vado io".

"Tu mi servi qui, con l'infermiera. A cercarlo, può andarci benissimo Marchetti".

Forgione strinse le labbra. "La prego, dottore. Siamo amici. Glielo devo".

Conti era certo che l'assistente stesse pensando all'altarino con la candela accesa e alla foto sorridente del ragazzo morto, in quella stanza torrida e buia dell'ultimo undici agosto. "Va bene, vai. Ma se non c'è, lascia Marchetti ad aspettarlo e torna subito qui".

90

"Posso entrare?"

Guglielmo Rastofani, sulla soglia, annuì con un breve cenno del capo e si fece da parte. Quando ebbe chiuso la porta alle sue spalle e si girò, Rocci ebbe la netta percezione che qualcosa fosse cambiato. Il professore sembrava diverso, meno amichevole dell'ultima volta. E non pareva intenzionato a farlo accomodare in salotto.

"Oggi c'è un gran traffico, qui a casa mia", osservò soltanto, senza muoversi. Nella penombra, la sua espressione era indecifrabile. "Cos'altro succede, Silvino? Il suo capo non è rimasto soddisfatto del nostro ultimo colloquio?"

"Quale colloquio?" chiese sbigottito l'ispettore.

Rastofani piegò le labbra in un lieve sorriso. "Conti è stato qui poco fa. Non ne era al corrente?"

Rocci aprì la bocca, poi la richiuse. Ogni parola sarebbe stata di troppo, era più prudente mantenersi sul vago fin quando non si fosse chiarito le idee. "Nel corso di un'indagine come questa ognuno di noi svolge compiti diversi, professore", si limitò a replicare. "Spesso di propria iniziativa e in tutta autonomia. Io, personalmente, non vedo il commissario da ieri".

Rastofani persisteva in quel sorrisetto di difficile interpretazione. "In tal caso, mi auguro che il motivo della sua visita non sia una faticosa replica. Vede, sono piuttosto stanco".

"Di che avete parlato?"

"Oh, di tante cose!" Il professore alzò le spalle, con noncuranza. "Della cultura, innanzitutto. Poi delle mie cravatte con le ancore, che pare denotino mancanza di fantasia oltre che di un vero alibi. Il commissario, chissà perché, mi ha inserito nella lista dei sospettabili per la morte di quei poveri ragazzi".

Rocci inarcò le sopracciglia. "Ragazzi?"

"Per me lo erano e lo saranno sempre. Non dimentichi che sono stato il loro professore".

Parlava di Barbara Baldi e Furio Longhi, evidentemente. Per un attimo, Rocci aveva temuto che fosse accaduto qualcosa agli alunni del liceo, qualcosa di cui non sapeva ancora nulla. "Io sono qui per un altro motivo", annunciò, non senza sollievo.

Finalmente Rastofani rammentò la buona educazione. "Venga. Andiamo di là".

Si sedettero nel salottino, sulle solite poltrone contrapposte. Dalle persiane socchiuse una luce spiovente colpiva il tavolino basso fra loro, lasciando in penombra il resto della stanza.

Rastofani accavallò le gambe e sembrò rilassarsi. "Ho appena sentito al telegiornale la notizia della morte del povero Longhi. Hanno anche detto che il custode è scomparso nel nulla. Mi chiedo cosa stia succedendo in quel liceo".

Rocci posò sul tavolino un quaderno con la copertina rossa. Rastofani lo osservò incuriosito. "Che cos'è?"

Rocci ignorò la domanda. "Com'è morto Nerone?"

Se era stupito, il professore non lo diede a vedere.

"Suicida. Forse con un aiutino da parte di uno dei suoi liberti".

"Seneca?"

Rastofani prima corrugò la fronte, poi scoppiò a ridere di gusto. Un divertimento condito da un'irrisione per nulla velata. "Lei sa chi era un liberto, Silvino?"

Rocci si irrigidì. A chi si permetteva di prenderlo in giro, di norma faceva passare la voglia di raccontarlo. Stavolta, però, si limitò a scuotere il capo in segno di diniego.

"Un liberto era uno schiavo al quale, per propri meriti, zelo e fedeltà, veniva restituito lo status di uomo libero. Seneca, invece, era un ricco questore e un filosofo illustre, oltre che il precettore e il consigliere di Nerone. Eppure gliel'ho spiegato l'ultima volta che ci siamo visti...", osservò il professore, con una punta d'impazienza.

"Quindi non è stato lui a uccidere Nerone?"

"Ma no! Come le viene in mente? Quando Nerone si suicidò, Seneca era morto da tre anni. Perché insiste con questa bizzarria?"

"Perché qui c'è scritto così".

Rocci aprì il quaderno rosso e andò all'ultima pagina. La grafia era disordinata e scomposta, in alcuni tratti quasi illeggibile, ma l'ispettore era riuscito a decifrarla.

"Nerone è morto per mano di Seneca, su istigazione di Agrippina e con la complicità di Burro. Britannico, che ha assistito al crimine senza impedirlo, è colpevole quanto loro. Ullum malum praeter culpam", lesse a voce alta. Poi sollevò gli occhi sull'uomo seduto davanti a lui. "Che significa?"

Rastofani scosse la testa, perplesso. "L'ultima frase è

di Cicerone. Non c'è male all'infuori della colpa. Quanto al resto, sembra tutta una farneticazione. Di chi è quel quaderno?"

"Di mio fratello".

Rastofani impallidì, e per una volta perse la parola.

"E non è un quaderno, ma un diario", puntualizzò l'ispettore. "Questa è l'ultima cosa che Luigi ha scritto prima di impiccarsi. C'è la data in cima alla pagina: 11 agosto 1984".

"Non ha senso...", mormorò il professore.

Rocci si trattenne per un po' a sfogliare le pagine, poi alzò lo sguardo sul professore. "Qui lei è nominato molte volte, lo sa?"

"E... che...", balbettò quasi Rastofani, "Che dice di me?"

L'ispettore socchiuse gli occhi. "Teme qualcosa di compromettente, forse?"

"Io non ho niente da temere, Silvino. Sono solo curioso".

"Luigi parla di lei come se fosse l'oracolo. *Rastofani dice, Rastofani pensa, chissà come la prenderebbe Rastofani...*"

Gli occhi del professore sembravano più azzurri e lucenti, ora.

"La sua presenza aleggia – anzi incombe – su tutte le pagine di questo diario", continuò Rocci. "Pare che mio fratello vedesse il mondo attraverso i suoi occhi, professore. In questo diario ogni pensiero, ogni azione, ogni idea vengono implicitamente sottoposte a un vaglio continuo: il suo".

Rastofani alzò le spalle. “Lo dice come se volesse incolparmi di qualcosa. Luigi mi chiedeva spesso consigli e pareri, è la verità. E allora? È cosa buona e giusta che i giovani abbiano i propri maestri come punti di riferimento”.

“E di questa *farneticazione*, come l’ha chiamata lei, non le ha detto nulla?”

Il professore scosse la testa con decisione. “Assolutamente no”.

“E come se lo spiega?”

“Non me lo spiego”.

“Mi faccia capire. Mio fratello era un’eccellenza, giusto? Uno studioso come pochi. Lo ha detto lei, non è vero?”

“Sì, e lo ribadisco”.

“Quindi non poteva non sapere com’è morto Nerone. Ma a un certo punto cosa fa? Si mette a riscrivere la storia. Dà una sua personalissima versione della morte dell’imperatore. Farneticante, non è così? E se lei non ne sa nulla, vuol dire che non era un’esercitazione per la scuola, un esperimento creativo, una delle tante stramberie didattiche con cui lei incantava – o tormentava – i suoi studenti. Cos’è, allora?”

“Non ne ho idea”.

Rocci si sporse sul tavolino. Da vicino, con quella fronte bassa, il naso camuso e la mascella tozza, sembrava ancora più minaccioso. “Io invece un’idea ce l’avrei. Su chi siano Agrippina e Burro, per cominciare. Ora voglio sapere degli altri. E voglio saperlo da lei”.

Rastofani restò immobile, senza mutare espressione. Ma Rocci notò che le sue mani avevano artigliato i braccioli della poltrona. "Come ho detto, non so nulla di questa faccenda".

"No. Qualcosa sa. Quello che i telegiornali, le trasmissioni televisive e ogni altro mezzo di comunicazione di massa vanno dicendo da questa mattina, per esempio. E cioè che c'è in giro un pazzo omicida che dice di essere Nerone e che ha appena rivendicato la morte di Sesto Afranio Burro. Alias Furio Longhi, ucciso stanotte. Sa anche del parallelo fra la morte di Barbara Baldi e quella di Agrippina, di cui ho avuto la malaugurata idea di parlarle io stesso".

"Perché malaugurata?"

"Perché io non mi fido più di lei, caro Rastofani. E non solo per le sue cravatte e le sue camicie tutte uguali. Lei si è ben guardato dal dirmi che Furio Longhi è stato un compagno di classe di mio fratello. Come Saverio De Marchis, del resto".

"Credevo lo sapesse".

"Mente. La sera che è stata uccisa Barbara Baldi, lei era a casa del preside. E ha visto benissimo che io non avevo la più pallida idea di chi fossero Longhi e De Marchis".

"L'ho notato, sì. Ma non potevo immaginare che non lo avesse appreso in seguito, nel corso delle indagini".

"L'ho scoperto, infatti. Ma quando lei mi ha detto che Barbara Baldi era stata compagna di scuola di Luigi, sarebbe stato naturale parlarmi anche degli altri due".

"Non credevo che fosse rilevante", tagliò corto Rastofani, con aria conclusiva.

"E invece lo è. In questo diario sono nominati anche loro, sa?"

Fra i due uomini scese un silenzio pesante. Rocci fissava l'uomo davanti a sé cercando di indovinarne i pensieri. "Chi è il Nerone di cui parla mio fratello, professore?", chiese, alla fine.

"Se lo sapessi, glielo direi".

"E Britannico? Chi è?"

"Il fratellastro di Nerone. Secondo Tacito morì durante un banchetto, per avvelenamento. Ordinato dal solito cattivone dell'imperatore. Gli storici moderni, però, propendono per una semplice crisi epilettica che, mentre mangiava, gli avrebbe fatto andare di traverso il cibo, soffocandolo. Pare che Nerone abbia sottovalutato la cosa – quegli attacchi erano piuttosto frequenti – e così nessuno lo aiutò".

"Intendo il Britannico che avrebbe assistito alla morte di Nerone. Lei continua a far finta di non capire, vedo. Immagino che ora mi dirà che non sa nulla neppure di questo Seneca che secondo Luigi avrebbe ucciso Nerone".

"A me pare che lei stia dando importanza a qualcosa che forse non lo merita. Questo appunto di Luigi potrebbe essere solo uno spunto per una rivisitazione fantastica della storia, l'idea di un plot, magari in vista di un romanzo, chissà..."

"Professore, la sua reticenza di oggi mi insospettisce ancora di più".

Rastofani si accalorò. "Ma su cosa, santa pace? Su cosa sarei reticente?"

"Lei si rifiuta di ammettere coincidenze troppo strane per essere tali".

"Io non mi rifiuto di ammettere un bel niente. Ho solo detto che non so dare una spiegazione che possa fare di quelle coincidenze qualcosa di diverso da quello che sembrano. Fino a prova contraria".

"Va bene". Rocci si alzò di scatto, scuro in volto, e si avviò a grandi passi verso l'uscita. Il professore gli tenne dietro.

"Ispettore!"

"Sì?"

"Se mi lascia quel diario di suo fratello, io posso guardarmelo con calma e magari..."

"Se lo scordi".

91

"No. Assolutamente no".

Il tono di Giuseppe Rigoso, dall'altro capo del filo, era perentorio.

"Come fa a esserne così sicuro, preside?"

"Commissario Conti, è stato lei a cercarmi e credo lo abbia fatto per un motivo ben preciso. Sa benissimo che un comandante degno di questo nome deve conoscere tutto della propria nave: ogni motore, ogni macchina, ogni cabina, e soprattutto ogni singolo passeggero. Dal primo dei crocieristi all'ultimo dei mozzi. E lo sa perché è un comandante anche lei. Se ci fossero dei satanisti nelle sua questura lei ne sarebbe informato, no? Quindi deve credermi sulla parola: nel *mio* liceo non c'è mai stato niente del genere. La nostra è sempre stata una scuola seria, frequentata da ragazzi seri, perbene e molto motivati allo studio. Qualche discolo, ogni tanto, ma in confronto a quelli che ci sono in giro oggigiorno, un beato da santificare. E, in tutta franchezza, mi sembra improbabile che proprio quest'anno possano essersi iscritti degli adoratori del diavolo, guarda caso tutti insieme e per di più quattordicenni. Ha chiesto a De Marchis?"

"Al momento non è reperibile. Lo sentirò più tardi".

"Ora mi dica. Questi orrendi delitti sono quindi opera di qualcuno che afferma di essere un satanista?"

"È evidente che abbiamo degli elementi che ci portano in questa direzione, preside. Per ora, però, non posso..."

"Non può dirmi di più, certo. Siamo alle solite. Lei pretende che io le dia informazioni e le tolga delle curiosità, ma non ricambia mai il favore".

"Preside Rigoso! Io sono la polizia!", sbottò Conti alzando la voce, irritatissimo. "Quelle che lei chiama curiosità sono attività investigative delicate, complesse e soprattutto riservate! Ha capito?"

"Forse è lei che non ha capito, commissario. Io tengo molto al buon nome del liceo, sa? Anche se non ne sono più a capo, resto orgoglioso di averlo guidato e non la smetterò mai di ripetere che è un fiore all'occhiello del nostro sistema scolastico. Alla faccia di tutti quei menagramo che predicano la fine della cultura classica e remano contro un modello culturale che è l'unico a poter arginare la dissoluzione generalista e globalizzata di questi schifosissimi tempi".

"Mi scusi, ma ora devo proprio lasciarla".

"Sicuro, come no! Taglia corto, eh? Lei sta pensando che sono un vecchio reazionario e rimbambito, non è vero?"

"Ma no! È solo che non voglio essere costretto a interrompere questa conversazione senza prima averla salutata".

"Mi saluti, allora. E rispettosamente, prego".

"Arrivederci, preside Rigoso".

"Arrivederci, dottor Conti. So che lei ha un figlio. Lo iscriva al liceo classico, mi ascolti. Così non diventerà tanto... impermeabile come lei".

Conti gli sbatté il telefono in faccia. Impermeabile! Avrebbe voluto dire ottuso, poi si era morso la lingua. Che boria insopportabile! La stessa dei ragazzi che uscivano da quel liceo, giù per quelle scale, alla fine delle lezioni di una trentina di anni prima. Guardavano dall'alto in basso chiunque non fosse dei loro. Benchè Conti non avesse l'abitudine di andare ad aspettare il suono della campanella davanti a quel liceo, a un certo punto aveva adocchiato una brunetta molto carina che gli piaceva molto. Ma, quasi subito, si era trovato nella difficile alternativa fra il venire alle mani con i suoi amici fighetti con la puzza sotto il naso e il venire al dunque con lei. Così, dopo una sfuriata memorabile che l'aveva fatta piangere, ci aveva messo una pietra sopra e da allora si era tenuto alla larga da quella scuola per figli di papà. Salvo scoprire, molto tempo dopo, che la ragazza di cui era innamorato veniva da lì. Era la sua futura moglie Clara, figlia di papà pure lei.

Al culmine della stizza, gli arrivò anche una telefonata dal procuratore. Il magistrato premeva, e il suo tono non era di quelli che il commissario gradiva. La conversazione fu breve e per nulla amichevole. Quando fu finita, Conti era imbestialito. Chiamò Artusi con un urlo che fece tremare i muri. L'agente accorse, allarmatissimo "Dottore…?"

"Fai entrare quella donna che aspetta di là!", sbraitò il dottore.

92

Mr Ganz. Salve, gente. Mi sono appena andato a ripassare la storia di Nerone. Sul libro di testo di due anni fa c'è poca roba, ma io ho approfondito. E sapete cos'ho scoperto?

Lisablu. Che cosa, Ganz?

Mr Ganz. Che c'era molta gente a Roma che non credeva fosse morto. Anzi, pare che a un certo punto cominciarono a circolare dei personaggi che si diceva fossero lui reincarnato.

Lisablu. E allora? Dove vuoi arrivare?

Nabbo17. Te lo dico io, Lisa, dove vuole arrivare. Ci sta dicendo che Nerone è vivo. E che lui è scemo. :-)

Mr Ganz. La sai una cosa, Nabbo? Io penso che tu non avresti mai – e dico mai! – dovuto iscriverti a questa scuola. Non è per te, fidati. Sei rimasto rozzo ed elementare, eppure vai in terza e qualche cosina avresti pure potuto impararla. Per esempio, a guardare al di là del tuo naso.

Nabbo17. Hai ragione. Non avrei dovuto. Ho perso quattro dei migliori anni della mia vita a studiare cose che non mi serviranno a niente e a incontrare per i corridoi dei coglioni come te.

Mr Ganz. Che ti dicevo, Lisa? È un troglodita. Si sa esprimere solo con gli insulti.

Nabbo17. Non solo, non solo… E quando torniamo a scuola, appena ti vedo, te lo dimostro. Fidati. :-)

Lisablu. Ehi, ehi! Calma!

Bolladisapone. Anch'io mi sono documentata. Ganz ha ragione. Potrebbe esserci qualcuno che conosce tutte queste leggende su Nerone e si è convinto di essere la sua reincarnazione. E sembra che sulla sua tomba aleggiassero i corvi: si diceva che fossero demoni in attesa del suo ritorno in vita.

Lisablu. Questa cosa mi fa paura.

Bolladisapone. Non è il massimo, sono d'accordo.

PesteBubba. E se questo tizio continuasse? Nerone ha fatto fuori un sacco di gente, mica solo la madre e il prefetto del pretorio. Come la vedete?

Giotto. Scusate se mi intrometto. Io mi sono appena iscritto in quarta. Ma ha ammazzato anche dei ragazzini?

Mr Ganz. Non lo so. Però gli piacevano, mi sa.

Nabbo17. Perché non ti vai a documentare, Ganz, così ti

levi dalle palle? E tu stai tranquillo, piccoletto, che non ti succede niente. Non badare a questo deficiente che è buono solo a mettere paura ai bambini.

Giotto. Grazie.

Nabbo 17. Prego. Ora però torna a esercitarti con le O, Giotto. Questi non sono discorsi per poppanti.

Lisablu. :-)

Bolladisapone. :-)

MrGanz. Mio padre dice che la polizia oscurerà il forum. Mi ha anche proibito di venirci. Dice che LUI può vedere tutto quello che diciamo.

Lisablu. Io ho chiuso, infatti. Oggi sono entrata solo per curiosità. Sono troppo spaventata.

LDE. Dov'è finito Stefano Benci?

MrGanz. Chi? Benci della II C?

LDE Proprio lui. Allora, lo sapete o no?

MrGanz. Perché? Dov'è finito?

Lisablu. Ma tu chi sei? Benci? Sei tu? Non sarà mica uno dei tuoi scherzi? Guarda che non è il caso, adesso.

LDE Non sono Benci.

Nabbo17. Ma chi è questo qua che parla? Qualcuno lo conosce?

LDE Chiedetelo al vostro preside, dov'è Benci. È in un posto che De Marchis conosce benissimo. È dove sto io.

Bolladisapone. Io chi?

LDE Non l'avete ancora capito? Non siete ragazzi svegli. Che peccato!

Lisablu. È LUI!!!

MrGanz. Fuori tutti! Subito! Io chiamo la polizia.

93

Quando Valeria Benci entrò seguita da Artusi, Conti si era ricomposto. Aveva appena spento l'ennesima sigaretta e attendeva immobile, con le mani intrecciate sul piano del tavolo. Lo sguardo, però, era ferino.

Lei dovette intuire qualcosa, perché cominciò a tremare. Per non darlo a vedere, si afferrò le ginocchia e le strinse in due morse che le fecero sbiancare le nocche.

"Novità?", esordì il commissario, con una calma agghiacciante.

Lei scosse la testa. Un lampo di sollievo, tuttavia, le illuminò lo sguardo: evidentemente non c'erano brutte notizie, altrimenti quella domanda non avrebbe avuto senso. Nessuna nuova, buona nuova.

"Lei non sente suo figlio da ieri, giusto?"

"Da ieri pomeriggio. Prima di andare in ospedale sono uscita per sbrigare un paio di commissioni, e lui era a casa. Saranno state le sei, le sei e mezza".

"Dopodiché lei ha preso servizio alle otto di sera ed è tornata a casa la mattina dopo. Ha preparato la colazione per suo figlio, ma quando è andata a svegliarlo lui non c'era. È così?"

Valeria Benci annuì. Si stava chiedendo il perché di quell'ennesima ricostruzione di fatti che erano già stati detti e ripetuti tante volte.

"Stamattina, però, qualcuno l'ha chiamata con il numero di suo figlio: era il Party Shop, un negozio dove Stefano aveva dimenticato il cellulare. A quel punto, lei è uscita ed è andata a riprenderselo. Poi è tornata a casa. Mi corregga se sbaglio".

"È così".

Conti si accese una sigaretta, approfittando della pausa per scrutare il viso della donna. Era pallida, senza trucco, con i capelli in disordine. Aveva anche abbottonato male la camicetta, che le pendeva a sghimbescio su un fianco. Pur in quella versione sciatta e trascurata, restava sempre molto carina e sempre molto simile a Clara.

"Cosa le hanno detto quelli del Party Shop, di preciso?"

La domanda era stata fatta con indifferenza, quasi fosse di semplice routine. Lei ripeté quello che gli aveva già riferito poche ore prima, quando il commissario era piombato in casa sua: verso l'ora di chiusura Stefano era entrato nel negozio, aveva curiosato per un po' e alla fine era uscito, dimenticando lì il cellulare. Punto.

"E non ha chiesto come mai suo figlio fosse andato proprio lì, in quel tipo di negozio?"

Valeria Benci si morse il labbro e restò in silenzio.

"Non ci ha pensato, immagino", commentò Conti, con tono comprensivo.

Lei si rincuorò. Quel commissario le stava offrendo un'insperata scappatoia. "In effetti no, non ci ho pensato. Ho solo chiesto ai commessi come gli era sembrato Stefano, se avevano notato qualcosa di strano nel suo comportamento. Mi hanno risposto che non ci avevano fatto caso. Allora mi sono concentrata sul cellulare.

Appena me l'hanno restituito, sono uscita in strada per controllare le ultime telefonate, poi sono tornata a casa per richiamare tutti con calma".

Conti si sporse sul piano della scrivania. "Lei sta mentendo, signora Benci". La voce era quieta e gentile, eppure la donna vi intuì una spaventosa minaccia. Sussultò come se una scarica elettrica l'avesse attraversata da capo a piedi, e il suo pallore si imporporò all'istante.

"Lei non ci ha avvisato del ritrovamento del cellulare di Stefano", la incalzò il commissario, sempre con molta calma. "Eppure sarebbe stata la prima cosa da fare".

"Ve l'avrei detto, lo sa. Stavo solo chiamando i suoi compagni per verificare se…"

"No. Lei non l'ha fatto per un motivo ben preciso. Non voleva che scoprissimo dov'era stato lasciato il telefono di suo figlio".

Lei strinse le labbra. Si sentiva la bocca secca e amara, e non voleva più parlare. Voleva solo svegliarsi nel suo letto e scoprire che aveva avuto un incubo. Solo un brutto incubo.

Conti era sempre proteso verso di lei. A separarli solo una scrivania e una cortina di fumo.

"E quando poi è stata costretta a dircelo, si è illusa che la cosa finisse lì", proseguì il commissario. "Avevamo recuperato il cellulare. Cos'altro ci serviva, dopotutto? Perché la polizia sarebbe dovuta tornare in quel negozio di innocua paccottiglia?"

Valeria Benci restava barricata in un silenzio impietrito. Sopportava quel colloquio come un martire il supplizio della ruota. A ogni parola, si sentiva colpire, strappare, offendere. Senza poter far nulla per impedirlo.

"Invece la polizia non si è fidata di lei", concluse Conti. "E sa perché? Perché lei, signora Benci, è complice di suo figlio e questo è stato chiaro fin dal principio, fin da quando il custode della scuola gli ha mosso contro tutte quelle accuse. Da allora lei lo ha sempre protetto, arrivando a inventargli alibi che non esistevano e giustificazioni che non avevano i piedi per camminare".

La donna non si mosse e non mutò la sua espressione soccombente. Disse solo le quattro parole che Conti avrebbe sempre ricordato in seguito, quando ormai tutto quel che stava accadendo in quella stanza – e che ancora doveva accadere – avrebbe preso la forma di asettici rapporti, perizie, dichiarazioni e verbali destinati agli archivi della procura e alla memoria dei sopravvissuti: "Io sono sua madre".

Parole che esiliavano tutti i suoi bei ragionamenti da sbirro in un territorio trascurabile e fondamentalmente inutile, rivelando l'unica verità di cui si dovesse davvero tener conto. Una verità che Conti, accecato dal contingente, non era ancora pronto a comprendere.

E infatti replicò con voce secca e dura: "Questa non è una giustificazione, signora Benci. Lei sa perfettamente cos'ha comprato suo figlio in quel negozio e il fatto che ce l'abbia tenuto nascosto può significare una cosa soltanto: che è al corrente di molte altre circostanze che potrebbero farlo incriminare per gli omicidi avvenuti nella scuola, oltre che per la scomparsa di Vito Scalza".

"Mio figlio non c'entra niente con quegli omicidi. E nemmeno con quell'ignobile individuo".

"E come lo sa, lei?"

Valeria Benci sollevò il mento e per la prima volta lo sfidò. "Lo so e basta".

A quel punto, l'autocontrollo che Conti si era imposto fino a quel momento si sgretolò.

Picchiò con rabbia una mano sul tavolo. "Guardi che io la sbatto dentro per favoreggiamento e per intralcio alla giustizia! Come minimo!"

L'infermiera, atterrita, scoppiò in lacrime. Artusi, seduto accanto a lei, tirò fuori un fazzoletto dalla tasca e, senza dire una parola, glielo allungò. Stavolta, però, Conti non si lasciò commuovere.

"E sa perché dico che è il minimo, signora Benci? Perché potrei far incriminare per omicidio pure lei. Lei, che aveva l'opportunità, il movente e soprattutto i mezzi per far fuori tutta quella gente. La Baldi, che perseguitava suo figlio, e il custode, che l'aveva accusato pubblicamente e che ancora non sappiamo se troveremo cadavere e dove. Era ricoverato in ospedale la notte che lei era di turno, guarda che coincidenza, ed è sparito!"

"E il professor Longhi?", chiese la donna, fra le lacrime. "Lui era sempre buono con Stefano, io non avevo niente contro di lui".

Conti sogghignò. "Aveva scoperto tutto, è chiaro. E mentre suo figlio lo attirava a scuola con un inganno, lei si lavorava Vito Scalza in ospedale. Come ha fatto a convincerlo a rivestirsi e a seguirla? Eh?"

Lei continuava a scuotere la testa, come se quello che si stava consumando in quella stanza fosse l'epilogo di un indegno copione che non contemplava lieto fine.

Seguì un silenzio opprimente. Artusi si guardava le mani, riluttante ad alzare lo sguardo. C'era qualcosa, in quel momento, che lo turbava nel profondo. Qualcosa di innaturale nei modi di Conti, che però non sapeva mettere a fuoco. Anche il commissario teneva gli occhi bassi, come per raccogliere i pensieri. Quando parlò di nuovo, la voce era tornata calma e profonda.

"Cosa voleva farci, suo figlio, di quel mantello rosso?"

Valeria Benci non piangeva più, ora. Il naso congestionato, gli occhi pesti, un ciuffo di capelli sulla guancia. Ma uno sguardo più fermo, meno spaventato. Come se tutta la sua debolezza fosse stata espulsa con le lacrime che aveva versato.

"Io non lo so, lo giuro".

"Se non lo sa, perché ce l'ha tenuto nascosto?"

Lei deglutì. "Perché avevo paura di quello che avreste potuto pensare voi".

"E faceva bene ad aver paura. Perché noi effettivamente pensiamo che proprio un mantello rosso è quello che ha costretto il custode alla smentita di cui ha parlato tutta l'Italia. Un mantello rosso simile a quello dell'imperatore Nerone. Omonimo – o ispiratore – di quell'assassino che rivendica gli omicidi sui quali stiamo indagando. E lei di queste cose – come tutti ormai – è perfettamente informata".

A quel punto Valeria Benci sollevò l'obiezione che Conti aveva già mosso a se stesso più volte prima di affrontare quel colloquio.

"Il custode ha detto di aver visto quel mantello *prima* che Stefano lo comprasse".

"E chi ci dice che suo figlio non se ne sia procurato un altro in tempi non sospetti, e poi se ne sia disfatto per paura o per prudenza? Chi ci dice che non ci siano in giro altri personaggi che usano lo stesso travestimento, membri di un'accolita di cui suo figlio fa parte? Magari satanisti bardati di rosso, che hanno scelto l'imperatore più dannato della storia come loro testimonial? Eh?"

Valeria Benci sgranò gli occhi, in un'espressione di indignato stupore. "Ma cosa dice? Mio figlio non è un satanista!"

"Come fa a escluderlo? Lui è solo per la maggior parte del tempo. Cosa ne sa, lei, di quello che fa quando nessuno lo controlla?"

Lei insorse, scandalizzata. "Lo escludo perché mio figlio è cattolico! Perché crede in Dio e lo rispetta! Non frequenta la chiesa per il semplice motivo che è un adolescente ribelle, come tanti. Ma a Natale viene a messa con me, si fa il segno della croce e anche la Comunione! Non c'è nulla nella sua vita e nel suo comportamento che possa avermi mai fatto pensare una cosa del genere. E voi non potete permettervi di dire che..."

Qualcuno bussò alla porta, poi la aprì. Era Forgione, con uno sguardo carico d'urgenza. "Dottore, le dispiace venire fuori un momento?"

"Facciamo una pausa", disse Conti alzandosi. "Artusi, fai portare alla signora un bicchier d'acqua. Io torno fra poco".

Sulla porta, mormorò qualcosa all'orecchio dell'agente, che uscendo annuì.

Valeria Benci restò sola nella stanza.

94

"È appena entrato...", lo avvisò Forgione a mezza bocca, ammiccando verso il corridoio.

I due si fissarono. Poi, a passo di carica, piombarono insieme nell'ufficio di Rocci.

L'ispettore era seduto alla sua scrivania, con lo sguardo sulla porta e una sigaretta tra le mani. Sembrava li stesse aspettando.

Conti si sedette senza fretta. "È da stamattina che la cerco. Si può sapere dov'era finito, ispettore?"

L'altro aspirò una lunga boccata di fumo, poi fece correre lo sguardo sui due uomini. Anche Forgione si era seduto e lo stava fissando. Tirava aria pesante, ma Rocci restava imperturbabile.

"In un sacco di posti", rispose, con tono incolore.

"Posti dove non voleva essere disturbato, presumo. Al cellulare è stato irreperibile per tutta la giornata", commentò Conti, imponendosi di non perdere la calma.

"Effettivamente sono stato molto preso. Mi sono concentrato su una certa pista".

"Se non le è di troppo disturbo, vorrebbe essere così gentile da dirci quale?"

Il sarcasmo di Conti era come il fulmine. Annunciava il tuono, di solito.

Rocci, che lo sapeva bene, decise che la fase del tergiversare era durata anche troppo. Aprì un cassetto, ne tirò fuori il diario con la copertina rossa, lo aprì alla pagina giusta e lo sospinse verso il commissario.

"Questa", rispose. Quindi si riadagiò sullo schienale, a fumare e a godersi lo spettacolo.

I due uomini di fronte a lui leggevano con le teste accostate. Forgione fu il primo ad alzare la sua. Era il ritratto dello stupore. "Chi è che ha scritto questa roba?"

"Te lo dico io", disse Conti, con gli occhi ancora fissi sulle pagine. "Luigi Rocci".

Stavolta fu l'ispettore a stupirsi. "Come fa a saperlo?"

"Miranda", rispose Conti, laconico. "Mi ha detto che lei è stato lì, ha frugato in un certo baule e si è portato via questo diario".

Rocci scosse la testa, rabbuiato. "Miranda..."

"È molto preoccupata per lei".

"Mia sorella si preoccupa troppo. Io non sono quello psicolabile che lei ha sempre creduto, e non ho affatto bisogno della sua protezione. Non ho bisogno della protezione di nessuno, io".

L'ultima frase era rivolta a Forgione, a giudicare dall'occhiata fulminante che gli arrivò in tralice.

"Come le è venuto in mente di andare a cercare fra gli effetti di suo fratello? Si può sapere cos'è che l'ha portata fino a quel baule?", chiese Conti, esasperato.

"Un componimento di Luigi, che mi è stato dato da Rastofani quando sono andato a trovarlo".

"Di che si tratta?"

"Di un tema che parla della perfezione. E che – al di là di tutta una serie di citazioni scolastiche – è pieno zeppo di rimorso, impotenza e disperazione. Io almeno l'ho interpretato così. Di conseguenza ho pensato che valesse la pena approfondire".

Rocci spiegò sul tavolo un foglio di vecchia carta protocollo, vergato da una grafia minuta e ordinata, e lo sospinse verso i due uomini di fronte a sé.

"E che importanza può avere questo scritto di suo fratello nella nostra indagine?", chiese Conti, dopo qualche minuto di attenta lettura. Mentre poneva quella domanda, il cui scopo era solo quello di vagliare la lealtà di Rocci, Conti lanciò a Forgione uno sguardo storto. L'assistente non mosse un muscolo e trattenne il respiro.

"Barbara Baldi, Furio Longhi e Saverio De Marchis sono stati compagni di classe di mio fratello", disse Rocci. "Visto che i primi due sono morti di morte violenta, come del resto Luigi, penso che si tratti di una ben strana coincidenza. E che possa essere utile scavare nella loro vita di un tempo. Utile e opportuno, sotto più di un aspetto".

Era quel che aveva pensato anche Conti. Ma Conti aveva una foto che invece Rocci non aveva mai visto. "Da quanto lo sa?"

Rocci sospirò. "Della Baldi, dalla prima volta che sono stato dal professor Rastofani. È stato lui a dirmi che lei e Luigi frequentavano la stessa classe al liceo. Io, però, non la conoscevo, non l'avevo mai sentita nominare in casa e quindi non ho dato importanza alla cosa. Ma poi ho ripensato al fatto che De Marchis ci aveva detto che l'aveva invitata a casa sua perché era stata una sua compagna di scuola. Quindi, per la proprietà transitiva…"

"E di Longhi?"

"A Longhi non avevo pensato. Quando è stato ucciso, però, sono andato subito a controllare la sua data di nascita e ho fatto due più due. Anche se la conferma definitiva l'ho avuta solo stamattina, da mia sorella. E da questo diario di Luigi, che li nomina tutti e tre come suoi compagni di scuola".

"Quando hai saputo della Baldi, però, ti sei ben guardato dal dircelo", sbottò Forgione, risentito.

"Non ve l'ho detto perché in quel momento ho solo pensato a una coincidenza, che non interessava a nessuno!", protestò l'ispettore. "Mio fratello è morto da più di trent'anni, e non vedevo alcun nesso col resto. Solo in seguito ho trovato il… il tempo di leggere quel tema".

"Il tempo, eh?", ironizzò l'assistente, con una punta di malignità. Conti era stupefatto da quel colpo basso: che bisogno c'era di rigirare il coltello nella piaga? Non riusciva a credere che quelle parole fossero uscite dalla bocca del Forgione che conosceva, un uomo notoriamente buono, leale e compassionevole. E mentre Rocci si faceva paonazzo, decise di intervenire prima che quel costruttivo chiarimento potesse degenerare in uno scontro senza ritorno.

"Quando l'ha letto, ispettore?"

"Stamattina. Ho fatto alcune riflessioni, poi sono andato a casa di Miranda proprio per scoprire se fra le cose di mio fratello ci fossero altri suoi scritti che potessero aiutarmi a capirci qualcosa di più. E subito dopo sono tornato da Rastofani per chiedergli spiegazioni su quello che Luigi racconta in questo diario. Lui dice di non averne. Dice che è tutta una farneticazione. Ma io non gli credo".

Conti tacque. Tornò a fissare le ultime pagine di quel diario, scritte da un ragazzo suicida poco prima di impiccarsi. "Nerone è morto per mano di Seneca...", mormorò assorto. "E non è vero, giusto?"

"Macché! È stato Seneca, casomai, a morire per mano di Nerone. Non letteralmente, ma fa lo stesso. L'imperatore lo ha praticamente costretto a tagliarsi le vene, tre anni prima che lui stesso si suicidasse. Non è certo di questa storia che Luigi parlava".

Conti restò per un attimo a riflettere sul da farsi. E concluse che era arrivato il momento di giocare a carte scoperte. Tirò fuori dalla tasca la foto dei cinque ragazzi sulle scale della scuola e la fece scivolare davanti a Rocci. L'ispettore, ne era certo, a quel punto l'avrebbe potuto sopportare. Forgione approvò la decisione con un breve cenno del capo.

Dopo meno di mezz'ora, i tre uomini si alzarono e ognuno si mosse per la propria destinazione.

95

Rocci lo trovò in giardino, chino sul parafango di un Suv grigio metallizzato. Poco prima gli aveva aperto il cancello Miriam De Marchis, che usciva dalla villa trascinandosi dietro un trolley. Fuori, l'aspettava una berlina scura con un uomo anziano alla guida.

L'ispettore era rimasto incuriosito a guardare la donna che caricava la valigia sul sedile posteriore e poi montava davanti, sbattendo lo sportello. La moglie del preside non gli aveva neppure chiesto il perché della visita, né si era offerta di avvisare il marito. Forse doveva prendere un treno ed era in ritardo, aveva concluso l'ispettore mentre guidava l'auto lungo il vialetto, verso la casa.

Saverio De Marchis alzò la testa di scatto e restò immobile a fissare Rocci, che scendeva dalla macchina e veniva verso di lui.

"Buonasera, preside".

"Buonasera, ispettore".

De Marchis si decise ad andargli incontro. "Qualcuno deve aver urtato la mia auto mentre era parcheggiata davanti alla scuola", disse contrariato, indicando un'ammaccatura sulla portiera. "E non si è preso neppure il disturbo di lasciare un biglietto".

"Con i tempi che corrono, meglio così", si lasciò sfuggire Rocci, pentendosi immediatamente per quella battutaccia. Ma De Marchis non pareva neppure averla sentita.

"Come ha fatto a entrare?", chiese piuttosto, improvvisamente all'erta.

"Sua moglie stava uscendo proprio in quel momento e…"

"Ah, già. Venga, andiamo in casa".

Lo condusse nello studio, attraverso l'atrio deserto e silenzioso, lasciando la porta aperta. Evidentemente erano soli in casa.

"Gradisce qualcosa da bere?", chiese De Marchis, andando verso un cassettone su cui era posato un vassoio d'argento con bicchieri di cristallo e bottiglie di liquori.

"Solo acqua, grazie".

"Io invece prenderò uno scotch. Dopo una giornata come questa, mi ci vuole qualcosa di forte. Ma prego, si accomodi".

Rocci si sedette sul divanetto che gli era stato indicato e De Marchis lo raggiunse con i bicchieri.

"Immagino che sia venuto per gli aggiornamenti del caso. Lo apprezzo molto. Avete finito con le vostre… operazioni?"

"Non ancora".

Il preside scrollò le spalle. "Non importa. Vorrà dire che la scuola sarà chiusa anche domani. E domani è un altro giorno, non è vero?" Il sorriso, nel volto scavato dalla stanchezza, era forzato e innaturale.

"Così parrebbe", annuì l'ispettore, laconico.

De Marchis ingollò una generosa sorsata del suo whisky. "Ho sentito al tg che Vito Scalza è scomparso dall'ospedale. L'avete trovato?"

"Lo stiamo cercando".

"Che situazione assurda", commentò l'altro, scuotendo la testa, "più ci penso, più mi convinco che è quell'uomo il colpevole di tutto. In fondo, aveva l'opportunità e i mezzi per commettere entrambi gli omicidi. Si trovava a scuola, a pochi metri in linea d'aria dal punto in cui la povera Barbara è morta, ed è fuggito dall'ospedale proprio stanotte. Giusto in tempo per ammazzare il povero Furio. Ma – mi domando – perché? Cosa gli avevano fatto, in nome di Dio?"

Rocci alzò le spalle. "Non lo sappiamo. E, per dirla tutta, non sappiamo nemmeno se è stato lui".

"Perché sparire, se non fosse colpevole?", si accalorò il preside. "Si è dato alla macchia, è chiaro. E la cosa mi inquieta non poco, ispettore. Anch'io ho avuto diversi motivi di contrasto con quell'individuo. Se è impazzito o se era già pazzo all'origine – il che non fa poi molta differenza – potrebbe prendersela anche con me. Non mi sento per niente tranquillo, se devo essere sincero".

"Lo troveremo, vedrà".

"Sì, ma nel frattempo..."

"Nel frattempo stiamo seguendo anche altre piste. È per questo che sono qui".

Il preside lo fissò sospettoso. "Quali piste?"

Rocci si frugò in una tasca della giacca e tirò fuori una sigaretta. "Posso fumare?"

"Prego", concesse il preside senza entusiasmo. Poi indicò un piattino di Limoges sul tavolino basso accanto al divano. "La cenere può metterla lì".

Rocci aspirò il fumo con soddisfazione, poi tirò fuori dalla tasca una fotografia e gliela porse.

De Marchis posò il suo bicchiere e inforcò gli occhiali da lettura. "Ah!", fu il suo unico commento, prima di sollevare gli occhi sul poliziotto. "Chi ve l'ha data?"

"Era a casa di Barbara Baldi".

"E allora? È una vecchia foto dei tempi del liceo. Che c'entra, adesso?"

Rocci lo scrutò a lungo, mentre De Marchis non resisteva all'impulso di abbassare di nuovo lo sguardo sull'immagine per esaminarla con più attenzione. "Quant'eravamo giovani!", mormorò fra sé e sé.

"Cosa mi risponderebbe, preside, se io le dicessi che Nerone è stato ucciso da Seneca, su istigazione di Agrippina e di Burro, mentre Britannico assisteva alla scena senza muovere un dito?"

De Marchis alzò gli occhi e li fissò sull'ispettore. "Come, scusi?"

"Forse non mi ha ascoltato. Glielo ripeto: Nerone è stato ucciso per mano di Seneca, istigato da Burro e Agrippina. E Britannico non ha fatto nulla per impedirlo. Che ne dice?"

De Marchis prese il bicchiere dal tavolino e ne mandò giù un altro sorso. Le mani gli tremavano, ma forse era solo effetto dell'alcol e della stanchezza. "Continuo a non capire", rispose, con voce piatta.

"Che ne pensa di questa ricostruzione della storia?"

"Che è una ricostruzione fasulla. La storia non è questa. Nerone non fu affatto ucciso da Seneca. E tutti i personaggi che ha nominato sono morti molto prima di lui. Chi le ha messo in mente questa stupidaggine?"

"Un suo compagno di classe. In un suo diario".

"Chi?"

"Luigi Rocci. È in quella foto, ha presente?"

All'ispettore parve che De Marchis fosse impallidito, mentre tornava a fissare l'immagine che aveva tra le mani. Ma quando, dopo qualche istante, parlò, la sua voce era ferma. "Sarà stata un'esercitazione per la scuola. Rastofani ci assegnava spesso delle prove così".

"Rastofani lo esclude".

"Rastofani non può ricordare tutto quello che ci faceva fare. Ha anche una certa età".

Rocci non replicò. Quello era un muro che sembrava difficile da sfondare. Se di muro, in effetti, si trattava. "Non si è mai chiesto come mai nel forum degli studenti del suo liceo ci sia qualcuno che rivendica la morte di Baldi e Longhi, associandola a quella di Agrippina e di Burro?"

"Certo che me lo sono chiesto".

"E che risposta si è dato?"

"Nessuna risposta. Io non sono uno psicanalista, e neppure un criminologo. Non mi sento in grado di spiegare cosa passi per la testa di un maniaco che va dicendo di essere Nerone".

"Riconosce i suoi compagni ritratti in questa foto?"

"Sì, certo".

"Mi saprebbe dire chi sono?"

De Marchis abbassò di nuovo gli occhi sulla fotografia. "Da sinistra: Barbara Baldi, io, Furio Longhi, Lucio Spera e Luigi Rocci".

"Bene. Parliamo di Spera".

Il preside prese un'aria guardinga. "Perché dobbiamo parlare di Spera? E perché mi sta mostrando questa vecchia foto? A che scopo?"

"Lei si rende conto che dei cinque ragazzi qui ritratti, tre sono morti di morte violenta?"

"Veramente Luigi si è impiccato da solo", lo corresse De Marchis.

"Non è stata comunque una morte naturale", replicò Rocci, con durezza.

"E allora? Che c'entra, scusi, un suicidio di più di trent'anni fa con quello che sta succedendo adesso? Che follia è questa?" La voce del preside aveva preso una sfumatura isterica. Rocci la registrò con lucida freddezza.

"Parliamo di Lucio Spera".

"E parliamone!", sbottò De Marchis, spalancando le braccia in un moto di esasperazione.

"Che fine ha fatto? Lei lo sa?"

De Marchis scoppiò in una risata stridula. "Io? Ma scherza? Cosa posso saperne io di uno che non vedo da un secolo?"

Rocci non si scompose."È scomparso poco dopo la fine della scuola, l'anno della vostra maturità classica. Non mi dica che non ne era al corrente. All'epoca anche lei, come suo amico, fu interrogato dalla polizia".

"E con questo? Cosa cambia? Non lo sento comunque da allora e non so se sia tornato o meno".

Rocci decise di giocarsi l'ultima carta. "Ha qualche idea del perché Luigi Rocci si sia suicidato?"

Il preside strinse le labbra. "Era esaurito".

"Intende depresso".

"All'epoca si diceva così".

"E il motivo di questa depressione?"

"Non lo conosco".

"Possibile che lei, un compagno di scuola, non si sia mai chiesto perché un giovane brillante come lui, con un futuro radioso davanti a sé, avesse deciso improvvisamente di togliersi la vita?"

Il preside si limitò a scuotere la testa.

"Era un bel ragazzo, intelligente, sano, che non aveva problemi in famiglia...", lo incalzò l'ispettore.

"Questo non può dirlo", insorse il preside. "Che ne sa, lei?"

"Più di quanto immagina".

De Marchis sgranò gli occhi. "Ma allora la cosa è seria! Siete andati a interrogare i familiari di Rocci? Dopo tutti questi anni?"

"Non ce n'era bisogno, signor preside". Rocci schiacciò con calma la sigaretta nel piattino, poi tornò a fissare l'uomo. "Perché, vede, Luigi Rocci era mio fratello".

De Marchis spalancò la bocca per lo stupore. E, mentre lo faceva, si dava dello stupido. Come aveva fatto a non pensarci? L'omonimia, certo... Ma mettere in relazione quell'omaccione truce e sgraziato con il ragazzo snello e di bell'aspetto che era stato Luigi... assurdo! Si raddrizzò sul divano, piegando le labbra in una smorfia di aperta disapprovazione.

"Ora mi è tutto chiaro, ispettore Rocci. È solo per

ragioni personali che lei sta seguendo questa cosiddetta pista. Una pista bislacca e assurda che non la porterà da nessuna parte, glielo dico io. E intanto un uomo che ha un nome e un cognome – Vito Scalza! – si aggira per la città e potrebbe accoppare tutti quelli che lo hanno guardato storto".

Rocci si alzò, senza prendersi il disturbo di replicare. "Per il momento è tutto. Se dovesse tornarle in mente qualcosa, ci chiami".

"L'unica cosa che mi viene in mente gliela dico subito, ispettore", polemizzò il preside. "Sono preoccupato per la mia incolumità personale ed esigo protezione. Ora vado di là e ve lo metto per iscritto, in una e-mail che spedirò subito in questura con la posta certificata. Così, se mi succede qualcosa, la colpa sarà esclusivamente vostra".

"Ne parlerò con il commissario e, se lo riterrà, le assegneremo qualcuno che la sorvegli. Almeno fino a quando non avremo trovato Scalza".

"Molte grazie", rispose l'altro, con gelido sussiego, accompagnandolo alla porta.

96

La stanza era completamente buia. Oscar Mazzilli si affacciò all'interno e restò in ascolto: solo un ronfare sommesso e una disgustosa puzza di piedi. Niente per cui allarmarsi, ma neppure rallegrarsi.

Richiuse la porta e tornò sui suoi passi. Erano le quattro del pomeriggio e si sentiva distrutto. Lo scompiglio della notte prima gli aveva guastato il sonno, ed era riuscito ad appisolarsi sul divano solo alle prime luci dell'alba. Più tardi, in ufficio, si era quasi addormentato sulla scrivania. Dopo mezzogiorno, il titolare aveva insistito perché lo accompagnasse al bar sotto l'agenzia: erano due uomini soli, senza famiglia, che avevano preso l'abitudine di pranzare insieme con un panino veloce e un bicchiere di vino. Quel giorno, però, Oscar aveva tentato in tutti i modi di sganciarsi: era troppo stanco, e il pensiero di quell'estraneo in casa sua lo aveva reso nervoso. Quando però il capo aveva mostrato disappunto, si era arreso: era un buon lavoro – inserzioni e pubblicità a pagamento – e neanche troppo faticoso. Per di più il vecchio era una brava persona, lo pagava puntualmente e lo trattava come un figlio. Per quei tempi, un vero privilegio. E così avevano pranzato insieme come sempre. Stavolta, però, i bicchieri di vino di Oscar erano stati due, col risultato che ora si sentiva ancora più appannato e confuso.

Il soggiorno era minuscolo, con un angolo cottura e un balconcino sul cortile condominiale. A Oscar sembrava un paradiso. Si preparò un caffè e si sistemò sul divano per berselo in santa pace. Già che c'era, accese la televisione. L'avrebbe guardata per rilassarsi un po', poi sarebbe andato a svegliare il suo ospite e a pregarlo di tornarsene a casa sua. Non aveva la minima intenzione di cucinare per lui, né di lasciare che si trattenesse un giorno di più.

Con gli anni era diventato solitario e forastico, anche se si sforzava di apparire sempre cordiale e condiscendente. Perciò quell'uomo maleodorante che dormiva di là – nel suo letto! – avrebbe dovuto assolutamente sloggiare prima di cena. Era stufo di lasciare che tutti approfittassero della sua generosità. E poi, cosa aveva lui da spartire con quel tizio? Solo una conoscenza superficiale, qualche amico in comune e una cena in pizzeria di tanto in tanto: niente che lo autorizzasse a presentarsi in casa sua in piena notte, reclamando ospitalità.

Delle spiegazioni confuse che gli erano state date, aveva trattenuto poco. Svegliato di soprassalto, l'unica cosa che aveva capito è che quell'uomo era ricoverato in ospedale e se n'era andato per paura di un certo esame che avrebbe dovuto fare l'indomani, accorgendosi poi di non avere con sé le chiavi di casa.

Lo aveva accolto, va bene. Era reduce da un malore, quindi gli aveva perfino concesso la sua stanza, adattandosi a dormire sul divano. Ma adesso era davvero troppo. Si aspettava di non trovarlo, al suo rientro: e invece era ancora lì, a dormire e russare come niente fosse.

A quel punto Oscar, già fiaccato dall'insonnia, decise di accantonare per un attimo i cattivi pensieri e godersi la meritata pausa. In televisione, la pubblicità era appena finita e stava cominciando il notiziario. Ai titoli d'apertura, a Oscar andò di traverso il caffè. A furia di tossire, lo rovesciò sui pantaloni puliti. Poi, ancora boccheggiante, alzò il volume di un paio di tacche e seguì il servizio di cronaca nera con gli occhi fuori dalle orbite.

Alla fine si alzò, chiuse piano la porta del soggiorno e, senza un attimo di esitazione, compose il numero della questura.

97

Conti scalpitava. Pensava a Valeria Benci, chiusa nella sua stanza da più di un'ora, e si chiedeva quanto avrebbe resistito su quella sedia prima di realizzare che aveva bisogno di un avvocato. Dopotutto, il commissario l'aveva minacciata. Le aveva prospettato accuse gravissime: intralcio alla giustizia, favoreggiamento e omicidio.

Quella pausa di riflessione sarebbe stata l'ideale per decidere che ne aveva abbastanza, che era arrivato il momento che qualcuno prendesse le sue difese e pretendesse che suo figlio venisse considerato quel che lei sosteneva che fosse: non un assassino, un satanista, un complice, ma solo un ragazzo scomparso. Un ragazzo di diciassette anni appena.

Il commissario non vedeva l'ora di riprendere l'interrogatorio, eppure non riusciva a muoversi dalla stanza di Rocci. Il telefono aveva squillato mentre era sulla porta, e da almeno mezz'ora era costretto a stare lì, in piedi, ostaggio di tutta quella gente che voleva parlare con lui. Prima il questore, poi un cittadino che sosteneva di aver visto qualcuno con un mantello per le scale del suo condominio, e infine suo figlio. Il quale in quel momento gli stava raccontando della nuova scuola con un'insolita dovizia di particolari: per la prima volta Matteo non sembrava restio a parlarne, anzi si stava dilungando allegramente sulla descrizione fisica delle insegnanti, sul loro accento e sui loro buffissimi tic. Il padre non osava interromperlo; però, segretamente, smaniava.

Finalmente, il bambino annunciò che doveva andare a fare i compiti e lo salutò.

Conti sospirò di sollievo, il che aggravò il suo malessere. Almeno, però, era riuscito a lasciare quella maledetta stanza. Nel corridoio si imbatté in Artusi.

"Ho fatto compilare alla Benci un modulo per le denunce di scomparsa", disse l'agente, "come ha detto lei, dottore, rigorosamente a stampatello. E l'ho mandato per fax alla mia amica grafologa, che ha già risposto".

"E cosa dice?"

"Che a prima vista ci sono alcune lettere simili. Altre, invece, non corrispondono affatto. Non se la sente di escludere che il biglietto ricevuto da Longhi sia stato scritto dalla stessa mano che ha compilato quel modulo. Ma stavolta deve lavorarci con calma. E vuole gli originali".

"Quanto tempo le serve?", chiese Conti, spazientito.

"Qualche ora, penso".

In quel momento un ticchettio sul corridoio annunciò l'arrivo di Mara Vaccaro su un paio di tacchi altissimi, che però non le impedivano di marciare velocissima verso di loro. Rigida e impettita, con un foglio sventolante tra le mani. Lo tese a Conti senza neppure dargli il tempo di salutare.

“Tieni. Questa è la stampata dell’ultima apparizione del nostro uomo nel forum dei ragazzi. È di poco fa, quindi non chiedermi da dove si è collegato perché ancora non lo so. In ogni caso, dati i precedenti, dubito che scoprirlo possa essere di una qualche utilità”.

Conti la sospinse gentilmente nella stanza di Artusi. Il commissario lesse il foglio con attenzione, poi alzò lo sguardo. “LDE? Che significa? Siamo sicuri che sia lui?”

“LDE sono le iniziali del nome di nascita di Nerone: Lucio Domizio Enobarbo”, rispose la dirigente della Postale. “Ti basta? Capisci quant’è grave, la cosa?”

Conti annuì lentamente. “Avete esaminato il computer del ragazzo Benci?”

“Ce l’ho sulla mia scrivania. Me ne sto occupando personalmente”.

Il che, osservò Conti sollevato, la diceva lunga sulla priorità che la dirigente aveva assegnato a quell’indagine.

“Qualche indizio di satanismo?”

“Niente, per il momento. Nemmeno un accenno. A quanto pare, Benci era fisso su Facebook a postare scemenze per la maggior parte del tempo. In quello rimanente, giocava”.

“A che?”

“Giochi di ruolo. Sparatorie, imboscate, battaglie in campo aperto. Io non li capisco, questi ragazzi...” La Vaccaro sollevò gli occhi al cielo, con un sospiro. “Lo ha fatto anche ieri sera, fino alle diciannove circa. A quell’ora ha spento il computer e presumibilmente è uscito di casa. Al Party Shop è arrivato intorno alle diciannove e trenta. Questo è quanto, per il momento. Ho bisogno di altro tempo, Riccardo".

Conti guardò l'orologio. "Artusi, rintraccia subito l'ispettore Rocci, che dovrebbe essere ancora dal preside. Digli di portarmelo qui immediatamente: questo pazzo sostiene che De Marchis sa dov'è Stefano Benci. Io intanto torno dalla madre, nel mio ufficio… Ma cosa stai guardando, si può sapere?"

Artusi, sulla porta, aveva la testa girata verso il fondo del corridoio e gli occhi spalancati dalla sorpresa.

"Dottore! Mi è sembrato di vedere…"

"Chi?"

"Vito Scalza! È appena entrato con Marchetti! Ecco, ecco…c'è anche Forgione!"

Si precipitarono fuori, sul corridoio che si era improvvisamente popolato di agenti. Scalza strepitava e puntava i piedi. Forgione gli diede uno spintone, poi chiuse la porta della saletta degli interrogatori dietro di sé.

"Ti ringrazio di essere venuta personalmente, Mara", disse Conti alla collega, con un sorriso che non riusciva a mascherare l'impazienza. "Vediamo cos'ha da dirci De Marchis a proposito di questo nuovo messaggio. Ma prima devo sentire il custode".

"Ho la sensazione che dobbiamo fare in fretta, Riccardo. Diamoci tutti una bella mossa, eh!", disse lei, e girò sui tacchi.

Conti e Artusi, a passo di carica, piombarono insieme nella saletta.

98

Alla vista di Conti che irrompeva nella stanza, il custode si zittì di botto. Niente più urla e proteste, solo occhi sgranati di paura e un tremito incontrollato della bocca. Era sporco, scarmigliato e puzzava di sudore rancido. Il commissario distolse lo sguardo.

"Dove l'avete trovato?" La domanda era per Forgione, seduto di fronte all'uomo, dall'altra parte del tavolo.

"Ci ha telefonato un tipo al quale il qui presente Scalza ha chiesto ospitalità per la notte, dopo essere scappato dall'ospedale e chissà cos'altro..."

"Ma quale altro? Niente altro, lo giuro!", strepitò il custode.

"Silenzio, lei!", tuonò Conti, e l'uomo si rannicchiò sulla sedia, atterrito. "E chi sarebbe questo tipo, Forgione?"

"Un certo Oscar Mazzilli", rispose l'assistente. "In questo momento è di là che sta facendo mettere a verbale le sue dichiarazioni. Pare che questo signore lo abbia svegliato in piena notte, poco prima delle due. Gli ha raccontato che se n'era andato dall'ospedale per paura di una colonscopia che era stata programmata per oggi, ma che poi si era accorto di non avere con sé le chiavi di casa. Stamattina Mazzilli è andato al lavoro e quando nel pomeriggio è tornato, Scalza era ancora a letto, a dormire beato. Il Mazzilli ha acceso la televisione e dal telegiornale ha sentito che lo stavamo cercando in relazione all'omicidio di Longhi. Si è spaventato e ci ha chiamato".

"Avete verificato che questo Mazzilli abbia detto la verità?"

"Il suo datore di lavoro conferma che è stato tutto il giorno in ufficio con lui, pausa pranzo compresa".

Conti si girò a guardare l'uomo sulla sedia. "È vero quello che ha raccontato il suo amico? E cioè che lei si è presentato a casa sua nel cuore della notte?"

Scalza annuì vigorosamente. "È tutto verissimo. Dalla prima all'ultima parola".

"Quindi, lei conferma che se n'è andato dall'ospedale per paura di una colonscopia?"

"Sì".

"E chi gliel'aveva prescritta?"

"La primaria del reparto".

Conti si girò verso Marchetti. "Chiama l'ospedale e vedi se è vero".

L'agente si impettì e uscì dalla stanza. Lo sguardo di Conti intercettò Artusi, fermo davanti alla porta. "E tu? Hai parlato con Rocci?"

L'agente arrossì. In tutto quel trambusto, se n'era dimenticato. "Lo faccio subito, dottore", disse, uscendo a precipizio, con gli occhi bassi per evitare di incontrare quelli di Conti.

Il quale, ancora più rabbuiato, tornò a Scalza. "A che ora è scappato dall'ospedale?"

"Non sono scappato. Me ne sono andato".

"No, no! Lei è proprio scappato. Chi se ne va, avverte. Chi ha avvertito, lei?"

"In giro non c'era nessuno", protestò l'uomo, "era

tutto deserto, per quei corridoi…"

"C'erano le infermiere di turno", ribatté Conti.

"Io non le ho viste, lo giuro".

"E basta con tutti questi giuramenti!", sbottò Forgione, indignato. "Cosa crede, che se giura ci convince?"

"No, io volevo solo…"

"Ci dica, Scalza, quand'è che si è accorto di non avere con sé le chiavi del suo alloggio?", chiese il commissario.

"Mentre ero per strada. La mattina ero stato portato in ospedale all'improvviso, mi sentivo male e non avevo pensato a prenderle".

La risposta era stata troppo pronta e meccanica per non essere stata preparata.

Il commissario lo fissò a lungo. "Si svuoti le tasche".

"Cosa?"

"Le tasche. Le svuoti e metta tutto sul tavolo".

Scalza scosse la testa. "Voi non potete farlo…"

"E invece sì. Scommettiamo?"

Il custode si frugò nelle tasche dei pantaloni. Sul tavolo comparvero un pacchetto di Kleenex, un biglietto dell'autobus senza marcatura e un portafogli sdrucito.

"È tutto?"

Scalza fece di sì, a testa bassa.

Conti si girò verso l'agente che presidiava la porta. "Orsini, perquisiscilo".

"No!", urlò Scalza.

"Perché no?", chiese Conti, con aria innocente. "Noi le crediamo, ma dobbiamo rispettare le procedure. Se ha detto la verità, non ha nulla da temere. Se invece ha mentito, allora sono cazzi. Orsini, procedi…"

"No!", urlò ancora il custode. Poi, tremando, s'infilò una mano in tasca e sbatté un mazzo di chiavi sul tavolo. "Ecco! Contenti, ora?"

Forgione le esaminò con attenzione. Sei chiavi, di cui una molto grossa. Quella del portone principale della scuola, presumibilmente. "E lei vorrebbe farci credere di non essersi accorto di avere in tasca tutta questa ferraglia? Peserà almeno mezzo chilo…"

Scalza scosse ancora la testa, lanciò un'occhiata disperata al muro di fronte, e alla fine scoppiò a piangere. Lacrime copiose presero a scorrere su quella faccia pallida, chiazzata dai capillari, ombreggiata da una barbetta rada e malaticcia, per finire a gocciolare sul piano di formica.

Conti si avvicinò al tavolo, tirò fuori un fazzoletto di carta dal pacchetto e lo porse all'uomo.

"Tenga. Si asciughi la faccia. E, visto che c'è, si soffi anche il naso".

Il custode obbedì, continuando a singhiozzare.

"Lei, Scalza, ci ha mentito dal principio. Su tutto. Come mente ora, sapendo di mentire. Lei è uscito dall'ospedale ed è tornato nel suo alloggio. Lì, ha aspettato che arrivasse il professor Longhi e lo ha ucciso. Poi è andato a casa del suo amico, inventando questa balla delle chiavi al solo scopo di procurarsi un alibi".

"Non è vero!", strillò l'uomo, fra i singulti. "Io non lo sapevo che quel poveraccio era morto! Me l'avete detto voi, quando mi siete venuti a prendere poco fa!"

"Ah no? Lo vedremo. Per il momento, Scalza, lei è in stato di fermo. Sono sicuro che una bella nottata in galera le farà passare la voglia di prenderci per il culo. Io vado a telefonare al magistrato. Forgione, continua tu. Io torno fra poco".

Conti era già sulla porta, quando gli arrivò un lamento sordo. "Commissario…"

Si girò. Scalza era proteso verso di lui con le mani giunte in segno di supplica. "Io sono scappato dall'ospedale, è vero, perché mi ero rotto di stare lì e poi avevo paura di quell'esame. Questa è la verità, lo giuro su mia madre morta. Ma dopo…"

Conti lo fissava severamente, con una mano sulla maniglia. L'uomo chinò il capo, sotto il peso di quello che stava per dire. "Dopo però sono andato a casa. A scuola".

"Ahah!". Conti tornò sui suoi passi e posò entrambe le mani sul piano del tavolo. La parola galera faceva sempre miracoli. "Che ora era?"

"Le dieci e un quarto, quando sono arrivato".

"Bene. E poi?"

"Poi ho aperto il portone. Ho fatto qualche passo, stavo per infilare la chiave nella toppa del mio alloggio, quando ho sentito un rumore".

"Che rumore?"

Il custode aveva gli occhi sbarrati su un vuoto pieno di orrore. "Non lo so. Non lo so spiegare. Era qualcosa di strano, di lontano, oltre la porta a vetri".

"E quindi? Vada avanti".

"Io l'ho aperta e..."

"E...?", lo incoraggiò Conti, spazientito.

"Nell'atrio ho visto..."

"Che cosa ha visto? Forza, Scalza, ché non abbiamo tutta la giornata".

"Voi... voi non mi crederete mai! Come non mi avete creduto finora. È per questo che sono scappato dal liceo. Perché, se vi avessi chiamato, mi avreste dato del pazzo e del bugiardo. È per questo che ho vagato per le strade di notte, non so nemmeno io per quanto". Scalza si passò una mano sulla faccia, in un moto di disperazione. "Poi mi è venuto in mente di chiedere aiuto a Mazzilli. Non sapevo più che fare, dove andare..."

"Ma cosa ha visto, si può sapere?"

"Un... un mantello rosso!", urlò il custode. Poi serrò le labbra e scoppiò a piangere di nuovo. A dirotto.

99

"Come si sente?"

Valeria Benci, sempre sulla stessa sedia, era così pallida che sembrava sul punto di svenire. Dinanzi a sé, aveva una tazzina da caffè vuota e un bicchiere d'acqua. A Conti arrivò un'occhiata esausta e rancorosa. "Lei come si sentirebbe al posto mio?"

Il commissario si sistemò sulla poltrona di fronte e guardò l'orologio. Erano le cinque e mezza del pomeriggio, e la donna era lì da quasi tre ore. “Ci sono novità, signora Benci”.

Lei si protese in avanti, stringendo il bordo della scrivania con entrambe le mani. “L’avete trovato?”

Il commissario le porse la stampata che aveva avuto da Mara Vaccaro. “Questo è un messaggio apparso poco fa sul forum degli studenti del liceo. Qualcuno dice di sapere dov’è suo figlio. Lo legga pure”.

La donna chinò la testa sul foglio, scorrendolo avidamente, poi sgranò gli occhi e si portò una mano alla bocca. “Chi è questo... LDE?”, mormorò con voce soffocata.

“Abbiamo motivo di credere che si tratti dello stesso individuo che dice di essere Nerone. Quello che ha rivendicato gli omicidi dei professori Baldi e Longhi, per intenderci. Lei sa di cosa parlo”.

Conti era perfettamente consapevole della brutalità con cui le stava passando quelle informazioni e della reazione che avrebbero innescato, ma non poteva evitarlo.

Lei prese a torcersi le mani, mugolando di disperazione. Poi un terrore cieco e improvviso le si dipinse sulla faccia. “Ma Nerone è morto! Oddio! Se dice che Stefano è dove sta lui, allora vuol dire che...”

Conti, che temeva un’altra crisi di pianto, sollevò una mano con aria perentoria. “Manteniamo la calma, okay? È il *vero* Nerone a essere morto, signora Benci. Questo pazzo invece è vivo e vegeto, purtroppo, e non sta sottoterra da nessuna parte. Mi capisce? Se scopriamo chi è e dove si nasconde, troveremo anche il ragazzo. Sempre che…"

"Cosa?", chiese lei, con gli occhi sgranati.

Conti la scrutava sospettoso. "Sempre che non sia il ragazzo ad aver architettato tutto. Con il suo mantello rosso e la connivenza di sua madre".

"No! Stefano è una vittima, non un assassino! È solo un ragazzo semplice, immaturo… Lui non sarebbe mai capace di uccidere. Deve credermi, commissario! La supplico!"

"Anche ammesso che io le creda, signora, cambia poco. Le ripeto che solo trovando questo Nerone, troveremo suo figlio. Ostaggio o assassino che sia".

Valeria Benci rimase immobile, in un silenzio attonito. Conti lanciò un'occhiata alla finestra, in apprensione. Se calava la notte era peggio per tutti. Tornò a guardare la donna e gli parve che ora avesse un'espressione diversa, concentrata, come se qualcosa le fosse venuto in mente all'improvviso.

"Nerone…", mormorò lei d'un tratto, con lo sguardo perso nel vuoto. "Io… io una volta…"

"Cosa?"

Lei si riscosse e lo fissò. "Una volta ho conosciuto un ragazzo. Quand'ero molto giovane".

"Si spieghi meglio".

"Sono passati più di trent'anni. Io ne avevo diciassette, lui diciannove. Forse non c'entra niente, però…"

"Però?"

"Però anche quel ragazzo si faceva chiamare Nerone".

"Chi era?"

"Uno a cui piacevo molto. Anche lui mi piaceva, anche se per qualche ragione ne ero spaventata. Aveva sempre un'aria così febbrile, così esaltata... Un giorno mi confidò che lui e certi suoi amici avevano fondato una specie di circolo, in cui ognuno doveva darsi il nome di un personaggio storico importante. Tenevano incontri periodici, in cui si parlava di questioni culturali e filosofiche, si recitava, si declamavano versi... cose così, insomma. Anche se io frequentavo un'altra scuola – il liceo scientifico – mi propose di entrare a farne parte. Se lui era Nerone, io sarei stata la sua Poppea. La cosa mi incuriosiva e gli avrei anche detto di sì, ma..."

"Come si chiamava quel ragazzo?"

"Lucio. Si chiamava Lucio. Come Nerone".

Conti avrebbe urlato, ma si impose di restare calmo. "Lucio come?"

"Spera".

Il commissario schizzò in piedi e aggirò la scrivania. Le si sedette accanto, prendendole le mani fra le sue. "Voglio essere sincero con lei, signora Benci: quello che mi sta dicendo ora è di capitale importanza. Potrebbe aiutarci a trovare suo figlio. Ha più sentito questo Lucio da allora?"

Lei aveva lo spavento negli occhi. Scosse la testa con forza, in segno di diniego.

"Si sforzi di ricordare, signora. Mi dica tutto quello che sa".

Valeria Benci era allarmatissima. Snocciolò le informazioni a raffica, con voce tremante, fissando il vuoto. "Lui era all'ultimo anno, aveva gli esami e non poteva perdere tempo con me. E, dopo, ci siamo visti solo una volta. Ma era diverso. Assente, svagato, non più coinvolto come prima. Diceva che aveva altro per la testa. Che aveva ritrovato una persona molto importante nella sua vita. *Un'altra*, ho pensato io. E, infatti, da allora non mi ha più cercata".

"E lei? Come l'ha presa?"

La donna alzò le spalle. "Io? Me ne sono fatta una ragione. Da giovani le delusioni si incassano con più disinvoltura, e poi non ne ero mai stata veramente innamorata. Solo molto tempo dopo sono venuta a sapere che era scomparso. Non ricordo nemmeno chi me l'ha detto".

"E quando l'ha saputo, non è andata alla polizia per raccontare quello che Lucio le aveva confidato? Del circolo e di tutto il resto?"

"Quale resto?", protestò lei, esasperata, col pianto nella voce. "Io non sapevo nulla di lui! Non facevo nemmeno il liceo classico. E non mi è nemmeno passato per la testa che questa storia degli incontri culturali fosse importante". Fece una pausa per fissarlo, incredula. "Lo è?"

Conti accostò il suo viso al suo. "Signora Benci, ricorda chi erano gli altri ragazzi che facevano parte di questo circolo? E dove si riunivano?"

Lei distolse lo sguardo. "Lui non me l'ha mai detto. Era un circolo segreto. Solo se avessi deciso di entrare, l'avrei saputo. Ma che c'entra Lucio Spera con mio figlio?"

Conti si alzò in piedi, con aria febbrile. "Ora la faccio accompagnare a casa. Non vorrei che Stefano la chiami lì o si faccia vivo in qualche modo. Lui o chi per lui".

100

Cos'è che fa la differenza fra un uomo e la sua patetica imitazione? L'intelligenza? l'onestà? la perseveranza? Oppure la morigeratezza, la fedeltà a un ideale, la coerenza?

Guglielmo Rastofani non aveva mai smesso di chiederselo, per tutta la vita. E ogni volta, fra le tante possibili, la risposta era sempre stata la stessa: l'orgoglio intellettuale. La profonda consapevolezza del proprio valore, un valore tanto alto, però, da ricomprendere la capacità di riconoscere i propri errori e farne dolorosa ammenda.

Cosa avrebbe fatto scrivere, dunque, sulla sua lapide? Non poteva certo delegare ad altri un compito così delicato. Era sua la responsabilità di consegnarsi ai posteri in poche fulminanti parole. E anche quello era un problema che non aveva mai risolto.

Ora però un'idea cominciava a farsi largo tra tutti quei pensieri, disorientanti come banchi di nebbia. Per non lasciare che si smarrisse, la annotò su un foglietto che aveva in tasca e lo posò sul tavolino. Poi tornò a guardare fuori dalla finestra del salotto. Il sole stava per tramontare e la stradina era deserta, come sempre a quell'ora del pomeriggio.

Il professore si era sempre rallegrato di non avere vicini chiassosi, che andavano e venivano con macchine, buste della spesa e bambini urlanti al seguito. Ora, però, qualche cenno di vita l'avrebbe gradito. Si sentiva solo. Mortalmente solo. E irresoluto, al punto da non riuscire ad alzarsi da quella poltrona.

Poi, aveva telefonato qualcuno. Era un suo ex alunno, padre di un ragazzo che di tanto in tanto andava da lui per chiarirsi quelle poche idee che aveva sul greco e sul latino. Rastofani si rifiutava di chiamarle ripetizioni. Preferiva s*edute,* come quelle degli psicanalisti. Durante le quali, infatti, si adoperava a sondare nel profondo di quell'adolescente stolido e indifferente, tentando senza successo di far venire alla luce almeno un barlume di coscienza critica. Soldi buttati, aveva comunicato l'ultima volta al padre disperato. Il quale, però, non si arrendeva all'evidenza di aver generato un tale imbecille. E così, quando il telefono aveva squillato, il professore aveva pensato che volesse tornare a supplicarlo di non sospendere le sedute. E invece non era quello il motivo della chiamata: l'uomo voleva il suo parere su quanto stava accadendo nel liceo. Si domandava se fosse il caso di lasciare suo figlio in una scuola in cui non solo i professori morivano ammazzati, ma cominciavano a sparire anche i ragazzi. Proprio poco prima, infatti, aveva chiamato a casa loro il professor Romano, che andava interpellando i compagni di scuola di un certo Benci, scomparso senza lasciare tracce. E questo era troppo. Davvero troppo, sì.

Rastofani si alzò dalla poltrona e si preparò a uscire.

101

Rocci rispose alla chiamata di Artusi quando era quasi arrivato in questura. Non protestò, né imprecò come al solito. Improvvisò all'istante un'inversione da ritiro della patente e si diresse nuovamente a casa del preside. Il traffico era congestionato e pachidermico: di quel passo, non sarebbe arrivato in collina prima di mezz'ora.

Rocci rifletteva: l'ideale sarebbe stato prendere De Marchis alla sprovvista, per non dargli il tempo di prepararsi in anticipo, ma c'era il rischio di non trovarlo in casa e di non riuscire più a rintracciarlo per chissà quanto tempo. Mentre era fermo a un semaforo rosso, prese la sua decisione e compose il numero del preside. Rispose una segreteria telefonica che informava che l'utente non poteva rispondere. E infatti De Marchis stava parlando con la dottoressa Marani.

"Pronto, Eligia…"

"Saverio! Che succede?"

La voce dell'uomo era profonda e un po' impastata. "Miriam mi ha lasciato".

"Ma che dici? In che senso?"

Lui fece una breve risatina. "Non è morta, stai tranquilla. Se n'è semplicemente andata di casa".

"E perché?"

"Abbiamo litigato, lei ha chiamato suo padre e si è fatta venire a prendere. Ha portato via una sola valigia, per il momento. Conoscendola, dentro ci sarà l'occorrente per qualche ora appena. Pare che il resto verrà a prenderselo domani".

"Accidenti, mi dispiace. Mi ha telefonato oggi, e in effetti mi è sembrata un po' agitata".

"Ti ha chiamata?"

"Sì. Ma io avevo da fare e non ho potuto trattenermi molto. Senti, Saverio…"

"Ho bisogno di parlare con qualcuno".

"Capisco".

"Con tutto quello che mi sta succedendo, io… io non mi sento a posto. Mi tremano le mani, ho la gola chiusa…"

"Sei scosso. È normale, chiunque lo sarebbe al posto tuo. Vuoi che ti prescriva qualcosa?"

"Magari. E, se non hai impegni, vorrei cenare con te. Non ti secca, vero?"

"Certo che no. Perché non vieni a casa mia? Non c'è granché, ma…"

"Grazie. A che ora?"

"Adesso sono in ambulatorio, ma verso le nove dovrei essermi liberata".

"Perfetto. Se c'è qualche imprevisto, fammelo sapere. Io sono a casa, puoi chiamarmi qui".

De Marchis chiuse la comunicazione e restò in piedi, imbambolato, accanto alla finestra dello studio. Stava facendo buio e non se n'era neanche accorto. Da quando quell'ispettore se n'era andato, non era stato più in grado di fare altro che continuare a bere scotch sul divano e fissare il pavimento. Il telefono di casa taceva. Sul cellulare, in compenso, continuavano ad arrivargli messaggi che lui ignorava da almeno due ore. Ora, in piedi, aveva preso a girargli la testa, ma lui era certo che, se solo avesse trovato la forza di scuotersi, arrivare in bagno, lavarsi la faccia…

Mosse qualche passo incerto in direzione della porta e capì di non riuscire a reggersi in piedi. Appoggiandosi alle pareti, raggiunse la camera da letto. Il passaggio recente di una Miriam infuriata era testimoniato dal groviglio di calze, slip, giacche e pantaloni rovesciati sul letto, e dal numero impressionante di scarpe sparse sul pavimento. I cassetti del comò erano stati lasciati aperti, a soqquadro, come pure le ante dell'armadio.

Saverio, barcollante, tentò di farsi largo in quella baraonda per raggiungere la porta del bagno. Non ci arrivò. Vomitò sul parquet tutta l'anima che gli restava. Fra un conato e l'altro, però, ebbe modo di godere per aver centrato un paio di stivaletti di Prada a cui la moglie teneva più che alla sua vita. Irreparabilmente rovinati, trovò il tempo di rallegrarsi, mentre ansimava con gli occhi fuori dalle orbite.

Quando tutto fu finito, si sentiva meglio. Aggirò la pozza maleodorante ai suoi piedi ed entrò in bagno. Si denudò e s'infilò sotto la doccia. Lì, sotto il getto dell'acqua, pensò a lungo. A Longhi, a Barbara Baldi, a Rastofani, a suo padre, infine a se stesso. Fece ordine e spazio nella mente e nella memoria. Poi si asciugò con calma e si rivestì. Nella cabina armadio, perché ormai la stanza da letto era diventata impraticabile.

Fu mentre si annodava la cravatta davanti allo specchio, che udì squillare il campanello.

Sono pronto, si disse, per nulla sorpreso.

102

"Metti via subito quella pistola", ordinò Rastofani, fermo sulla soglia.

De Marchis abbassò lo sguardo sul suo braccio lungo il fianco e fissò l'arma stranito, come se non fosse lui stesso a impugnarla. Poi alzò gli occhi sul professore, che lo fissava con severità.

"Certo".

Con molta lentezza posò la pistola su una consolle accanto alla porta. "Guardi che io ho un regolare porto d'armi", fece notare poi, con una risatina che avrebbe voluto drammatizzare la situazione.

Rastofani mosse qualche passo all'interno. "Cosa volevi farci, eh? Spararmi?"

"Ma cosa dice?" De Marchis sorrise incredulo. L'ostinazione di quell'uomo a non voler riconoscere l'equivoco era imbarazzante. "Ho sentito suonare e, dato che non aspettavo nessuno, mi sono spaventato. Tutto qui".

Rastofani continuava a fissarlo con i suoi occhi di ghiaccio.

"Poi, dalla finestra, ho visto che era lei e ho aperto la

porta", proseguì il preside, "solo che ho dimenticato di avere ancora in mano la pistola".

Rastofani si guardò intorno, in quel vestibolo silenzioso su cui si aprivano stanze buie. "Sei solo? Tua moglie non c'è?"

De Marchis chiuse la porta e scosse la testa. "È da suo padre", si limitò a rispondere, con tono incolore. "Non vuole accomodarsi?"

Lo precedette nel salone e accese le luci. I divani erano pesti e stropicciati. La moglie vi aveva lasciato sopra un vassoio con un paio di tazzine sporche di caffè, fazzoletti di carta usati e una rubrica del telefono aperta.

De Marchis si affrettò a spostare il tutto su un tavolino e a raccogliere dal pavimento un paio di cuscini. "Mi scuso per il disordine. Miriam è uscita all'improvviso e così..."

"Non ti preoccupare di questo" fu l'enigmatica risposta di Rastofani, mentre si sedeva.

"Gradisce qualcosa da bere?"

Il professore alzò su di lui uno sguardo strano. "È da quando mi hai visto davanti alla tua porta che ti stai chiedendo perché sono qui. Però non riesci a fare a meno dei convenevoli. Sei sempre stato così, tu, anche da ragazzo".

De Marchis non mancò di cogliere la derisione nel tono e nelle parole di Rastofani. "La buona educazione è di ostacolo alla conoscenza, professore?", replicò, con un sorrisetto ironico.

"Sì, se ha riguardo alla forma più che alla sostanza. E

spesso le buone maniere non sono quel che dovrebbero – e cioè rispetto per il prossimo – ma solo esibizione e vanità".

Il preside si sedette sul divano di fronte. "La sua visita mi ha sorpreso, lo confesso. Non è mai venuto qui, prima d'ora. A parte la sera che…"

"La sera che è morta Barbara".

"Già".

"Scopavi ancora con lei? È per questo che tua moglie ti ha lasciato?"

De Marchis sgranò gli occhi. Non aveva mai sentito una volgarità come quella – che peraltro implicava un'inedita confidenza – uscire dalle labbra di Rastofani. In modo così brutale, poi. E si chiedeva anche come il professore avesse capito che la moglie se n'era andata di casa.

"No. Non avevamo più rapporti da tanto tempo. Da prima che sposassi Miriam", rispose con freddezza.

"Ma non da prima che la conoscessi. Quando vi ho incontrati insieme – tu e Barbara – a quel convegno a Montecatini, eri già fidanzato con Miriam. E scommetto che tua moglie non ha mai saputo che dividevate la stessa stanza".

De Marchis si irrigidì. Non gli piaceva la piega che stava prendendo quella conversazione. "Se lei è qui, deve esserci un motivo importante. E non penso che questo argomento lo sia".

"Invece sì, Saverio. I tuoi rapporti con Barbara Baldi sono molto importanti. Così come lo sono quelli con Furio Longhi, Luigi Rocci e Lucio Spera".

"Che significa? Professore, mi scusi, ma io proprio non la seguo". Con una punta di rabbia, De Marchis registrò la vampa che gli stava salendo sulle guance. Doveva essere arrossito, e si chiese se Rastofani l'avesse notato.

"La polizia è venuta a interrogarmi. Prima nella persona di quel commissario Conti..."

"Conti!", sottolineò De Marchis, con disprezzo.

"Uno che avrei molto gradito avere come alunno, se proprio lo vuoi sapere", lo zittì Rastofani. "Intelligente, polemico, molto intuitivo. Con una spiccatissima autostima che spaccia a se stesso per amore di giustizia".

"Be', io invece penso che..."

"E poi nella persona di quell'ispettore che sembra uscito dalle pagine di un fumetto americano degli anni Trenta. Nel ruolo del sicario di qualche boss".

"Rocci".

"Esatto, Rocci. Sai chi è?"

"Il fratello di Luigi. Me l'ha detto lui, proprio stasera".

"Molto bene. Mi fa piacere che tu sappia di cosa stiamo parlando".

"Lo so adesso. Prima non avevo affatto collegato quel poliziotto a Luigi. Non si somigliano per niente, il cognome è molto comune, e insomma..."

"Uhm..."

De Marchis si sporse in avanti. "Vuole sapere cosa penso? Penso che quell'ispettore stia usando la morte del fratello per motivi puramente personali. La sta collegando a queste uccisioni di oggi, forse perché non ha mai digerito la faccenda del suicidio".

"Un suicidio è sempre difficile da digerire. Costringe i familiari sopravvissuti a un doloroso esame di coscienza".

"Lo capisco. Ma se a questo esame ci si sottrae, si tende a scaricare le proprie colpe sul prossimo. E quando chi lo fa porta un distintivo e ha il potere di perseguitare, inquisire, privare della libertà personale, allora è pericolosissimo. Non trova?"

Rastofani annuì, con aria grave. "Hai ragione, Saverio. Solo in linea generale, però".

De Marchis lo interrogò con lo sguardo.

"In questo caso particolare, le cose potrebbero non stare così", concluse il professore.

"Non mi dica che lo pensa anche lei! Che c'è un rapporto tra quanto sta succedendo oggi e quello che è successo allora, voglio dire".

Rastofani affidò la sua risposta a uno sguardo eloquente.

"Non posso crederci...", mormorò De Marchis, scuotendo la testa, sconcertato.

"Pensi di essere un uomo intelligente, tu?", chiese il professore.

Il preside si fece guardingo. "Credo di sì".

"Lo penso anch'io. E ora, Saverio, dimmi: credi che la memoria sia una forma d'intelligenza?"

"Senza dubbio".

"Quindi se tu sei intelligente, allora hai buona memoria. Giusto?"

"Certo".

"Vediamo se è vero. Vediamo se ricordi una certa lezione del 1984".

"Dell'ottantaquattro?" De Marchis scoppiò a ridere. "Ritiro quello che ho detto. Non sono intelligente. Sono un cretino!"

"Io penso invece che tu la ricordi benissimo", replicò Rastofani, serissimo. "Si parlava di Carlo Magno e della sua Schola Palatina, che raccoglieva i migliori cervelli dell'epoca. Una élite culturale che voleva fare di Aquisgrana la nuova Atene. Ti dice niente?"

De Marchis era impallidito. Le mani avevano ripreso a tremargli, così le posò sulle cosce con aria indifferente. "Conosco l'argomento".

"I membri della scuola si assegnavano nomi di personaggi illustri dell'antichità: Davide, Omero, Orazio..."

De Marchis lo seguiva, attento, con gli occhi socchiusi. Rastofani lo fissò intensamente. "Sì, Saverio, la memoria è proprio una forma di intelligenza. Averne una portentosa come la mia, però, non sempre è un bene. Ci sono cose che sarebbe meglio dimenticare. Io, per esempio, ricordo con estrema vivezza il giorno in cui tu e Lucio Spera veniste da me dopo quella lezione e mi spiegaste qual era la vostra idea in proposito. Sarebbe stato salutare per me averlo rimosso".

Il professore tacque, come per valutare le reazioni dell'uomo seduto davanti a lui. Cercava forse un cenno di condivisione che non arrivò. De Marchis restava rigido e impettito, il volto atteggiato a un'espressione di mera cortesia.

"Quella lezione vi aveva entusiasmato", riprese Rastofani. "L'idea di fondare un circolo che ricalcasse il modello della Schola Palatina vi aveva schiuso nuove prospettive. Finalmente avreste potuto dare un'organizzazione a ciò in cui ognuno di voi credeva convintamente: e cioè che la cultura classica fosse madre di ogni cultura e appannaggio di pochi. Gli stessi a cui un giorno sarebbe spettato a buon diritto il governo della cosa pubblica".

"Questa è sempre stata *una sua idea*, professore".

"E, infatti, in quel momento ho pensato che di tutti i miei alunni voi eravate gli unici ad averla davvero recepita. Ero orgoglioso di voi. Qualche mese più tardi, Lucio venne da me e mi comunicò che gli incontri erano cominciati. Eravate in cinque: oltre a voi due, c'erano Barbara Baldi, Furio Longhi e Luigi Rocci. Vi eravate assegnati dei nomi e dei ruoli, e vi riunivate con cadenza settimanale in un luogo segreto che avevi procurato tu. Tornò ancora, qualche tempo dopo, per sottopormi alcune questioni di difficile soluzione. Qualcosa sulla morale, se non ricordo male. Gli prestai dei libri. Poi arrivò l'esame di Stato e prendeste il diploma. Finché, un giorno d'estate, Lucio mi chiamò. Era angosciato, voleva che io lo consigliassi su come comportarsi. Gli domandai di cosa si trattasse, ma si rifiutò di parlarmene a telefono. Ci demmo un appuntamento per l'indomani, in un caffè del centro, ma non si presentò. Era già scomparso dalla sera prima".

Fra i due uomini scese un silenzio torbido.

"Cosa vuole da me, professore?", chiese infine De Marchis.

"La verità, Saverio. Io penso di conoscerla già, ma la voglio da te. E la voglio ora".

103

"So che è impegnatissimo e sarò breve. Volevo solo dirle che il gatto sta bene. Ora gira per casa, mangia, beve e chiede di lei".

A Conti, suo malgrado, scappò un sorriso. "Chiede di me?"

"Ma certo. Si mette seduto davanti alla porta di casa e aspetta".

"Secondo me, vuole solo andarsene. Libero e felice come prima".

"Niente affatto. Ha passato la giornata sul letto ad annusare le sue lenzuola, dottor Conti. E quando ho aperto la porta, non è scappato. Sta bene dov'è, secondo me".

"Grazie, signora Toppi. Se non fosse stato per lei..."

"Per carità, non lo dica neppure. È stato lei a salvarlo. Senza di lei, quel poveretto avrebbe fatto una fine orribile. Arrivederci, commissario".

Conti posò lentamente il telefono. Non aveva potuto fare nulla per tutta quella gente ammazzata, però era riuscito a salvare un gatto. Quelle sì che erano soddisfazioni! Eppure il pensiero di quella bestiola chiusa dietro le assi – con i suoi occhi gialli e disperati – ancora lo turbava. Continuava a ronzargli nella testa, come un moscone molesto.

Avrebbe fatto una fine orribile…

Poco prima era entrato Forgione, per un aggiornamento. Occhiaie, pallore, e la ricrescita di una barbetta rada e bianca sulle guance scavate, l'assistente sembrava invecchiato di dieci anni in poche ore. Aveva riferito che Scalza continuava a piagnucolare e a sbavare come una lumaca; non chiedeva neppure di un avvocato, quindi era arrivato il momento di procurargliene uno d'ufficio.

Artusi aveva rintracciato Rocci, ma troppo tardi, quando era già andato via da casa del preside. Ora l'ispettore stava tornando indietro a prendere De Marchis, ma era imbottigliato nel traffico a causa di un brutto tamponamento a catena. Stava tentando di avvisare il preside, ma quello non gli rispondeva.

Conti era nervosissimo. Continuava ad andare avanti e indietro nella stanza, a testa bassa. Dal muro alla finestra, dalla finestra al muro. Un piccolo spazio chiuso, inadatto a tutto quell'andirivieni.

Un piccolo spazio chiuso. Come quello in cui era rinchiuso il gatto. Senza mangiare e senza bere.

Si attaccò al telefono e chiamò Manzi. "Quanto si può resistere senza bere?", chiese, senza preamboli.

"Dipende da tanti fattori. Il clima, anzitutto. Poi la corporatura, il sesso e…"

“Orientativamente, Ettore. In parole semplici. Non ho bisogno di un trattato”.

“Se fa caldo, direi un giorno. Se invece è fresco, anche due o tre. Ma tu, come al solito, mi costringi a dare delle risposte poco serie. Ti ho detto che bisogna valutare tutta un’altra serie di elementi. Ci sono stati casi in cui...”

“Va bene. Grazie. Scusa. Ciao”.

Ricominciò a camminare come un pazzo, frenetico, su e giù. Finestra muro, muro finestra. C’era qualcosa che doveva ricordare.

Chiedetelo al vostro preside, dov’è Benci. È in un posto che De Marchis conosce benissimo. Qualcosa di cruciale da mettere a fuoco. Assolutamente.

È dove sto io.

Si fermò, con le mani alle tempie. Il sangue pompava svelto, il cuore sembrava aver accelerato i battiti. Era qualcosa di importante.

Il mantello rosso visto da Scalza.

Di notte, nel liceo.

Cos’ha comprato?

Un mantello rosso.

Il ragazzo. Il ragazzo col mantello rosso.

La sua mente arrancava esausta in un quella ridda di eventi, facce e parole, alla ricerca di quel qualcosa.

La Vaccaro. Cos’aveva detto?

Il messaggio sul forum. L’indirizzo ip di Nerone.

Scommetto che è la Domus Aurea.

Sbagliato ancora una volta... Stai perdendo colpi...

Che indirizzo ha usato, questo genio del male?

via.verona20@gmail.com

Lo stesso del liceo.

In pratica ci sta dicendo che è lì che sta.

Il commissario spalancò gli occhi, folgorato.

Chiedetelo al vostro preside, dov'è Benci... È dove sto io.

Conti si precipitò in corridoio. "Prepara la squadra, subito!", urlò a Marchetti, passandogli davanti. "Si va alla scuola".

104

Niente sirene, aveva ordinato Conti, e niente lampeggianti.

Silenziose come un branco di lupi a caccia, le auto montarono sul marciapiede davanti al liceo e spensero i fari. Gli uomini erano quattordici, compreso il commissario. Marchetti, intuendo il pericolo, lo affiancò mentre saliva le scale. Forgione e Artusi seguivano con gli altri. Qualche passante si fermò col naso in su, sbigottito.

"Circolare, circolare!", sbraitò Forgione, dalla cima della gradinata. "Qui non c'è niente da vedere!"

Tutti quei poliziotti, davanti a un liceo dove solo la notte prima si era consumato un omicidio di cui parlavano i giornali e le televisioni, non potevano passare inosservati. L'assistente ridiscese le scale di corsa e raggiunse i colleghi fermi accanto alle auto.

"Se qualcuno si avvicina, lo arrestate per intralcio a

un'operazione di polizia! È chiaro?" Lo disse con voce tanto alta e minacciosa, che quei pochi curiosi che avevano appena attraversato la strada si allontanarono all'istante.

Conti, intanto, stava armeggiando con la serratura del portone.

"È difettosa", li aveva avvisati il custode, quando la sua offerta di accompagnarli era stata rifiutata. Poi aveva consegnato il mazzo di chiavi della scuola senza più fiatare.

"Lasci fare a me, dottore. Sono uno scassinatore nato, non lo sapeva?", si offrì Marchetti, prendendogli gentilmente le chiavi dalle mani. E, in un istante, il portone si aprì.

Entrarono nel vestibolo buio. Una lama di luce lunare fendeva il pavimento dell'atrio, oltre la porta a vetri. Il quadro elettrico sabotato era stato rimesso in funzione durante la giornata. Qualcuno premette un interruttore e la luce sfolgorò, illuminando a giorno tutto il pianterreno.

"Questa scuola è già stata passata al setaccio per tutta la notte...", provò a obiettare Forgione, a mezza bocca.

Conti gli lanciò un'occhiataccia. "E noi ora lo facciamo di nuovo. Tu nei sotterranei, Artusi qui al piano terra, Marchetti al primo, Benini al secondo. Ognuno con due uomini. Al sottotetto ci penso io".

"Agli ordini, dottore".

"E stavolta, voglio che tastiate ogni parete e ogni centimetro quadrato di pavimento. Anche i soffitti. In alcune aule c'è una controsoffittatura. Controllate pure quella. E spostate tutto quello che può impedire la visuale. Sedie, banchi, armadi, tutto! Avete capito bene?"

Si separarono. Artusi riprovò a telefonare a Rocci, ma era irraggiungibile. Probabilmente era già arrivato in collina, e lì c'erano punti in cui il segnale faticava ad arrivare. Ripose il cellulare in tasca ed entrò nella prima aula sulla destra.

Al secondo piano, Marchetti guardò con apprensione la rampa che portava al sottotetto e poi Conti, che aveva già cominciato a salire. "Dottore, posso venire con lei? Qui può benissimo pensarci Benini".

Conti si girò. Con quella fissazione di fargli da guardia del corpo, l'agente stava diventando ossessivo. Ma era anche quello che non si lamentava mai, neanche quando gli venivano affidati i compiti più noiosi e deprimenti. "Va bene, vieni".

Con quattro balzi delle sue lunghe gambe, Marchetti lo superò sulle scale e accese la torcia. "Non c'è luce, di sopra. Faccio strada".

Sbarcati all'ultimo piano, si inoltrarono nel sottotetto. Era buio, lì dentro. Buio pesto.

Marchetti fece sventagliare la torcia, e anche Conti accese la sua. I fasci di luce illuminarono un grande vano rettangolare. Una trentina di metri quadri almeno, calcolò Conti.

Contro le pareti erano ammucchiati materiali edili: pile di mattoni, utensili arrugginiti, fogli di cartongesso, prolunghe elettriche. Marchetti puntò la torcia sul riquadro vuoto in fondo, oltre il quale si intravedeva un'infilata di stanze che si perdevano nel buio.

Si girò a guardare Conti. "Cosa devo fare, dottore?"

Il commissario, intanto, si era fatto largo in tutto quel ciarpame e stava tastando un muro a palmo a palmo. Era di mattoni a vista, scabri e irregolari. "Quello che faccio io", rispose, senza girarsi. "Controlla le altre pareti. Centimetro per centimetro, mi raccomando".

Se era perplesso, Marchetti non lo diede a vedere. Cominciò a esplorare i muri con metodo, senza però smettere di guardarsi intorno. Quel posto gli piaceva poco. E meno ancora quando, dopo una ventina di minuti, passarono nella stanza adiacente.

Dal basso, i passi e i rumori della perquisizione delle aule arrivavano sempre più lontani. Il buio, senza il riverbero delle luci della scalinata, si era fatto più denso. I due uomini si guardarono intorno, tesi.

Contro le pareti erano accatastati vecchi banchi dismessi. E poi sedie, scrivanie ricoperte da strati di polvere e un vecchio armadio con le ante di vetro smerigliato.

"Forza, spostiamo tutta questa roba", disse Conti, congratulandosi con se stesso per essersi lasciato accompagnare dal più atletico e robusto dei suoi uomini.

Mentre Marchetti sollevava i banchi uno per volta e li depositava al centro della stanza, Conti si occupò delle sedie. Quando ebbe finito aprì l'armadio, trovandovi solo vecchi registri impilati e libri dalle copertine sporche e ingiallite. Il fondo, di legno, era intatto.

Appena le pareti furono libere, si dedicarono ai muri.

Stavolta erano intonacati, e fu semplice constatare che non presentavano alterazioni sospette.

Sulla soglia della terza stanza, i due uomini si fermarono. Era un ambiente enorme, lungo almeno un quindicina di metri. Il buio e il silenzio gareggiavano in perfezione. Bianche lenzuola occultavano grosse sagome addossate alle pareti.

Marchetti, inquieto, tirò fuori la pistola. "Vado avanti io, dottore. Lei mi faccia luce, però".

Conti si passò la torcia nella sinistra ed estrasse la sua arma: "Tranquillo, ti sto dietro".

Si chiese come mai la Scientifica si fosse presa il disturbo di rimettere al proprio posto tutte quelle lenzuola. Sempre che non si fossero limitati a sollevarne i lembi per vedere cosa c'era sotto e, accertato che si trattava solo di vecchi arredi, le avessero lasciate dov'erano.

Mancini era capace di questo e altro.

Procedettero lentamente, da sinistra. Mentre teneva puntata la torcia davanti a Marchetti, Conti faceva saettare lo sguardo in ogni direzione. C'era qualcosa, in quelle sagome lattiginose, che lo inquietava molto. Quando il primo lenzuolo fu tirato via, rivelò due grandi poltrone di cuoio, una sull'altra. Sotto il secondo, c'era invece una scrivania di legno intagliato. Conti si accucciò fulmineo, per guardarvi sotto. Niente. Si rialzò.

"Avanti!", ordinò all'agente.

Mentre i teli bianchi cadevano a terra uno per uno, scoprivano una quantità di mobili e oggetti: tavoli, sedie, calamai, alambicchi per gli esprimenti, calchi di gesso, perfino il busto di bronzo di un antico romano che Conti non riuscì a identificare. Si trattava, con ogni evidenza, di arredi in disuso ma comunque meritevoli di essere preservati dalla polvere. Il pavimento era sporco e disseminato di cocci di vecchie lampadine, notò Conti, ma non sembravano esserci escrementi di topi o altri animali.

Poco prima della fine della parete di sinistra, Marchetti si fermò davanti a una sagoma alta quasi quanto lui. Sembrava quella di un fantasma. La fissò allarmato e puntò la pistola.

"Dottore...", mormorò, teso.

"Ti sto coprendo", lo rassicurò Conti. "Vai!"

L'agente strattonò il lenzuolo e fece un balzo indietro. "Porca puttana!"

Conti, con la pistola spianata e il cuore che gli martellava nel petto, fissò attonito lo scheletro umano davanti a lui. Un ghigno sardonico sotto le orbite vuote, e nemmeno un osso fuori posto.

"Vaffanculo!", sibilò il commissario.

Marchetti abbassò l'arma e guardò sconcertato quel macabro manichino per le esercitazioni di anatomia, infisso su un basamento di ferro. "Scusi, dottore, ma mi sono spaventato...", confessò, non senza vergogna.

"Anch'io".

Ormai avevano i nervi scoperti. Conti seguì Marchetti, che ricominciava a scoprire i mobili sul lato opposto della stanza, senza mai smettere di guardarsi intorno e soprattutto senza perdere di vista il riquadro nero che immetteva nell'ultimo vano.

C'era qualcosa, oltre quel nero, che lo agitava.

E la situazione gli piaceva sempre meno.

Chiamò Artusi con la ricetrasmittente. "Manda su qualcuno".

"Trovato qualcosa, dottore?", gracchiò la voce dell'agente, due piani più in basso.

"No. Ma ho bisogno di uomini. Con le torce. Subito".

105

Rocci non ricordava di aver mai sacramentato tanto, ultimamente.

Dopo quel tamponamento a catena all'inizio della provinciale, era scoppiato il caos. Una delle auto coinvolte nell'incidente era slittata di traverso, invadendo in parte la corsia opposta. Con il risultato che ora la strada era bloccata in entrambi i sensi di marcia. L'ispettore si sentiva in trappola: non poteva andare né avanti né indietro e neppure chiedere soccorso alla Stradale, che non era ancora arrivata.

Quando le auto furono finalmente rimosse e il traffico riprese a scorrere lentamente, era passata più di un'ora. I colleghi della Polstrada gli crearono un varco, e finalmente l'ispettore riuscì a superare la fila e a uscire da quell'inferno. Ora si stava inerpicando veloce su per le curve che portavano in collina, maledicendo De Marchis e il suo cellulare che squillava a vuoto.

Quell'uomo non gli era mai andato a genio, fin dal principio. Diffidava dei suoi modi affettati, del suo sorriso melenso, della sua buona educazione. Se c'era qualcuno che non si lasciava incantare da un'aria perbene, era proprio Rocci: nella sua prima vita alla Narcotici, aveva arrestato tanti di quei soggetti in giacca e cravatta – professionisti, imprenditori, padri di famiglia – che non si meravigliava più di nulla. E ora sospettava che, dietro la sua inappuntabile reputazione, il preside nascondesse una riserva mentale dai mille possibili contenuti: da una generica insincerità a una vera e propria reticenza.

Quando arrivò davanti alla villa, il cancello era chiuso. Rocci scese dalla macchina, si avvicinò alle sbarre e scrutò nel buio. Le luci delle finestre erano spente e il vialetto era immobile e deserto. Bussò al citofono e attese.

Non rispose nessuno. Bussò ancora, allungando il collo. In fondo, gli parve di vedere il Suv del preside davanti alla casa, nella stessa posizione in cui era parcheggiato un paio d'ore prima.

Dalla macchina recuperò una torcia e fece luce attraverso le sbarre. Sì, l'auto era ancora lì.

Ma forse De Marchis era uscito con qualcuno. Qualcuno che forse era passato a prenderlo. Forse.

Si attaccò di nuovo al campanello. Nell'attesa, provò a far squillare ancora il cellulare del preside Ma non c'era campo, in quel tratto. Cazzo!, si disse Rocci, che odiava restare tagliato fuori dal mondo in situazioni del genere. Arrivò sul ciglio della strada e si guardò intorno. L'alto muro di cinta della villa piegava a destra, su una stradina secondaria in salita.

Rocci si incamminò, costeggiandolo. Da qualche parte doveva pur portare.

106

All'arrivo di tre colleghi armati di torce – e non solo – Marchetti si rincuorò.

I poliziotti guardarono perplessi il mare di lenzuola sul pavimento e i mobili accatastati lungo le pareti. Benini, il più anziano di tutti, raggiunse Conti. "Dottore, comandi!"

"Là..." Con un cenno del capo, il commissario gli indicò il riquadro vuoto, sul fondo. "Poco fa mi è sembrato di sentire qualcosa. Ma forse è stata solo un'impressione".

Marchetti lo fissò sorpreso, chiedendosi perché il capo gliel'avesse taciuto. Quanto a lui, non si era accorto di niente, forse perché troppo impegnato a liberare le pareti.

Benini scambiò un cenno d'intesa con i colleghi, che si posizionarono accanto a lui ai due lati del vano della porta. Tutti impugnavano le pistole con entrambe le mani, tenendole all'altezza del petto. A un cenno di Conti, fecero irruzione.

Le luci delle torce saettarono in quell'enorme ambiente, illuminando la lunga e bassa teoria di travi che sorreggevano il tetto.

"Che posto pazzesco!", mormorò Marchetti, che lì non era mai entrato. Conti, invece, l'aveva già visto la notte prima, quando il luogo pullulava di agenti e risuonava di voci e rumori. Non era così cupo e sinistro come ora.

Gli uomini procedevano cauti in un silenzio opprimente. Tuttavia non sembravano esserci pericoli in vista, perché il sottotetto era completamente vuoto. Solo in fondo, sul lato corto, torreggiava un grande armadio di legno scuro.

"Andiamo ad aprirlo", disse Conti.

Si separarono e procedettero lungo i muri contrapposti, bene attenti a tenersi fuori dalla proiezione della sagoma dell'armadio. Quando furono arrivati all'altezza dei fianchi del mobile, si fecero un cenno e scattarono insieme.

Furono Conti e Benini a spalancare le ante, che rimbalzarono con violenza sui cardini.

"Vuoto...", constatò l'agente, non senza sollievo.

Le armi si abbassarono. Conti si avvicinò e osservò attentamente l'interno dell'armadio: il fondo era costituito da elementi di legno vecchio. Molto simili alle assi che sbarravano la tomba improvvisata del gatto. Il commissario allungò la mano per saggiarne la tenuta, ma sembravano solidi e perfettamente integri. Si allontanò di qualche passo e restò a fissarli per qualche secondo.

Chissà che ci faceva un armadio vuoto in fondo a quel

sottotetto. Perché non era con gli altri mobili, nell'altra stanza? Forse per mancanza di spazio, si rispose Conti. dubbioso.

Puntò la luce della torcia sulla parete e la fece scorrere per tutta la lunghezza. Almeno nove metri, calcolò. Si avvicinò e posò una mano sul muro intonacato di bianco. Le altre pareti, invece, erano di mattoni a vista. Ancora una volta Conti si chiese il perché.

Poi il suo sguardo si abbassò. C'era qualcosa, per terra. Qualcosa di chiaro e di scabro. Si chinò e lo raccolse, osservandolo pensieroso. Era un frammento di intonaco.

Conti si stese per terra e infilò il braccio sotto l'armadio.

Gli uomini, attenti, lo videro tirare fuori la mano piena di qualcosa che rovesciò sul pavimento. Detriti.

Con uno scatto, Conti si rimise in piedi. L'ordine urlato rimbombò fra i muri. "Spostate quest'armadio!"

Era più leggero di quanto sembrasse; senza sforzo apparente, due agenti cominciarono a spingerlo lungo la parete. Li coprivano pistole spianate che, a un certo punto, cominciarono a tremare nelle mani di tutti. A mano a mano che l'armadio scorreva, infatti, rivelava uno squarcio nel muro. Conti si rese conto che gli agenti che stavano spingendo esponevano il fianco a qualunque cosa ci fosse oltre quel buco.

"Passate dall'altra parte!", strillò. "Invece di spingere, tiratelo verso di voi. Forza!"

Gli uomini obbedirono, agitatissimi, fino a quando il

commissario non gli ordinò di fermarsi. Quindi, recuperate le pistole, si affiancarono ai colleghi. Era un'apertura larga almeno un metro e alta il doppio. Al di là si intravedevano i mattoni rimossi, ammucchiati per terra.

Per un lungo momento restarono tutti senza parole, pietrificati dalla sorpresa.

"Guardi, dottore", disse alla fine Benini, puntando il fascio di luce oltre il varco e illuminando una parete bianca sul fondo. "C'è una stanza, lì dietro..."

Conti annuì col capo, senza scomporsi. Era come se l'avesse sempre saputo. Poi, senza che Marchetti potesse far nulla per impedirlo, scavalcò il cumulo di calcinacci ed entrò per primo.

107

Era dannatamente lungo, quel muro. Costeggiava la provinciale, quindi piegava a destra e proseguiva sulla strada secondaria su cui si era incamminato Rocci, stretta e del tutto priva di illuminazione. Dopo una ventina di metri, curvava di nuovo a destra e si perdeva nel buio. Un'automobile scura sbucò proprio da lì, illuminando con i fari l'uomo che arrancava in salita, proseguì fino alla provinciale e infine svoltò in direzione della città.

L'ispettore arrivò all'angolo della strada, lo aggirò e finalmente si trovò di fronte all'ingresso posteriore della villa. Era protetto da un cancello più piccolo di quello principale, ma largo abbastanza da consentire il passaggio di un'auto. Rocci accese la torcia e notò, a una decina di metri all'interno, la porta basculante di un garage. Aperta a metà, lasciava intravedere una motocicletta di grossa cilindrata e un paio di bici. Le luci delle finestre sul retro erano spente.

Sul muro c'era un unico pulsante d'ottone, senza targhetta. Rocci lo pigiò e udì il suono del campanello echeggiare all'interno della casa. Nessuno rispose. Anche il giardino era immobile, scuro e silenzioso.

Con entrambe le mani, Rocci afferrò le sbarre e vi si accostò per poter sbirciare meglio, quando all'improvviso si sbilanciò in avanti. Sotto la pressione, uno dei battenti aveva ceduto. L'ispettore si chiese come mai il preside avesse chiuso il cancello principale e lasciato aperto quello sul retro. Probabilmente, concluse, non se n'era accorto.

Fece qualche passo avanti, guardandosi intorno con circospezione. Non gli risultava che in quella casa ci fossero cani da guardia, ma nel dubbio tirò fuori la pistola. L'ultima cosa che voleva era di essere aggredito da uno di quei dobermann da difesa che attaccano in silenzio, senza preavviso.

Camminando sul pietrisco, aggirò la casa e raggiunse l'ingresso principale. Si accostò al vetro di una delle finestre e scrutò all'interno. Nell'atrio individuò i contorni della consolle e di un armadio; e, più in fondo, alla fine di un corridoio, una lama di luce sul pavimento.

Rocci si staccò dalla finestra, aggirò l'angolo della casa e ispezionò con lo sguardo la facciata laterale. Una luce filtrava dall'ultima finestra del piano terra, ma le persiane erano ben chiuse ed era impossibile spiarvi attraverso.

Allora l'ispettore proseguì e si ritrovò di nuovo sul retro, davanti al garage. C'era una porta, lì dentro. Anche quella, come il cancello, solo accostata. A Rocci la cosa non quadrava neanche un po'. La sospinse con la punta delle dita e si trovò di fronte un disimpegno, con un'altra porta. Abbassò la maniglia e fu dentro casa.

La prima cosa che lo colpì fu l'odore. La seconda, molto più dura, lo fece stramazzare sul pavimento.

108

Inventario dei reperti rinvenuti nella perquisizione del 25.09.2016 presso il liceo classico Giustiniano. Allegato al verbale n. 278 del 26.09.2016.

N. 2 triclini di legno, foderati di stoffa damascata. Colore verde.

N. 6 sgabelli di noce.

N. 2 tappeti tipo Kilim. Colori assortiti.

N. 8 cuscini velluto e seta. Colori assortiti.

N. 5 corone di alloro. Secco.

N. 4 tuniche di cotone bianco.

N. 1 tunica di cotone celeste.

N. 3 mantelli in tessuto di cotone, bianchi con bordo rosso.

N. 1 mantello di rasatello. Colore rosso.

N.18 libri, titoli e autori come da separato indice.

Da quel dovizioso elenco, stilato a cose fatte, mancavano un paio di grossi ragni con relative ragnatele, e un geco stecchito e decomposto. E mancava il tanfo putrido e penetrante della morte. Prendeva alla gola, disgustoso, come una morsa letale. Si attaccava alla pelle, ai capelli, alle uniformi. Qualcuno degli uomini di Conti confessò di sentirselo ancora addosso, fetido, dopo tanto tempo. Soprattutto nelle notti insonni, quando i sensi si acuiscono e i ricordi danno l'assalto ai sogni.

Quanto a Conti, per lui cambiava poco. Aveva familiarità con gli incubi, uno in più o in meno non faceva una gran differenza. Ma l'immagine macabra e grottesca di quella stanza, addobbata come il set di un brutto film in costume, era destinata a diventare fin troppo assidua.

Ancora si rammaricava, il commissario, di essersi lasciato sopraffare dallo sbigottimento ed essere rimasto lì, a bocca aperta, impalato un minuto più del necessario. Se quell'indugio non fosse stato ininfluente, se quel minuto fosse stato davvero di troppo, se lo sarebbe rimproverato a vita.

Per fortuna, dopo quel blocco momentaneo si era riscosso. E quando tutti gli uomini avevano puntato le pistole nella stessa direzione, ne aveva seguito la traiettoria con lo sguardo. E aveva visto la sagoma sulla sedia. Di spalle. Avvolta in un mantello rosso.

Avevano formato una testuggine e si erano avvicinati piano, con le pistole spianate.

La testa era reclinata sul petto, perfettamente immobile. Coperte dal mantello, le braccia erano legate alla spalliera della sedia.

"Cristo santissimo!" si era lasciato sfuggire uno degli agenti, inorridito.

Conti si era avvicinato al ragazzo esanime e gli aveva posato due dita sul collo. "È vivo! Presto! Facciamo presto!"

109

Che avesse la testa dura, era notorio. Tutti sapevano quanto fosse testardo, ostinato e amante delle proprie opinioni. Ma pochi erano al corrente del fatto che Silvino Rocci la testa ce l'aveva dura sul serio, in senso stretto. Quando era piccolo si era tuffato in una piscina vuota. Ferite e fratture avevano interessato ogni parte del corpo, salvo la scatola cranica. "Sembra fatta di ferro", aveva commentato un medico, sconcertato.

In un'altra occasione, durante un inseguimento a folle velocità, aveva sfondato con la fronte il parabrezza dell'auto di servizio. Nessun trauma interno, niente perdita di coscienza, solo una manciata di punti sull'arcata sopraccigliare. Così come se l'era cavata con poche escoriazioni superficiali quando aveva abbattuto a testate un pericolosissimo gigante armato di kalashnikov.

E quindi, pochi minuti dopo un colpo che avrebbe

mandato chiunque all'altro mondo, Silvino Rocci sbatté le palpebre e aprì gli occhi. Stavolta, però, la testa gli faceva male. Un po'.

Sempre disteso a terra, l'ispettore mosse una mano e se la portò alla nuca. La ritrasse sporca di sangue. Ripeté l'operazione, passandosi le dita sulla cute, fra i capelli. Non doveva essere una gran ferita, concluse. Il sangue non colava, però sull'occipite si andava formando un enorme bernoccolo. "*Meglio fuori che dentro*", diceva sempre sua madre che, avendo tre figli che si scapicollavano fra fossi e dirupi in aperta campagna, di bernoccoli se ne intendeva.

Muovendo solo gli occhi, esplorò la superficie morbida su cui appoggiava la guancia. Arabeschi, senza dubbio, anche se nel buio non riuscì a decidere di quali colori fossero. Era stramazzato su un tappeto persiano. Poco distante da lui c'era qualcosa di lungo, di chiaro. Rocci allungò il braccio e lo tastò con la mano. Si trattava di una mazza da baseball. Dura e pesante. Ecco spiegato il motivo per cui ancora non riusciva a muoversi. Eppure il preside non gli sembrava tipo da baseball. Era troppo magro e stretto di torace. Forse non era sua, quella mazza. E forse non era stato lui a colpirlo.

Sempre immobile per terra, Rocci tese le orecchie. Intorno a lui la casa sembrava deserta, immersa com'era nel silenzio più assoluto. Pensò di usare il cellulare per chiedere aiuto, ma al ricordo dei suoi inutili tentativi di poco prima, decise che non aveva tempo da perdere. Era arrivato il momento di provare a sollevarsi, piuttosto.

Si alzò lentamente, puntando gomiti e ginocchia. La testa era dolorante, ma almeno non gli girava.

Una volta in piedi, restò fermo un lungo istante, a saggiare forze ed equilibrio. Poi, brandita la pistola, si avviò cauto lungo il corridoio buio.

La lama di luce che aveva visto dalla finestra proveniva da una fessura sotto la prima porta a destra. Chiusa. Rocci la spalancò con un calcio e si ritrovò a fissare i sanitari di un bagno di lusso. Bianco e oro, con doppio lavandino, stampe alle pareti e tende di pizzo alle finestre.

L'acqua scrosciava, da qualche parte. Gli specchi erano appannati dal vapore. E su quel vapore qualcuno aveva scritto, a caratteri cubitali:

Seneca mortus est.
In nomine Neronis.

Nonostante il caldo tropicale, Rocci rabbrividì. Il dolore alla testa aveva preso a pulsare più forte. Spianò la pistola e aggirò la porta.

Saverio De Marchis era nella vasca da bagno, completamente vestito. L'acqua bollente gli stava arrivando all'addome. E un braccio penzolava fuori, con la camicia arrotolata sull'avambraccio e le vene squarciate per tutta la lunghezza. Il sangue gocciolava a terra, copioso, inarrestabile.

Rocci urlò il nome dell'uomo, ma quello non rispose. Con gli occhi chiusi, la testa appoggiata al bordo della vasca, sembrava morto. L'ispettore chiuse il rubinetto, agguantò un asciugamano e improvvisò una stretta fasciatura sul braccio, per fermare il sangue.

Quindi, pistola alla mano, corse fuori in cerca di un telefono.

110

Confuso fra la folla dei curiosi, sull'altro lato della strada, Guglielmo Rastofani osservava la scuola.

L'ambulanza era appena arrivata e già i paramedici stavano trasportando giù per le scale una barella. Le luci dei lampeggianti sferzavano la notte. Il professore notò una telecamera puntata sull'ingresso principale e un giornalista col microfono in mano, che si aggirava frenetico sul marciapiede. La polizia aveva appena teso tutt'intorno un nastro che non era consigliabile oltrepassare. Gli agenti sembravano così esagitati e su di giri che era meglio tenersi alla larga.

Quel che era accaduto all'interno dell'edificio non era difficile da immaginare: correva voce che un giovane era stato sepolto vivo da qualche parte nel liceo. Si trattava evidentemente di un compagno di scuola di quei ragazzi che erano appena arrivati, sgommando sui motorini, e ora stavano lì, sulla strada, a messaggiare velocissimi con i cellulari. Chissà come erano venuti a saperlo così presto… Chissà come! Rastofani si diede dello stupido. Continuava a voler ignorare tutte quelle diavolerie informatiche che permettevano di sapere tutto quasi prima che accadesse. Si ostinava a fingere che non esistessero. A ritenerle ininfluenti e transitorie, come tutte le meteore della storia. Ma sbagliava. Non erano meteore. Erano meteoriti che si erano abbattuti sulla civiltà degli uomini, distruggendola.

E ormai era già troppo tardi per tornare indietro. Troppo tardi per far capire a quei ragazzi che la vita e la morte erano lì, su quelle scale, e non nei loro elettronici simulacri, sparati nell'etere dagli schermi pulsanti dei computer e dei telefonini. Che l'uomo era carne e sangue e lacrime, non un sensazionale assemblaggio di pixel. Che la velocità era solo un gioco di specchi, che illudeva di moltiplicare le conoscenze e invece le annientava. Che la vera cultura richiedeva tempo, il tempo lento e paziente del raccoglimento e della riflessione.

Ma tutto ciò non aveva più importanza, ormai.

Ormai era finita.

111

A dispetto del suo carattere irruente e fondamentalmente passionale, Conti era un uomo razionale. E, in quanto tale, non esasperava né alterava mai i fatti con l'emotività. I fatti sono fatti, punto e basta. Ma che quello fosse l'inferno, era pure un fatto. Perché – al di là delle convinzioni religiose – l'inferno è una metafora, che allude a un luogo lugubre e pauroso in cui ci si smarrisce, si soffre e si perde la speranza. E quando Conti – ancora scioccato dal ritrovamento del ragazzo in quel posto da incubo – ricevette la chiamata di Rocci, gli parve di essere precipitato nell'ultimo girone, direttamente fra le fauci di Lucifero.

Il suo ispettore era ferito e forse in balia di un assassino ancora nascosto nella casa dove aveva appena tentato di uccidere il preside.

Ma se il diavolo lo teneva ben stretto fra le mandibole, Conti poteva ancora dibattersi.

Ululò ordini, chiamò rinforzi, coordinò le operazioni e litigò con Mancini che era appena arrivato al liceo con i suoi uomini e si rifiutava di dirottarne una parte a casa di De Marchis.

Quindi, col cuore che gli andava a mille, si accasciò su una sedia. Era quella della bidella di piano. Ripensò all'ordinaria tranquillità di una mattina di scuola – quella in cui l'aveva vista strapazzare un ragazzino cacasotto che voleva scampare a un'interrogazione – come al paradiso in Terra. Ma quella non era un'ordinaria mattina di scuola. E lui aveva solo qualche minuto per riprendersi, non di più.

Osservò Forgione che si avvicinava, pallido come un moribondo. La vista di Conti, seduto in mezzo a tutta quella bolgia, con le braccia ciondoloni e lo sguardo fisso nel vuoto, non lo consolava di sicuro.

"Io vengo con lei, dottore. E pure Marchetti, che ha insistito per accompagnarci", disse stancamente, alzando gli occhi al cielo. "È già fuori, col motore acceso".

"E Artusi? Dov'è?"

L'assistente accennò con la testa al piano di sotto. "Col ragazzo, in ambulanza. Una macchina li sta scortando in ospedale".

"Avete avvisato la madre?"

Le labbra di Forgione si incurvarono in un sorrisetto esausto. "Le pare che avrei trascurato i miei doveri principali in questa squadra? Quelli di dare le brutte notizie alla gente?"

Conti lo fissò di sotto in su. "Questa non è una brutta notizia".

"Non ancora...", concordò l'assistente, cupo, scuotendo il capo.

Conti si fece animo e si alzò dalla sedia. "Va bene, Luca. Andiamo a prendere Rocci. Lui, su un'ambulanza, non ci sale di sicuro".

112

E, in effetti, Rocci stava facendo il pazzo. Lo avevano trovato in uno stato pietoso, pesto e insanguinato, gli occhi lucidi di rabbia, a sbraitare contro i paramedici che avevano alterato la scena del delitto camminando sul sangue di De Marchis e seminando impronte per tutta la casa. Come se fosse possibile prelevare un uomo da una vasca da bagno piena d'acqua e trasportarlo fino all'ambulanza levitando a mezz'aria.

"Idioti!", strepitava ancora, in macchina. "Dovevano entrare nella vasca dal lato corto, e tirarlo fuori da quella parte. Ma i signorini non volevano bagnarsi, capito? E ora quelli, come fanno?"

Si riferiva agli agenti della Scientifica, che erano arrivati dopo il 118 e si erano messi le mani nei capelli. Il pavimento del bagno e di buona parte del corridoio era un guazzo di acqua e sangue, su cui campeggiavano le impronte delle suole dei barellieri.

Attraverso lo specchietto retrovisore, Conti lanciò un'occhiata a Forgione. L'assistente, dal sedile posteriore, gli rimandò uno sguardo sconfortato. Da quella posizione aveva un'allarmante panoramica dell'enorme bozzo sulla nuca di Rocci. Il sangue, però, si era già rappreso in un esteso grumo scuro, segno che la lacerazione non era profonda.

"Ora lei si fa fare una bella TAC, ispettore", disse Conti, tanto per distoglierlo da quella litania di invettive. Tentativo maldestro, perché Rocci si infuriò ancora di più.

"Io? Una TAC? Io non ci entro in quel tubo di merda, neanche se mi pagano!"

"Il tubo di cui parli tu è quello della risonanza magnetica, Silvino", corresse pazientemente Forgione, dalle retrovie. "La TAC è un'altra cosa".

"Non me ne frega un cazzo, di che cos'è e di come si chiama".

"Caro Rocci, lei *ha il dovere* di farsi visitare", tagliò corto Conti, brusco. "È stato ferito in servizio. Non è un'opzione".

Rocci strinse le labbra, torvo, accendendosi una sigaretta con le mani che gli tremavano per il nervoso.

"A prescindere dal fatto che teniamo tutti alla sua salute e ci preoccupiamo per lei", aggiunse il commissario, con tono più gentile.

"Senta, dottore, con tutto il rispetto, io non ho tempo da perdere con queste fregnacce degli accertamenti. Io questo maledetto lo voglio prendere subito. Mi voleva ammazzare, e ora io voglio ammazzare lui".

"Mi sa che la botta in testa ti ha fatto più danni di quel che sembra, Silvino. Mi sa che, oltre alla TAC, ti ci vuole una bella dose di Valium", osservò Forgione, severo.

"Lo ha detto in senso figurato, Luca!", lo ammonì Conti, con tono eloquente. "Se dovessi prenderlo sul serio, alla lettera, dovrei sbatterlo fuori immediatamente. Da quest'indagine, per prima cosa. Vero, Rocci, che diceva tanto per dire?"

Rocci bofonchiò qualcosa.

"Non ho capito bene", insistette Conti.

"Ho detto okay. Non ammazzo nessuno, io. Tranquilli".

"Sentito, Luca?"

Altra occhiata nello specchietto. Forgione inarcò le sopracciglia. Dopodiché, fino all'ospedale, nessuno parlò più.

113

"Non mi sente!", si lamentò Miriam, con una vocetta querula da bambina capricciosa.

Era seduta su uno sgabello della sala di rianimazione, con le ginocchia strette sotto la gonna di tweed. Il padre avvocato, immusonito, seguiva la scena dall'altra parte del vetro. Quel genero incapace e impotente lo aveva definitivamente scocciato. Aveva sopportato la boria del padre solo perché era un buon cliente pieno di soldi. Quella del figlio, proprio no. Non da quando Miriam gli aveva confessato fra lacrime di stizza che suo marito non la toccava più da almeno un anno e la trattava come una cretina tutto il tempo. E con Saverio de Marchis – moribondo o meno – l'avvocato aveva chiuso.

Eligia Marani, in piedi accanto al letto, squadrò la donna dall'alto in basso. "È meglio che tu esca, ora. Vattene a casa, Miriam".

"A casa?", chiese la donna, sbattendo gli occhi. "Ma sei sicura che…"

"Sicurissima. Non si sveglia per adesso, te lo dico io. Appena si riprende, ti chiamo".

Miriam si alzò. Sembrava non aspettasse altro. Ma quando si girò verso la vetrata, vide che accanto a suo padre si era materializzato il commissario, quel Conti che suo marito considerava il tipico esempio dell'arrogante privo dei fondamentali. Bello, però, si sorprese a pensare la signora in un incongruo momento d'abbandono. Incongruo e decisamente osceno, dato il contesto. Si passò una mano fra i capelli e uscì dalla sala con compunta dignità.

"Eligia ha detto che è meglio lasciarlo in pace", sussurrò al padre. "Tanto non si accorge di nulla…"

"Allora andiamocene", disse l'avvocato, prendendo sottobraccio la figlia e trascinandola sul corridoio.

"Un momento…"

I due si bloccarono. Conti li stava raggiungendo. "Non resta con suo marito, signora?"

"Mia figlia è stata invitata a lasciarlo dormire tranquillo. Tornerà quando sarà il momento. Qualcosa in contrario, commissario? "

" Sì, avvocato. Ho in contrario che lei risponda al posto della signora".

L'uomo lo fronteggiò bellicoso. "In ogni caso, una risposta l'ha avuta. C'è altro?"

Conti lo ignorò. "Mi dica, signora De Marchis: suo marito ha subito minacce, di recente?"

Miriam sbatté le palpebre. "Non mi risulta. Ma aveva paura, questo sì".

"Paura di che? Di chi?"

"Non lo so! Lui non mi dice mai niente!", si lagnò lei, con la sua vocina petulante. "Ma era ossessionato. Proprio ieri aveva contattato un'agenzia…"

"Un'agenzia di che genere?"

"Di guardie private. Era in attesa di un appuntamento. Voleva essere protetto".

"Come si chiama, quest'agenzia?"

"Non me l'ha detto".

Conti lo scrutò per un lungo momento. Quella donnina, dal corpo tonico e magro ma con lineamenti scipiti e poco intelligenti, era tutto fuorché desiderabile. “Lei sa che suo marito ha paura, tanto da voler addirittura assumere delle guardie del corpo, e non gli domanda perché?”

“Certo che gliel’ho domandato”, si difese Miriam. “E lui mi ha risposto che era solo per prudenza, visto che a scuola stavano ammazzando della gente. Non si può mai sapere, diceva”.

“Secondo questa versione, che lei si sarebbe bevuta, chiunque nel liceo avrebbe dovuto farsi proteggere. Insegnanti, bidelli, segretari, studenti… tutti!”

L’avvocato si intromise di nuovo. “Cosa vuole insinuare, commissario? Che mia figlia non dice la verità?”

“Mi ascolti bene, signora de Marchis”, disse Conti, piazzandosi davanti alla donna e dando le spalle all’uomo. “Suo marito è lì dentro, fra la vita e la morte. Qualcuno è entrato in casa, lo ha tramortito e poi gli ha tagliato le vene. Pensiamo che sia lo stesso assassino dei suoi colleghi Baldi e Longhi. Se c’è qualcosa che lei sa, che pensa, che suppone, qualsiasi cosa insomma, deve dirmela. Riesce a capire la gravità della situazione?”

“Certo che la capisco”, disse lei, non cogliendo l’offesa implicita in quella domanda, anzi sfoderando un tono flautato e vagamente civettuolo. Il padre, imbarazzato, abbassò la testa.

Conti restò impassibile. “E allora?”

"Allora cosa? Che le devo dire?", sbottò lei, di colpo impaziente. "Io non so niente, sennò parlerei. Pensa che mi faccia piacere avere un marito che domani verrà sbattuto su tutti i giornali? Come se poi la gente non pensasse che quando uno viene quasi ammazzato un motivo deve pur esserci..."

"Basta, Miriam! Taci ora!", intimò l'avvocato.

"Va bene, signora", concluse Conti, freddamente. "È tutto molto chiaro. Le raccomando di tenersi a disposizione. E, se in seguito dovesse tornarle in mente qualcosa di utile, mi chiami subito".

"Senz'altro. Ci conti".

"Un'ultima cosa, signora De Marchis. Dove si trovava lei, alle otto della sera? Come mai non era in casa, con suo marito?"

"Era con me!", ringhiò l'avvocato. "A casa nostra. Con la sua famiglia! Va bene?"

Afferrò la figlia per un braccio e la sospinse sul corridoio. Conti restò a fissarli con gli occhi a fessura, poi si girò. Eligia Marani era ancora al capezzale di Saverio De Marchis: il commissario si avvicinò al vetro e bussò con le nocche, per attirare la sua attenzione. Lei sollevò la testa e lo guardò. Dopo un attimo la porta si aprì e la dottoressa uscì dalla stanza.

"Voleva parlarmi, commissario?"

"Come sta?"

"È presto per dirlo. Ha perso molto sangue, ma lo abbiamo trasfuso. Se il suo ispettore non si fosse messo in mezzo, sarebbe morto di sicuro".

"Ora vado a sentire com'è andata la sua TAC. Ha preso una brutta botta in testa".

"Anche Saverio. Ma è la cosa che preoccupa meno, nel suo caso".

Conti fissò quella donna austera, che incuteva rispetto. "Lei è molto legata alla famiglia De Marchis, non è vero?"

"Sono stata amica di Rocco, il padre di Saverio, per tantissimi anni".

"Aveva una relazione con lui?"

Eligia Marani gli scoccò un'occhiata severa. "Com'è brutale, commissario Conti. Non crede che, se pure fosse vero, sarebbero esclusivamente fatti miei?"

"Non esistono fatti privati in un'indagine come questa, dottoressa".

"Invece esistono eccome. Potrei non risponderle, ma ho deciso di farlo perché non ho nulla da nascondere. Fra me e Rocco De Marchis c'era solo amicizia. Per quel che si intende comunemente".

"E sarebbe?"

"Un rapporto di mutua convenienza impreziosito dalla simpatia. A lui interessava principalmente la mia competenza nel campo medico, a me la sua in quello immobiliare".

"Un punto di vista piuttosto cinico, direi".

"Realistico, commissario. L'interesse è alla base di tutte le relazioni. E non mi riferisco solo al denaro, ovviamente".

Conti non era d'accordo, ma in quel momento l'ultima delle sue esigenze era imbarcarsi in una discussione sui fondamenti dei rapporti umani.

"Il preside si è mai confidato con lei?", domandò, cambiando argomento. "Le ha mai detto di essere in pensiero, di temere qualcosa in particolare?"

"No, però era molto agitato. Di recente, si è sentito male ed è perfino svenuto. Lo stress fa brutti scherzi, commissario. Poi ci si è messa anche la moglie…"

"Che vuol dire, dottoressa?"

La Marani scosse la testa, pensierosa. "Saverio mi ha telefonato oggi, nel tardo pomeriggio, dicendomi che Miriam lo aveva lasciato. Pare avessero litigato. Non so perché".

"Non gliel'ha detto?"

"L'avrei saputo stasera, di sicuro. Dovevamo cenare insieme a casa mia. Invece è arrivata la chiamata dall'ospedale".

Conti annuì, pensieroso. Una lite con la moglie. Quello sì che era un argomento da approfondire.

"Com'erano i rapporti fra il preside e la signora De Marchis?"

Eligia Marani alzò le spalle con un sorrisetto. "Come tutti i rapporti che durano: ripetitivi, a volte rassicuranti, a volte noiosi. Quanto alla solidità sentimentale del loro matrimonio, però, non ne ho mai parlato con nessuno dei due. Come le ho detto, il mio amico era il padre, non il figlio".

"E Miriam De Marchis? Cosa mi dice, di lei? È una donna violenta?"

"Mi sta chiedendo se potrebbe essere stata lei a tentare di ucciderlo? E ad aggredire due uomini con una mazza da baseball? Non credo proprio. Il suo profilo, come dite voi, non corrisponde. Intanto è una donna minuta, e poi non è per nulla passionale. A lei interessano lo shopping, la palestra e il benessere in genere, fisico e materiale". Eligia lo fissò al di sopra degli occhiali. "Però, il poliziotto è lei..."

Conti la vide lanciare un'occhiata oltre il vetro. Il preside era sempre immobile, con una flebo nel braccio e gli occhi chiusi. Nel corridoio un paio di agenti si scambiarono qualche parola che ruppe il silenzio. Notando per la prima volta la loro presenza, la dottoressa si irrigidì.

"In questo reparto non sono ammessi visitatori, a parte i parenti stretti, e in via del tutto eccezionale", fece notare, con disappunto. "Potrebbe dire ai suoi agenti di uscire, per favore?"

"No, mi spiace. Devono vigilare sulla sicurezza del paziente".

"Ma possono benissimo spostarsi oltre la porta, in fondo. È l'unico ingresso a questo reparto, chi vuole entrare deve per forza passare di là".

Conti lanciò un'occhiata alle altre porte che si aprivano sul corridoio. "Vedrò cosa posso fare. Più tardi, quando saranno stati controllati tutti i presenti nelle stanze, li farò piazzare fuori. Ma ora, se non le spiace, abbiamo altre priorità".

114

Con un bicchierino di pessimo caffè tra le mani, Conti si affacciò nella stanza 19. Valeria Benci sedeva accanto al letto, con la mano del figlio fra le sue. Come lo vide, gli sorrise. Il ragazzo si era appena assopito, così lei si alzò e in punta di piedi raggiunse il commissario sul corridoio.

"Dorme…", sussurrò.

"Come sta?"

"I valori sono normali. Il processo di disidratazione non era ancora cominciato, per fortuna lo avete trovato in tempo. Ora sta bene, direi. Almeno fisicamente".

La madre alludeva al trauma e alle sue conseguenze. In quelle ore di veglia al capezzale del figlio, si era già preparata mentalmente ad affrontare lo sconquasso che quella vicenda avrebbe portato in casa sua. Ma, adesso che il suo ragazzo era salvo, si sentiva di nuovo forte e reattiva. I demoni con cui entrambi avrebbero dovuto convivere da quel momento in poi non erano niente, se paragonati a quelli – di ben altra malignità – che l'avevano tormentata prima che quella storia si concludesse. Fissò negli occhi l'uomo a cui doveva tutto.

"Lei ha salvato mio figlio. E ha salvato me. Io la ringrazio, commissario Conti. Dal profondo del mio cuore".

Lui si schermì. "Era mio dovere, signora Benci. Non deve sentirsi in debito con me".

Il viso stanco della donna si illuminò di gratitudine. "Non smetterò mai, invece".

"Comunque, non l'abbiamo ancora preso", obiettò lui, un po' imbarazzato.

Valeria Benci ripensò alla foto che Conti aveva mostrato a suo figlio, non appena era stato in grado di parlare. Stefano però non aveva riconosciuto il ragazzo con i capelli rossi. Sempre che li avesse ancora così, dopo tanti anni. "È stato Lucio Spera, non è vero?"

Lui scosse la testa. "Non lo sappiamo. Purtroppo suo figlio non ci è stato di nessun aiuto".

"Non ricorda niente!", lo difese la madre. "È stato preso alle spalle e ha sentito solo la scossa della pistola elettrica. Poi è stato legato, bendato e imbavagliato. Se devo essere sincera, che Stefano non lo abbia visto in faccia mi rassicura", proseguì la donna. "Si è salvato per questo e non penso che possa essere ancora in pericolo".

A ogni buon conto, il commissario aveva piazzato due agenti davanti all'ingresso del reparto. Ma questo se lo tenne per sé. "Speriamo almeno che quello che gli è capitato gli abbia fatto passare la voglia di fare stupidi scherzi", commentò soltanto.

"Gliel'avevo detto, dottor Conti. È solo un bambinone immaturo. Ce l'aveva col custode e voleva fargli un dispetto. L'idea di entrare a scuola col mantello rosso gli è venuta da quella storia della smentita sul giornale. Stefano era convinto che Scalza si sarebbe spaventato a morte, per di più senza poterlo riferire a nessuno per paura di essere preso per pazzo. O per assassino, addirittura. Solo che non sapeva che il custode non c'era. Quando ha capito che l'alloggio era vuoto, è tornato indietro nell'atrio.

A quel punto, però, quello davvero spaventato era lui. Il suo piano – bussare alla porta di Scalza e fuggire appena avesse aperto, sventolando quello stupido mantello – era saltato. Il custode avrebbe potuto essere dovunque nella scuola e sorprenderlo, con tutte le conseguenze del caso".

"A proposito di conseguenze, il procuratore sta valutando se procedere o meno contro suo figlio per violazione di proprietà con effrazione e tentata aggressione ai danni del custode".

"Stefano è passato da una finestra socchiusa sul retro, senza forzarla. E non aveva intenzione di aggredire nessuno. Il giudice capirà".

"Staremo a vedere. Ora devo andare, signora Benci. Ci sono ancora troppe cose in sospeso".

Lei gli strinse una mano nelle sue, scrutandolo preoccupata. "Si riguardi, commissario. Lei non ha una buona cera. Deve riposare un po'".

"Se mi fossi riposato, ora suo figlio non sarebbe qui", replicò lui, indicando la stanza del ragazzo. "Buonanotte, signora Benci. Ci rivedremo".

"Ne sono certa", rispose lei, con un sorriso.

115

Conti scese al piano terra e uscì nel cortile dell'ospedale, a fumare una sigaretta e a fare una telefonata. Mancini rispose al primo squillo.

"Come procede?", chiese il commissario.

"Come vuoi che proceda? Siamo lavorando su due fronti, non è semplice. E, fra le mie tante doti, non c'è quella dell'ubiquità. Sono ancora a scuola, ma fra poco mi trasferisco alla villa del preside. Dove, in ogni caso, i miei sono già a sfacchinare. Hanno trovato impronte dappertutto, fibre, capelli..."

"Bene".

"Bene un corno. Sai meglio di me che bisognerà confrontarle con quelle del padrone di casa, della moglie e della servitù. Per non parlare degli amici e degli ospiti che andavano in visita..."

"Le confronterete. Ora, però, m'interessa la stanza di Nerone".

"Cosa vuoi sapere?"

"Se è la sede del circolo segreto di cui ci ha parlato la Benci, era frequentata da pochi. Niente servitù, niente moglie, niente ospiti. Ne convieni?"

Mancini inspirò a fondo. Mantenere la calma con Conti e il suo sarcasmo, prima o poi gli sarebbe costata un'ulcera devastante. "E quindi?"

"Quindi procederemo per esclusione. Per i confronti con i DNA di Baldi e Longhi, abbiamo una quantità di reperti. Capelli sulla spazzola di lei e molto altro a casa di lui. Se non bastasse, possiamo rivolgerci direttamente ai cadaveri, che non vedono l'ora di parlare. Per l'autorizzazione, me la vedo io col giudice. Per quel che riguarda Luigi Rocci, sono certo che l'ispettore e sua sorella collaboreranno. Quanto a Saverio De Marchis è ancora qui, vivo, in ospedale. Basterà qualche goccia di quel poco sangue che gli resta. Tutto quello che trovi, e che non appartiene a loro, è di Spera. A quel punto, fare i confronti con i reperti trovati sulla scena degli altri delitti sarà un gioco da ragazzi".

"Conti, tu dai per scontato che in quella stanza si riunissero solo in cinque. E invece non lo sai. Cosa succede se, oltre a quei quattro DNA che possiamo escludere, ne troviamo più di uno?"

"Ho un piano B, Mancini. Ora vai a lavorare e stai sereno".

Il commissario si accese un'altra sigaretta e guardò l'orologio. Erano le undici. La Scientifica stava lavorando, Rocci era al piano superiore, ancora in attesa del referto, Artusi a scuola e Forgione alla villa. Gli agenti montavano la guardia ai feriti. Se spariva per un'ora, non se ne sarebbe accorto nessuno.

116

I vecchi dormono di un sonno leggero e spezzato. Sembra che il fisico si rifiuti di anticipare ciò che presto diventerà inevitabile: un lungo, ininterrotto, eterno riposo.

Sergio Spera non faceva eccezione e passava la giornata schiacciando brevi pisolini: principalmente davanti alla televisione, ma anche mentre ascoltava musica classica alla radio o aspettava in poltrona che *l'estranea* lo chiamasse per il pranzo.

Di notte, invece, stava sempre all'erta. Temeva che qualcosa potesse ghermirlo al buio, a tradimento. Se i suoi occhi malati glielo avessero consentito, avrebbe letto un buon libro fino all'alba, come faceva da ragazzo. Ma così, in quelle condizioni, non gli restava che aspettare la fine delle trasmissioni per abbreviare l'attesa dell'alba.

Conti lo trovò in poltrona, davanti a un talk show di seconda serata. Erano le undici e un quarto, ma Spera non sembrò affatto disturbato da quella visita inattesa. La badante, invece, era molto seccata: in vestaglia e pantofole, lo fece accomodare e poi se ne tornò a dormire, senza tanti complimenti.

Con le sue lunghe dita nodose, Spera armeggiò col telecomando e abbassò il volume. "Venga, commissario, venga. Si metta qui", disse, indicando una poltroncina accanto alla sua.

"Mi spiace importunarla a quest'ora", si scusò Conti, sedendosi. "Stava guardando qualcosa di interessante?"

"Macché. Le solite chiacchiere della politica".

La stanza era piccola, ma confortevole e vissuta. Molto diversa dal salotto freddo e inospitale dove era stato ricevuto la prima volta. Le pareti erano piene di volumi allineati con cura.

"Sono libri di Lucio?", chiese Conti.

"Una parte, commissario, solo una parte. Il resto è in garage".

"Un intellettuale, suo figlio..."

"Può dirlo forte. Magari, se non fosse scomparso, ora potrei guardare lui, in televisione. Un pezzo grosso, sarebbe, e direbbe cose molto più intelligenti di quelle che mi tocca sentire tutte le sere per colpa dell'insonnia".

"Gli piaceva la politica?"

"Sì. Ma non quella dei suoi coetanei. Non sfilava col pugno chiuso nei cortei, voglio dire. E neppure militava dall'altra parte. Lui osservava tutto, studiava, rifletteva. Si preparava a qualcosa di diverso, secondo me".

"E cioè?"

"Non lo so. Di diverso. Forse sarebbe diventato un filosofo o qualcosa del genere. Io non ero in grado di seguire i suoi ragionamenti. Rispetto a lui, sono sempre stato un uomo semplice. E anche sua madre".

"Da qualcuno in famiglia avrà pur preso..."

Il vecchio alzò le spalle e tacque.

"Signor Spera, lei ha sentito il telegiornale di stasera?"

"Sì".

"Quindi saprà che abbiamo trovato un ragazzo murato nel liceo..."

"Veramente hanno anche detto che il preside è stato quasi ucciso. Parlano sempre di un assassino che si fa chiamare Nerone".

"Appunto". Conti non sapeva da che parte cominciare. "Ha mai sentito questo nome da suo figlio?"

"Nerone?" L'uomo sembrava stupito, ora. E anche allarmato. "No. Perché?"

"Perché stiamo seguendo una certa pista, e abbiamo motivo di credere che nella stanza in cui stasera è stato ritrovato quel giovane, un tempo si riunissero altri ragazzi. Più di trent'anni fa".

"Ah..."

"Pensiamo che fra loro ci fosse anche suo figlio".

"Che tipo di riunioni erano?", chiese l'uomo, con la circospezione di chi teme di ricevere cattive notizie.

"Culturali, signor Spera". Conti aveva deciso di andarci piano. Si trattava di un uomo anziano, dopotutto. Non voleva portarselo sulla coscienza. "Leggevano e studiavano, tutto qui".

"Ah!" Stavolta c'era sollievo, in quell'esclamazione.

"Ora, se io sono venuto da lei così all'improvviso, è perché ho da farle una richiesta. Per individuare tutte le tracce presenti in quella stanza, dobbiamo procedere per esclusione. E quindi avremmo bisogno del DNA di tutti quelli che in passato sono transitati da lì".

"Ma chi lo dice che mio figlio..."

"Ci andavano alcuni suoi cari amici. E ci andava anche Lucio. Lo sappiamo per certo, si fidi".

Il vecchio tacque, pensieroso. Sembrava riflettere su quanto gli stava rivelando quel poliziotto.

"Quindi, per isolare le tracce del sequestratore del ragazzo, dovete escludere tutte le altre. Ho capito bene?", ricapitolò, alla fine.

"Benissimo, signor Spera".

"E io come posso aiutarvi?"

"Mi chiedevo se in casa ci fosse ancora un pettine appartenuto a Lucio, o qualche suo indumento non lavato..."

"Niente", lo interruppe il vecchio, con un cenno liquidatorio della mano. "Di Lucio sono rimasti solo i libri. Ho dato via tutto il resto quando è morta mia moglie. Avevo bisogno di spazio per la badante, e poi mi faceva male entrare nella sua stanza, da solo, senza nessuno vicino. Nessuno che potesse… farmi forza… voglio dire".

"Capisco. Però c'è un altro modo".

"Mi dica".

"Possiamo prelevarle un po' di saliva, oppure un capello, come preferisce".

"A me?"

"Certo. Lei è il padre. Dal suo DNA possiamo risalire a quello di suo figlio con un buon grado di approssimazione. Che ne pensa?"

L'altro sorrise. "Penso che sarebbe inutile, commissario".

"E perché, scusi?"

"Perché, vede, io non sono il vero padre. Lucio è stato adottato".

117

Appena in strada, Conti tirò fuori il cellulare. Non perse tempo a controllare l'ora, né a chiedersi se fosse opportuno quello che stava per fare. Lo fece e basta.

Luciano Braga, il vicequestore di Udine, rispose dopo pochi squilli. "Riccardo! Che diavolo sta succedendo, lì da voi? Sono giusto davanti alla televisione… C'è un parapiglia che…"

"Parapiglia? Di che parli?"

"Perché, non lo sai?"

A Conti si fermò il cuore. "Sono in giro, non so niente. Cosa c'è? Che succede?"

"Casini grossi. Davanti al liceo. Una folla incredibile, è occupata tutta la strada. C'è in corso una specie di manifestazione degli studenti..."

"Scherzi?"

"È appena arrivato un certo commissario Ravello, dell'Ufficio di Gabinetto del questore. Stanno dicendo che è un esperto di ordine pubblico. Ora sta parlando ai ragazzi col megafono. Si è portato i rinforzi..."

"Non posso crederci!"

"Riccardo, ti serve qualcosa? Guarda che io sono a tua disposizione. Se vuoi, prendo il primo aereo e vengo ad aiutarti. Come amico, si intende".

"Nessuno mi ha avvisato..." Mentre lo diceva, Conti si rendeva conto di stare facendo la figura del fesso.

"Si vede che non hanno avuto il tempo, oppure non hanno voluto disturbarti. E comunque c'è il vostro esperto, lì. Tranquillo".

Conti era stordito da quello che aveva appena saputo. Ma quando sarebbe finito, quell'incubo?

"Veramente, io ti chiamavo per un'altra cosa..."

"Aspetta, aspetta..." La voce di Braga si confondeva col volume della televisione, che l'amico aveva appena alzato. "Senti? Stanno dicendo che tu hai liberato quel ragazzo a tempo di record..."

A Conti aveva cominciato a girare la testa, e per

non perdere l'equilibrio si appoggiò al muro del palazzo.

"Ecco, ti vedo! Ti vedo che vai giù per le scale... Un figurone, Riccardo! Ma lo sai che sembri quell'attore, come si chiama..."

"Basta! Basta, ti prego! Parliamo di cose serie".

La televisione si azzittì all'istante. La voce di Braga risuonò forte e chiara nel microfono. Serissima. "Dimmi".

"Riguarda il caso Spera".

"Il ragazzo scomparso. Sì".

"Ho appena saputo che è stato adottato. Ne sai niente, tu?"

Silenzio. Poi la voce del vicequestore. "Sì, certo. All'epoca non è stata trascurata nessuna pista. Abbiamo anche rintracciato la madre naturale. In questo momento, però, mi sfugge il nome".

"Cerca di ricordare. Ho bisogno di saperlo".

"Perché?"

"Devo procurarmi il DNA di questo Spera. I suoi effetti personali non esistono più. Non ho altri sistemi".

"Va bene. Chiamo subito Pino Fossolo – te lo ricordi, no? – che si occupa dell'archivio informatico. L'anno scorso, da queste parti, è stato ritrovato un cadavere in un canale. C'erano elementi che ci hanno fatto riesumare il fascicolo di Spera, insieme a quelli di altri vecchi casi di scomparsa mai risolti. Lo hanno tirato fuori in cartaceo dagli armadi della procura, poi l'hanno scannerizzato e inserito nei nostri computer".

"Ma non era lui, vero?"

"Certo che no. Te l'avrei detto subito, ti pare? Si trattava di un norvegese, che è stato poi riconosciuto dai familiari. Hai un gran culo, amico mio. Se non fosse stato per quel poveraccio con i capelli rossi, che è venuto a morire qui da tanto lontano, avresti dovuto passare una vita fra gli scaffali della procura".

"Mi fai sapere?"

"Fra pochissimo, spero. Pino non è tipo da andare a letto con le galline. Tu tieni la linea libera, però".

"Okay".

118

Quando il medico venne fuori dalla sala TAC, Rocci stava giocando a Ruzzle sul cellulare per calmare i nervi. *Tira, tari, trai, arti, rati*… Alzò la testa dal display luminoso e fissò l'uomo in camice con fastidio. Aspettava in quell'anticamera da più di un'ora, e quello aveva deciso di arrivare proprio nel bel mezzo di una partita che stava vincendo. E forse con cattive notizie. Si alzò in piedi.

"Che mi dice, dottore?"

"Al momento, non sembra esserci niente di preoccupante. La scatola cranica ha attutito il colpo e non ci sono segni di emorragia interna in corso. Lei ha proprio la testa dura, lo sa?"

Benché di pessimo umore, Rocci si mise a ridere. "Lo so".

"Questo non significa che sia fuori pericolo, ispettore. Ora la teniamo qui in osservazione per almeno ventiquattr'ore e poi..."

"Escluso. Ho troppo da fare".

"Se lei rifiuta il ricovero, dovrà firmarci un'esenzione di responsabilità. E comunque, io non glielo consiglio".

"Firmo quello che le pare e me ne vado".

"Come crede. Ora le mando qualcuno con i moduli. Ma se dovesse avvertire qualche sintomo, si faccia riportare qui alla svelta".

"Che tipo di sintomo?"

"Nausea, vomito, dolore alla testa, disorientamento, sopore..."

Rocci agitò la mano in aria, come a dire che si trattava di trascurabili improbabilità. Poi la tese al medico. "Grazie, dottore. Non sa quanto mi sarebbe piaciuto, in questo momento, stendermi su uno dei vostri letti e farmi una bella dormita. Ma non posso".

"Stia attento, ispettore", lo ammonì l'altro. "Sottovalutare la situazione non le conviene".

Rocci rimase a guardarlo mentre spariva oltre la porta e attese pazientemente l'infermiera con le carte da firmare. Poi uscì dal reparto e prese l'ascensore che portava giù, in Rianimazione.

119

"Stefano..."

Il ragazzo aprì gli occhi. Era una voce irresistibile. Quella del suo migliore amico.

Enrico Frizzi era seduto sul letto e lo fissava. Gli occhi erano lucidi di pena. Stefano sbatté le palpebre e biascicò qualcosa.

"Hai visto chi è venuto a trovarti?", disse sua madre, da un angolo della stanza. Si era fatta da parte, ma non smetteva di tenere d'occhio il figlio e tutti quelli che lo avvicinavano.

Stefano abbozzò un sorrisetto stentato, e il ragazzone accanto a lui gli diede un affettuoso colpetto sul braccio. "Mi sono spaventato, sai?"

"...ape...iii... io".

"Che ha detto?", chiese Valeria, che da lontano non era riuscita ad afferrare.

"*Sapessi io*", tradusse Frizzi, ridendo. Poi tornò serio. "Quando il professor Romano ha chiamato tutti noi della classe per chiedere dove fossi finito, abbiamo pensato subito che ti fosse successo qualcosa di brutto".

Stefano strinse le labbra e si girò su un fianco.

"Per fortuna, te la sei cavata".

"...ono ...ato un ...etino".

Aveva ragione, era stato davvero un cretino a esporsi così. Frizzi scosse la testa, senza riuscire a consolarlo come avrebbe voluto. "L'importante è che sia finita bene".

Stefano lanciò un'occhiata a sua madre, in piedi vicino alla finestra. " ...amma... sete..."

Lei si affrettò a dargli da bere in un bicchiere di plastica. Frizzi guardò entrambi, incerto.

"Fuori dalla porta del reparto c'è qualcun altro che vorrebbe salutarti, Stefano. Che ne dice, signora? Può?"

"Se gli agenti lo lasciano passare. Vieni, ti accompagno io. Andiamo a sentire".

Uscirono sul corridoio. Dopo un breve conciliabolo con i poliziotti, la porta del reparto venne aperta e Fabio Mantovano entrò. Quando vide l'amico nel letto, gli occhi gli si riempirono di lacrime.

"Ho detto tutto a mio padre, sai? Gliel'ho detto".

Stefano si agitò sotto le lenzuola. "...ecchè?"

"Perché non è giusto che a pagare sia sempre e solo tu. Gli ho detto che quel giorno c'eravamo anche io e Frizzi. Che lo scherzo alla Baldi l'abbiamo fatto tutti e tre. Insieme. E che quando è arrivato il custode, tu ti eri già allontanato. È Enrico, quello che Scalza ha visto, non tu".

"Anch'io l'ho detto ai miei", disse Enrico Frizzi. "Ora non potrò più essere rappresentante d'istituto, ma sai quanto me ne frega..."

Una lacrima rigò il viso sofferente di Stefano. Frizzi alzò lo sguardo su Valeria Benci.

"Dovevamo farlo prima, signora. Confessare, voglio dire. Ma lui ce l'ha proibito. Diceva che era inutile metterci in mezzo, che la cosa sarebbe finita in niente".

Valeria Benci assentì con un breve cenno del capo.

Poi guardò suo figlio con occhi nuovi. Aveva sempre pensato a lui come a un ragazzino puerile e immaturo, e invece era un uomo. Un uomo generoso e pieno di coraggio, capace di sacrificarsi per i suoi amici. Come aveva fatto a non capire? Constatò con una punta d'apprensione che aveva la fronte coperta da un velo di sudore ed era impallidito. Tutte quelle emozioni non gli facevano bene.

"Ora però dovete andare, ragazzi", intervenne con decisione, "Stefano deve riposare".

Mantovano la fissò, esitante. "L'hanno preso? Nerone, voglio dire…"

Lei fece una risatina amara. "Se l'avessero preso, quegli agenti non sarebbero qui fuori a montare la guardia".

Frizzi lanciò un'occhiata ai poliziotti in corridoio. "Per come la vedo io, potrebbero anche andarsene. Qui perdono solo tempo".

Dal fondo del letto, l'amico gli lanciò un'occhiata interrogativa.

"Nerone non ce l'ha con te, Stefano", spiegò l'altro, scuotendo la testa. "Se no, ti avrebbe ucciso come ha fatto con i professori".

"Ma è lo stesso!", protestò la madre. "Se Conti non l'avesse trovato, Stefano sarebbe morto".

"Con rispetto parlando, signora, se Conti l'ha trovato è solo perché *lui* gli ha detto dov'era".

Poi sorrise all'amico. "Non è con te che ce l'ha, Stefano. Anzi. Ha fatto in modo che ti liberassero. Dormi tranquillo, socio".

Benci rispose col pollice sollevato in segno di vittoria.

"Allora noi andiamo", disse Mantovano. "Ciao, io torno domani. E se non ci sei, vuol dire che ci vedremo a scuola".

120

Un'infermiera si affacciò sulla porta della sala di rianimazione. "Dottoressa..."

Eligia Marani, seduta accanto al letto di Saverio De Marchis, si girò con aria infastidita: "Sì?"

"La vogliono nel suo reparto".

Lei si alzò e uscì dalla stanza. "Si può sapere chi è che rompe, a quest'ora?", domandò, brusca.

"Il dottor Meliconi. Il paziente della stanza 9 ha una crisi isterica".

"E non sono in grado di calmarlo? Non posso crederci!"

"Ci hanno provato, dottoressa. Ma lui urla e minaccia tutti quelli che gli si avvicinano. Dice che vuole parlare solo con lei. Il dottor Meliconi la prega di salire un momento".

Eligia Marani si infuriò. "Se non mi trovassi qui per motivi personali, mi avrebbero disturbata a casa di notte per una sciocchezza simile? Eh?"

"Forse no. Ma, visto che è in ospedale, che quell'ossesso è un suo paziente e che il capo è lei..."

Eligia si avvicinò al vetro. Saverio De Marchis era ancora nel mondo dei sogni indotti dai sedativi. Poi si girò verso il corridoio. Uno degli agenti era fermo accanto alla porta del reparto e osservava la scena con attenzione, l'altro non si vedeva. Probabilmente stava interrogando il personale del turno di notte, nella stanza accanto.

Eligia la raggiunse a grandi passi e si fermò sulla soglia. "Vado su, in Medicina. C'è un'emergenza" comunicò all'infermiere, seduto di fronte all'agente. Poi si rivolse al poliziotto.

"Nessuno deve entrare nella stanza del paziente De Marchis. Sono stata chiara?"

"Siamo qui per questo", rispose l'agente, laconico.

"Molto bene. Io torno subito", disse lei all'infermiere. "Se si sveglia, voglio essere avvisata immediatamente".

"Va bene, dottoressa".

Fermo vicino al distributore del caffè, Rocci la vide uscire a passo svelto dal reparto e dirigersi verso l'ascensore da cui lui era appena uscito. La donna, che camminava a testa bassa, invece non si accorse di lui.

L'ispettore raggiunse la porta del reparto e bussò. Gli rispose una voce perentoria. "Chi è?"

"Ispettore Rocci, squadra Mobile".

Dopo un po' la serratura scattò e la porta venne aperta dall'agente di guardia. "Ciao, Marco. Tutto bene?"

"Tutto tranquillo, ispettore. La dottoressa Marani è appena uscita".

"Sì, lo so. Mi è passata davanti. E lui? Come sta?"

L'agente alzò le spalle. "Non si sveglia".

Rocci lanciò un'occhiata al corridoio deserto. "E dov'è il tuo collega?"

"A prendere i dati del personale e dei pazienti, come ha ordinato il commissario Conti. Così poi possiamo spostarci fuori, perché qui non possiamo restare. Diamo impiccio".

Rocci annuì e si incamminò lentamente. In fondo, il vetro della sala di rianimazione mandava nel corridoio i freddi bagliori del neon. Rocci si fermò a osservare attentamente De Marchis che dormiva. E, proprio in quel momento, il preside aprì gli occhi e lo fissò.

Rocci si guardò intorno. Nessuno, tranne l'agente in fondo, vicino alla porta. Ma il corridoio curvava ad angolo retto. E l'ingresso alla sala di rianimazione era oltre quella curva, appena fuori dalla visuale del poliziotto.

L'ispettore non ci pensò una volta di più. Lanciò un'ultima occhiata al corridoio, aprì la porta ed entrò.

121

La zona intorno al liceo era interamente occupata dalla polizia, dai carabinieri e dalla Municipale. Uno spiegamento di forze mai visto da quelle parti, nemmeno negli anni di piombo.

Ai bordi dell'area recintata dal nastro si era radunata una folla promiscua, composta da residenti, passanti, curiosi e soprattutto studenti. Erano stati improvvisati striscioni con mezzi di fortuna, forniti dalla cartolibreria di fronte alla scuola, che aveva distribuito carta, pinzatrici e pennarelli.

Le telecamere delle televisioni inquadravano scritte tormentate e surreali. '*Classico libero*'; '*A noi non ci ammazza nessuno*' ; '*Noi studiamo se voi indagate*'; '*Nerone, torna nella tomba*'.

Dopo le undici della sera, il commissario Ravello aveva preso la parola. Vuoi perché era uomo di molti fatti ma di poche parole, vuoi perché era calvo, grasso e con una voce sgradevole, nessuno gli aveva dato retta. I suoi secchi inviti a sgomberare – urlati nel megafono – erano caduti nel nulla.

E così la folla sui marciapiedi aumentava, fino a tracimare all'interno dei negozi che, per ovvie ragioni, avevano deciso di restare aperti ben oltre l'orario di chiusura. Sfornando pizze, stappando birrette, Coca Cola e acque minerali, vendendo gadget, quaderni, portachiavi e adesivi.

Fortuna insperata. Ed effimera.

Fortuna vitrea est; tum cum splendet, frangitur.[6]

Sullo sfondo, il liceo taceva.

Nel suo immobile biancore, si stagliava solenne nel buio, apparentemente inattaccabile.

Ma era solo illusione. Su per le sue scale inaccessibi-

---

[6] Publilio Siro, *Sentenze*.

li, oltre le dure colonne, al di là del pesante portone di quercia che aveva superato quasi un secolo di alterne traversie, covava un colpo di scena fatale e irreparabile, degno di una tragedia di Sofocle.

Guglielmo Rastofani era riuscito a entrare.

122

Sul marciapiede periferico e sconnesso che costeggiava il portone di casa Spera, Conti camminava avanti e indietro da almeno dieci minuti. Disattendendo le raccomandazioni di Braga, aveva utilizzato quella pausa forzata per chiamare Matteo. Il bambino gli aveva risposto tutto allegro.

"Allora, papà, che hai deciso? Andiamo a Gardaland?"

Gardaland. Il parco dei desideri. Il paradiso, per un bambino di undici anni.

"Senti, Matteo, voglio essere sincero con te".

"…"

"Sono alle prese con un caso molto difficile".

"Lo so".

"Lo sai?"

"Me l'hai detto tu, non te lo ricordi? E poi ti ho visto in televisione. Anche molti miei compagni ti hanno visto. Lo sanno tutti che sei mio padre. Una professoressa che conosce la mamma ha anche telefonato".

"Ah!"

"Dicono tutti che stai dando la caccia a un assassino che ha già ammazzato un sacco di gente nel liceo classico. E stasera, al telegiornale, c'eri tu che scendevi le scale della scuola e avevi appena liberato un ragazzo che era stato fatto prigioniero lì dentro. È vero? "

C'era un misto di apprensione e orgoglio, nel tono del figlio.

"Ora è tutto a posto", stemperò Conti.

"Però lo devi ancora prendere, quell'assassino…"

"Appunto. E non sono sicuro di farcela per sabato".

Il bambino non rispose. Conti si chiese cosa si stesse agitando nella sua mente acerba e ipersensibile. Qualcosa di poco edificante, certamente. Ma perché suo figlio – si interrogò angosciato – doveva venire a contatto con quelle brutture? Quale terribile karma gli aveva imposto un padre con cui parlare di morti ammazzati e ragazzi murati vivi, piuttosto che di giochi, musica, sport, cartoni animati e altre cose normali per un bambino della sua età?

"Scusa, quanti anni ha?", chiese all'improvviso Matteo.

"Chi?"

"Il ragazzo. Quello che avevano rapito".

"Diciassette".

"Ah, allora è grande!", commentò il bambino, sollevato.

La differenza d'età con quell'adolescente doveva apparirgli siderale, e questo lo aveva rassicurato. Ai bambini come lui, attaccati alle sottane delle mamme, una cosa simile non sarebbe mai potuta capitare.

"Certo. Grande e grosso più di me".

Arrivò un bip che annunciava una chiamata in arrivo. Conti si agitò. "Devo lasciarti, ora. Ti chiamo domani, va bene?"

"Così mi dici se lo hai preso".

"Certo. Prima lo prendo, prima vengo a prendere te".

Il bambino ridacchiò.

"Vai a letto, ora, che è tardi".

Chiuse la comunicazione e guardò il display. Un messaggio dal numero di Braga, che aveva trovato il telefono occupato. Lo richiamò immediatamente. "Scusami, Luciano, ero al telefono con mio figlio".

"Nessun problema. Ho parlato con Pino. In questo momento sta andando in ufficio a controllare l'archivio. Mi sono permesso di dargli il tuo telefono".

"Hai fatto bene. Quanto ci vorrà?"

"Direi una mezz'ora. Forse anche meno".

"Grazie, Luciano. Come sempre, ti sono debitore".

"Non dirlo nemmeno. In bocca al lupo".

"Crepi".

Mezz'ora. Aveva tutto il tempo di raggiungere il Giustiniano per vedere con i suoi occhi se quello che stavano trasmettendo da lì era una bufala televisiva o un'emergenza vera.

123

Rocci avanzò cauto verso il letto. Saverio De Marchis lo seguì con gli occhi, mentre si sedeva sulla sedia occupata poco prima da Eligia Marani.

"Dove sono?", chiese, disorientato, con un filo di voce.

"In ospedale".

Gli occhi del preside vagarono per la stanza, la stessa dove aveva visto morire suo padre, senza riconoscerla. Poi si posarono sul suo braccio fasciato, appoggiato al lenzuolo.

"Cosa... mi è... successo...?"

"Qualcuno è entrato in casa sua per ucciderla". Addolcire i concetti con giri di parole non era mai stato il suo forte, e Rocci non ci provò neppure. "Le ha tagliato le vene in una vasca da bagno, per farla dissanguare più in fretta. Per sua fortuna, io l'ho soccorsa in tempo. Anche se per poco non ci rimettevo la pelle pure io".

Si girò per mostrare la grossa benda che gli copriva interamente la nuca.

Quando tornò a guardarlo, Saverio De Marchis stava piangendo sommessamente. "Seneca...", mormorò. "È così che è morto".

"Esatto. L'assassino l'ha scritto anche sullo specchio del suo bagno".

"L'avete preso?"

Rocci scosse la testa. "È scappato dopo avermi dato

in testa un colpo micidiale. Con una mazza da baseball. È sua?"

Lui fece di no con la testa. Rocci si protese sul letto, avvicinandosi al malato. "Lei lo ha visto in faccia, preside?"

Il diniego arrivò dagli occhi appannati dalle lacrime. "Io… stavo entrando in bagno".

"E poi?"

De Marchis aggrottò la fronte, nell'inutile sforzo di rievocare la scena. "Non ricordo…"

Rocci sospirò, rassegnato. "Me l'aspettavo. Lei è stato tramortito con la stessa mazza che hanno usato con me. Alle spalle. Quindi non può dirmi niente di utile".

"E invece posso", rispose l'uomo, imprevedibilmente.

"Lei sa chi è stato?", si animò Rocci.

"Sì".

"Mi dica il suo nome."

De Marchis lo fissò. "Nerone".

Rocci sgranò gli occhi. "Mi sta prendendo per il culo?"

"No. È stato lui".

L'ispettore fece gli occhi a fessura. "E chi sarebbe, questo Nerone? Fuori dai libri di storia, sennò m'incazzo".

"Lucio Spera".

"Il suo compagno di scuola al liceo? Quello della foto?"

"Sì".

"Perché dice che è stato lui?"

"È la sua vendetta. Io sono l'ultimo che gli è rimasto".

"E per che cosa si starebbe vendicando, questo Spera?"

"Per essere stato ucciso da noi".

124

Dieci minuti dopo, Rocci uscì dal reparto e corse fuori, nel cortile.

Il cuore gli tambureggiava nel petto, mentre componeva il numero di Conti con le sue dita tozze, che per la fretta faticavano a centrare i numeri sul display. Finalmente, udì la voce del commissario.

"Rocci! Tutto bene? Com'è andata la sua TAC?"

"Dottore, mi ascolti..." La voce dell'ispettore tremava per l'agitazione. "Vengo fuori proprio adesso dalla rianimazione. Sono sconvolto da quello che ho appena sentito".

"De Marchis?", si allarmò Conti. "È morto?"

"No. Si è svegliato e mi ha parlato. Dice che ad aggredirlo è stato Lucio Spera".

Conti, che si era appena messo alla guida, sterzò di botto e fermò l'auto al bordo della strada.

"Ah! Allora l'ha visto!"

"No. Non ricorda niente. Deve aver perso i sensi

dopo essere stato colpito alle spalle con quella maledetta mazza".

"E allora come fa a dirlo?"

Rocci deglutì. "È una storia pazzesca, mi creda".

"Le credo, le credo, basta che me la racconti".

Rocci aveva il respiro corto. "I nostri sospetti erano fondati. Quella che avete trovato stasera è proprio la stanza in cui si riuniva il circolo segreto di cui parlava la Benci. Era lì che si incontravano De Marchis, la Baldi, Furio Longhi, Lucio Spera e…"

"… e suo fratello Luigi", gli venne in soccorso Conti.

"Esatto. Si erano dati dei nomi in codice".

"Agrippina, Burro, Nerone… Fin qui, c'eravamo arrivati anche noi. E stasera abbiamo anche accertato chi era Seneca, al secolo Saverio De Marchis. Di conseguenza, suo fratello era Britannico. Giusto?"

"Sì".

Nessun altro commento. Solo silenzio, a significare che Conti era entrato senza precauzioni su un terreno minato.

"Andiamo avanti", lo incoraggiò il commissario.

Rocci prese fiato. "Pare che in quella stanza andassero la sera, dopo cena".

"E come facevano a entrare nel liceo, di notte?"

"Le chiavi ce le aveva De Marchis".

"Le chiavi della scuola? Ma come mai, lui era solo uno studente…"

"Non lui, il padre. Rocco De Marchis era un imprenditore edile, che in quel periodo aveva avuto in appalto la ristrutturazione di una parte dell'edificio. Era normale che detenesse le chiavi del cantiere. A sua insaputa, il figlio ne aveva fatta fare un copia, e così poteva entrare e uscire dalla scuola, nottetempo, come gli pareva".

"Okay. Ci può stare".

"Ora, nel luglio del 1984 scoppia una brutta lite fra De Marchis e Spera. Per motivi futili, dice il preside, ma la cosa andrebbe approfondita. Sta di fatto che vengono alle mani. De Marchis colpisce Spera e lo manda al tappeto. Lui sbatte la testa e muore".

"Un momento, un momento..." Conti si passò una mano sugli occhi, convinto di aver sentito male. "De Marchis dice di essere stato aggredito stasera da uno che è morto nel 1984? Ho capito bene, Rocci?"

"Aspetti un attimo, dottore. Non ho finito. Dopo la lite e il suo tragico epilogo, Saverio De Marchis viene preso dal panico. Va dal padre e gli confessa tutto. E cosa fa Rocco? Quella stessa notte entra nel liceo portandosi dietro un bel bidone d'intonaco, e con le sue mani mura la porta della stanza con il cadavere dentro. Finito il lavoro, ci mette davanti un armadio e torna a casa relativamente tranquillo. Questo lo penso io, non me l'ha detto il preside".

"Come fa a stare tranquillo, scusi, uno che ha murato il cadavere di un ragazzo ucciso da suo figlio?"

"Poi glielo dico, dottore. Torniamo a quello che ho saputo dalla viva voce del preside. Viva per modo di dire: per capirlo bisognava avere un traduttore e un apparecchio per la sordità. Stavamo parlando del padre.

Per prima cosa Rocco sa che l'intonaco si asciugherà presto, perché a luglio fa caldo. E poi la scuola è chiusa e non c'è praticamente nessuno in circolazione, a parte lui e la sua squadra di operai. Qualche giorno dopo, ordina ai muratori di stuccare, rifinire e dipingere la parete. Al figlio dice di aver sistemato tutto e il ragazzo non chiede altre spiegazioni. Del resto, ha solo diciannove anni, non cerca altro che fidarsi di qualcuno ed essere sollevato da ogni preoccupazione. Da parte sua, Saverio tranquillizza i suoi amici e gli raccomanda di tacere con tutti. La cosa finisce lì. Sepolta sotto uno strato di intonaco e un vecchio armadio a due ante che pesa una quintalata".

"E ce le dice solo adesso, il preside, queste cose?"

"Logico. Finora ha taciuto per paura di essere accusato di omicidio. Così come è stato zitto Furio Longhi. Dopo la morte della Baldi, hanno cominciato ad avere dei sospetti, però nessuno dei due voleva davvero crederci. Da una parte, erano sicuri che Spera fosse morto – lo avevano visto con i propri occhi! – dall'altra erano terrorizzati da quel Nerone che rivendicava sul forum l'omicidio di Agrippina e prometteva di uccidere anche altri. Nessuno, a parte Rocco De Marchis, conosceva quella storia. Ma era pur vero che De Marchis e Longhi potevano rispondere solo di loro stessi. E se fosse stata Barbara Baldi a parlare? Ma perché, si arrovellavano, una donna così furba e intelligente avrebbe dovuto confessare a qualcuno una storia che l'avrebbe fatta finire dritta in galera per concorso in omicidio?"

"E se invece fosse stato Rocco De Marchis, a parlarne con qualcuno?"

"Oh, non l'avrebbe mai fatto! Primo, per proteggere suo figlio; secondo, perché c'era dentro fino al collo pure lui. Pare che avesse addirittura rinunciato per iscritto alla confessione in punto di morte, per non doverlo dire nemmeno al prete. Si figuri!"

Conti si accese una sigaretta, riflettendo. "Sarebbe stato semplice, però, togliersi ogni dubbio. De Marchis era il preside della scuola, poteva entrarci quando e come gli pareva. Perché con Longhi non sono andati a controllare di persona? Voglio dire, potevano demolire quel muro e constatare di persona se il cadavere fosse lì oppure no. Giusto?"

"È quello che ho detto anch'io. E il preside mi ha risposto che era proprio quello che avevano deciso di fare. Ecco perché Longhi non ha esitato né si è stupito, quando ha ricevuto il biglietto che gli dava quello strano appuntamento a scuola. Credeva che l'amico avesse fissato per quella sera la prova del nove. Era una trappola, invece, e Longhi ci ha lasciato la pelle. A quel punto De Marchis, da solo, ormai non poteva più fare niente del genere".

"Ci vuole compagnia per dare due martellate a un muro?"

"No. Ma qualcuno che poi lo rimetta a posto, sì. Qualcuno con cui condividere un segreto e di cui fidarsi senza paura. De Marchis non ce l'aveva. E lei, dottore, ce l'ha? Io, personalmente, no".

Conti non rispose. Fissava il buio, oltre il parabrezza,

e pensava che per lui era lo stesso. Quando Matteo fosse diventato grande, però, sarebbe stato diverso. A lui sì che avrebbe affidato i suoi segreti e anche di più. Rocci, invece, non aveva figli. Quel pensiero, fugace nel turbinio di altre riflessioni, lo immalinconì.

"Se il preside mi ha detto queste cose, un motivo c'è", riprese l'ispettore, a quel silenzio.

"E sarebbe? L'impunità?"

"Certo. L'impunità. Ormai è convinto che in quella stanza non ci sia nessun cadavere".

"E ha ragione. Gliel'ha detto lei, Rocci?"

"No. Lui non sa che noi l'abbiamo appena scoperta. Ma pensa ugualmente che Lucio Spera, alias Nerone, sia vivo, vegeto e terribilmente vendicativo".

"C'è qualcosa di profondamente sbagliato, in tutto questo", osservò Conti, dopo una breve riflessione. "Non sarebbe stato più semplice ammettere che era stato un incidente? Non ci sarebbero state conseguenze o quasi. In fondo, De Marchis era solo un ragazzo. E gli amici avrebbero testimoniato in suo favore. Perché coinvolgere il padre? Perché costringerlo a prendersi sulle spalle il peso di una complicità tanto grave?"

"Lo sta chiedendo a me, dottore?"

"Lo sto chiedendo a me stesso. E mi sono risposto. Non so quanto possa essere vicino al vero, ma..."

"Vediamo se sta pensando quello che penso io".

"Io credo, ispettore, che non sia stato affatto un incidente. E che nessuno, vedendo com'era ridotto Lucio Spera, avrebbe mai potuto crederci".

"Proprio così, dottore. E sa perché penso che il padre sia tornato a casa tranquillo?"

"No. Perché?"

"Perché, secondo me, lì dentro Rocco non ha murato nessun cadavere. Secondo me lo ha portato altrove e l'ha fatto curare. Magari gli ha dato dei soldi per stare zitto e sparire dalla circolazione. Chi lo sa? Ma il fatto che abbiamo trovato vuota quella stanza significa che Spera, in un modo o nell'altro, è uscito da lì. Vivo. Lo dimostrano le vene tagliate di De Marchis, finito in una vasca da bagno come Seneca. Chi altri potrebbe essere stato, se non Nerone?"

125

Conti e Rocci si erano lasciati dandosi appuntamento davanti al liceo. E finalmente Artusi aveva trovato il tempo di chiamare il capo, per informarlo delle ultime novità.

"Sì, dottore, gli studenti sono ancora qui. A quanto pare, si stanno divertendo".

"Che c'è di divertente?"

"Tanto per cominciare, domani non andranno a scuola. E poi sa com'è: per i ragazzi ogni occasione è buona per fare un po' di casino. Speriamo solo che a nessuno venga in mente di fomentare qualcosa di diverso".

"Quanti siete, lì fuori?"

"Una ventina".

"Okay. Rocci sta arrivando dall'ospedale, io sono in macchina. Ci vediamo tra poco".

"Va bene, dottore. Io non mi muovo da qui".

Artusi chiuse la comunicazione e, dall'ultimo gradino in cima alla scalinata esterna, perlustrò con lo sguardo il piazzale davanti al liceo. La folla non accennava a diminuire, ma almeno non c'erano più cori o slogan urlati come poco prima. Solo brusio e una generica agitazione. Era una situazione delicata – lo è sempre quando ci sono di mezzo gli studenti – ma sembrava sotto controllo. Per il momento.

Artusi fece un cenno a un collega poco distante e rientrò nell'edificio. L'atrio era deserto, perché gli uomini della Scientifica erano tutti su, nel sottotetto, a prelevare campioni dalla stanza di Nerone. L'agente non vedeva l'ora che finissero. Quando la scuola fosse stata sgomberata e chiusa, nessuno avrebbe più avuto motivo di restare all'addiaccio, a dimostrare davanti a un portone chiuso.

Decise che sarebbe salito a vedere come procedeva con la squadra di Mancini. Quelli arrivavano sempre a cose fatte, ed erano abituati a prendersela calma. Non stavolta, però. Stavolta dovevano muoversi in fretta. Con l'intenzione di strigliarli a dovere, attraversò l'atrio deserto e prese a salire le scale.

Da un angolo buio del corridoio di sinistra, Guglielmo Rastofani lo osservava. Appena l'agente fu sparito su per la scale, si avviò con calma ed entrò in una delle aule. La terza.

La tapparella era abbassata a metà e la luce della luna pioveva sul pavimento, rischiarando l'ambiente. Tutto era come lo ricordava.

Rastofani salì in cattedra.

Per un lungo momento restò lì, assorto, a contemplare l'aula con gli occhi della memoria.

Eccolo, Lucio Spera. Seduto lì, proprio davanti a lui, al primo banco. I suoi occhi scuri e penetranti non lo lasciavano un solo attimo. Di tanto in tanto si passava una mano fra i capelli rosso cupo, soprappensiero, e le dita inanellavano i riccioli sul collo, morbidi e lucenti come quelli delle donne.

Accanto a lui sedeva Luigi Rocci. Il più bello di tutti. Ogni tanto distoglieva lo sguardo dal professore e si girava verso l'amico, sorridendo con aria gentile.

Rastofani, intenerito, ricambiò dall'alto della cattedra.

Spera invece restava serio, estraneo a quel gioco di sguardi, il volto atteggiato a un'assorta fissità. Dietro di lui, Saverio De Marchis allungava il collo per farsi notare. Era teso, competitivo, inquieto. Spesso alzava la mano per rispondere a una domanda rivolta alla classe. Il più delle volte, la risposta era giusta. Ma quando sbagliava, De Marchis si ritraeva senza combattere, nascondendo dispetto e rossore dietro le spalle di Spera.

Ed ecco Furio Longhi, il suo compagno di banco. Sempre con i suoi maglioni a larghe righe orizzontali, forse per dare l'illusione che il torace non fosse così stretto e magro. Non poteva permettersi di andare in palestra, e d'altronde l'esercizio fisico non lo interessava.

A dispetto del suo nome, era mite, silenzioso e riflessivo. Le spesse lenti da miope dilatavano la sua espressione guardinga, facendola apparire arrendevole e inerme. Ma Furio Longhi era tutt'altro che indifeso. Fissando i suoi occhi, Rastofani riusciva a coglierne i bagliori obliqui, di una sfuggente ambiguità.

Il professore spostò lo sguardo a sinistra. Lei sedeva lì, in terza fila, vicino al corridoio. Col mento proteso in una posa indisponente, lo stava scrutando con i suoi occhi a mandorla, di un colore indefinibile. L'unica donna della classe a essersi opposta alla neppur tanto nascosta misoginia del professore. L'unica ad aver accettato la sfida. Rastofani doveva ammetterlo, aveva fegato. Per conquistarsi un posto fra i prediletti, era quella che aveva lottato di più. Ma sembrava che la fatica per raggiungere il meritato traguardo l'avesse indurita piuttosto che temprata. Rastofani sapeva cogliere la sottile differenza. Barbara Baldi era destinata a diventare una donna temibile.

Il professore abbracciò la classe con lo sguardo. Un grande occhio di bue inquadrava i suoi cinque discepoli, relegando gli altri compagni nell'inane oscurità di chi non lascia tracce.

E le sue, quelle di Guglielmo Rastofani? Dov'erano, le sue tracce? Possibile che tanto a lungo avesse camminato sulla sabbia senza accorgersene?

Proprio lui, che aveva passato la sua vita a indagare e a riflettere sul corso millenario degli eventi? Proprio lui, che possedeva l'unica forza davvero insuperabile, quella della Conoscenza? L'unica chiave per interpretare ogni cosa nel mondo?

Quei cinque ragazzi avrebbero dovuto incarnare ciò che la natura gli aveva negato: una discendenza.

La *sua* discendenza.

Rastofani chinò il capo e, per la prima volta nella sua vita, cominciò a pregare.

"Confiteor Deo Omnipotenti et vobis, fratres…"

Sì, confesso. A Dio Padre Onnipotente e a voi fratelli, ma soprattutto confesso a me stesso…

"… quia peccavi nimis cogitatione, verbo, opere et omissione".

Ho peccato col pensiero. Un pensiero superbo e delirante, che mi ha accecato. Credevo di essere onnipotente e invece ero niente. Mi sono illuso e compiaciuto, ho avuto di me stesso un'altissima opinione. Sono stato vanitoso, imprudente, scellerato.

Ho peccato con la parola. L'ho usata per convincere, manipolare, suggestionare, indurre. E quando davvero dovevo parlare, ho taciuto.

E ho peccato con le azioni. Sono stato pernicioso. Ho convinto quei ragazzi di una Verità che ero l'ultimo a poter possedere e che loro non erano pronti ad accogliere. Così non ne hanno fatto buon uso.

"Mea culpa, mea culpa, mea maxima culpa".

Sono io, l'artefice di tutto.

Sono io, il colpevole.

Non mi aspetto perdono per quel che ho fatto. Né per quel che ancora devo fare.

"Amen".

126

Rocci era un ruminante. Aveva bisogno di sminuzzare e triturare le informazioni e, solo dopo essersi preso il suo tempo, poteva dire di averle davvero digerite e assimilate.

E così, dopo aver chiuso la comunicazione con Conti, l'ispettore si sedette su una panchina di pietra, nel cortile dell'ospedale, a fumare e a guardare le stelle. Avrebbe già dovuto muoversi per andare al liceo, come aveva promesso a Conti, ma in quel momento sentiva la necessità di fermarsi. A ruminare.

Dal cielo, abbassò lo sguardo sulle finestre illuminate della facciata e ripensò alla stanza bianca di neon, dove il paziente De Marchis si era appena svegliato da un sonno tutt'altro che ristoratore.

Che fosse confuso e sotto choc, era evidente. Farfugliava, sbatteva le palpebre, strizzava il lenzuolo fra le mani, gli occhi velati di panico e la fronte madida di sudore. Ma il poliziotto non si sentiva affatto in colpa per aver approfittato di lui. In altre condizioni, il preside non avrebbe mai ammesso di aver ucciso un uomo. Le sue difese mentali erano state annientate dai farmaci e dalla debolezza, ma soprattutto dalla paura. De Marchis sapeva di essere in pericolo di vita: l'assassino che aveva eliminato i suoi vecchi amici e poi gli aveva tagliato le vene, non si sarebbe certo lasciato scoraggiare da un improvvido salvataggio in extremis. Non si sarebbe fermato fino a che l'ultimo dei suoi carnefici non fosse diventato l'ultima delle vittime.

Rocci ripensò al diario del fratello. '*Nerone è morto per mano di Seneca, su istigazione di Agrippina e con la complicità di Burro. Britannico, che ha assistito al crimine senza impedirlo, è colpevole quanto loro. Ullum malum praeter culpam.*'

Non c'è male all'infuori della colpa. Una colpa che suo fratello non era riuscito a sopportare. E invece – beffa delle beffe! – Nerone era vivo e libero. Di terrorizzarli prima, di ammazzarli poi.

Ma perché – si chiedeva Rocci – dopo tutti quegli anni? Come mai, una volta scampato alla morte, Spera non si era vendicato subito dei suoi compagni, istigatori o autori materiali del mancato delitto?

Forse gliel'aveva impedito il vecchio De Marchis. Soccorrendolo, curandolo e poi lasciandolo andare, aveva ottenuto da lui la promessa di tacere, magari ricompensando il suo silenzio con una forte somma di danaro. Quando il vecchio era morto, alla fine di agosto, quel silenzio si era rotto: guarda caso, gli omicidi erano cominciati di lì a poco, a settembre.

Poteva essere benissimo andata così, congetturava l'ispettore.

Eppure, in quella ricostruzione, c'era qualcosa che non tornava. Se Rocco De Marchis, entrato nella stanza segreta dei ragazzi, avesse scoperto che Lucio Spera era ancora vivo, perché non rassicurare Saverio? Quale padre avrebbe condannato il proprio figlio a vivere nella convinzione di essere un assassino? E nella paura di essere scoperto, prima o poi? La stessa paura che dovevano aver provato anche gli altri, tutti coinvolti a vario titolo: partecipazione diretta, istigazione, favoreggiamento, omissione di soccorso… Che differenza faceva? Erano tutti colpevoli, senza eccezioni.

Cosa avviene se Virtù e Armonia andranno a confliggere contro Codardia e Inettitudine, e dovranno ritirarsi umiliate e vinte? Cosa resta? Deve l'Uomo perseverare nel cammino intrapreso oppure abbandonarlo? Deve tradire o soccombere?

Suo fratello si era ucciso. Pensava di essere stato un inetto per non aver impedito il crimine, e un codardo per non averlo denunciato.

L'ispettore sbarrò gli occhi. Ora che aveva sminuzzato, sezionato, triturato, quel che restava era una poltiglia mefitica, che aveva il sapore di un dubbio atroce.

Si era davvero suicidato, Luigi?

Rocci scattò in piedi, spense la cicca sotto il tacco e rientrò in ospedale.

127

Guglielmo Rastofani era arrivato al primo piano. Salendo le scale con calma, con l'imperturbabilità di chi sa di non poter essere fermato da nessuno. Perché il destino, quando decide, non ammette interferenze.

Come se il professore si muovesse al riparo dell'invisibilità, l'agente che lo aveva quasi incrociato mentre si chiudeva alle spalle la porta della presidenza, non lo vide. Quanto agli altri poliziotti, erano ancora al piano di sopra. Tutti a prelevare, catalogare, spargere polverine e rilevare impronte. E a respirare la morte, in quel sottotetto da incubo.

Rastofani si guardò intorno. Quell'ambiente era molto diverso dall'ultima volta che era stato lì. Pur nella penombra, il professore riusciva a individuare i cambiamenti: tappeti, piante lussureggianti, quadri d'autore. Un'eleganza che prima mancava. Un tocco di classe, nello stile di Saverio. Un'ostentazione pomposa ma soprattutto infingarda, se solo si paragonava l'aspetto di quella stanza con quello delle aule: anguste, fatiscenti, battute dagli spifferi che entravano dagli infissi di legno, sempre gli stessi da almeno ottant'anni.

C'era stato un tempo in cui erano in molti a credere che sarebbe stato lui a insediarsi in quella presidenza, dietro quella scrivania. Erano anni tempestosi di bombe, attentati e manifestazioni, durante i quali ci si aspettava dalla dirigenza di un liceo una mano salda e autorevole. Il polso fermo di qualcuno che fosse capace di parlare agli studenti e, nello stesso tempo, di contenerli.

Ma Rastofani non aveva nessuna intenzione di spendersi su quel terreno. La sua battaglia personale si combatteva su ben altri fronti. Lui guardava oltre, molto più lontano. Levitava sul contingente, inseguiva una sua personale idea della Storia. E, mentre la cittadella era sotto assedio, lui lavorava pazientemente dall'interno. Conosceva tutti i passaggi segreti e insegnava ai suoi come imboccarli, quando le mura fossero cadute. Una volta scampati a quelle transeunti buriane, si sarebbero messi alla guida del mondo con gli strumenti che lui stesso gli aveva consegnato.

E invece non era andata così.

Chi avrebbe potuto prevedere una disfatta così totale e definitiva? Quale sfrenata, malsana fantasia avrebbe mai potuto immaginare che l'umanità sarebbe regredita fino a quel punto? Che l'Uomo si sarebbe imbestialito?

Sebbene il professore si sforzasse di ignorarle, le cronache di quel nuovo vivere lo raggiungevano comunque: dalle televisioni, dalle radio, dai giornali, da internet, dalle testimonianze dei suoi vecchi allievi, ormai piegati, vinti, rassegnati. Lui le scacciava come mosche.

Una speranza doveva pur esserci! Un seme sepolto e congelato può sempre generare frutti! Sarebbe bastato un raggio di sole, uno soltanto, per trafiggere quella nuvolaglia grigia e desolante, che ottundeva le menti e oscurava la vista del cielo; e allora, finalmente, quell'epocale glaciazione dello spirito sarebbe finita e poco a poco il disgelo avrebbe portato una nuova rinascita. L'Uomo avrebbe riscoperto la bellezza, l'armonia, la forza dello spirito, del pensiero e della contemplazione.

La pace sarebbe stata duratura in una società orientata a un unico scopo: preservare se stessa dall'imbarbarimento e dall'autodistruzione.

Dalla presidenza, una piccola porta si apriva su un disimpegno che conduceva a un ingresso secondario della biblioteca della scuola. Un passaggio non segreto, ma simbolicamente privilegiato. Potere e cultura, intimamente e funzionalmente collegati, come vasi comunicanti.

Era una grande stanza, austera, che incuteva timore. Per un curioso effetto ottico – quasi un'illusione grandangolare di concavità – le alte pareti sembravano poggiare sui libri, e non viceversa.

Perché è sui libri che dovrebbe poggiare il mondo, rifletté amaramente il professore.

E invece quei libri erano polverosi e dimenticati, lasciati lì in abbandono, come scheletri preistorici, a rendere testimonianza di tempi che non sarebbero mai più tornati. Con la punta delle dita, percorse una fila di volumi dalle coste di cuoio con la leggerezza di un pianista che sfiora la tastiera.

Ovidio, Orazio, Omero, Catullo… E, sul ripiano superiore, Cicerone, Socrate, Seneca…

Chissà cosa ne avrebbero pensato loro. E come avrebbero reagito nel vedere le loro parole scaricate da internet sui telefonini e copiate meccanicamente, di nascosto, nei compiti in classe. E le loro riflessioni sulla vita e sulla morte ridotte ad aforismi, elencati in ordine alfabetico su siti consultabili gratuitamente per dediche o biglietti d'auguri. E la loro anima offesa dall'indifferente ludibrio dell'etere.

"Rasségnati", gli avrebbero suggerito. "Hai fallito. I tuoi pupilli, quelli a cui avevi passato il testimone, ti hanno deluso. Si sono rivelati stupidi e mediocri. Non sono stati all'altezza del compito". E come avrebbero potuto, del resto? Si può forse insegnare la grandezza, se si è piccoli e meschini? Si può essere di esempio e ispirazione, quando si mente, si tradiscono gli amici e gli ideali?

Quando si uccide, nascondendo la propria colpa dietro il paravento della rispettabilità?

"Rasségnati!", risuonarono lugubri le voci dei poeti antichi.

"Qui nessuno è più interessato a noi", fecero eco i filosofi, in coro. "*E nemmeno a te, Professore.*

Questo Tempio è stato profanato, e non ha più ragione di esistere.

È giunto il momento di ammetterlo.

È giunto il momento di tornare fra le ombre.

Hic et nunc.

Qui e ora, Professore".

Rastofani assentì gravemente e restò a lungo a capo chino, in segno di profondo rispetto.

Poi accese il cerino.

128

Rocci fece irruzione nel reparto, spalancando la porta con una manata. Gli agenti, che si erano finalmente spostati fuori a sorvegliare l'ingresso, non avevano motivo di fermarlo.

Se solo avessero avuto il tempo di mettere a fuoco gli occhi spiritati, il sudore sulla fronte e il tremore della bocca, magari qualche domanda l'avrebbero fatta. E magari la risposta non li avrebbe del tutto convinti. E, pur trattandosi di un superiore, forse lo avrebbero seguito.

Così, giusto per sapere se aveva bisogno di qualcosa. Di aiuto, magari.

Ma la Storia non si fa con i *se*. La Storia è sempre affermativa, mai ipotetica. E così Rocci fu lasciato libero di avanzare a grandi passi verso il vetro illuminato, in fondo al corridoio.

La sua bruttezza era spaventosa, in quel momento. La fronte bassa e corrugata, lo sguardo acceso di furia belluina, le labbra tumide protese in un cipiglio iroso e vendicativo.

Arrivò al vetro e si fermò a guardarvi attraverso. L'uomo era sempre lì, nel letto, con il braccio fasciato sul petto e nell'altro l'ago di una flebo.

Rocci entrò. Saverio De Marchis non dormiva. Fissava il soffitto, le piste secche delle lacrime ancora sulle guance. Al rumore della porta che si chiudeva, girò la testa e fissò l'uomo che avanzava verso di lui, rapido come un predatore nel momento del balzo.

"Tu!", ringhiò l'ispettore, chinandosi sul letto, con il viso a pochi centimetri da quello del malato. "Tu hai ucciso mio fratello!"

"No!", mormorò De Marchis, con voce rotta dallo spavento. L'ispettore gli alitava in faccia la sua rabbia, così vicino che faticava a metterlo a fuoco.

"E invece io penso di sì. L'avete minacciato, tu e i tuoi compari. Luigi era in lotta con la sua coscienza, prima o poi avrebbe parlato. Vi avrebbe denunciato e voi l'avevate capito".

"No..."

"Quel giorno Luigi era solo, in casa. Siete entrati e lo avete impiccato. Confessa!"

Rocci afferrò il preside per le spalle e lo scosse con violenza. De Marchis mugolò di dolore.

"Parla, brutto figlio di puttana! Parla, sennò ti finisco con queste mani!"

Un urlo di donna lacerò l'aria. Eligia Marani era sulla porta, con gli occhi sbarrati. Rocci non mollò la presa.

"Via! Vada via!", strillò la dottoressa, precipitandosi dentro e piazzandosi davanti al letto con le braccia allargate, a proteggere il malato.

Rocci si era allontanato di un passo appena, soffiando come un toro infuriato e continuando a strepitare contro il preside. "Maledetto! Maledetto assassino!"

Accorsero gli infermieri. "Ha aggredito il paziente!", strillò la Marani, additando l'ispettore. "L'ho visto io!"

Gli agenti, richiamati dalle grida, si precipitarono dentro la sala con le pistole in pugno. Eligia lanciò un rapido sguardo a De Marchis, pallidissimo, con la bocca semiaperta e le palpebre a mezz'asta.

"Fuori!", intimò ai poliziotti, indicando la porta con un gesto perentorio del braccio teso. La sua voce era tornata normale, ora, ma non per questo meno minacciosa. "Questa è una sala di rianimazione e il paziente è in pericolo di vita. Fuori di qui subito, sennò vi denuncio tutti!"

"Ispettore...", intervenne uno degli agenti. Il tono era rispettoso, ma lo sguardo eloquente. *È meglio se ce ne andiamo. Prima lo facciamo, meglio è.*

Rocci mosse qualche passo verso la porta. Poi si girò,

paonazzo. "Non finisce così, De Marchis. Prima o poi, uscirai da qui e allora..."

"Ispettore!", lo ammonì l'agente, scandalizzato.

"Fuori!", ordinò di nuovo la Marani.

I poliziotti si spostarono per far passare Rocci, e insieme si avviarono per il corridoio, verso l'uscita del reparto.

Eligia fulminò con lo sguardo i due infermieri impalati sulla porta. "Avevo dato disposizioni perché nessuno si avvicinasse al paziente!"

Quelli sbiancarono. La Marani avrebbe potuto rovinarli, se solo avesse voluto. "Non ce ne siamo accorti, dottoressa! È entrato di nascosto. L'hanno fatto passare i suoi e..."

"Volete dire che non ha bussato? Che non siete stati voi ad aprirgli?"

"La porta è stata lasciata socchiusa. Lo hanno preteso i poliziotti, quando poco fa si sono piazzati fuori. Per motivi di sicurezza, hanno detto. Che dovevamo fare? Noi non abbiamo nessuna colpa!"

"Questo lo deciderà il vostro primario. Il quale però vi ha anche detto molto chiaramente che non solo sono autorizzata a stare qui, ma anche a dare tutte le disposizioni che ritengo opportune. Vi risulta, sì o no?"

"Certo, dottoressa"

Lei tacque per un lungo istante, come riflettendo. "Dov'è il medico di turno?", chiese alla fine.

"Nella sua stanza. Dobbiamo chiamarlo?"

"Non serve. Lasciatelo riposare. Qui basto io".

"Se ha bisogno di qualcosa..."

"Vi chiamo, sì. Ma che nessuno si azzardi ancora a venire qui di sua iniziativa. Sono stata chiara?"

Gli uomini annuirono, mortificatissimi.

"Ora tornate al vostro lavoro".

Dalla soglia osservò gli infermieri che sparivano nella loro stanza e controllò il corridoio su entrambi i lati. Era deserto. Rientrò nella sala, si chiuse la porta alle spalle. Poi abbassò le veneziane sul vetro e si girò, con un sospiro. "Ce n'è voluta..."

Si avvicinò al letto e vi si appoggiò con entrambe le mani.

"Finalmente soli, Saverio".

129

Il telefono trillò nell'abitacolo buio. Conti sobbalzò sul sedile, neanche avesse sentito squillare le trombe del giudizio. Il numero era riservato. Inserì il vivavoce, senza smettere di guidare. Dopo aver parlato con Artusi, aveva una gran fretta di arrivare al liceo. Ci avrebbe pensato lui, a quei marmocchi, gli avrebbe fatto passare la voglia di turbare l'ordine pubblico e far perdere tempo alla polizia...

"Pronto!"

"Dottor Conti, sono io. Giuseppe Fossolo".

"Pino! Che piacere risentirti, dopo tanto tempo. Stai bene?"

Quando era stato trasferito, Braga aveva fatto in modo di portarlo con sé, approfittando del fatto che aveva sposato una ragazza delle parti di Udine. Fossolo era uno dei migliori tecnici informatici della Polizia di Stato.

"Bene, grazie. Ho due bambini, adesso. La femmina ha quasi tre anni e il maschio uno".

"Vai di corsa, eh?", rise Conti.

"Cosa vuole, dottore, mia moglie viene da una famiglia numerosa", sospirò l'altro. "Dice che dobbiamo farne almeno altri due".

"Ti toccherà continuare a lavorare per un bel pezzo, allora".

"Eh, sì. Ma i figli meritano ogni sacrificio".

"Sono d'accordo, Pino. Allora, che mi dici? Ti ha accennato qualcosa, il dottor Braga?"

"Sì. In questo momento sono al computer e ho davanti a me i verbali di quel ritrovamento. Sa, l'uomo nel canale..."

"Il norvegese dai capelli rossi, sì".

"Sono stati proprio quei capelli a farci riesumare il fascicolo di Spera. Il DNA dell'uomo annegato non corrispondeva a quello di nessuno degli scomparsi presenti nei nostri archivi. Al dottor Braga è tornato in mente quel vecchio caso di cui si era occupato molti anni prima: anche Spera aveva i capelli rossi e l'età corrispondeva. L'uomo sembrava fra i quaranta e i cinquanta, e Spera l'anno scorso ne avrebbe avuti cinquanta. Poi dall'Interpol ci è arrivata la segnalazione di scomparsa del norvegese, e il cadavere è stato successivamente identificato dai familiari".

"Ascolta, Pino. Mi ha detto Braga che, all'epoca della scomparsa di Spera, avevano rintracciato la madre naturale. Il ragazzo era stato adottato, capisci?"

"Okay".

"Puoi trovarmi il nome della donna?"

"Se ha un attimo di pazienza, apro il file e glielo dico".

"Tranquillo. Fai pure con calma".

Passò qualche minuto. Conti era quasi arrivato al liceo, quando la voce di Fossolo tornò a farsi sentire. "Ecco, dottore, ci sono. Dunque, vediamo... Addì diciotto agosto 1984, presso la questura di Pescara... eccetera eccetera... è presente la signora Eligia Marani, in atti generalizzata..."

Conti inchiodò di colpo. Poi, con una brusca sterzata, montò con le ruote anteriori sul primo marciapiede libero. Una manovra così scorretta e improvvisa che l'automobilista dietro di lui, costretto a frenare a sua volta, strombazzò inviperito, urlandogli insulti dal finestrino aperto.

"Vuole anche l'indirizzo?", stava chiedendo Fossolo.

"Pino, ascoltami...", lo interruppe Conti, con voce carica d'urgenza. "Devo sapere cos'ha dichiarato la donna".

"Se mi dà la sua mail, dottore, le mando il verbale".

"No, no. Devi leggermelo".

"Ora?"

"Ora!"

130

"E così, te la sei cavata ancora una volta. Una bella fortuna, non c'è che dire", commentò Eligia, sedendosi sul letto e lisciandosi il camice.

"Rocci non mi avrebbe mai fatto del male..."

"Ne sei proprio sicuro?"

"Mi ha salvato la vita".

"Te l'ha detto lui?"

"Sì".

"E cos'altro ti ha detto?"

"Che ho ucciso suo fratello Luigi, un mio vecchio compagno di scuola".

"Ed è vero?"

"No".

"E come mai l'ispettore pensa una cosa del genere?"

"Perché io gli ho raccontato tutto".

"Tutto cosa, Saverio?"

"Dell'incidente. Di Nerone. Quello che ha tentato di uccidermi".

"Raccontala anche a me, questa storia, se non ti spiace".

De Marchis era esausto, ma obbedì. Quando ebbe finito, la dottoressa restò in un silenzio assorto. Si alzò, controllò la flebo, poi tornò a sedersi. "Quindi, si è trattato solo di un malaugurato incidente. Il ragazzo è stato spintonato, è caduto e ha battuto la testa".

"Sì. Ma non era morto, ora lo so".

"Peccato che tuo padre sostenesse il contrario".

Saverio si agitò tra le lenzuola. "Mio padre?"

"Me l'ha detto mentre moriva. Mi ha detto che tu sei un assassino e che ha passato la sua vita a proteggerti".

"Papà non può averti detto una cosa simile..."

"Ti sbagli. Mi ha detto tutto, invece. E ha anche detto che per colpa tua è morto nel peccato, senza potersi confessare. Ma eri suo figlio, e se ha deciso di marcire all'inferno per te, non posso dargli torto. Per i figli si fa questo e altro".

Eligia alzò le spalle, come se quella fosse una verità che risolveva la questione in via definitiva.

De Marchis era sconcertato. E la sua mente era molto più lucida, ora. Fissò la donna che lo guardava dall'alto. Era la migliore amica di suo padre, senza dubbio. Ma bastava?

"Se non l'ha voluto confessare nemmeno a un prete, perché a te sì?", chiese, con un filo di voce.

Lei sorrise. "Non l'ha mica detto a me. L'ha detto a te".

"Cosa?!"

"Era convinto che la persona che gli stava accanto in camice, cuffia e mascherina fossi tu. Del resto ti aveva visto bardato così, seduto accanto a lui, fino a poco prima".

De Marchis cominciava a capire. "E invece eri tu..."

"Esatto. Tu eri appena andato in bagno, quando sono arrivata. Entrando, ho indossato la stessa divisa sterile che avevi lasciato su una sedia".

"E lui... non se n'è accorto?"

Eligia Marani rise, in un modo che De Marchis giudicò oltraggioso. "Ma di cosa vuoi che si accorgesse? Era più di là che di qua! E quasi non ci vedeva più…"

"Ma la voce…"

"Parlava solo lui. Io non ho aperto bocca".

"Tu… tu mi avevi detto che papà ti aveva detto di non aver fatto quello che io gli avevo chiesto…"

Eligia Marani smise di ridere. "Non era vero. Ti ho mentito".

131

Conti guidava soprappensiero. Chiamò la centrale, perché avvisasse Artusi che c'era un cambio di programma, ma il cellulare gli si scaricò fra le mani mentre componeva il numero.

L'ultima telefonata con Fossolo era stata fatale. La lettura delle dichiarazioni della Marani era stata lunga e difficile, anche per via della ricezione difettosa. Ma il succo, alla fine, era chiaro.

Con gli occhi fissi sulla strada, Conti ripassava mentalmente i concetti chiave che aveva estrapolato da quel verbale, come un professore che riassume sulla lavagna i punti essenziali della sua lezione.

Punto numero 1.

Eligia Marani è la madre naturale di Lucio Spera. L'ha dato in adozione appena nato, nel 1965, senza neppure averlo mai visto. Lei aveva diciassette anni appena. Accusa la sua famiglia di averle imposto quella scelta. Diversamente, le sarebbero stati tagliati i viveri e lei e il neonato sarebbero stati abbandonati a loro stessi, senza nessun aiuto. Del padre naturale del bambino dice di non ricordare neppure la faccia. Si è trattato di un unico incontro durante una festa a base di alcolici a casa di sconosciuti, amici di amici di amici di cui ormai ha perso le tracce.

Punto numero 2.

A un certo punto della sua vita, comincia a cercare il figlio. I registri delle adozioni, però, sono protetti da una segretezza invalicabile. Poi qualcuno le presenta un investigatore privato con molte conoscenze e pochissimi scrupoli: è da lui che viene a sapere qual è la famiglia che ha adottato il bambino. Per lungo tempo – otto anni almeno – segue il figlio da lontano. Sa ogni cosa di lui: che scuole frequenta, chi sono i suoi amici, come lo trattano i genitori e quali sono i suoi progressi negli studi. Tutto. Spesso lo aspetta davanti a casa Spera, in incognito, per vederlo uscire la mattina e controllare se è coperto abbastanza. A Natale, gli fa recapitare regali anonimi con vari pretesti.

Punto numero 3.

Nell'autunno del 1983 il giovane compie 18 anni. È la data che Eligia si è prefissa come limite massimo. Un giorno lo aspetta davanti al liceo, lo avvicina e lo convince a montare nella sua auto. È così che Lucio scopre chi è sua madre. Da quel momento i due diventano inseparabili. Il ragazzo ha sempre saputo di essere stato adottato, e aver ritrovato la mamma – quella vera – lo euforizza. Passa ogni minuto del suo tempo libero con lei. Si raccontano le rispettive vite. Vanno al teatro, al cinema, allo zoo, ai mercatini della domenica. I suoi genitori non si accorgono di niente. Non possono sapere che il loro unico figlio non esce con i soliti amici, ma con la perfetta estranea che lo ha messo al mondo.

Punto numero 4.

La Marani e il ragazzo scoprono di essere fatti l'una per l'altro. La somiglianza non è solo in quei particolari capelli rossi, negli zigomi alti e nella statura superiore alla media. È anche nella tenacia, nella determinazione, nell'amore per lo studio. Con l'aiuto di un architetto, la Marani prepara nel suo appartamento una camera per Lucio. La fa dipingere di verde salvia e la riempie di libri. Poi, una sera, la mostra al figlio: da quel momento, quella è casa sua. È chiaro a entrambi che desiderano stare insieme. Per recuperare il tempo perduto, certo, ma soprattutto per non perdere un solo minuto di quello che verrà. Il ragazzo promette che ne parlerà ai genitori, ma solo dopo aver sostenuto l'esame di Stato.

Punto numero 4

Il venticinque luglio del 1984, Lucio Spera esce di casa alla nove e trenta della sera. Alza la testa per salutare i genitori sul balcone e si avvia a piedi, ciabattando nelle sue infradito di gomma.

Nessuno, da quel momento, lo vedrà più.

Eligia Marani sostiene di non sapere dove fosse diretto il ragazzo e cosa gli sia successo. Quanto a lei, quella sera era fuori città per un convegno.

La donna precisa che la sua maternità naturale dovrà essere tenuta rigorosamente segreta, salvo imprescindibili esigenze investigative, e riserva azione di danni nei confronti della Polizia di Stato qualora dovesse far trapelare qualsiasi informazione sulla sua vita privata.

Sulla copertina del fascicolo scannerizzato, Luciano Braga an-

nota di suo pugno di aver verificato l'alibi della dottoressa per la sera della scomparsa di Lucio Spera. E aggiunge che la Marani gli è sembrata sinceramente sconvolta.

Anzi, disperata.

La lavagna ormai era piena, ma la mente di Conti continuava a lavorare frenetica. Frammenti di quell'indagine si accalcavano nel ricordo, come passeggeri su un autobus troppo affollato. Il commissario si sforzò di mettere ordine. Rievocò le parole dell'ispettore.

"Dopo la lite e il suo tragico epilogo, Saverio De Marchis viene preso dal panico. Va dal padre e gli confessa tutto. E cosa fa Rocco? Quella stessa notte entra nel liceo portandosi dietro un bel bidone d'intonaco, e con le sue stesse mani mura la porta della stanza con il cadavere dentro. Finito il lavoro, ci mette davanti un armadio e torna a casa relativamente tranquillo".

Un cadavere murato. Un segreto. Un segreto da custodire a costo della vita.

"Pare che avesse addirittura rinunciato per iscritto alla confessione in punto di morte, per non doverlo raccontare nemmeno al prete..."

Logico. Una confessione falsa o reticente, a cosa serve? Solo ad aggiungere peccato a peccato. Si può ingannare un sacerdote, non certo il Padreterno. Ma il vecchio De Marchis doveva sapere quanto deboli e vulnerabili possa rendere la paura della dannazione. Specie quando si è in punto di morte. E voleva evitare la tentazione di liberarsi la coscienza a scapito del figlio.

Rocci, però, era di diverso avviso.

"Per come la vedo io, lì dentro Rocco non ha murato nessun cadavere. Magari lo ha portato altrove, lo ha fatto curare e gli ha

dato dei soldi per stare zitto. Chi lo sa? Ma il fatto che abbiamo trovato vuota quella stanza dimostra che Spera, in un modo o nell'altro, è uscito da lì. Vivo".

Ma se Spera non era morto in quella stanza, perché avrebbe dovuto rinchiudervi il giovane Benci? Perché prendersi il disturbo di spostare un armadio e poi rimetterlo dov'era, dopo aver abbattuto un muro chiuso da più di trent'anni? Stefano Benci non l'aveva nemmeno visto in faccia. Perché murarlo vivo proprio lì dentro? Non sarebbe stato più semplice lasciarlo da qualche parte nella scuola, tramortito, in attesa che qualcuno lo trovasse? O uccidere anche lui, molto semplicemente, come Longhi? Conti non se lo spiegava.

E invece continuava a tornare all'odore. Al tanfo nauseabondo della morte e della decomposizione che li aveva investiti in quella stanza.

Eppure Stefano Benci non era né morto, né decomposto.

È una carissima amica di famiglia. Tanto cara che le ultime parole di mio padre, prima di morire, sono state per lei…

Le ultime parole, aveva detto De Marchis. Le ultime in punto di morte. E lei, cos'aveva detto lei?

Se il suo ispettore non si fosse messo in mezzo, sarebbe morto di sicuro.

Strana espressione, per una donna come la Marani. Lui l'aveva pensato subito, appena quelle parole le erano uscite di bocca. Ce ne sarebbero state altre sicuramente più appropriate. Più normali. *Se il suo ispettore non lo avesse salvato, non fosse arrivato in tempo, non fosse intervenuto…*

Eh, sì. La dottoressa, madre segreta di Lucio Spera, aveva ragione. Rocci si era proprio messo in mezzo. Aveva salvato De Marchis. De Marchis, che invece doveva morire. *In nomine Neronis.*

Nel nome di Nerone. Non per mano sua…

Conti superò il parcheggio dell'ospedale e inchiodò a pochi metri dall'ingresso. Scese dalla macchina e si mise a correre.

132

Saverio guardava stupefatto la dottoressa seduta sul suo letto. "Perché, Eligia? Perché mi hai mentito?"

"Perché volevo farti stare male. Malissimo, anzi".

"Io non… capisco".

"Sto per dirti una cosa che ti aprirà la mente, caro Saverio". Gli si avvicinò all'orecchio e sussurrò: "Lucio Spera era mio figlio".

De Marchis fece un balzo nel letto e il braccio ferito mandò fitte dolorose. "Ma tu… tu non hai mai avuto figli!", biascicò, con la lingua che inciampava nel palato.

"E invece sì. L'ho dato in adozione appena nato. Poi però l'ho ritrovato".

De Marchis girò la testa sul cuscino. Non voleva più sentire. Non voleva più vedere. Era troppo, per lui. Sentiva il cuore rallentare i battiti, mentre una spossatezza mortale si diffondeva nel suo povero corpo martoriato.

"Lucio mi aveva raccontato tutto, sai?", proseguì la Marani. "Sapevo del vostro circolo segreto, dei vostri nomi in codice, delle vostre riunioni. Mio figlio, però, era una persona seria, che rispettava i giuramenti. Non mi ha mai detto chi erano i suoi compagni. A questo però ha pensato tuo padre. È bastato che facesse un solo nome. Il nome di chi, secondo lui, aveva provocato la lite: Barbara Baldi. E c'era una sola donna fra voi: Agrippina. È stata lei, in seguito, a completare l'organigramma del club degli orrori. Su mia richiesta e non proprio spontaneamente, in verità".

"Sei stata tu! Tu… l'hai squartata!"

"Sì, ma solo perché ha provato a scappare. Io volevo semplicemente che mi dicesse dov'era il vostro nascondiglio".

De Marchis cercò di sollevare la testa, ma non gli riuscì. "Non è vero! L'avresti uccisa comunque".

"Su questo hai ragione. Ma solo dopo che mi avesse condotto lì, e forse in quel caso non avrebbe sofferto così. Ma lei ha voluto fare la furba. Ha aperto la portiera in quel parcheggio e ha cercato di chiamare aiuto. Non potevo permetterlo".

Da Marchis lanciò un'occhiata al vetro schermato dalle tende. Il silenzio in quella stanza era assoluto. Eligia Marani lo stava osservando. "Però un risultato, almeno, l'avevo ottenuto. La puttana aveva fatto in tempo a dirmi che la stanza segreta era nel liceo, anche se non *dove* esattamente. Quindi sono stata costretta a cercarmela da sola. E se non fosse stato per quell'idiota del custode, forse ci sarei riuscita".

"Allora era vero..."

"Cosa? La faccenda del mantello? No. La luce della luna dilata le ombre".

"Ma l'ombra era la tua, giusto?"

"Sì. Se non fosse fuggito di sopra, come un coniglio, a chiamare la polizia, Scalza mi avrebbe scoperto. E così ho dovuto aspettare l'occasione giusta per far parlare Longhi".

"E lui... ha parlato?"

"Certo. Io avevo un'arma e lui una paura del diavolo. Mi ha anche aiutato a demolire la parete della stanza, quella che tuo padre aveva tirato su più di trent'anni fa".

"Ma perché quella stanza era così... importante?"

Lei piegò le labbra in segno di disprezzo. "Solo un animale insensibile come te potrebbe fare una domanda del genere. Non c'è che una degna sepoltura per dar pace ai morti. È sempre stato così, dalla notte dei tempi. Non te l'ha insegnato, il tuo Rastofani?"

"Ora però l'hai preso e te lo sei portato via. Che altro vuoi?"

"Giustizia, Saverio. Giustizia e punizione. Ormai sei rimasto soltanto tu".

"È stato solo un incidente...", piagnucolò lui, implorante.

La Marani lo fissò con gli occhi socchiusi. "In quella stanza ho trovato una cosa, sai? La mazza da baseball che avevo appena regalato a Lucio".

"L'aveva portata lì il giorno prima, per farcela vedere. Gli piaceva molto..."

Gli occhi della donna si accesero di odio puro. "È con quella che l'avete massacrato, pezzo di merda!"

"No! Lui è solo caduto..."

"Sono un medico, Saverio! Vuoi che non sappia decifrare le lesioni delle ossa di uno scheletro?"

De Marchis aveva preso a respirare affannosamente, in un bagno di sudore diaccio.

" Non è stato un incidente, ma un'esecuzione violenta e bestiale", decretò lei con una strana calma. Poi, con uno scatto improvviso, si protese a un soffio da lui. Di colpo aveva un'aria folle, invasata d'ira. "Voglio sapere perché! Perché hai ucciso mio figlio. Perché mi hai rovinato la vita!", sibilò, digrignando i denti. "Rispondi, e morirai dolcemente. Altrimenti ti farò molto male".

"È stata Barbara... Mi ha aizzato lei... Lui la voleva, e allora io..."

"Non è vero! Era lei che voleva lui! Ma a Lucio non interessava, lo so per certo. Ed era anche stanco di tutti voi: lividi, occhiuti, invidiosi marci della sua intelligenza, della sua superiorità..."

De Marchis lanciò un altro sguardo disperato al vetro coperto dalle veneziane. Nessuno avrebbe visto niente. Nessuno sarebbe venuto a salvarlo. Provò a chiamare aiuto, ma dalla bocca gli uscì solo un debole rantolo.

"Andrai in galera..."

"Non è detto. C'è tanta gente che circola in questo ospedale, compreso quel Rocci che ti ha appena minacciato. E Nerone? Dove lo mettiamo? Non l'hanno ancora preso, giusto? In ogni caso, sai che ti dico? Non me ne frega niente. L'unica cosa che voglio, ora, è mandarti a raggiungere i tuoi amici all'inferno!"

Si alzò in piedi e da una tasca del camice tirò fuori un bisturi. Poi, con lentezza, sollevò il lenzuolo e scoprì il torace dell'uomo. De Marchis si dibatté e cercò di urlare. Ma, come in un incubo, la voce si rifiutava di uscirgli dalla gola.

Lei gli sorrise. "Lì dove andrai, sarà sempre così. Vorrai urlare ma non potrai. Per l'eternità, Saverio".

Fu allora che la porta si spalancò. "Ferma o sparo!"

Eligia Marani alzò la testa e fissò i suoi occhi in quelli di Conti.

Un incontro di sguardi che il commissario avrebbe ricordato a lungo, forse per sempre.

Poi il bisturi partì velocissimo verso il basso. Dritto al cuore di Saverio de Marchis.

E Conti sparò.

133

Cominciò dal basso, ma nessuno se ne accorse.

Erano tutti col naso in su, a fissare le prime lingue di fuoco che uscivano da una finestra del primo piano. I poliziotti, schierati spalle alla scuola, furono gli ultimi a vederle. Nei pochi secondi che intercorsero fra lo stupore e le urla della folla, seguirono la traiettoria degli sguardi sulla facciata e si girarono.

Rocci stava arrivando in quel momento. Capì che c'era qualcosa di storto appena imboccata la via Verona, perché il buio della notte si andava tingendo di grigio. E, dopo poche centinaia di metri, si trovò di fronte la causa di quel trascolorare: un'imponente colonna di fumo, che si alzava compatta verso il cielo.

La rabbia di Rocci – quella che poco prima gli avrebbe fatto commettere uno sproposito e che ancora gli appannava la vista – lasciò il posto alla paura. Attraverso il parabrezza, l'ispettore vedeva ondeggiare in lontananza la folla disordinata e vociante delle calamità. Uomini e donne che si allontanavano correndo, salvo poi non resistere alla tentazione di fermarsi poco più lontano, a quella che giudicavano una distanza di sicurezza. Nonostante gli inviti a sgomberare urlati nel megafono, molti sembravano inchiodati al marciapiede, ipnotizzati da quel fuoco rapace che aveva appena vinto l'assalto agli stipiti di legno della finestra e cominciava ad attaccare gli intonaci della facciata. Erano perlopiù ragazzi. Tutti con gli inseparabili cellulari. Usati per telefonare, lanciare sms, ma anche per immortalare e filmare la scena.

L'ispettore abbandonò l'auto sul marciapiede e corse verso i colleghi. Urlando e sbracciandosi come un ossesso, Artusi dirigeva le operazioni. "Ispettore, meno male che è arrivato! Abbiamo chiamato i Vigili del Fuoco. Dovrebbero essere qui a momenti".

Rocci lanciò un'occhiata al primo piano. "Com'è successo?"

Artusi scosse la testa. "Non lo sappiamo. Forse un

corto circuito, ma è solo una prima ipotesi. Noi eravamo tutti nel sottotetto, non ci siamo accorti di niente. Poi qualcuno ci ha avvertiti e abbiamo evacuato immediatamente l'edificio".

"Cosa c'è lì?", chiese l'ispettore, indicando la finestra da cui fuoriuscivano le fiamme.

"La biblioteca. Abbiamo aperto la porta, ma l'abbiamo dovuta richiudere subito. È tutto un gigantesco falò di libri, non si può domare. Fortunatamente è circoscritto".

"Non c'è tempo da perdere...", commentò Rocci, lasciando andare lo sguardo sul cordone di agenti che asserragliava gli studenti contro il muro dei palazzi di fronte. "Quei ragazzi, lì, devono sgomberare subito".

"Ci stiamo provando, ispettore".

E, in effetti, l'assembramento si andava sfilacciando. Incitati dagli agenti, alcuni erano arretrati all'interno dei negozi, altri si avviavano riluttanti sul marciapiede, in piccoli gruppi incerti, portandosi sul fianco sinistro della scuola..

"Dov'è Conti?", chiese Rocci, guardandosi intorno.

Artusi gli rivolse uno sguardo smarrito. "Non lo so..."

Rocci afferrò il cellulare e si allontanò per telefonare in disparte, al riparo della confusione. Artusi lo vide parlare per qualche minuto e poi restare lì, immobile, come imbambolato, a fissare il vuoto.

In quel momento, l'ululato delle sirene squarciò l'aria ammorbata dal fumo.

I mezzi dei vigili si fecero largo oltre il nastro della polizia, fino ad arrivare alla base del muro. Mentre gli uomini balzavano giù dai mezzi e cominciavano a srotolare le pompe, il vetro di una seconda finestra al primo piano, vicina a quella della biblioteca, scoppiò. Due lingue di fuoco si protesero fuori, libere e selvagge come braccia infernali.

"Circoscritto, eh?", urlò Rocci ad Artusi, da lontano, mentre si allontanava correndo.

E proprio allora, a sinistra, sull'altro lato della facciata, altro fumo nero cominciò a uscire dagli infissi del pianterreno.

Tutto il liceo bruciava.

Come Roma, ai tempi di Nerone.

134

Il comandante dei vigili si attaccò al telefono per chiamare rinforzi. Una parte dei suoi aveva scatenato gli estintori contro i muri della facciata, ma erano tutti consapevoli che era solo un palliativo. Per spegnere quell'incendio, bisognava entrare nell'edificio. Ma dovevano essere di più. Uomini e mezzi. Molti di più.

E fu al culmine di quel parossismo che Rastofani uscì sul balcone.

Alle sue spalle, i rossi bagliori del fuoco che stava devastando la presidenza, riducendo in cenere i fasti ridondanti e fasulli di Saverio De Marchis. La testa argentea del vecchio professore riluceva al riverbero delle fiamme. Il resto era solo un'ombra buia sullo sfondo del rogo.

"Ma chi è?", mormorò Enrico Frizzi, che osservava la scena con gli occhi spalancati. Era appena arrivato sul suo motorino insieme a Fabio Mantovano. L'amico, a bocca aperta, non rispose.

"Lo so io", disse una voce baritonale, alle loro spalle. "È Guglielmo Rastofani".

I ragazzi si girarono. A gambe larghe, nella postura che gli era abituale, Franco Romano fissava il balcone. Frizzi scese dal motorino e si tolse il casco. La scena era apocalittica. Il fuoco che usciva dalle finestre, le sirene che urlavano nella notte, il brulichio impazzito di poliziotti e pompieri, la folla in rotta. E quella figura alta e nera sul balcone, incombente come un angelo annunciatore di morte.

"È lui?", chiese il ragazzo, impressionato, avvicinandosi al professore e posandogli una mano sul braccio. Sembrava aver bisogno di un contatto, del calore della giacca di quell'uomo di cui si era sempre fidato. "È lui, Nerone?"

Romano coprì la mano del ragazzo con la sua. Fu l'unica risposta che riuscì a dare, perché era ammutolito dallo stupore.

Rastofani aveva cominciato a parlare. La sua voce stentorea si levava sulle grida, sul fumo, sullo scrosciare dell'acqua degli idranti, sul crepitare delle fiamme.

"Via! Via! Andate via! Non sapete che profanare i morti è sacrilegio? E questa scuola è morta! Morta!!! L'avete uccisa voi! Voi, con la vostra stupidità e la vostra ignoranza! L'avete condannata con l'indifferenza, l'irrisione, la superficialità. Con il vostro miserrimo, inutile presente..."

"Professore..."

"Zitto, Frizzi. Zitto, lasciami sentire!"

"Voi non avete saputo onorare il passato e per questo non avrete futuro!", stava urlando il vecchio, sporgendosi dal balcone con il braccio teso, puntato sulla folla. "Questo era il Tempio in cui era custodito il più grande tesoro: la memoria della grandezza! E voi l'avete vilipesa! Voi non la meritate! Che le vostre povere menti restino obnubilate in eterno. È finita!"

"Nooo!", ruggì Romano, "Non è finita!"

Gli studenti lo videro precipitarsi dentro la pizzeria, tornare fuori con un secchio e correre verso una delle finestre a pianterreno. Era la sua aula. Oltre il vetro, il fuoco divampava fra i banchi di legno. Franco Romano si fermò per un breve istante, indeciso. Poi, alle sue spalle, qualcuno sopraggiunse. Era il giovane Frizzi. Scagliò con violenza il suo casco contro il vetro, che si infranse in mille pezzi. Romano lanciò all'interno l'acqua del secchio e corse di nuovo verso la pizzeria.

"Qui, professore! Qui!", lo fermò la voce poco lontana di uno studente. Fermo sul bordo del marciapiede, il ragazzo stava riempiendo il suo casco sotto il rubinetto di una fontanella. E, accanto a lui, altri si accalcavano per imitarlo.

Alle spalle di Rastofani, intanto, Silvino Rocci si stava arrampicando su una scala a pioli appoggiata al muro. Si sorprese dell'agilità con cui guadagnava piolo su piolo. Non sentiva neppure la stanchezza. Man mano che saliva, però, il calore lo avviluppava e il fumo gli penetrava negli occhi e nel naso. Ma non doveva tossire, si ammonì. Altrimenti il professore si sarebbe accorto di lui e chissà come avrebbe potuto reagire. Poteva dare una spinta alla scala, facendolo precipitare, oppure gettarsi nel fuoco, o magari nel vuoto. Chi poteva sapere cosa passava per la testa di quel vecchio impazzito?

Rastofani scagliò l'ultima delle sue maledizioni proprio mentre Rocci scavalcava la balaustra e gli arrivava alle spalle. L'aria su quel balcone era irrespirabile, e dalla presidenza il fuoco stava per dilagare all'esterno.

"Venga, professore", disse Rocci, con cautela. "La faccio scendere io".

"Non si avvicini! Altrimenti, mi butto!"

"Mi ascolti, professore. Lei è solo scioccato. So che De Marchis le ha confessato tutto. Ma faremo giustizia, glielo giuro. Lo giuro su mio fratello morto".

"È stata colpa mia! Tutta colpa mia..."

"Non è stato lei a uccidere!"

L'uomo sembrava "Ma sono stato io a plagiarli! È per me che hanno fondato quello stupido circolo! Volevano solo compiacermi, e io non l'ho capito. Ho frainteso. Ho creduto che loro potessero... che fossero in grado di..."

Rocci sentiva la schiena arroventarsi, sotto la giacca. "Va bene, va bene".

"L'orgoglio mi ha accecato. Dovevo capirlo, che non erano all'altezza. Ma loro non hanno colpa. Sono io che ho sbagliato!"

"Okay. Però ne parliamo dopo, le va? Qui rischiamo di finire arrostiti".

"Se ne vada, ispettore!"

"Non senza di lei".

"Questa storia riguarda solo me".

"Eh, no!", urlò Rocci, infuriato, facendo un passo in avanti. Rastofani indietreggiò contro la balaustra. "Non riguarda solo lei e il suo orgoglio ferito! Riguarda anche me, perché Luigi non c'è più ed è una vita che lo piango. Era mio fratello, capisce? E riguarda Lucio Spera e tutti gli altri che sono morti. Possibile che il suo egoismo arrivi fino a questo punto? È questo il risultato della sua grande cultura? L'indifferenza per il prossimo?"

L'uomo serrava le labbra, con le braccia tese dietro di sé e le mani aggrappate al parapetto.

Rocci sudava, mentre sentiva il fuoco alle sue spalle farsi sempre più cocente, sempre più vicino.

Fece un passo avanti e indicò qualcosa, sulla strada. "Guardi!"

Ma Rastofani restava immobile, in un'ostinata fissità, come affascinato dalle fiamme che cominciavano ad attaccare le tende della presidenza.

Rocci balzò in avanti e lo afferrò per un braccio, costringendolo a girarsi. "Questa storia riguarda soprattutto loro, professore. Li guardi, perdio!"

Gli occhi cerulei dell'uomo, arrossati dal fumo, finalmente si mossero. E, spaesati, si fissarono in basso, sulla lunga fila di ragazzi, armati di caschi, secchi e buste di plastica, che correvano e rovesciavano acqua all'interno dalle finestre.

"Visto? Quelle *povere menti* – come le chiama lei – stanno cercando di salvare la scuola che lei vuole distruggere. Perché questa è la *loro* scuola, capisce? Ed è viva! E anche quei ragazzi laggiù, che stanno dimostrando di amarla più di lei, sono vivi! Non se ne rende conto? Non capisce che lei sta sbagliando ancora una volta?"

Dagli occhi dell'uomo scese un'unica, smarrita lacrima. In cui si condensava tutta una vita di straordinari successi e giganteschi abbagli.

Rastofani staccò le mani dal parapetto e le abbandonò inermi lungo i fianchi. Era una resa.

Rocci lo trascinò di peso fino alla scala e lo aiutò a scavalcare la balaustra.

L'uomo gli rivolse uno sguardo esitante.

"Forza, professore! Si decida. Sennò qui finiamo all'inferno".

135

All'alba, tutto era compiuto.

Il liceo aveva riportato danni gravissimi, ma era ancora in piedi. Non altrettanto gli agenti della Mobile, che alle sei del mattino stramazzarono, come un sol uomo, nei rispettivi letti. Anche a Conti, più tardi, venne ordinato di andare a casa a dormire. Fu il questore, allarmato dal colorito verdastro del commissario, a minacciarlo di conseguenze se non avesse obbedito.

Del resto, ormai l'emergenza era finita.

Eligia Marani era in prognosi riservata e i medici erano abbottonatissimi. Ma, lontano dai microfoni e fuori dall'occhio lungo delle telecamere, avevano fatto intendere di essere fiduciosi.

Il proiettile aveva fracassato la clavicola, mancando il polmone destro per un soffio. Peccato che subito dopo fosse sopravvenuta l'emorragia interna. Fortunatamente, era successo in ospedale e non c'erano stati tempi morti. A ripensare a quell'infelice uscita del procuratore in conferenza stampa, Conti ancora ridacchiava, rigirandosi insonne nel letto.

Sull'episodio era stato aperto un fascicolo, aveva aggiunto il magistrato. Ma era solo un atto d'ufficio dovuto, destinato all'archiviazione: quando aveva premuto il grilletto, infatti, il commissario non era solo. C'erano due agenti, dietro di lui, che avevano reso ampie e circostanziate dichiarazioni. La donna, pur ammonita e tenuta sotto tiro, aveva ugualmente calato il bisturi su Saverio De Marchis. Conti non poteva non sparare.

Grazie a lui, peraltro, l'uomo si era salvato. Il bisturi era penetrato nel torace di un paio di centimetri appena, proprio perché la donna era stata fermata dal proiettile. Ce n'era più che a sufficienza.

"Sufficit", avrebbe sintetizzato Rastofani. Il quale, in

quel momento, si trovava in cella, in compagnia del *Simposio* di Platone e del cappellano del carcere, affascinato dalla sovreccitata affabulazione del professore. Sulla cui testa pendeva l'accusa di incendio doloso e tentata strage. Gravissima.

Quanto a De Marchis, era ancora in ospedale sotto stretta sorveglianza. Il preside era accusato di aver ucciso Lucio Spera, in concorso con Furio Longhi e Barbara Baldi, il venticinque luglio del 1984. Più di trent'anni prima. Ma la prescrizione, che per legge assegna conseguenze all'inazione, non si applica all'omicidio volontario, per di più aggravato dalla ferocia. Per quello c'è la galera, sempre. Tuttavia l'avvocato di De Marchis sosteneva che la confessione resa dal suo cliente valeva meno di zero, in quanto resa nello stato confusionale della post-anestesia. E, da un punto di vista strettamente tecnico, non aveva tutti i torti.

Eligia Marani, invece, si era rifiutata di nominare un difensore, dichiarandosi colpevole di tutti gli omicidi, nonché del sequestro di Stefano Benci. Di quest'ultimo, però, diceva di essersi servita al solo scopo di portare la polizia a torchiare De Marchis fino a fargli confessare dov'era la stanza segreta. Lo voleva smascherato e rovinato agli occhi di tutti. E, naturalmente, lo voleva morto.

Aveva anche dichiarato che, finché fosse stata in vita, Saverio De Marchis non avrebbe più potuto dormire sonni tranquilli. Lei avrebbe trovato il modo per farlo fuori, anche rinchiusa in un carcere. A queste esternazioni, l'avvocato d'ufficio aveva anticipato ai giornalisti che avrebbe invocato per la sua cliente la totale infermità di mente. Il dolore per la perdita del figlio appena ritrovato, prima, e la scoperta del suo barbaro assassinio poi, erano più che sufficienti, secondo lui, per giustificare l'importante squilibrio mentale della dottoressa e una conseguente pronuncia di non imputabilità. Appena l'aveva saputo, Eligia Marani l'aveva ricusato e rispedito a far numero nelle liste da cui era stato fortunosamente pescato.

Silvino Rocci si era preso qualche giorno di ferie e ne stava rintanato in casa di Miranda. La sorella lo rimpinzava di prelibatezze e lo ricopriva di attenzioni a cui, dalla morte della madre, l'ispettore non era più abituato. Passava il tempo gironzolando per la campagna e giocando con i cani. Quando qualcuno della famiglia portava a casa un quotidiano, girava al largo per paura di leggere il suo nome o vedere il suo brutto muso in prima pagina. L'eroico salvataggio di Rastofani era stato immortalato da ogni angolazione, e l'ispettore era diventato la star del momento, oscurando perfino le gesta del già celebre commissario Conti. Tant'è che ogni provvedimento sull'aggressione a De Marchis in ospedale era stato momentaneamente sospeso, in attesa di sviluppi. Del resto, gli unici testimoni del fatto erano due assassini: la prima conclamata, il secondo reo confesso. Tutto fuorché attendibili.

E c'era da giurare che Saverio de Marchis si sarebbe ben guardato dallo sporgere denuncia contro Rocci: la sua posizione era fin troppo delicata perché il suo avvocato non gli consigliasse di sorvolare sull'episodio. La vecchia storia del suicidio di Luigi Rocci era meglio lasciarla dov'era: nei ritagli dei giornali dell'epoca e nella fantasia morbosa dell'ispettore. Il quale, dal canto suo, continuava a rimuginare senza darsi pace e senza decidersi ad archiviare i suoi sospetti sulla morte del fratello una volta per tutte.

Il cadavere mummificato di Lucio Spera non era stato trovato, né a casa della dottoressa né altrove. E, sul punto, Eligia Marani si rifiutava di parlare.

Una cosa era certa: solo una sentenza avrebbe potuto fare chiarezza e mettere la parola fine a quello che si preannunciava come uno dei processi più sensazionali degli ultimi anni.

136

Conti sollevò lo sguardo sulla bianca facciata del liceo. Rintonacata e ridipinta a tempo di record. Non con sovvenzioni pubbliche, ma grazie a una spontanea raccolta di fondi organizzata dai ragazzi e dalle loro famiglie. Niente male, in tempi di crisi.

All'interno, però, le cose stavano diversamente. Una parte dei solai era ancora puntellata, e le aule sottostanti erano state chiuse. Anche la presidenza era inagibile. Il nuovo dirigente pro-tempore si era insediato in una piccola stanza accanto alla segreteria, arredata solo con due poltroncine, una piccola scrivania e, sul muro, il crocifisso e la foto del Presidente della Repubblica. In quel momento, attraversava la strada e salutava con la mano.

"Commissario Conti, che piacere rivederla".

"Professor Romano..."

"Prendiamo un caffè?"

Si sedettero a un tavolino appartato della pizzeria, al riparo da sguardi indiscreti.

"Grazie per essere venuto", disse Romano, sedendosi.

"Si figuri".

"Domani comincia il processo a Rastofani".

"Lo so".

"L'amministrazione provinciale si costituirà parte civile. La struttura appartiene a loro, e ha subito gravi danni. Non abbiamo potuto impedirlo".

"E perché avreste dovuto?"

Romano si guardò intorno, con aria circospetta. "Mi risulta che domattina ci sarà una manifestazione spontanea di studenti davanti al Tribunale", sussurrò.

"Cosa?" Un'altra tegola, e inaspettata. Conti si rabbuiò all'istante.

"I ragazzi hanno deciso in piena autonomia", proseguì Romano. "Se ne ho notizia, è in via del tutto ufficiosa. E altrettanto ufficiosamente lo dico a lei. So che ne farà buon uso. Sarà una cosa pacifica, glielo garantisco. Ma se lei volesse sorvegliare con discrezione, gliene sarei grato. È interesse di tutti che non avvengano altri incidenti".

"Perché vogliono manifestare?"

"Vede, commissario, il gesto di Rastofani ha avuto un'eco sbalorditiva. Non solo nell'opinione pubblica, ma anche in ambito accademico. Ha aperto un dibattito sulla cultura e sulla sua funzione. Non so se ne è al corrente, ma ultimamente i licei classici del paese hanno subito un calo significativo di frequenze. Ora, da quando quel vecchio fanatico si è affacciato su quel balcone in fiamme, le cose sono cambiate. La scena è passata sulla rete in tutte le salse. Facebook, YouTube, blog, forum. Non volendo, Rastofani ha rilanciato il Classico. Per una sorta di eterogenesi dei fini, il suo atto delirante è diventato un eccezionale volano. Dall'aria che tira, abbiamo motivo di credere che l'anno prossimo avremo un boom di iscrizioni".

"Cos'è l'eterogenesi dei fini?"

"Be', per esempio, è il caso di qualcuno che decide di fare qualcosa di negativo ma, paradossalmente, ottiene l'effetto opposto. Detto in parole molto povere, solo per semplificare".

Conti sollevò le sopracciglia. "Non mi verrà a dire che incendiare il liceo è stato un fatto positivo".

"Ci mancherebbe altro! È stato un atto criminale per il quale non ci sono scusanti, neanche a dirlo. Ma i ragazzi, pur dissociandosi com'è giusto che sia, stanno preparando un comunicato in cui chiederanno che al professore venga almeno restituita la libertà di insegnamento. Dal carcere, ovviamente, e solo per via telematica. Vogliono dimostrare a tutti che le sue luttuose profezie erano solo una provocazione. Estrema, certo, ma dirompente e a suo modo rivoluzionaria. Perché, dopotutto, ha indicato a tutti una grande verità: il nostro liceo è il luogo dove si coltiva la memoria del passato, ed è da quello che si deve ripartire per costruire un futuro degno di questo nome".

Conti si concesse qualche secondo per riflettere. "Che stranezza, però", commentò, soprappensiero. "Non avrei mai pensato che giovani della generazione dei computer potessero..."

"Vuole sapere una cosa? Nemmeno io. Così come mi lascia perplesso la riabilitazione di un vecchio intollerante e piromane. Ma ho smesso di tormentarmi per quel che non capisco. Mi sforzo solo di prendere atto e accettare, se proprio non ripugna alla mia coscienza. Una cosa però mi è molto chiara: i nostri sono tempi mutevoli e sfuggenti, difficili da afferrare. Bisogna avere i riflessi molto pronti, e forse noi siamo troppo vecchi".

"Vecchi noi? E Rastofani, allora?"

Romano alzò le spalle con un sorrisetto. "Rastofani è senza tempo. Come la tragedia greca".

"Un classico, vuole dire?"

"Un classico!" Romano scoppiò in una delle sue roboanti risate. "Lei ha un humour molto british, commissario Conti. Non l'avrei mai detto, lo sa?"

137

Era arrivato il Natale. Un Natale dimesso, parco e sottotono, in cui però il rigore aveva almeno risparmiato la temperatura. Sembrava quasi primavera.

Conti e Forgione salirono insieme sulla scala mobile della stazione, si fermarono ai bordi del binario assolato e sbottonarono i cappotti.

"Le sembra normale, dottore? Questo caldo il 23 dicembre, voglio dire…"

"No, Luca. Per niente. Ma ormai mi sono rassegnato".

L'assistente si girò a guardarlo. "A cosa? L'anno scorso faceva freddo, mica è sempre così".

"Non al tempo. A tutto quello che non è normale".

Forgione si passò una mano sulla pelata. "Io no, dottore. Non riesco ad abituarmici, io. Se non fosse per la mia famiglia che mi aspetta a casa ogni sera, sarei già fuori di testa da un bel pezzo".

"Lo so, Luca. Sei sempre stato poco adatto a questa vita, tu. Ma è proprio questa la tua salvezza. Tu riesci sempre a staccare la spina. Io no. Io sono contaminato, ormai. Come in quei film di fantascienza in cui non puoi più tornare sulla navicella, perché altrimenti i tuoi compagni morirebbero tutti per colpa tua".

Forgione non commentò. Era già abbastanza scosso di suo, per incoraggiare tutti quei discorsi angosciosi. E poi era Natale, santo cielo. Bisognava pur mollare, ogni tanto. Il fischio del treno si annunciò in lontananza. "Eccolo! Arriva!", esclamò.

Conti aveva gli occhi lucidi d'emozione; sentendosi osservato, li abbassò.

Le porte si aprirono e i passeggeri cominciarono a riversarsi sul marciapiede. Conti allungò il collo, improvvisamente teso. "Carrozza due, Luca, carrozza due. In testa…"

Forgione scattò, facendosi largo fra la gente. Conti lo seguiva, con lo sguardo che saettava in ogni direzione.

"Eccolo, dottore! L'ho visto. È lì, col capotreno".

Il bambino avanzava sorridendo, con uno zaino sulle spalle e un grosso pacco regalo tra le mani. Forgione glielo prese, per dargli modo di abbracciare il padre. Conti lo sollevò da terra con tutto lo zaino, e se lo strinse al petto a mezz'aria.

"Papà… mi fai male!"

"Scusa, scusa…", disse lui, rimettendolo a terra.

"Ti sei fatto il codino?", osservò Matteo, guardandolo di sotto in su con aria critica.

"È che non ho avuto il tempo di passare dal barbiere a tagliarmi i capelli. Però domani ci andiamo insieme, ok?"

"Stai bene. Mi piace".

"Ok, allora lo tengo". Conti lo squadrò soddisfatto. "Come sei cresciuto…"

"Non mi vedi da due settimane soltanto… Come faccio a essere cresciuto?"

"Sei più alto, ti dico. Alla tua età si fa presto. Ma tua madre non ti misura mai?"

"Be', no. Dice che tanto ti supero di sicuro".

"Non solo di statura, speriamo".

Erano arrivati alla macchina. Forgione si mise alla guida, e sfilarono in mezzo al traffico ridendo e dicendo sciocchezze. Conti era così emozionato che l'assistente evitava di guardarlo per non metterlo in imbarazzo. Fermò l'auto sotto il palazzo e scese. "Allora, dottore…"

"Buon Natale, Luca. E grazie di tutto".

"Auguri anche a lei. Buon Natale, Matteo. E fai riposare un po' tuo padre, che ne ha bisogno".

"Anch'io, veramente", rispose il bambino, con un sospiro. "Ho avuto tante di quelle interrogazioni, negli ultimi giorni…"

Forgione annuì, con molta serietà. "Eh, che vuoi farci. La vita è dura per tutti, bello mio".

Lo salutarono con la mano, mentre si allontanava in macchina. Poi Conti prese il figlio per mano e lo scortò fino all'ascensore. I Toppi erano in agguato sul pianerottolo.

"Ma che bel ragazzino!", si sdilinquì la moglie del professore. "Tale e quale suo padre!"

"Lasciamoli in pace, ora, Ines", si intromise il professore. "Avremo tempo, per i convenevoli. Giusto, commissario?"

"Giusto. Matteo, i miei amici ci hanno invitato a pranzo a casa loro. Prima che tu decida, voglio avvisarti che la signora Ines cucina benissimo. Che ne pensi? Ti va?"

"Ho fatto le tagliatelle al pomodoro che so che ti piacciono tanto", disse lei, lisciandosi il grembiule. "E poi il pollo con tante patatine fritte".

Il viso del bambino si illuminò. "Okay!"

"A dopo, allora". I Toppi si chiusero la porta alle spalle, lasciandoli soli sul pianerottolo.

Conti tirò fuori le chiavi, poi ci ripensò e s'inginocchiò davanti al figlio. "C'è una cosa che devo dirti…"

Matteo corrugò le sopracciglia, perplesso. "Che cosa?"

"Ci sarebbe una sorpresa".

"Che sorpresa?"

Conti deglutì. "Abbiamo un gatto".

Il bambino spalancò la bocca. Poi lanciò un urlo di contentezza. "Un gatto? Un gatto vero?"

Conti rise. Sapeva che la battaglia con Clara per avere un animale in casa era sempre stata persa in partenza. Il massimo che lei potesse consentire erano peluche a grandezza naturale.

"In carne, ossa e pelo".

Matteo era eccitatissimo. "E come ce l'hai? Chi te l'ha dato?"

"Diciamo che siamo amici da un sacco di tempo. Lui è un tipo molto indipendente, sai, ma ha deciso di trasferirsi da me perché ultimamente ha avuto qualche problema giù nel quartiere. È una lunga storia".

"Me la racconti dopo. Dai, papà, apri questa porta".

Il gatto li stava aspettando, seduto sul pavimento dell'ingresso. Il pelo nero era tornato lucido come velluto e le vibrisse erano lunghe e tese, segno di buona salute.

"È bellissimo", mormorò Matteo, ipnotizzato da quei grandi occhi gialli che lo scrutavano attenti. Poi si inginocchiò lentamente e allungò la mano. Il gatto restò immobile per un lungo momento, poi si avvicinò con cautela, annusando i polpastrelli del bambino.

"Gli piaci", disse Conti, soddisfatto.

"Come si chiama?", chiese il bambino, muovendo piano le sue lunghe dita da pianista, fino a raggiungere la testa dell'animale.

"Non ce l'ha, un nome", rispose Conti, osservando la scena dall'alto, con le mani in tasca. "Aspettavo te, per trovargliene uno".

Matteo restò assorto per un po', mentre il gatto inarcava la schiena e si strusciava contro il suo braccio, facendo le fusa.

"Ho deciso", disse, alla fine. "Per lui è perfetto".

"E qual è?", chiese il padre, divertito.

Matteo alzò la testa e sorrise.

"Nerone. Si chiamerà Nerone".

138

Vito Scalza sbarrò gli occhi, in un bagno di sudore.

Per un lungo momento restò immobile, supino, ad ascoltare. Dalla strada arrivava uno strano verso animale, cupo e prolungato. Doveva essere stato quel cane a svegliarlo: un cane randagio, che ululava come un lupo. O forse era colpa dell'incubo: sempre lo stesso, da mesi a quella parte.

Le notti in cui riusciva a superarlo indenne si contavano sulla punta delle dita di una mano. La maggior parte delle volte, invece, balzava a sedere sul letto, col cuore impazzito e il fiato corto. Succedeva sempre allo stesso punto: mentre saliva l'ultima rampa.

In mano aveva una bugia con la candela accesa: a quel fioco bagliore il viso di Nerone, avvolto nel suo mantello rosso, era orrendo. Una maschera decomposta, insanguinata e ghignante, con denti aguzzi come quelli dei vampiri.

Ormai Scalza conosceva a memoria ogni singolo fotogramma di quella sequenza onirica: era nel suo letto, sentiva dei rumori al piano di sopra, si alzava, apriva la porta e si incamminava a piedi nudi sul pavimento freddo dell'atrio della scuola. Aveva paura, ma questo non gli impediva di salire su per quelle maledette scale. In cima alle quali, immancabilmente, quella figura disumana in rosso allargava il mantello e spiccava il volo, piombando su di lui come un enorme pipistrello. Era allora, in quel momento preciso, che si svegliava urlando.

Il medico era stato chiarissimo. Quando gli succedeva, doveva accendere subito la luce e prendere le gocce. Dieci, in poche dita d'acqua. Il sonno sarebbe tornato di lì a poco, profondo e ristoratore. E alla fine, col tempo, quel brutto incubo lo avrebbe lasciato in pace.

Quello che il dottore non sapeva, era il resto. Scalza l'aveva omesso per vergogna e prudenza: mancavano pochi anni alla pensione, non voleva perdere il suo lavoro proprio ora, né finire i suoi giorni in una casa di cura per alienati. Perché era esattamente così che sarebbe andata, se avesse parlato. Se avesse detto che da un po' di tempo a quella parte gli capitava – e sempre più spesso – di sentire qualcosa di strano fuori dalla sua porta.

Strano come, avrebbe chiesto lo specialista. A quel punto lui avrebbe dovuto rispondere con precisione: fruscii, scricchiolii, passi, bisbigli. E ammettere che il suo dovere di custode sarebbe stato quello di uscire dall'alloggio, per un giro d'ispezione.

Ma lui non poteva. Non ce la faceva. C'era quel maledetto incubo, a tagliargli le gambe. E c'era la precisa sensazione che da qualche parte, su in alto, molti piani sopra la sua testa, ci fosse davvero qualcosa di mostruoso che lo aspettava in cima all'ultima rampa.

Perciò aveva taciuto.

Ora, seduto sul letto, Scalza tendeva l'orecchio. Un rumore più forte degli altri, gli era parso stavolta. Accese la luce, guardò l'orologio sul comodino: dodici minuti dopo la mezzanotte.

Si alzò, andò in bagno e si sciacquò la faccia con l'acqua gelata. Poi ciabattò fino alla porta. Senza togliere la catenella di sicurezza, la socchiuse e accostò occhi e orecchi alla fessura, trattenendo il fiato per qualche lungo minuto. Fuori da lì, solo tenebre e silenzio.

L'uomo rabbrividì, richiuse la porta e tornò a letto. Mandò giù le gocce e infilò la testa sotto il cuscino. Presto si sarebbe addormentato. Presto sarebbe spuntata l'alba.

Poi il cane ricominciò a ululare alla luna.

Epilogo

"Avete sentito?", sussurrò una voce femminile, nel buio del sottotetto.

"Sì, Aspasia. Ha aperto la porta, poi l'ha richiusa".

Silenzio.

"E se...?"

"Se cosa?"

"Se stesse salendo? Se ci scoprisse e ci denunciasse al preside?"

"Abbiamo un piano?", chiese un'altra voce, bassa e maschile. "Ci hai pensato, Socrate?"

"Io sono nato per pensare, Pericle. Lo sai".

"E quindi?"

"Quindi vi dico che quell'uomo non verrà mai quassù".

"Perché?"

"Perché è un povero ignorante. Lui... crede che siamo fantasmi".

Ringraziamenti

La conclusione di un romanzo, per me, è sempre un momento topico: segna la fine di un percorso creativo – fatto di emozioni, leggerezza e godimento puro – e l'inizio di una fase diversa – faticosissima e tremenda – di riletture, controlli, dubbi atroci, e ancora riletture, controlli, dubbi atroci, e ancora e poi ancora, fino allo stremo e oltre...

Non ne potrei uscire viva senza le anime caritatevoli – sempre le stesse – che mi soccorrono da anni: Luigi Antonangeli e Cesare Borgia, con i loro imprescindibili consigli legali; Luigi Savina, con i suoi preziosi ed esperti chiarimenti sui sistemi investigativi; Fabrizio Di Marco, con la sua enciclopedica conoscenza di gialli e thriller. Prego per la loro salute tanto quanto prego per la mia e per quella dei miei libri.

Un grazie speciale va a Romano De Marco – magnifico autore e amico di generosità non comune – per la stima, l'incoraggiamento e l'aiuto: lui sa bene che gli sarò sempre debitrice.

E poi grazie con tutto il cuore a: Francesca Cermignani per le puntigliose ricerche bibliografiche e Mariagrazia Di Campli per quelle storiche e letterarie; Gino Sorgi, per le puntuali spiegazioni mediche; Luca Michetti e Carlo Galli, per la documentazione e i chiarimenti tecnici sugli edifici di stampo neoclassicista e monumentale; Margherita Rossi, per le delucidazioni su alcuni tratti essenziali della pittura figurativa del Cinquecento; Bruno Nasuti, per il colto contributo al romanzo, in particolare sul tema della perfezione; Giancarlo Micaroni, per aver speso il suo visionario talento nella realizzazione della foto di copertina; Marina Moretti, per l'antica amicizia e i suggerimenti in materia di comunicazione a mezzo stampa.

Tutti loro – ciascuno secondo le proprie competenze – si sono messi a disposizione di questo romanzo, e sono cose che non dimentico. Così come non dimentico gli altri amici che hanno partecipato a questa avventura, leggendo le prime bozze e consigliandomi sempre per il meglio. Errori, imprecisioni o forzature sono unicamente colpa mia.

Grazie per la fiducia e la stima – assolutamente ricambiate – alla Novecento Editore, a Paolo Roversi e ad Antonino Pintacuda.

Grazie alla mia agente Roberta Oliva, a cui mi legano anni di collaborazione e affetto sincero.

Grazie al mio amato Liceo Classico 'Gabriele D'Annunzio' di Pescara, per aver gentilmente concesso al suo omologo Liceo Giustiniano di questo romanzo – che esiste solo nella fantasia di chi l'ha scritto – la sua architettura, le sue colonne, le sue simmetrie e soprattutto le sue atmosfere uniche e irripetibili. Proprio come quelle dell'adolescenza, vista con gli occhi di chi adolescente non è più ma – grazie alla magia della scrittura – prova a sfidare e a sconfiggere il tempo.

Grazie a mio figlio Antonio – amore della mia vita – se troverà il tempo di leggermi.

E grazie, infine, a tutti voi che state scorrendo queste righe: siete arrivati in fondo, evidentemente, e questo è uno dei motivi principali per i quali mi sottopongo ogni volta a questa meravigliosa tortura.

CALIBRO 9

GIALLI E NOIR METROPOLITANI

1. Aa. Vv., *Un giorno a Milano*, prefazione di Andrea G. Pinketts
2. Matteo Bortolotti, *L'ora nera*
3. Riccardo Brun, *L'assedio*
4. Aa. Vv., *Appuntamento con il male*
5. Stefano Di Marino, *Tutti all'inferno*
6. Aa. Vv., *Delitti d'estate*
7. Aa. Vv., *Fischio finale*
8. Ferdinando Pastori, *Il vizio di Caino*
9. Aa. Vv., *Una notte a Milano*
10. Aa. Vv., *Roma a mano armata*
11. Paolo Grugni, *L'Antiesorcista*
12. Gianluca Ferraris, *A Milano nessuno è innocente*
13. Aa. Vv., *Genova criminale*
14. Giuseppe Foderaro, *Anche gli angeli mangiano kebab*
15. Aa. Vv., *Crimini sotto il sole*
16. Eugenio Tornaghi, *La pesca dello spada*
17. Riccardo Besola, *Milano disco inferno*
18. Marina Crescenti, *Al sangue non si comanda*
19. Francesco G. Lugli, *Il risveglio della notte*
20. Giovanni e Francesco Belfiori, *Le parole mute del tempo*
21. Gianluca Ferraris, *Piombo su Milano*
22. Andrea Ferrari, *Sangue nero*
23. Maurizio Lanteri e Lilli Luini, *Iguana Club*
24. Riccardo Besola, *I ragazzi della bomba*
25. Angela Capobianchi, *La discendenza*

ITALIA / ITALIE

1. Rosario De Luca, *Comunicare le professioni*,
prefazione di Ferruccio de Bortoli

2. Marina Calderone, *Il lavoro che vorrei*,
prefazione di don Luigi Ciotti

3. Rosario De Luca, *Professionisti privilegiati e parassiti. La grande mistificazione*, prefazione di Paolo Panerai

4. Giuseppe Jogna, *La grande opportunità*,
prefazione di Alberto F. De Toni

5. Stefano Zanaboni, *Per una Repubblica fondata sul lavoro*

6. Rosario De Luca, *Lavoro e professioni nell'era dei social media*,
prefazione di Angelo Maria Perrino

7. Fabrizio Vangelista, *La politica salvata dai bambini*,
prefazione di Gianni Cuperlo

8. Fabio Faretra, *L'eterno duello per le pensioni*,
prefazione di Cesare Damiano

ITALIA / ITALIE - eXtra

1. Anna Acampora - Marisa Marraffino, *Multe? No, grazie!*

2. Lucia T. Ingrosso - Giuliano Pavone, *Milano per i tuoi bambini*

3. *Milano come Lampedusa? Dossier sull'emergenza siriana*, a cura di Pierfrancesco Majorino e Caterina Sarfatti

4. Irene Vella - Roberta Giovinazzo, *Nati sotto il segno del cavolo*

5. Claudio Nutrito, *Quant'altro. Parole di salvataggio per parlare senza dire niente*

6. Paolo Biglioli - Paola Salvadori, *Ho visto cose che noi umani. Buona e mala sanità, buona e mala umanità*

7. Bruno Capponi, *Salviamo la giustizia civile*

8. Lamberto Bertolé, *Il miele e l'aceto. La sfida educativa dell'adolescenza*, prefazione di don Gino Rigoldi

9. Giovanna Caldara - Antonella De Minico, *Ristoranti a Milano 100 chef imperdibili in città*, prefazione di Sonia Peronaci

10. *Expo della dignità*, a cura di Stefano Catone e Marco Boschini, prefazione di Giuseppe Civati

11. Antonino Galloni, *L'economia imperfetta*

12. Giovanna Caldara - Antonella De Minico, *Ristoranti a Milano 2017*, prefazione di Sonia Peronaci

13. Marco Melegaro, *Carosello. Genio e pubblicità all'italiana*, prefazione di Umberto Broccoli

VERSUS
giuristi raccontano

1. Bruno Capponi, *Chi nasce quadro può morire tondo*
2. Guido Marcelli, *Cercando Kafka*
3. Massimo Ferro, *Misericordiae (8.38)*
4. Gennaro Francione, *I delitti dei Beati Padri di Mazzarino*
5. Bruno Capponi, *Il concorso*
6. Umberto Apice, *Questa conoscenza ultima*
7. Massimo Ferro, *Non avrai le mie parole*
8. Umberto Apice, *Anni e disinganni*
9. Michele Navarra, *Solo la verità*
10. Filippo Danovi, *La vita dipinta*
11. Davide Vicari, *Cittadino Modello*
12. Michele Navarra, *L'ultima occasione*

Finito di stampare nel mese di aprile 2017
presso Geca Srl – San Giuliano Milanese (MI)